KB070571

아르크투루스로의 여행

아르크투루스로의 여행

A VOYAGE TO ARCTURUS

데이비드 린지 소설

강주헌 옮김

문학수첩

차례

일러두기

• 이 책 《*A Voyage to Arcturus*》는 1920년 영국 Methuen & Co. Ltd에서 처음 출간되었으며, 한국어 번역 저본으로 삼은 책은 1946년 Victor Gollancz Ltd에서 출간된 것이다.
• 인명 등 고유명사의 표기는 국립국어원 외래어표기법과 오디오북의 발음을 따랐다.
• 역주는 본문 중에 '—옮긴이'로 표시했다.

1
강신술 모임

 3월의 어느 날 저녁 8시, 심령계에 혜성처럼 나타나 세간의 주목을 받고 있던 영매 백하우스는 햄스테드에 있는 몬태규 폴의 저택 프롤랜즈의 서재에 안내를 받아 들어갔다. 서재에 불빛이라고는 벽난로에서 훨훨 타오르는 불길이 전부였다. 폴은 약간의 호기심이 어린 나태한 눈빛으로 백하우스를 쳐다보며 자리에서 일어났고, 그들은 의례적인 인사를 나눴다. 남아메리카 출신의 상인인 폴은 손님에게 벽난로 앞에 놓인 안락의자를 가리키고는 다시 자기 의자에 풀썩 주저앉았다. 전등에 불이 들어왔다. 폴의 또렷하고 반듯한 이목구비와 금속처럼 차가워 보이는 피부, 전반적으로 권태에 찌든 듯한 무덤덤한 분위기에서, 사람들을 특별한 시각에서 관찰하는 습관이 있던 영매는 별다른 인상을 받지 못했다. 그러나 폴에게 백하우스는 신기한 사람이었다. 폴은 눈을 반쯤 감고 시가 연기 뒤로 보이는 백하우스를 차분히 뜯어보며, 턱수염을 뾰족하게 기른 이 땅딸막한 사람이 영매라는 음산한 직업에도 불구하고 어떻게 깔끔하고 멀쩡한 외모를 유지할 수 있는지 궁금해했다.

"담배 피웁니까?" 폴이 대화를 시작할 요량으로 느릿느릿 물었다. "안 피운다고요? 그럼 마실 거라도?"

"지금은 생각이 없습니다. 고맙습니다."

잠시 침묵이 흘렀다. 폴이 다시 물었다.

"모든 준비가 끝났습니까? 정말 유령이 나타날까요?"

"제가 보기엔 의심할 이유가 없습니다."

"다행이군요. 손님들을 실망시키고 싶지 않거든요. 당신에게 줄 수표는 이미 작성해서 내 주머니에 넣어뒀습니다."

"끝나고 주셔도 좋습니다."

"9시 맞지요?"

"그렇습니다."

대화는 좀처럼 활기를 띠지 못했다. 폴은 의자에 축 늘어진 채 여전히 무덤덤한 표정이었다.

"내가 어떤 준비를 해뒀는지 들어보시겠습니까?"

"손님들이 앉을 의자 이외에 또 필요한 게 있을까요?"

"그러니까 강신술을 펼칠 방의 장식이라든지, 음악 같은 것 말입니다."

백하우스가 폴을 물끄러미 바라보았다.

"연극 공연을 하는 게 아닌데요."

"그렇긴 하지만 설명을 해줘야 할 것 같아서……. 숙녀분들도 참석하거든요. 당신도 알겠지만 여성들은 미적인 걸 따지니까요."

"그렇다면 이의는 없습니다. 저는 그저 손님들이 강신술을 끝

8

까지 즐기기를 바랄 뿐입니다."

백하우스가 냉담하게 대꾸했다.

"그럼 됐습니다."

폴은 이렇게 말한 뒤 시가를 손가락으로 튕겨서 벽난로에 던져 넣고는 일어섰다. 그리고 위스키를 잔에 따르며 다시 물었다.

"방을 미리 보여드릴까요?"

"아닙니다. 시간이 될 때까지 그 방을 가까이하고 싶지 않습니다."

"그럼 내 누이 제임슨 부인이나 만나봅시다. 지금 응접실에 있거든요. 내가 결혼을 하지 않아서, 누이가 가끔 안주인 노릇을 해준답니다."

"그렇게 하시죠." 백하우스가 담담하게 대꾸했다.

그들은 응접실로 자리를 옮겼다. 응접실에는 제임슨 부인 혼자 사색에 잠긴 얼굴로 피아노 앞에 앉아 있었다. 러시아 작곡가 스크랴빈의 곡을 방금 끝낸 참이었다. 아담한 체구에 빈틈없이 근엄한 표정과 도자기 같은 손을 본 백하우스는 폴에게 어떻게 저런 누이가 있는지 궁금할 지경이었다. 제임슨 부인은 씩씩한 태도로 백하우스를 맞아주었다. 백하우스는 제임슨 부인의 손이 미세하게 떨리는 것을 눈치챘지만, 여자들의 손을 잡을 때마다 그런 느낌을 받았던 까닭에 거기에 어떻게 반응해야 하는지 잘 알았다.

10분 정도 품위를 차린 공허한 대화가 오간 후, 제임슨 부인이 나지막이 말했다.

"영매께서도 아셔야겠지만, 내가 정말 놀랍게 생각하는 건 심령현상 자체가 아니에요. 물론 심령현상도 이해하기 힘들지만, 내가 놀라운 건 혼령이 분명 찾아올 거라는 영매의 확신이에요. 그런 확신이 어디에서 오는 건지 말씀해 주실 수 있을까요?"

백하우스가 문 쪽을 두리번거리며 대답했다.

"저는 눈을 뜨고 꿈을 꿉니다. 그리고 다른 사람들이 제 꿈을 보는 겁니다. 그게 전붑니다."

"멋지군요."

제임슨 부인은 이렇게 말하고 약간 멍한 미소를 띠어 보였다. 첫 번째 손님이 도착했기 때문이었다.

치안판사를 지낸 켄트스미스였다. 법정에서는 악의에 찬 유머로 유명했지만, 사생활에 그런 유머를 끌어들이지 않을 만한 분별력은 있는 인물이었다. 어느덧 70대 후반에 들어섰지만 그의 눈동자는 여전히 반짝반짝 빛났다. 나이를 먹은 사람답게 그는 수많은 편안한 의자 중에서도 가장 편안한 의자를 골라 앉으며 말했다.

"그래, 오늘 우리가 불가사의한 현상을 목격하게 될 거라고?"

폴이 대답했다.

"자서전에 쓰시면 좋을 겁니다."

"내 앞에서 그런 책은 언급하지도 말게. 늙은 공직자가 은퇴하면 그냥 삶을 즐기면 되는 거야. 백하우스 씨, 그렇게 놀랄 것 없소. 내가 신중하게 행동해야 한다는 걸 배운 탓이오."

"놀라지 않았습니다. 어르신이 원하신다면 그 어떤 내용을 발표하더라도 반발할 사람이 없을 겁니다."

켄트스미스가 교활한 미소를 지으며 말했다.

"정말 넓은 마음씨로군요."

"트렌트는 오늘 밤에 안 올 거다."

제임슨 부인이 궁금하다는 듯한 눈길로 폴을 슬쩍 보며 말했다.

"저런, 트렌트가 안 올 거라고는 생각도 못 했는데. 하기야 트렌트는 이런 걸 좋아하지 않겠죠."

제임슨 부인이 켄트스미스를 바라보며 다시 말했다.

"그래도 트렌트 부인이 우리 모두를 위해 큰 수고를 해줬답니다. 2층에 있는 라운지를 정말 아름답게 꾸며주고, 감미롭기 그지없는 소규모 악단의 연주까지 준비해 줬거든요."

"로마 귀족이 부럽지 않겠구면."

"백하우스는 영혼을 정중하게 대해줘야 한다고 생각해요." 폴이 웃으면서 말했다.

"당연하지요, 백하우스 씨. 시적인 분위기라면……."

"죄송합니다. 저는 단순한 사람입니다. 기본적인 것만 갖추면 충분합니다. 반대하지는 않지만 감히 제 의견을 말씀드리면, 자연과 예술은 엄연히 다릅니다."

전직 치안판사가 말했다.

"당신 생각에 동의할 수 없다고 자신 있게 말하긴 힘들군. 내 무례를 용서한다면, 오늘 같은 경우는 단순해야 하고 속임수의 가능성을 경계해야 한다고 요약할 수 있겠소, 백하우스 씨?"

백하우스가 대답했다.

"방에 불을 환하게 밝혀놓을 겁니다. 여러분 모두에게 방을 샅샅이 살펴볼 기회도 드릴 거고요. 제가 속임수를 쓰지 않는지 검사할 기회도 드릴 겁니다."

약간 당혹감에 싸인 침묵이 뒤따랐지만, 두 명의 손님이 함께 들어오면서 그 어색한 침묵은 깨졌다. 커피 수입으로 돈을 번 프라이어와, 주변 사람들에게 아마추어 마술사로 꽤 알려진 주식 중개인 랭이었다. 백하우스는 랭과 일면식이 있는 사이였다. 프라이어는 은은한 포도주 냄새를 풍기고 담배 연기를 뿜으며 응접실 분위기를 밝게 바꿔보려 애썼다. 하지만 누구도 호응해 주지 않는 걸 깨닫고는 소파에 털썩 주저앉아, 벽에 걸린 수채화들을 감상하기 시작했다. 훤칠한 키에 머리가 벗어지기 시작한 랭은 말은 거의 하지 않으면서 백하우스를 유심히 쳐다보았다.

커피와 술, 담배가 들여졌다. 랭과 영매를 제외한 모두가 담배를 피우며 커피나 술을 마셨다. 그때 핼버트 교수가 도착했다는 소식이 전해졌다. 핼버트 교수는 범죄자와 정신이상자 및 천재 등의 정신적 측면을 다룬 책을 쓰고 강연하는 저명한 심리학자였다. 그런 핼버트가 오늘 밤 모임에 참석한다는 소식에 다른 손님들은 약간 어리둥절한 표정이었지만, 그들의 모임에 한층 권위가 더해졌다고 생각하는 듯했다. 핼버트 교수는 키가 작고 야윈 사람이었다. 행동도 점잖았지만, 오늘 모인 잡다한 사람들 중 가장 다루기 힘든 사람일 게 분명했다. 그는 영매에게 눈길조차 주지 않고 곧바로 켄 트 스미스 옆에 앉아 이야기를 나누기 시작했다.

약속 시간을 조금 넘겨 트렌트 부인이 불쑥 들어왔다. 그녀는 28세로, 새하얗고 얌전한 얼굴은 성녀처럼 보였다. 윤기가 흐르는 머리칼은 칠흑처럼 검었고, 도톰한 입술은 그야말로 새빨개서 금방이라도 피를 터뜨릴 것만 같았다. 훤칠하고 단아한 몸을 감싼 옷은 세상에서 가장 값비싸 보였다. 트렌트 부인은 제임슨 부인과 가볍게 입맞춤을 나눈 뒤 남자들에게 인사를 건네고 폴을 슬쩍 훔쳐보며 미소를 지었다. 폴도 그녀에게 묘한 표정을 지어 보였다. 항상 냉정을 잃는 법이 없는 백하우스는 폴의 은근한 눈빛에 감춰진 야만성을 읽어냈다. 트렌트 부인은 누군가가 권한 다과를 정중히 거절했고, 폴은 모두가 도착했으니 라운지로 자리를 옮기자고 제안했다.

트렌트 부인이 손바닥을 살짝 들어 보이며 말했다.

"몬태규, 나한테 아무나 초대할 수 있는 백지 초대장을 주지 않았던가요?"

폴이 빙긋이 웃으며 대답했다.

"물론 그랬죠. 그런데 문제라도?"

"내가 너무 주제넘은 짓을 한 건지 모르겠어요. 친구 둘을 초대했거든요. 여러분은 모르는 사람입니다……. 하지만 여러분이 만난 사람들 중에 가장 뛰어난 사람들일 거예요. 정확히 말하면, 영매들이죠."

"그러니까 더 궁금하군요. 그들이 누굽니까?"

"애태우지 말고 이름이라도 알려줘요." 제임슨 부인이 끼어들었다.

"한 사람은 매스컬이라 하고, 다른 한 사람은 나이트스포어라고 합니다. 나도 그들에 대해 아는 게 더는 없습니다. 그러니까 더 이상 묻지 말아주세요. 난처하니까요."

"그런데 그들을 어디서 데리고 왔나요? 여하튼 어딘가에서 그들을 데려왔을 것 아닙니까."

"심문을 받는 기분이네요. 내가 또 규칙을 깬 건가요? 분명히 말씀드리지만 나도 그들에 대해 아무것도 몰라요. 여기로 직접 오기로 했어요. 도착하면 여러분의 처분에 맡기겠습니다."

"나도 그들이 누군지 모릅니다." 폴이 말했다. "여러분도 전혀 모르는 것 같군요. 하지만 우리 모두가 그들을 반길 겁니다. ……그럼 기다릴까요, 아니면?"

"9시라고 말했는데 벌써 9시가 지났네요. 그들이 꼭 온다는 보장은 없어요……. 기다릴 필요는 없을 것 같은데요."

"저는 바로 시작하고 싶습니다."

백하우스가 말했다.

길이 12미터, 폭 6미터에 천장이 무척 높은 라운지는 오늘의 행사를 위해 한가운데 늘어뜨린 두꺼운 커튼으로 정확히 둘로 나뉘어 있었다. 따라서 커튼 반대편은 전혀 보이지 않았다. 출입문에서 가까운 쪽은 팔걸이의자들을 초승달 모양으로 배치한 객석으로 탈바꿈돼 있었다. 다른 가구는 눈에 띄지 않았다. 의자들 뒤쪽으로 출입문과 중간쯤 되는 곳에 설치된 커다란 벽난로에서는 불길이 활활 타올랐다. 벽걸이 전등들이 라운지를 환하게 밝혔고, 바닥에는 호화로운 카펫이 깔려 있었다.

손님들이 모두 의자에 앉자, 폴은 천천히 걸어가 커튼을 옆으로 젖혔다. 드루리 레인 극장에서 공연된 〈마술 피리〉의 신전 장면을 그대로 재현한 듯한 무대가 눈앞에 펼쳐졌다. 음산한 기운이 감도는 웅장한 건축물이 중앙을 차지하고, 그 위로 붉게 물든 하늘이 배경을 이루고 있었다. 배경에는 왕좌에 앉은 거대한 파라오 석상의 그림자가 어른거렸다. 석상 받침돌 앞에는 환상적인 무늬가 조각된 긴 나무 의자가 놓여 있었다. 커튼 가까이에는 아무런 장식도 없는 떡갈나무 흔들의자가 객석 쪽으로 기울어진 채 놓여 있었는데 영매가 앉을 의자였다.

다수의 손님들은 속으로 그 무대가 강신술을 하기에는 부적절하다고 생각했고, 호화로운 허식에서 불쾌함을 느꼈다. 특히 백하우스는 적잖게 당황한 표정이었다. 하지만 기막힌 무대를 고안해 냈다는 의례적인 찬사가 트렌트 부인에게 쏟아졌다. 폴은 손님들에게 의자에서 일어나 라운지를 마음껏 살펴보라고 권했다. 프라이어와 랭만이 폴의 제안을 받아들였다. 프라이어는 두꺼운 판지로 만든 무대장치 사이를 돌아다니며 혼잣말로 중얼거렸고, 때로는 손가락을 구부려 툭툭 쳐보기도 했다. 한편 마술사를 자처하는 랭은 다른 손님들에게는 신경조차 쓰지 않고 혼자 나름대로 체계적인 방식으로 끈질기게 비밀 장치를 찾으려고 애썼다. 폴과 트렌트 부인은 그 신전 구석에 서서 나지막이 얘기를 주고받았고, 제임슨 부인은 백하우스와 대화를 나누는 척하면서 여자만이 알고 있는 특유의 방식으로 두 남녀를 호시탐탐 감시했다.

랭은 의심할 만한 장치를 전혀 찾아내지 못해 실망하는 표정이었다. 그러자 백하우스가 자기 옷을 조사해 보라면서 말했다.

"직접 확인하시면 알겠지만 이 모든 건 쓸데없는 짓이고 중요한 문제도 아닙니다. 다만 이 자리에 참석하지 않은 사람들이 속임수가 있었을 거라고 나중에 뒷소리하지 못하도록 하려는 겁니다. 그 사람들이 제 명성에 먹칠을 하게 하고 싶지는 않으니까요."

랭이 백하우스의 주머니와 소매를 뒤지는 달갑지 않은 역할을 떠맡았다. 잠시 후, 랭은 흡족한 표정으로 백하우스의 소지품에서 속임수로 쓸 만한 물건은 전혀 발견되지 않았다고 말했다. 손님들은 의자에 돌아가 앉았다. 폴은 아직 도착하지 않은 트렌트 부인의 두 친구를 위해 하인에게 의자 두 개를 더 갖다 달라고 지시한 뒤에 전기종을 누르고는 자기 의자에 앉았다.

어딘가에 몸을 감추고 있는 악단에게 연주를 시작하라는 신호였다. 사전에 어떤 예고도 없었던 까닭에, 모차르트 〈마술 피리〉의 아름답고 장중한 선율이 흘러나오자 손님들이 놀라서 웅성거렸다. 손님들의 기대감이 한층 높아지자 트렌트 부인은 창백한 얼굴에 여전히 태연자약한 태도 이면에서는 깊이 감동받은 듯했다. 그녀가 다른 손님들에 비해 미학적으로 훨씬 뛰어난 건 분명한 사실이었다. 폴은 얼굴을 가슴에 묻고 평소처럼 두 발을 쭉 뻗은 채 트렌트 부인을 훔쳐보았다.

백하우스가 한 손으로 의자 등받이를 짚고 일어나 입을 열었다. 음악은 곧바로 피아니시모(아주 약하게―옮긴이)로 낮아졌고, 그가 말하는 내내 나지막한 선율이 이어졌다.

"신사 숙녀 여러분, 여러분은 잠시 후 '물질화(materialisation)' 현상을 목격하게 될 겁니다. 쉽게 말하면, 이곳에 조금 전까지 없었던 것이 나타나는 모습을 보게 될 겁니다. 처음에는 수증기 형태로 나타나지만 나중에는 단단한 몸으로 변합니다. 그러니까 만지면 단단하다는 걸 느낄 수 있고, 악수를 나눌 수도 있을 겁니다. 그 몸은 인간의 형체를 띨 겁니다. 남성 또는 여성과 똑같은 모습일 테죠. 어느 쪽이라고 말할 수는 없지만, 조상을 알 수 없는 남성이나 여성의 모습으로 나타날 거란 얘깁니다. 저에게 그 물질화한 형체의 기원을 밝혀달라고 하셔도, 예컨대 그 형체가 어디에서 왔고 그 형체의 원자와 분자는 어디에서 온 거냐고 설명해 달라고 하셔도 저는 만족스러운 대답을 해드릴 수 없습니다. 저는 그런 현상을 만들어 낼 뿐입니다. 여러분 중 누군가가 나중에라도 저에게 그 비밀을 설명해 주시면 무척 감사하겠습니다……. 제가 말씀드리고 싶은 건 이게 전붑니다."

백하우스는 다시 의자에 앉았다. 그러고는 손님들에게 등을 반쯤 돌린 채 앉아 강신술을 준비하기 시작했다.

바로 그때, 하인이 문을 열고 조심스러운 목소리로 말했다.

"매스컬 씨와 나이트스포어 씨가 도착하셨습니다."

모두가 뒤돌아 앉았다. 폴이 의자에서 일어나 두 손님을 맞았다. 백하우스도 자리에서 일어나 그들을 뚫어지게 바라보았다.

두 사람 뒤로 문이 소리 없이 닫혔다. 두 낯선 손님은 문 앞에 서서 꼼짝하지 않았다. 자신들의 갑작스러운 출현으로 인한 조용한 소동이 가라앉기를 기다리는 것 같았다. 매스컬은 엄청난 거구였는데 웬만한 거인보다 크고 건장했다. 턱수염을 덥수룩하게 길렀고, 이목구비는 목각인형처럼 굵직하고 뚜렷하고 거칠어 보였다. 그러나 작고 검은 눈동자에서는 총기와 대담한 기운이 번뜩였고, 짧게 깎아 곤두선 머리칼은 검은색이었다. 나이트스포어는 중간 키였지만 무척 강인해 보였다. 인간의 유약한 몸과 감정을 뛰어넘도록 훈련받은 듯한 모습이었다. 수염을 전혀 기르지 않은 말끔한 얼굴은 영적인 허기에 굶주린 듯했고, 거친 눈빛에서는 싸늘한 냉기마저 감돌았다. 두 사람 모두 트위드 천으로 지은 옷을 입고 있었다.

서로 인사말도 주고받기 전, 커다란 돌덩어리가 떨어지는 소리에 손님들은 깜짝 놀라 의자에서 벌떡 일어났다. 건물의 윗부분 전체가 무너져 내린 듯한 소리였다. 폴이 문 쪽으로 달려가 하인에게 무슨 일이 있었는지 알아보라고 소리쳤다. 하인이 왜 그러느냐고 묻자, 폴은 건물이 무너지는 소리를 듣지 못했느냐고 두 번이나 하인에게 되물었다. 하인은 아무런 소리도 듣지 못했다고 대답하면서도 주인의 명령에 따라 위층으로 올라갔다. 하지만 위층은 평소와 조금도 다르지 않았다. 하녀들도 아무 소리를 듣지 못했다고 말했다.

그사이, 손님들 중 유일하게 냉정하고 차분한 태도를 유지하던 백하우스가 손톱을 물어뜯고 서 있던 나이트스포어에게 곧장 다가갔다.

"무슨 일인지 설명해 주실 수 있겠습니까?"

나이트스포어가 백하우스의 눈길을 피하며 음산하고 걸걸한 목소리로 대답했다.

"초자연적인 현상이었소."

"저도 그렇게 생각합니다. 자주 겪은 현상입니다. 하지만 이번처럼 요란했던 경우는 없었습니다.”

그런 다음 백하우스는 손님들에게로 돌아가 그들을 안심시켰다. 손님들은 차츰 안정을 되찾았지만, 오늘 밤 행사에 대한 좀 전의 편안하고 유쾌한 분위기는 사라지고 팽팽한 긴장감이 감돌았다. 매스컬과 나이트스포어도 마침내 자리에 앉았고, 트렌트 부인은 그들을 불안한 눈길로 계속 흘깃거렸다. 그런 와중에도 모차르트의 곡은 끊이지 않고 연주됐다. 악단 역시 아무런 소리를 듣지 못한 게 틀림없었다.

백하우스가 혼을 불러내기 위한 작업을 시작했다. 그에게는 익숙한 작업이었고, 결과에 대해서는 조금도 걱정하지 않았다. 의지를 집중하거나, 어떤 능력을 개발하고 훈련하는 것만으로는 혼을 불러낼 수 없었다. 하기야 그렇다면 누구라도 뭔가에 몰두하면 무엇이든 해낼 수 있을 것이다. 백하우스의 능력은 남달랐다. 이미 그와 영계(靈界)를 나누는 벽의 많은 부분이 허물어진 터였다. 그의 정신에 자리 잡은 작은 틈새를 통해 보이지 않는 세계에 존재하는 혼들을 불러내면, 혼들은 조심스럽게, 때로는 기고만장하게 다채로운 모습으로 나타났다……. 어떻게 이런 일이 일어나는지 그 자신도 설명하지는 못했다……. 게다가 혼을 불러내는 일은 백하우스에게도 힘든 작업이었다. 그런 일을 자주 시도하면 정신착란이 일어나고 일찍 죽을 수도 있었다. 이런 이유에서 백하우스는 엄격하고 단호하게 처신했다. 강신 현상을 목격하고도 궁색한 이유를 들먹이며 야비하게 의심하는 사람이나 몇몇 사람들의 경박한 미적 감각이 백하우스의 냉철하고 진지한 마음에 역겨움을 안겨주

긴 했지만 그도 먹고살아야 했고, 입에 풀칠이라도 하려면 그런 주제넘은 행동들을 참고 견뎌야만 했다.

백하우스는 긴 나무 의자를 마주 보고 앉았다. 그는 여전히 눈을 뜨고 있었지만 내면을 들여다보는 듯했다. 뺨이 백지장처럼 하얗게 변했고, 몸도 눈에 띄게 가늘어졌다. 손님들은 숨을 쉬는 일조차 잊은 듯했다. 예민한 사람은 이미 주위에서 낯선 존재를 느끼기 시작했다. 틀림없이 그런 존재가 근처에서 서성대는 기분이었다. 매스컬은 기대감에 부풀어 눈을 반짝거리고 눈썹마저 꿈틀거렸지만, 나이트스포어는 지루해 죽겠다는 태도였다.

10분쯤 지나자, 사람들과 석상 받침돌 사이의 바닥에서 안개가 피어오른 듯 받침돌이 약간 흐릿하게 보였다. 안개는 점점 짙어져 구름으로 변해갔다. 게다가 여기저기에서 연기가 소용돌이처럼 솟구치며 구름의 모양이 끊임없이 변했다. 핼버트 교수가 의자에서 일어나 한 손으로 안경을 잡고 콧대 앞쪽에 걸쳤다.

구름이 조금씩 3차원의 형태를 띠며 인간의 몸 비슷하게 변해갔지만, 여전히 윤곽이 막연하고 뚜렷하지 않았다. 구름은 나무 의자 30센티미터 정도 위를 빙빙 맴돌았다. 백하우스는 죽은 사람처럼 초췌해 보였다. 제임슨 부인은 의자에 앉은 채 잠시 졸도했지만 아무도 눈치채지 못했다. 여하튼 제임슨 부인은 곧바로 정신을 되찾았다. 구름 유령이 마침내 나무 의자에 내려앉았다. 그 순간, 구름이 갑자기 검은빛을 띠더니 완전한 인간의 모습으로 변했다. 손님들 대부분이 백하우스처럼 하얗게 질렸지만, 폴은 냉정한 태도를 유지하면서 트렌트 부인을 한두 번 힐끗 쳐다보았다. 트렌트 부인은 작은 레이스 손수건을 손에 쥐고 비틀면서도 나무 의자에서 눈을 떼지 못했다. 음악은 끊이지 않고 계속 연주되고 있었다.

구름은 이제 누가 봐도 나무 의자에 누워 있는 남자의 모습이었다. 얼굴 생김새도 또렷했고, 몸을 수의 비슷한 것으로 감싸고 있었지만 전체적인 모습은 젊은 남자가 분명했다. 축 늘어진 채 움직이지 않는 하얗고 매끄러운 손은 거의 바닥에 닿을 것 같았다. 손님들 중 정신이 유약한 사람은 완전히 겁에 질린 얼굴로 그 유령을 바라보았고, 나머지 사람들도 말을 하지는 않았지만 당황한 표정이 역력했다. 인간의 모습을 한 유령은 **죽은 사람**이 분명했지만, 삶 이후의 주검이 아니라 삶을 앞선 주검처럼 보였다. 그 유령은 금방이라도 일어나 앉을 것만 같았다.

백하우스가 의자에서 비틀거리며 일어나더니 손님들을 바라보고 소리쳤다.

"저 음악 좀 멈추십시오!"

폴이 전기종을 눌렀다. 몇 소절이 이어지더니 곧 죽음 같은 침묵이 뒤따랐다. 백하우스가 힘겹게 입을 뗐다.

"가까이에서 확인하고 싶은 사람은 와서 보십시오."

랭이 곧바로 일어나 나무 의자로 다가갔지만, 겁에 질린 표정으로 그 초자연적인 젊은 유령을 바라보기만 할 뿐이었다. 백하우스가 말했다.

"만져도 됩니다."

그러나 랭은 감히 손을 내밀지 못했다. 다른 손님들도 조심스레 나무 의자 쪽으로 다가갔지만 누구도 유령을 만질 엄두를 내지 못했다. 마침내 폴의 차례가 됐다. 폴은 유령을 보고 놀라서 얼굴까지 찡그린 트렌트 부인을 뚫어지게 바라보고는 유령을 만지는 데서 그치지 않고, 축 늘어뜨린 손을 갑자기 움켜잡고 꽉 힘을 주기도 했다. 트렌트 부인이 나지막이 비명을 질렀다. 유령이 눈을 번쩍 떴기 때문이었다. 유령은 묘한 표정으로 폴을 쳐다보고는 나무 의자에서 일어나 앉아 수수께끼 같은 미소를 입가에 흘리기 시작했다. 폴은 자신의 손을 바라보았다. 주체할 수 없는 쾌감이 온몸에 스미는 기분이었다.

매스컬이 두 팔을 황급히 뻗어 제임슨 부인을 붙잡았다. 그녀가 다시 혼절한 듯이 휘청거렸기 때문이다. 트렌트 부인이 황급히 달려가 제임슨 부인을 방에서 데리고 나갔다. 그들은 다시 돌아오지 않았다.

유령이 마침내 허리를 펴고 꼿꼿이 서서 여전히 묘한 미소를 흘리며 주위를 둘러보았다. 프라이어가 갑자기 구역질을 하면서 방에서 뛰쳐나갔다. 나머지 사람들은 서로 바짝 붙어서 인간의 단합된 힘을 과시하려 했지만, 나이트스포어는 따분해서 넌더리가 난 사람처럼 방 안을 서성댔다. 매스컬이 유령에게 뭔가를 물었다. 그러자 유령은 당황한 표정으로 매스컬을 물끄러미 바라볼 뿐 대답하지 않았다. 백하우스는 양손에 얼굴을 묻고 멀찌감치 떨어져 앉아 있었다.

그때 문이 벌컥 열리더니 한 낯선 사람이 하인의 안내도 받지 않은 채 거의 뛰듯이 성큼성큼 라운지에 들어와서는 걸음을 멈췄다. 폴의 손님들 중 누구도 그 사람을 모르는 듯했다. 그는 가슴이

떡 벌어진 땅딸막한 남자로, 근육이 놀랍도록 발달했지만 머리는 몸에 비해 유난히 컸다. 수염을 기르지 않는 누런 얼굴 때문인지 지혜와 야만성에 유머 감각까지 겸비한 사람 같은 인상을 풍겼다.

"아하, 신사 여러분!"

그 남자가 우렁찬 목소리로 소리쳤다. 귀청을 찢을 듯한 기분 나쁜 목소리였다.

"꼬마 방문객께서 와 계시는구먼."

나이트스포어는 곧 등을 돌려버렸지만, 다른 손님들은 놀라서 그 침입자를 멍하니 쳐다보았다. 그가 무대 가장자리를 향해 천천히 걸음을 옮겼다.

"실례가 되지 않는다면 집주인으로서 성함을 여쭤도 되겠습니까?"

폴이 퉁명스레 물었다. 침입자는 폴을 잠시 바라보더니 너털웃음을 터뜨렸다. 그리고 폴의 등을 장난스레 툭 쳤다. 하지만 장난이라 하기엔 너무 세게 쳤던지 폴은 비틀거리며 벽까지 떠밀려 가서야 가까스로 균형을 되찾았다.

"안녕하시오, 주인장!"

그가 젊은 유령을 쳐다보며 덧붙였다.

"그래, 자네도 잘 지냈나?"

유령이 방 안을 배회하기 시작했지만 손님들은 전혀 의식하지 못하는 것 같았다. 침입자가 다시 말했다.

"전에 자네랑 비슷한 녀석을 본 것 같은데."

유령은 대꾸하지 않았다.

그러자 침입자가 유령의 얼굴에 자신의 얼굴을 바짝 들이밀며 말했다.

"자네는 여기에 있을 자격이 없어. 자네도 알지?"

유령이 의미심장한, 하지만 도무지 뜻을 헤아릴 길이 없는 미소를 지으며 침입자를 노려보았다. 백하우스가 다급한 목소리로 말했다.

"조심하십시오."

"무슨 일이라도 생긴다는 건가, 귀신 불러내는 양반?"

"당신이 누군지는 모르겠지만, 당신 생각대로 저 혼령에게 물리적 폭력을 사용한다면 **그 결과**가 썩 유쾌하지는 않을 겁니다."

"게다가 재미가 없다면 우리의 저녁도 망치고 말겠지? 그렇지 않나, 돈벌레 친구?"

햇살이 산 너머로 넘어가듯 침입자의 얼굴에서 순식간에 웃음기가 사라지고 바위처럼 험악한 표정만 남았다. 누가 말릴 틈도 없이, 그는 털이 숭숭 난 두 손으로 유령의 부드럽고 하얀 목을 휘감았다. 그리고 손으로 두 바퀴나 돌리면서 유령의 목을 완전히 비틀었다. 섬뜩한 비명이 희미하게 들렸고, 유령의 몸뚱이가 낡가리처럼 바닥에 쓰러졌다. 유령의 얼굴은 천장을 향하고 있었다. 신비하면서도 매혹적인 미소가 야비하고 흉포한 비웃음으로 변한 걸 본 손님들은 말할 수 없는 충격을 받았다. 히죽 웃는 웃음은 모두의 가슴에 도덕적으로 꺼림칙한 뒷맛을 남겼다. 게다가 무덤에서 나는 고약한 악취까지 풍겼다.

유령이 빠르게 희미해지기 시작했다. 그 몸이 밀도를 잃고 고체에서 기체로 변해갔다. 2분도 채 지나지 않아 유령은 완전히 사라졌다.

땅딸막한 침입자는 뒤로 돌아 손님들을 마주 보고 큰 소리로 웃음을 터뜨렸다. 길게 늘어지는 그 웃음은 조금도 자연스럽지 않았다.

핼버트 교수가 흥분해서 켄트스미스에게 나지막이 속삭였고, 폴은 백하우스를 무대장치 뒤로 불러서는 말없이 수표를 건네주었다. 백하우스는 수표를 주머니에 넣고 단추를 채운 다음 라운지를 빠져나갔다. 랭이 함께 한잔하려는 듯 백하우스를 뒤쫓아 나갔다.

낯선 침입자가 매스컬의 얼굴을 똑바로 올려다보며 말했다.

"이봐, 거인. 어떻게 생각하쇼? 이런 놈들이 제멋대로 사는 땅을 보고 싶지 않나?"

"이런 놈들이라니?"

"악귀 같은 놈들."

매스컬이 정나미가 떨어진다는 듯 커다란 손을 휘휘 저었다.

"그런데 댁은 누구요? 어떻게 여기에 온 겁니까?"

"당신 친구에게 물어보슈. 그 친구는 아마 나를 알아볼 테니까."

나이트스포어는 의자를 벽난로 앞에 옮겨놓고 황홀감에 빠진 표정으로 잔불을 뚫어지게 바라보고 있었다. 그가 묘한 목소리로 말했다.

"크래그, 날 보고 싶으면 자네가 와야지."

크래그로 밝혀진 침입자가 매스컬에게 히죽 웃어 보이며 말했다.

"당신 친구가 나를 아는 모양이군."

이렇게 말한 뒤 크래그는 나이트스포어에게 다가갔다. 그가 나이트스포어가 앉아 있는 의자 등받이에 손을 얹으며 물었다.

"아직도 허기증으로 고생하나?"

나이트스포어는 크래그에게 눈길조차 주지 않고 경멸하는 듯한 목소리로 되물었다.

"요즘 뭐 하고 지내?"

"수르투르가 떠났어. 바로 뒤쫓아 가야 해."

매스컬이 어리둥절한 얼굴로 둘을 번갈아 보며 물었다.

"둘이 아는 사이야? 그런데 누구 얘기를 하는 거야?"

"크래그 덕분에 할 일이 생겼군. 일단 밖으로 나가자고."

나이트스포어는 이렇게 말하며 의자에서 일어나 어깨 너머를 힐끗 바라보았다. 매스컬도 그의 눈길을 좇아갔다. 몇몇 남아 있는 사람들이 그들을 유심히 지켜보고 있었다.

2
거리에서

세 남자는 집 밖의 거리에서 다시 모였다. 조금 쌀쌀한 밤이었다. 동쪽에서 바람이 불어왔지만 하늘은 유난히 맑았다. 수많은 별이 반짝거리며 빛나, 하늘은 상형문자로 수놓인 거대한 두루마리를 펼쳐놓은 것 같았다. 매스컬은 별다른 이유도 없이 흥분감이 밀려오는 것을 느꼈다. 곧 뭔가 재밌는 일이 터질 것 같은 예감이 들었다.

"크래그, 오늘 밤 이 집엔 어떻게 온 거요? 유령한테 그런 짓을 한 이유는 또 뭐고? 그게 유령이란 건 어떻게 안 거요?"

나이트스포어가 퉁명스레 말했다.

"표정이 수정인간이랑 똑같았어."

"내가 좀 전에 얘기하지 않았나, 매스컬? 매스컬은 그 희귀한 놈들이 자기들 세상에서는 어떻게 노는지 보고 싶은 모양이군."

매스컬은 크래그를 신중하게 뜯어보며, 그를 향한 자신의 감정을 분석해 보려 애썼다. 크래그에게 혐오감을 느끼는 건 분명했지만, 그런 혐오감과 더불어 억누르기 힘든 에너지가 가슴속에서 솟구치는 기분이었다. 그런데 이상하게도 그런 에너지는 크래그에게서 비롯된 것 같았다.

"왜 계속 기분 나쁜 미소를 짓고 있는 거요?"

매스컬이 물었다.

"그럴 수밖에 없으니까. 나이트스포어가 정확히 지적했어. 수정인간의 얼굴이었어. 수정인간의 나라에 가봐야겠어."

"처음 듣는 나라군. 그 희한한 나라가 어딨는데?"

"토맨스 별."

"참 희한한 이름이군. 그건 또 어딨는 건데?"

크래그가 히죽 웃어 보였다. 가로등 불빛에 그의 누런 이가 훤히 드러났다.

"아르크투루스 외곽."

"대체 이 친구가 뭐라는 거야, 나이트스포어? ……그런 이름을 가진 별이 있다는 건가?"

매스컬이 다시 크래그를 보며 물었다.

"지금 바로 자네 눈앞에 떠 있지."

크래그는 그렇게 말하며 굵직한 손가락으로 남동쪽 하늘에서 가장 밝게 빛나는 별을 가리켰다.

"저 별이 아르크투루스야. 토맨스는 그 주위를 도는 행성 중 하나고. 사람이 사는 별이지."

매스컬은 위엄 있게 환히 빛나는 별을 바라보고 다시 크래그에게 눈길을 돌렸다. 그러고는 파이프를 꺼내 담배를 채우기 시작하며 말했다.

"새로운 흥밋거리를 만들어 낸 것 같군. 재밌겠어, 크래그."

"자네가 재밌어하면 좋겠군, 매스컬. 며칠이면 끝나겠지만."

"아 참, 그러잖아도 물어보려고 했는데, 대체 내 이름은 어떻게 알았지?"

"모르는 게 더 이상하지. 자네 때문에 내가 여기에 왔는데. 사실 나이트스포어와 나는 오랜 친구 사이야."

매스컬이 파이프에 성냥불을 붙이던 손을 멈추고 물었다.

"나 때문에 여기에 온 거라고?"

"당연하지. 자네와 나이트스포어 때문에. 셋이 함께 여행이나 떠나보려고."

매스컬은 파이프에 불을 붙이고 연기를 천천히 뿜어냈다.

"크래그, 미안한 말이지만 내 생각엔 자네가 미친 것 같은데."

크래그가 머리까지 뒤로 젖히며 요란하게 웃었다.

"내가 미친놈이야, 나이트스포어?"

나이트스포어가 크래그의 얼굴을 뚫어지게 쳐다보며 숨죽인 목소리로 말했다.

"수르투르가 토맨스로 갔다고?"

"그래. 우리가 곧바로 뒤쫓아 가야 해."

매스컬의 심장이 두근두근 뛰기 시작했다. 마치 꿈속의 대화를 듣고 있는 기분이었다.

"크래그, 그 생판 모르는 사람이 나한테 자네와 함께 일을 해달라고 **부탁한** 건가? ……게다가 그 사람은 대체 누구야?"

나이트스포어가 고개를 돌리며 대신 대답했다.

"크래그의 상관."

"복잡하구만. 난 여기서 떨어질래."

"자네는 수수께끼 같은 미스터리를 찾고 있는 것 아닌가?"

크래그가 말을 이었다.

"이번 일로 그런 미스터리를 실감나게 맞닥뜨릴 수 있을 거야. 간단하게 생각하라고, 친구. 명쾌하면서도 중대한 문제니까."

매스컬은 크래그를 뚫어지게 바라보며 파이프를 뻑뻑 빨아댔다.

"자네는 지금 어디에서 오는 길이야?"

나이트스포어가 불쑥 물었다.

"스타크니스에 있는 옛 천문대에서⋯⋯. 매스컬, 스타크니스 천문대라고 들어본 적이 있지? 아주 유명한 곳인데."

"금시초문인데. 어딨는 건데?"

"스코틀랜드 북동 해안 지역에. 그 천문대에서 종종 재밌는 게 발견되지."

"예를 들면, 별나라를 여행하는 방법 같은 것 말이지. 그럼 그 수르투르란 사람도 천문학자겠군. 설마 자네도⋯⋯?"

크래그가 다시 히죽 웃었다.

"지금 하는 일을 마무리하는 데 얼마나 걸릴 것 같아? 언제쯤 출발할 수 있지?"

매스컬이 호탕하게 웃으면서 말했다.

"생각보다 마음이 넓군. 나는 당장 끌려갈까 봐 걱정했는데⋯⋯. 와이프도 없고 땅도 없고 직업도 없으니까 언제라도 출발할 수 있지만…… 그런데 여정은 어떻게 되나?"

"정말 복도 많은 친구로군. 대담한 가슴을 지닌 데다 거추장스러운 식솔도 없으니 말이야."

하지만 크래그는 돌연 엄숙하고 신중한 표정을 짓더니 덧붙여 말했다.

"경거망동하지는 마. 행운이란 선물을 거절하지도 말고. 거절한 선물은 다시 주어지지 않는 법이니까."

매스컬이 파이프를 주머니에 쑤셔 넣으며 대꾸했다.

"크래그, 내 입장도 이해해 줘. 아무리 모험을 좋아하는 사람이라도 그처럼 정신 나간 제안을 어떻게 덥석 받아들일 수 있겠어? 또 내가 자네에 대해 아는 게 뭐가 있지? 자네가 과거에 뭘 했는지도 모르는데. 못된 사기꾼일 수도 있고, 정신병원에서 방금 나왔을 수도 있잖아. 여하튼 자네에 대해 아무것도 모른다고. 자네가 특별한 사람이라고 주장하면서 내 도움을 원한다면 그에 합당한 증거를 내놓아야 되지 않겠어?"

"어떤 증거면 되겠나, 매스컬?"

이렇게 말하며 크래그는 매스컬의 팔을 움켜잡았다. 짜릿한 고통이 곧바로 매스컬의 온몸을 타고 흘렀고, 머리는 불덩이처럼 뜨겁게 달아올랐다. 태양이 떠오른 것처럼 그의 눈앞에서 섬광이 번뜩였다. 매스컬은 좀 전의 기상천외한 대화가 어쩌면 진실일지도 모른다는 생각이 들었다.

매스컬의 머릿속에서 온갖 기묘한 형상과 생각이 종잡을 수 없이 뒤섞였다. 그가 느릿느릿 입을 열었다.

"크래그, 자네는 어떤 여행에 대해 말했지. 그게 정말 실현 가능하고 나에게 그 여행을 할 기회가 주어진다면 다시 돌아오지 않을 각오라도 하겠어. 그 아르크투루스라는 행성에서 이십사 시간 동안 내 목숨이라도 바치겠다, 이런 각오로 그 여행에 임할 거야……. 이제 자네가 터무니없는 말을 하는 게 아니라는 걸 나한테 입증해 봐. 자네 말이 사실이란 걸 증명해 보라고."

매스컬이 말하는 동안 크래그는 그에게서 눈을 떼지 않았다. 하지만 크래그는 다시 장난스러운 표정을 지어 보이며 말했다.

"자네는 이십사 시간이라 말했지만 더 걸릴 수도 있어. 하지만 한없이 길어지지는 않을 거야. 매스컬, 자네는 대담한 친구지만 이번 여행은 자네한테도 조금 힘들 거야……. 여하튼 그 옛날의 불신자들처럼 자네도 하늘의 증거를 원한다는 건가?"

매스컬이 얼굴을 찡그렸다.

"하지만 하나부터 열까지 전부 터무니없는 얘기잖나! 아까 저 집에서 본 것만으로도 머리가 터질 것만 같아. 집에 가서 잠이라도 자면서 잊고 싶다고."

크래그는 한 손으로 매스컬을 붙잡고 다른 손으로는 가슴 주머니를 뒤적거렸다. 그가 조그만 접이식 렌즈를 꺼냈다. 렌즈의 직경은 5센티미터를 채 넘지 않았다.

"떠나기 전에 이걸로 아르크투루스를 한번 보지 않겠어? 이게 부족하나마 증거가 될 수도 있으니까. 안타깝게도, 이게 내가 보여줄 수 있는 최고의 증거야. 여하튼 나는 떠돌이 마법사가 아니야……. 떨어뜨리지 않게 조심해. 상당히 무거우니까."

매스컬은 렌즈를 받아 들었다. 그리고 다음 순간 움찔하며 놀란 표정으로 크래그를 바라봤다. 그 조그만 렌즈는 크라운 은화보다 그리 크지 않았지만 10킬로그램은 너끈히 나갈 것 같았다.

"이게 뭐야, 크래그?"

"그걸로 아르크투루스를 봐, 친구. 그럼 내가 자네에게 그걸 왜 줬는지 짐작할 테니까."

매스컬은 렌즈를 힘겹게 들어 올려 반짝거리는 아르크투루스 쪽으로 방향을 잡았다. 그리고 팔 근육이 뻐근해질 때까지 그 별을 쳐다보았다. 육안으로는 하나의 노란 광점光點으로 보이던 별이 지금은 밝게 빛나지만 훨씬 작은 두 개의 태양으로 뚜렷하게 나뉘어 보였다. 상대적으로 큰 쪽은 여전히 노란색이었지만, 작은 쪽은 아름답기 그지없는 푸른빛을 띠었다. 그러나 그것이 전부가 아니었다. 너무 작아 거의 식별되지도 않는 위성 하나가 노란 태양 주위를 돌고 있었다. 그 위성도 반짝반짝 빛났지만 발광체는 아니었고 반사된 빛으로 반짝거리는 것이었……. 매스컬은 팔을 내렸다 올리기를 되풀이했다. 똑같은 장면이 눈앞에서 반복될 뿐, 다른 장면은 눈에 들어오지 않았다. 잠시 후, 매스컬은 말없이 크래그에게 렌즈를 돌려주었다. 그러고는 우두커니 서서 아랫입술만 씹어댔다.

크래그가 렌즈를 나이트스포어에게 건네며 말했다.

"자네도 한번 보겠나?"

나이트스포어는 크래그의 말을 무시하고 주변을 서성거리기 시작했다. 크래그가 냉소적인 웃음을 지으며 렌즈를 주머니에 넣었다.

"매스컬, 이 정도면 만족하겠지?"

"아르크투루스는 이중 태양이군. 그 주위를 돌던 별이 토맨스 행성인가?"

"우리 미래의 보금자리기도 하지."

매스컬은 선뜻 결정을 내리지 못했다.

"내가 만족했냐고 물었지? 솔직히 모르겠어, 크래그. 놀랍기만 하군. 내가 말할 수 있는 건 그게 전부야……. 하지만 한 가지에는 만족했어. 스타크니스에는 뛰어난 천문학자들이 있을 것 같군. 그러니 자네가 천문대로 나를 초대한다면 기꺼이 가겠어."

"당연히 자네를 초대하지. 어차피 거기에서 출발할 거니까."

"나이트스포어, 자네는?"

매스컬의 질문에 나이트스포어는 웅얼거리듯이 대답했다.

"이번 여행은 피할 수 없어. 하지만 어떤 결과가 나올지는 나도 모르겠어."

크래그가 나이트스포어를 쏘아보았다.

"하기야 나이트스포어를 흥분시키려면 이보다 훨씬 흥미진진한 모험을 제안해야겠지."

"하지만 간다잖아."

"하지만 **열의**가 없잖아. 자네와의 우정 때문에 가는 거야."

매스컬은 남동쪽 하늘에서 외로운 군주처럼 위엄 있게 빛나는 별을 찾아 다시 고개를 들었다. 그 별을 응시하자, 그곳에 가고 싶은 열망이 걷잡을 수 없이 밀려와 가슴이 터질 것만 같았다. 하지만 그 이유는 도무지 설명할 길이 없었다. 그의 운명이 아득히 멀리 떨어진 저 거대한 태양과 어떤 식으로든 묶여 있다는 느낌이 들 뿐이었다. 그러나 아직까지는 크래그의 말이 처음부터 끝까지 사실이라고 섣불리 인정할 수 없었다.

매스컬은 멍한 상태에서 이제 출발하자는 크래그의 말을 들었다. 시간이 좀 지나 나이트스포어와 단둘이 있게 됐을 때에야 그는 그들이 좀 전에 기차 노선이나 시간표 등과 같이 지극히 일상적인 얘기를 나누었다는 사실을 깨달았다.

"크래그도 우리와 함께 북쪽으로 갈 건가, 나이트스포어? 내가 제대로 못 들어서."

"아니. 우리가 먼저 출발하고, 크래그는 모레 저녁에 스타크니스에서 우리와 합류할 거야."

매스컬이 여전히 생각에 잠긴 표정으로 물었다.

"저 친구를 대체 어떻게 생각해야 하는 거야?"

나이트스포어가 지친 목소리로 대답했다.

"자네 판단에 도움을 주자면, 나는 저 친구가 거짓말하는 걸 한 번도 본 적이 없어."

3
스타크니스

이틀 뒤, 매스컬과 나이트스포어는 오후 2시가 돼서야 스타크니스 천문대에 도착했다. 더구나 헤일라역에 내려서는 11킬로미터 정도를 걸어야 했다. 험난한 좁은 길이 까마득한 절벽을 따라 이어졌고, 저 멀리 북해가 한눈에 들어왔다. 바람은 상쾌했고, 햇살이 내리쬐기는 했지만 소금기가 섞인 공기는 쌀쌀했다. 검푸른 파도 사이사이 하얀 포말이 눈에 띄기도 했다. 낭떠러지 길을 걷는 내내 갈매기들이 아름다운 소리로 구슬프게 울어대며 길동무 역할을 해주었다.

천문대는 자급자족하는 조그만 촌락처럼 보였지만, 부근에 사는 사람은 없었다. 그런 땅끝에 자리 잡은 천문대는 세 개의 건물로 이루어져 있었다. 돌로 지은 아담한 주거용 건물, 지붕이 낮은 작업장, 그리고 북쪽으로 180미터쯤 떨어진 곳에 화강암으로 지은 20미터 높이의 장방형 탑이었다.

주거용 건물과 작업장 사이의 널찍한 마당에는 곳곳에 쓰레기가 널려 있었다. 돌담이 두 건물을 에워싸고 있었지만 바다에 면한 쪽에는 담이 없어서, 주거용 건물은 절벽 바로 위에 서 있는 것처럼 보였다. 단 한 사람도 눈에 띄지 않았고, 창문은 모두 굳게 닫혀 있었다. 매스컬은 주변 전체가 폐쇄되고 버려진 곳이란 확신이 들었다.

다행히 대문은 열려 있었다. 매스컬이 먼저 들어가 현관문을 세차게 두드렸다. 현관 손잡이에 먼지가 두껍게 쌓인 것으로 보아 오랫동안 사용하지 않은 게 분명했다. 매스컬은 현관문에 바짝 붙어 귀를 기울여 봤지만, 집 안에서는 인기척이 전혀 느껴지지 않았다. 문손잡이를 마구 돌려보기도 했지만 문은 꿈쩍하지 않았다.

매스컬과 나이트스포어는 다른 출입구를 찾아 건물을 빙 둘러보았다. 그러나 출입구는 현관문뿐이었다. 매스컬이 투덜거렸다.

"낌새가 좋지 않은데. 아무도 없잖아……. 자네는 헛간을 뒤져 봐, 나는 저 탑에 가볼 테니까."

기차에서 내린 뒤로 열 마디도 하지 않은 사람답게 나이트스포어는 고개만 끄덕이고는 마당을 가로질러 헛간으로 향했다. 매스컬은 대문으로 나와 탑을 향해 발걸음을 재촉했다. 절벽에서 조금 떨어진 곳에 우뚝 서 있는 탑에 도착하기는 했지만, 출입문이 자물쇠로 굳게 잠긴 것만 확인했을 뿐이다. 매스컬은 고개를 들어 탑을 올려다보았다. 여섯 개의 창문이 일정한 간격을 두고 나 있었는데, 모두 바람이 불어오는 쪽, 즉 바다를 향한 것을 확인할 수 있었다. 여기에서 더 이상 얻을 게 없다고 생각한 매스컬은 발길을 돌렸다. 화가 치밀어 올랐다. 나이트스포어도 작업장 문이 잠겨 있더라고 말했다. 매스컬이 화가 나서 소리쳤다.

"대체 우리가 초대를 받은 거야 뭐야?"

"집에는 아무도 없어. 창문을 깨고 들어가는 게 낫겠어."

나이트스포어가 손톱을 물어뜯으며 대꾸했다.

"나도 크래그가 도착해서 미안하다고 말할 때까지 밖에 머물 생각은 없어."

매스컬은 마당에서 녹슨 나사 하나를 집어 들고 멀찌감치 떨어져서는 1층 내리닫이창을 향해 힘껏 던졌다. 유리창 아랫부분이 와장창 깨졌다. 매스컬은 깨진 유리 사이로 조심조심 손을 집어넣고 창틀 걸쇠를 밀어 올렸다. 잠시 후, 그들은 창문을 타고 넘어 집 안으로 들어갔다.

그들이 들어간 곳은 부엌으로, 오랫동안 사용하지 않은 듯 지독하게 더러웠다. 가구는 성한 것이 없었고, 깨진 식기와 쓰레기도 한곳에 쌓여 있는 게 아니라 바닥에 흐트러져 있었다. 온갖 것에 먼지가 수북했다. 또 퀴퀴한 냄새가 진동해서 매스컬은 몇 개월 동안 이 부엌에 맑은 공기가 통하지 않았을 거라고 결론 내렸다. 벽 여기저기에 벌레들이 기어 다녔다.

매스컬과 나이트스포어는 아래층의 다른 방들도 둘러보았다. 식기실, 식탁조차 없는 식당, 잡동사니가 잔뜩 쌓인 창고였다. 부엌과 똑같이 오랫동안 방치된 듯 먼지가 쌓이고 곰팡내가 풍겼다. 적어도 반년 동안 아무도 이 방들에 얼씬하지 않은 게 확실했다. 매스컬이 물었다.

"아직도 크래그를 믿어? 솔직히 나는 조금이나마 있던 믿음마저 사라질 지경이야. 이번 일이 정말 터무니없는 장난은 아니더라도 곳곳에서 그런 낌새가 보이잖아. 크래그는 여기에 발을 들여놓은 적도 없을 거야."

나이트스포어가 말했다.

"위층에나 올라가 보자고."

위층에는 서재 하나와 세 개의 침실이 있었다. 역시 창문이 모두 굳게 닫혀 있어 공기가 답답해 숨을 쉬기도 힘들었다. 침대는 오래전에 누군가가 잠을 자고 정돈조차 하지 않은 상태였다. 뒤엉키고 변색된 시트와 베갯잇이 그 증거였다. 공중을 떠다니던 먼지가 시트와 침대보에 수북이 쌓인 것으로 보아, 그 흔적이 오래전에 남겨진 것이라는 데는 의심의 여지가 없었다. 매스컬이 물었다.

"누가 여기에서 잤을 것 같아? 천문대 직원?"

"우리와 같은 여행자였을 가능성이 더 크지. 갑자기 떠난 거야."

매스컬은 방마다 돌아다니며 창문을 활짝 열어젖히면서 더 이상 참을 수 없을 때까지 숨을 꾹 참았다. 침실 두 곳은 바다를 향해 있었다. 그렇다면 나머지 침실 하나와 서재는 경사진 황무지를 향하고 있을 것이다. 이제 서재 하나만 남았다. 서재에서도 얼마 전까지 누군가가 사용한 흔적을 찾아낼 수 없다면 이번 일을 짓궂은 장난으로 치부하기로 매스컬은 마음을 굳혔다.

그러나 서재 역시 다른 방들과 마찬가지로 퀴퀴한 냄새가 코를 찔렀고 먼지가 수북이 쌓여 있었다. 매스컬은 창문을 힘껏 열어젖히고는 안락의자에 털썩 주저앉았다. 그리고 못마땅한 얼굴로 친구를 쏘아보았다.

"지금도 크래그가 거짓말을 한 게 아니라고 생각해?"

나이트스포어가 창문 앞에 놓인 탁자 모서리에 걸터앉으며 말했다.

"크래그가 어딘가에 메시지를 남겨놨을 거야."

"무슨 메시지? 왜? 이 방에 남겨놨다는 건가? 메시지 같은 건 못 봤는데."

나이트스포어가 날카로운 눈빛을 번뜩이며 서재를 샅샅이 훑었다. 마침내 그의 시선이 유리문이 달린 붙박이장에서 멈추는 듯했다. 거기에 있는 것이라곤 선반 하나에 진열된 서너 개의 낡은 병뿐이었다. 매스컬은 나이트스포어와 붙박이장을 번갈아 쳐다보더니 말없이 일어나 병들을 살펴보기 시작했다.

병은 모두 네 개였다. 하나가 유난히 컸지만, 작은 병들도 높이가 20센티미터쯤 됐다. 병은 모두 어뢰 모양이었지만 바닥이 납작해서 똑바로 세워놓을 수 있었다. 작은 병 가운데 둘은 비어 있었고 마개로 닫혀 있지도 않았다. 나머지 병에는 투명한 액체가 담겼고, 주둥이처럼 이상하게 생긴 마개가 병 옆으로 중간쯤까지 내려온 고리와 가느다란 금속 막대로 연결돼 있었다. 라벨도 붙어 있었지만, 세월 탓에 누렇게 바래서 뭐라고 쓰여 있는지 거의 알아볼 수가 없었다. 매스컬은 내용물이 들어 있는 병 두 개를 더 자세히 살펴보려고 빛이 드는 창문으로 가져갔다. 나이트스포어가 옆으로 비켜 앉으며 자리를 내주었다.

매스컬은 큰 병의 라벨에 '솔라 백 레이(Solar Back Rays)'라고 써 있는 것을 결국 알아냈다. 작은 병의 라벨은 더 알아보기 힘들어 조금 의심스럽기는 했지만 '아르크투루스 백 레이(Arcturian Back Rays)'라고 써 있는 듯했다.

그가 고개를 들고 의심 어린 눈초리로 친구를 보며 물었다.

"나이트스포어, 자네 여기에 온 적 있지?"

"크래그가 메시지를 남겼을 거라고 짐작한 것뿐이야."

"글쎄, 이게 메시지라 하더라도 우리한테는 아무런 도움이 안 돼. 여하튼 나한테는 말이야. 그런데 '백 레이'가 무슨 뜻이야?"

나이트스포어가 나지막이 대답했다.

"광원으로 돌아가는 빛."

"그게 어떤 빛인데?"

나이트스포어는 대답하길 망설이는 표정이었지만 매스컬이 자신에게서 눈을 떼지 않는 것을 보고 어렵사리 입을 열었다.

"빛이 끌어당기지 않으면 꽃이 어떻게 태양 쪽으로 고개를 돌릴 수 있겠어?"

"무슨 말인지 모르겠는데. 여하튼 이 병들은 뭐야?"

매스컬이 작은 병을 들고 이렇게 말하는 사이, 옆으로 눕혀져 있던 큰 병이 우연찮게도 데굴데굴 구르다가 금속 막대가 탁자에 걸렸다. 매스컬은 병을 잡으려고 재빨리 손을 뻗었다. 그 순간, 병이 돌연 그의 눈앞에서 사라졌다. 탁자에서 굴러떨어진 게 아니라 분명히 사라졌다. 큰 병은 어디에도 없었다.

매스컬은 멍하니 탁자를 바라보았다. 한참 뒤에야 그는 눈썹을 치켜올리고 빙그레 웃으면서 나이트스포어를 돌아보았다.

"메시지가 점점 복잡해지는군."

나이트스포어는 여전히 지루한 표정을 떨치지 못했다.

"밸브가 헐거워진 거야. 내용물이 창문으로 빠져나간 거지. 병까지 통째로 태양을 향하겠지만, 병은 지구 대기권에서 타버릴 테고 내용물도 흩어져 태양에 이르지 못할 거야."

귀 기울여 듣던 매스컬의 얼굴에서 미소가 사라졌다.

"이 작은 병으로 다시 실험해 볼까?"

"제자리에 도로 갖다놔. 아르크투루스는 아직 수평선 아래에 있어. 만약 그랬다간 우리랑 집이 통째로 사라지고 말 거야."

매스컬은 창문 앞에 서서 생각에 잠긴 채 햇살에 물든 황무지를 바라보았다. 마침내 그가 입을 열었다.

"크래그는 나를 어린애 취급 하는군. 그리고 지금은 정말 어린애가 된 기분이야……. 크래그 눈에는 그렇게 의심하는 내 모습이 정말 우습게 보였겠지. 하지만 나 스스로 이 모든 걸 알아내게 한 이유가 뭘까? 자네는 별로 도와준 게 없잖아. ……그나저나 크래그는 언제쯤 여기에 도착하지?"

"밤이나 돼야 도착할 거야."

나이트스포어가 대답했다.

4
목소리

어느덧 3시가 지난 시각이었다. 이른 아침 이후로 아무것도 먹지 않은 탓에 허기를 느낀 매스컬은 먹을 것을 찾으러 아래층으로 내려갔지만, 음식처럼 생긴 걸 찾아낼 수 있으리란 큰 기대는 없었다. 그러나 부엌 찬장에서 손도 대지 않은 듯 보이는 곰팡이 핀 커다란 오트밀 부대, 상당한 양의 고급 차※가 담긴 밀폐된 통, 개봉하지 않은 소 혓바닥 통조림 하나를 찾아냈다. 비록 코르크 마개로 닫혀 있진 않았지만, 식당 붙박이장에서 최상급 스카치위스키 한 병을 찾아내기도 했다. 매스컬은 그렇게 찾아낸 재료로 대충 먹을 것을 준비하기 시작했다.

마당에 설치된 펌프는 한참 애를 먹인 뒤에야 맑은 물을 쏟아냈다. 매스컬은 낡은 솥을 깨끗이 씻은 다음 물을 채우고, 부엌에 있는 의자 하나를 부숴서 땔감을 마련했다. 먼지투성이 바싹 마른 나무가 벽난로에서 활활 타오르며 솥을 뜨겁게 달궜다. 매스컬은 컵까지 찾아내 깨끗이 닦았다. 10분 뒤 두 친구는 식당에 앉아 그런대로 배를 채웠다.

나이트스포어는 먹기만 할 뿐, 마실 것에는 입도 대지 않았다. 그러나 매스컬은 왕성한 식욕을 과시했다. 우유는 없지만 위스키가 있었다. 매스컬은 홍차와 위스키를 거의 1 대 1로 섞은 칵테일을 연거푸 들이켰다. 소 혀가 바닥난 뒤에도 매스컬의 잔은 계속 채워졌다. 나이트스포어가 찡그린 얼굴로 그를 바라보며 물었다.

"크래그가 오기 전에 다 마셔버릴 작정인가?"

"크래그는 아무것도 먹고 싶어 하지 않을 거야. 뭔가를 하지 않으면 왠지 불안하단 말이야."

"그럼 주변이나 둘러보자고."

매스컬이 잔을 입으로 가져가다 말고 물었다.

"뭔가 짚이는 게 있어, 나이트스포어?"

"소기 협곡에 가보자."

"거기가 뭐 하는 덴데?"

나이트스포어가 입술을 씹으며 대답했다.

"볼 만한 데야."

매스컬이 잔을 내려놓고 벌떡 일어섰다.

"술을 마시는 것보다는 걷는 게 낫겠지. 특히 오늘 같은 날에는…… 여기서 얼마나 되는데?"

"5, 6킬로미터."

"뭔가 꿍꿍이가 있는 것 같은데" 하고 매스컬이 말했다. "이제 내 눈에는 자네도 크래그로 보이니까 말이야. 하지만 그렇더라도, 그편이 낫겠지. 점점 불안해지던 참이니까 뭔가 일이라도 벌어졌으면 좋겠어!"

그들은 현관문을 살짝 열어둔 채 집을 나선 뒤 곧바로 황무지 길로 들어섰다. 그들이 헤일라역에서 이곳으로 올 때 이용한 길이었다. 이번에는 탑을 지나 그 길을 계속 따라갔다. 우뚝 솟은 탑을 지날 때 매스컬이 궁금한 표정으로 올려다보며 물었다.

"저 탑은 **뭐야**, 나이트스포어?"

"저기 꼭대기에 있는 승강장에서 출발할 거야."

매스컬이 나이트스포어에게 눈길을 돌리며 다시 물었다.

"오늘 밤에?"

"그래."

매스컬은 빙긋이 웃었지만 눈초리만은 심각했다.

"그럼 우리는 지금 아르크투루스로 가는 관문을 보고 있는 거고, 크래그는 그 문을 열어주려고 북쪽으로 열심히 달려오는 거구만."

"이젠 자네도 그 여행이 불가능하다고 생각하지 않는군."

나이트스포어가 혼잣말처럼 웅얼거렸다.

2~3킬로미터쯤 걸어가자, 길이 해안에서 급격히 꺾이며 산길로 이어졌다. 나이트스포어가 앞장선 채 그들은 길에 들어섰다. 절벽 가장자리를 따라 양들이 다닌 희미한 흔적이 한동안 눈에 띄었지만, 1.5킬로미터쯤 가자 그것마저 사라졌다. 두 남자는 험준한 산비탈을 오르내리고 깊은 협곡을 지났다. 태양이 산 너머로 사라지면서 서서히 땅거미가 내리기 시작했다. 곧 그들은 막다른 길에 다다랐다. 길이 절벽 바로 앞까지 가파른 각도로 기울어져 있는 데

다 미끄러운 풀밭이 경사를 이루고 있어서 더 이상 앞으로 나아가는 건 불가능해 보였다. 매스컬이 걸음을 멈추고 턱수염을 어루만지며 어찌해야 할지 망설이자 나이트스포어가 말했다.

"여기서부터는 기어올라 가다시피 해야 해. 우리 둘 다 기어오르는 데는 선수잖아. 저기로 가면 별로 어렵지 않아."

나이트스포어는 이렇게 말하며, 그들이 서 있는 곳 몇 미터 아래 절벽을 따라 구불구불 올라가는 좁은 바위 턱을 가리켰다. 폭은 평균 잡아 40~70센티미터쯤 돼 보였다. 나이트스포어는 매스컬의 대답도 기다리지 않고 훌쩍 뛰어내려 재빠른 걸음으로 좁은 바위 턱을 따라 걸어가기 시작했다. 어디에 하소연할 방법이 없으니 매스컬도 친구의 뒤를 따를 수밖에 없었다. 그 길은 400미터 정도밖에 이어지지 않았지만, 100미터도 넘는 까마득한 아래로 시퍼런 바다가 넘실거려 온몸에 식은땀이 흘렀다. 어떤 곳에서는 옆걸음질로 이동해야 했다. 바위벽을 때리는 파도 소리가 저 아래에서 그들을 잡아먹을 듯이 덮쳐왔다.

모퉁이를 돌자마자, 바위 턱이 널찍한 바위 판으로 변하면서 길은 갑자기 끝이 났다. 좁다란 바닷물 줄기가 그들을 가로막았고, 그 너머로는 절벽이 끝없이 이어져 있었다. 매스컬이 말했다.

"더는 갈 수 없는 걸 보니, 자네가 말한 소기 협곡이 여기일 것 같은데."

"맞아."

나이트스포어가 먼저 무릎을 꿇고 앉아 몸을 쭉 펴고 낭떠러지 아래를 내려다보며 대답했다. 그는 낭떠러지 밖으로 얼굴과 어깨만 살짝 내민 채 저 아래 있는 바다를 뚫어지게 바라보기 시작했다.

"거기 뭐 재밌는 거라도 있나, 나이트스포어?"

매스컬은 대답을 기다리지 않고 친구처럼 엎드려서 바다를 내려다보았다. 아무것도 보이지 않았다. 어둠이 짙어져 바다마저 흐릿하게 보일 지경이었다. 그러나 잘 보이지도 않는 바다에 눈길을 던지고 있는 동안, 저 아래 좁은 해안을 따라 북을 치는 듯한 소리가 들려왔다. 무척 희미하게 들리기는 했지만 분명히 북소리였다. 북소리는 4박자였는데, 세 번째 박자에 살짝 강세가 들어갔다. 매스컬은 낭떠러지 끝에 엎드린 채 계속 귀를 기울였다. 북소리는 점점 거칠어지는 파도 소리에도 전혀 묻히지 않았지만, 어쩐지 다른 세계에서 들려오는 것 같았다.

두 사람이 몸을 일으켰을 때 매스컬이 나이트스포어에게 물었다.

"저 소리를 들으려고 여기까지 온 건가?"

나이트스포어가 묘한 표정으로 매스컬을 보며 대답했다.

"여기에서는 '소기의 북소리'라고 하지. 그 이름을 다시는 듣지 못하겠지만 북소리만은 또 들을 수 있을 거야."

"북소리를 듣는 게 무슨 의미가 있는데?"

매스컬이 놀라며 물었다.

"북소리에 메시지가 담겨 있거든. 항상 또렷하게 들으려고 노력해야 해. ……벌써 어두워졌군. 돌아가야겠어."

매스컬은 거의 기계적으로 시계를 꺼내 시간을 보았다. 6시가 넘은 시간이었다……. 하지만 시간 따위는 머리에 들어오지 않았다. 나이트스포어의 말만이 머릿속을 맴돌았다.

그들이 탑으로 돌아왔을 무렵에는 이미 어둠이 완전히 내린 뒤였다. 맑은 별들로 수놓인 검은 하늘은 한없이 아름다웠다. 아르크투루스는 그들의 맞은편, 동쪽 바다 위에 살짝 걸쳐 있었다. 탑을 지나갈 때 매스컬은 문이 열려 있는 것을 보고 깜짝 놀라 나이트스포어의 팔을 와락 움켜잡았다.

"저것 봐! 크래그가 도착한 것 같은데."

"그런 것 같군. 빨리 집에 가보자고."

"왜 탑이 아니고? 틀림없이 여기에 있을 것 같은데. 문이 열려 있잖아. 올라가서 살펴봐야겠어."

나이트스포어는 투덜거리긴 했지만 반대하진 않았다.

문 안쪽은 칠흑같이 어두웠다. 매스컬은 성냥을 켰다. 깜박이는 성냥불에 둥그렇게 돌아가는 돌계단 밑부분이 어렴풋이 보였다. 매스컬이 물었다.

"같이 올라가겠어?"

"아니, 난 여기에서 기다릴게."

매스컬은 곧바로 계단을 올라갔다. 하지만 여섯 계단도 오르지 못하고 멈춰 서서 숨을 골라야 했다. 자기 자신보다 세 배는 큰 몸집을 끌고 계단을 오르는 기분이었다. 계단을 오를수록, 온몸을 압박하는 엄청난 무게감이 줄어들기는커녕 점점 더해졌다. 더 이상 올라갔다가는 죽을 것만 같았다. 폐는 산소를 충분히 받아들이지 못했고, 심장은 선박 엔진처럼 쿵쾅거렸다. 얼굴에서는 땀이 줄줄 흘러내렸다. 매스컬은 스무 개째 계단에 올라서야 탑을 완전히 한 바퀴 돌아 처음으로 창문을 마주 보고 섰다. 높이 뚫어놓은 총안에 설치된 창문이었다.

더 이상 올라가는 건 무리라고 생각한 매스컬은 성냥불을 새로 켠 다음 총안으로 기어들어 갔다. 어떻게든 탑에서 바깥을 내다보고 싶었던 것이다. 성냥불이 꺼지고, 매스컬은 창문을 통해 별들을 바라보았다. 그런데 놀랍게도 창문은 단순한 유리창이 아니라 렌즈였다……. 무수한 별이 수놓인 광활한 공간이 아닌, 흐릿한 어둠 속에서 초점이 맞춰진 한 부분만 눈에 들어왔다. 작은 달만 하고 무척 밝은 두 개의 별이 거의 붙어 있는 것처럼 보였는데, 두 별 근처에는 금성처럼 밝게 빛나고 동그란 모양을 확연히 드러내는 더 작은 행성 하나가 있었다. 두 개의 태양, 즉 항성 중 하나는 하얀빛을 눈부시게 번뜩였고, 다른 하나는 섬뜩할 정도로 푸른빛을 띠었다. 두 항성의 빛은 태양 빛만큼이나 강렬했지만, 탑 안까지 밝히지는 못했다.

매스컬은 눈앞에 펼쳐진 천체계가 천문학계에서 아르크투루스 별로 알려진 것이란 사실을 단번에 깨달았다……. 전에도 크래그의 렌즈를 통해 똑같은 장면을 봤지만, 그때는 크기도 작았고 쌍둥이 태양의 색깔도 지금처럼 사실적이지 않았다……. 지금 눈앞에 보이는 색들은 너무나 경이로워서, 두 눈으로 분명 보고 있으면서도 제대로 보고 있는지 의심스러울 지경이었다……. 그러나 그가 가장 오랫동안, 또 가장 진지하게 살펴본 별은 토맨스였다. 그는 어마어마할 만큼 멀리 떨어진 그 신비롭고 두려운 행성에 발을 들여놓기로 되어 있었다. 그가 만나고 접촉하게 될 낯선 피조물들이 지금 이 순간 저 행성에서 살고 있었다. 저곳에 갈 것이다. 설령 저곳에 뼈를 남기게 될지라도!

그때, 그가 서 있는 데서 1미터도 떨어지지 않은 곳에서 탄식 섞인 목소리가 나지막이 들려왔다.

"매스컬, 너는 도구일 뿐이라는 걸 모르겠나? 너는 이용만 당하고 죽을 거다. 나이트스포어는 지금 잠들어 있지만, 그자가 깨어나면 너는 죽어야 한다. 너는 죽겠지만 그자는 돌아오겠지."

매스컬은 손을 부들부들 떨며 성냥에 다시 불을 붙였다. 아무것도 보이지 않았다. 사방은 무덤처럼 고요했다.

그 목소리는 다시 들리지 않았다. 몇 분을 기다린 끝에 매스컬은 탑을 내려갔다. 바깥 공기를 쐬자 그의 몸을 짓누르던 무게감이 순식간에 사라졌지만, 그는 엄청나게 무거운 짐을 들어 올렸다가 내려놓은 사람처럼 계속 숨을 헐떡였다. 심장도 여전히 두근거렸다.

나이트스포어가 어둠 속에서 다가왔다.

"크래그가 있던가?"

"있었을 수도 있지. 여하튼 나는 못 봤어. 하지만 이상한 목소리를 들었어."

"크래그 목소리였나?"

"크래그는 아니었어. 그 목소리가 나더러 자네를 경계하라더군."

"그랬군. 앞으로 그 목소리를 또 듣게 될 거야."

나이트스포어는 수수께끼처럼 말하고는 입을 닫았다.

5
출발

　주거용 건물에 돌아왔지만 창문은 모두 어둠에 잠기고 현관문은 살짝 열려 있었다. 그들이 떠날 때와 조금도 다르지 않은 모습이었다. 크래그는 아직 도착하지 않은 것 같았다. 매스컬은 성냥불을 켜가며 모든 방을 둘러보았다. 결국 매스컬은 그들이 기다리는 사람이 이 건물 안에 코빼기도 비친 적 없다고 결론지을 수밖에 없었다. 더듬더듬 서재를 찾아간 그들은 짙은 어둠 속에 앉아 기다렸다. 달리 할 일이 없기도 했다. 매스컬은 파이프에 불을 붙이고, 남은 위스키를 마시기 시작했다. 열린 창문을 통해, 파도가 절벽 기슭을 때리는 소리가 덜컹거리는 기차 소리처럼 들려왔다. 매스컬이 침묵을 깨고 말했다.

　"크래그는 분명 탑에 있을 거야."

　"그래. 준비를 하고 있겠지."

　"우리를 데려가지 않겠다고 하면 좋겠어. 내 힘으로도 이겨낼 수 없더군. 이유는 모르겠지만, 계단을 오를 때 어떤 자력 같은 게 나를 끌어당기는 것 같았어."

"토맨스의 중력이야."

나이트스포어가 나지막이 대꾸했다.

"그건 알겠어. 아니, 모르겠어. 하지만 그런 건 중요하지 않아."

그런 다음 매스컬은 말없이 파이프만 빨아댔고 가끔 위스키를 한 모금 꿀꺽 들이켰다. 잠시 후, 그가 갑자기 생각난 듯 불쑥 물었다.

"그런데 수르투르가 누구야?"

"우리는 허둥대고 실수를 저지르는 초짜에 불과하지만, 수르투르는 고수야."

매스컬은 그 말을 순순히 받아들였다.

"자네 말이 맞겠지. 그 사람에 대해 전혀 모르지만 그 이름만 들어도 흥분되니까 말이야. ……그런데 수르투르하고는 개인적으로 아는 사이인가?"

"그런 것 같긴 한데…… 기억나지 않아……."

나이트스포어가 숨을 헐떡이며 대답했다.

매스컬은 깜짝 놀라 고개를 들고 주위를 둘러보았다. 하지만 어둠 이외에 보이는 것은 아무것도 없었다.

"그렇게 특출한 사람을 만났는데 기억이 안 난다고? ……하지만 이 질문에는 대답해 줄 수 있겠지. 우리가 가려는 곳에 가면 그 사람을 만날 수 있나?"

"매스컬, 자네는 죽음을 만나게 될 거야……. 더 이상 묻지 마. 대답해 줄 수 없으니까."

"그럼, 크래그를 기다리는 수밖에 없겠군."

매스컬이 차갑게 말했다.

10분이 지났을까, 현관문이 쾅 닫히는 소리가 들리고 계단을 가볍게 달려 올라오는 발소리가 이어졌다. 매스컬은 심장이 두근 거리는 것을 느끼며 벌떡 일어났다.

크래그가 희미한 불빛을 내뿜는 랜턴을 들고 서재 문 앞에 모 습을 드러냈다. 중절모를 쓴 그의 얼굴은 험악하고 으스스해 보였 다. 그는 두 친구를 잠시 살펴보더니 서재 안으로 성큼성큼 들어와 랜턴을 탁자에 올려놓았다. 그 빛은 너무 약해 벽까지 밝히지는 못 했다.

"매스컬, 자네도 왔군."

"그런 셈이지. 하지만 자네의 환대에 고마워하고 싶진 않아. 먹 을 걸 찾느라고 고생했으니까."

크래그는 그 말을 무시하고 물었다.

"그래, 출발할 준비는 됐나?"

"언제라도. 자네만 준비하면 돼. 이곳은 그다지 재미가 없더 군."

크래그가 매서운 눈초리로 매스컬을 쳐다보았다.

"자네가 탑에서 비틀거리며 걷는 소리를 들었어. 똑바로 서지 도 못하는 것 같던데."

"바로 그게 문제야. 나이트스포어에게 탑 꼭대기에서 출발할 거라는 얘기를 들었거든."

"다른 의심은 모두 풀렸나?"

"당연하지. 난 마음이 넓은 사람이거든, 크래그. 자네가 뭘 하려는지 보고 싶기도 하고."

"그럼 됐어……. 하지만 탑 문제가 남아 있어. 자네가 꼭대기까지 올라가지 못하면 토맨스의 중력을 견딜 수 없다는 건 알고 있겠지?"

"다시 말하지만, 그게 골치 아픈 문제야. 확실히, 똑바로 설 수가 없었거든."

크래그는 뭔가를 찾아 양쪽 주머니를 뒤지더니 마침내 접이식 주머니칼을 꺼냈다. 크래그가 말했다.

"코트를 벗고 셔츠 소매를 걷어."

"그걸로 날 베려고?"

"그래. 불평하지 마. 효과가 확실하니까. 하지만 직접 경험하기 전에는 이해하기 힘들 거야."

"주머니칼로 살을 벤단 말이지……."

매스컬이 어이없다는 듯 웃음을 터뜨렸다. 나이트스포어가 끼어들었다.

"그게 아쉬운 대로 도움이 될 거야, 매스컬."

크래그가 나이트스포어에게 눈길을 던지며 말했다.

"자네도 팔을 걷게, 우주의 귀족 나리. 자네 피는 뭘로 만들어졌는지 보고 싶군."

나이트스포어는 크래그의 말에 순순히 따르며 소매를 걷어 올렸다.

크래그는 주머니칼의 칼날을 끄집어내 매스컬의 팔 윗부분을 무지막지하게 벴다. 상처가 상당히 깊어서 피가 철철 흘렀다.

"상처를 싸매도 되나?"

매스컬이 통증에 얼굴을 찡그리며 물었다.

"소매를 내려. 그럼 피가 그칠 테니까."

크래그가 상처에 침을 바르고는 말했다. 그런 다음 그는 나이트스포어에게 눈길을 돌렸다. 나이트스포어는 무서울 정도로 태연하게 칼질을 견뎌냈다. 크래그는 일을 끝내고 주머니칼을 바닥에 던졌다.

상처에서 시작된 지독한 통증이 온몸에 퍼지기 시작하자 매스컬은 혹 기절하진 않을까 걱정했지만, 통증은 곧바로 가라앉았다. 다만 칼로 벤 팔 위쪽만은 팔이 붙어 있는 것이 거북하게 느껴질 정도로 지독하게 따끔거렸다. 크래그가 말했다.

"이제 끝났어. 나를 따라올 수 있을 거야."

크래그는 랜턴을 집어 들고 현관으로 향했다. 두 친구도 그 불빛에 의지해 서둘러 그의 뒤를 쫓았다. 잠시 후, 카펫이 깔리지 않은 계단을 내려가는 그들의 발소리가 썰렁한 집 안에 울려 퍼졌다. 크래그는 두 친구가 나갈 때까지 기다렸다가, 창문이 흔들릴 정도로 세차게 현관문을 닫았다.

탑을 향해 잰걸음으로 가던 중, 매스컬이 크래그의 팔을 잡으며 말했다.

"저 계단에서 어떤 목소리를 들었어."

"뭐라고 말하던가?"

"나는 죽지만 나이트스포어는 돌아올 거라고 하더군."

크래그가 빙긋이 웃었다.

"이번 여행이 점점 재밌어지는걸."

그리고 잠시 말을 멈춘 후에 다시 입을 열었다.

"곳곳에 악의를 가진 놈들이 있을 거야. ……어때, 지금이라도 돌아가고 싶나?"

"솔직히 내가 뭘 원하는지 모르겠어. 하지만 흥미진진할 것 같긴 해."

"목소리를 들었다고 안 좋을 건 없어. 하지만 밤의 세계에서 자네에게 전하는 말이 전부 옳다고는 절대로 생각하지 마."

그들은 마침내 탑 입구에 도착했다. 크래그는 나선형으로 올라가는 계단 맨 아래칸에 주저 없이 발을 올려놓더니 랜턴을 켠 채 민첩한 움직임으로 계단을 달려 올라갔다. 매스컬은 조금 전 이 계단에서 고초를 겪기도 한 탓에 떨리는 마음으로 크래그의 뒤를 따랐다. 하지만 여섯 칸을 오른 뒤에도 편하게 숨을 쉬고 있다는 사실을 깨닫자 두려움은 안도감과 놀라움으로 바뀌었다. 매스컬은 수다스러운 여자애처럼 재잘거릴 수도 있을 것 같았다.

탑 가장 아래에 있는 창문이 나왔을 때 크래그는 쉬지 않고 계속 계단을 올라갔지만, 매스컬은 아르크투루스 별자리의 경이로움을 다시 맛보고 싶은 마음에 총안으로 기어들어 갔다. 하지만 그 렌즈는 마법의 힘을 상실했는지 평범한 유리와 다르지 않았다. 그 창문을 통해 본 하늘은 평범한 하늘일 뿐이었다.

매스컬은 다시 계단을 오르기 시작했다. 두 번째와 세 번째 나온 창문에서도 그는 창틀을 기어올라 가서 바깥을 내다봤지만 여전히 평범한 하늘만 보일 뿐이었다. 결국 매스컬은 창문으로 바깥을 내다보는 일을 포기했다.

그 사이 크래그와 나이트스포어는 저만치 앞서가고 있었다. 따라서 매스컬 역시 어둠 속에서 계단을 오르는 수밖에 없었다. 꼭대기 근처에 다다르자, 반쯤 열린 문틈으로 노란빛이 새어 나오고 있었다. 매스컬의 여행 동료들은 조그만 방 안에 서 있었다. 계단과 방 사이에는 거친 나무판으로 만든 문 하나가 있을 뿐이었다. 가구는 보잘것없었고, 천문학적인 흥미를 끌 만한 물건도 없었다. 랜턴은 탁자 위에 놓여 있었다.

매스컬은 방 안으로 들어가 호기심 어린 눈빛으로 주위를 둘러보았다.

"여기가 꼭대기 층인가?"

"우리 머리 위에 있는 승강장을 빼면."

크래그가 대답했다.

"그런데 왜 아까 저녁에 그랬던 것처럼 맨 아래 있는 창문이 하늘을 확대해서 보여주지 않는 거지?"

"자네는 기회를 놓쳤어." 크래그가 씩 웃으며 말했다. "아까 계단을 끝까지 올랐더라면 가슴 벅찬 장면들을 목격했을 거야. 예를 들어 다섯 번째 창문에서는 토맨스 행성이 울퉁불퉁한 대륙처럼 보였을 테고, 여섯 번째 창문에서는 토맨스를 하나의 풍경처럼 볼 수 있었을 테지……. 하지만 이젠 그럴 필요가 없어."

"왜? 그게 무슨 상관인데?"

"자네가 상처를 입은 뒤로 상황이 달라졌거든, 친구. 자네는 힘들이지 않고 계단을 올라올 수 있었잖아. 바로 그 이유 때문에 **도중에 멈춰서 렌즈에 비친 환상을 보며 넋을 잃을 필요가 없어졌지."**

매스컬은 크래그의 설명을 정확히 이해하지는 못했다.

"여하튼 좋아. 그런데 여기가 수르투르의 소굴인가?"

"그는 주로 여기에서 시간을 보냈지."

"그 신비로운 작자에 대해 말해줄 수 있나, 크래그? 지금이 아니면 또 기회가 없을 것 같아서 말이야."

"내가 창문에 대해 말한 게 수르투르한테도 그대로 적용돼. 그에 대해 설명하려고 시간 낭비할 필요 없어. 조만간 두 눈으로 보게 될 테니까."

매스컬이 피곤하다는 듯 두 눈을 지그시 누르며 말했다.

"그럼 출발하자고."

"옷을 벗어야겠지?"

나이트스포어가 물었다.

"물론."

크래그는 그렇게 답하고는 느릿느릿한 움직임으로 옷을 훌훌 벗기 시작했다.

"왜 옷을 벗는 거야?"

매스컬은 두 사람을 따라 옷을 벗으면서도 그렇게 물었다. 크래그가 원숭이처럼 털로 뒤덮인 널찍한 가슴을 툭 치며 대답했다.

"토맨스에서 어떤 패션이 유행하는지 누가 알겠어? 우리 팔다리가 길어질지도 모르고. 꼭 그렇게 된다는 건 아니지만."

매스컬은 옷을 벗다 말고 감탄사를 내뱉었다.

"아하! 그럴 수도 있겠군."

크래그가 매스컬의 등을 세게 두드렸다.

"새로운 쾌락 기관이 생길 수도 있고 말이야. 어때, 매스컬?"

세 남자는 이 세상에 태어난 모습 그대로 완전히 발가벗은 몸이 됐다. 출발 시간이 다가오자 매스컬은 맥박이 빨라지는 것 같았다.

"성공을 위해 건배하자고!"

크래그가 외치더니 술병을 쥐고 손가락 두 개로 병의 목 부분을 비틀어 깼다. 그럴듯한 유리잔은 없었지만, 크래그는 금이 간 컵들에 호박색을 띤 과실주를 따랐다.

두 사람이 마시는 걸 보고 매스컬도 자기 몫을 단숨에 들이켰다. 마치 액체로 된 전기를 꿀꺽 삼키는 듯한 기분이었다⋯⋯. 크래그가 바닥에 쓰러져 등을 대고 뒹굴면서 두 다리를 공중에 들어 올린 채 버둥거렸다. 그런 와중에도 크래그는 매스컬을 자기 몸 위로 끌어당기려 애썼다. 둘이서 그런 법석을 피우는 동안에도 나이트스포어는 우리에 갇힌 굶주린 동물처럼 방 안을 서성댔다.

갑자기 문밖에서 가슴을 찢을 듯한 구슬픈 소리가 길게 이어졌다. 꼭 밴시(아일랜드와 스코틀랜드 전설에서 울음으로 가족의 죽음을 예고한다는 여자 귀신―옮긴이)의 울음소리처럼 들렸다. 하지만 그 소리는 갑자기 끊기더니 다시 들려오지 않았다.

매스컬이 크래그에게서 떨어지려고 발버둥 치며 소리쳤다.

"저 소리는 뭐야?"

크래그가 껄껄 웃으며 대답했다.

"스코틀랜드 유령이 이 땅에 살던 때를 생각하며 백파이프를 다시 불려고 한 거야. 우리 출발을 축하해 주려고!"

나이트스포어가 크래그를 돌아보며 물었다.

"매스컬은 여행 내내 잠을 자는 건가?"

"자네도 원하면 그렇게 할 수 있어, 남 걱정 많은 친구. 나는 조종사고 자네들은 여행자니까 마음껏 즐기라고."

매스컬이 물었다.

"드디어 출발하는 거야?"

"그래. 자네는 곧 루비콘강을 건너게 될 거야, 매스컬. 하지만 엄청난 루비콘강이지! 여기에서 아르크투루스까지 가는 데 빛도 100년 남짓 걸린다는 것 아냐? 하지만 우리는 열아홉 시간이면 도착할 거야."

"그럼 수르투르는 이미 거기에 있다는 건가?"

"어딘가에 있겠지. 수르투르는 끝없는 여행자니까."

"내가 그자를 만나지 못할 수도 있다는 얘기야?"

크래그는 매스컬에게 다가가서 그의 눈을 똑바로 바라보았다.

"자네가 조금 전 그런 질문을 했고 수르투르를 만나고 싶다고 말했던 걸 잊지 마. 그에 대해 자네만큼이나마 아는 사람은 토맨스에도 드무니까. 하지만 자네의 기억이 결국 자네를 가장 괴롭히는 적이 될 거야."

그러더니 크래그는 앞장서서 철사다리를 올라가기 시작했다. 사다리는 평평한 지붕으로 이어졌다. 모두가 지붕에 올라서자, 크래그는 조그만 손전등을 켰다.

수정으로 만든 어뢰 모양의 비행선을 보자 매스컬은 경외감에 사로잡혔다. 그들을 우주 너머로 데려갈 비행선이었다. 길이는 12미터, 폭과 높이는 각각 2.5미터 정도였다. 아르크투루스 백 레이로 채워진 연료 탱크는 비행선 앞쪽에, 탑승 공간은 뒤쪽에 있었다. 비행선의 머리는 남동쪽 하늘을 향하고 있었고, 기체는 비행을 시작할 때 걸리적거리는 게 없도록 지붕에서 약 1미터 높이에 있는 평평한 플랫폼 위에 올려져 있었다.

크래그는 일행이 들어갈 수 있도록 탑승구에 불을 켰다. 매스컬은 비행선에 올라타기 전에 굳은 표정으로 다시 한번 저 멀리 떨어진 거대한 별을 바라보았다. 이제부터 그들의 태양이 될 별이었다. 매스컬은 얼굴을 찡그리고 가볍게 몸서리치며 나이트스포어 옆자리에 올라탔다. 크래그가 그들을 지나 조종석에 앉았다. 그가 손전등을 문에 비추자 문은 천천히 닫히며 굳게 죄어졌다.

크래그가 시동 레버를 잡아당겼다. 비행선이 플랫폼에서 부드럽게 미끄러지며 탑을 향해, 즉 바다를 향해 천천히 나아갔다. 속도가 점점 빨라지는 게 느껴졌지만, 지구 대기권 끝에 다다를 때까지 속도를 지나치게 높이지는 않았다. 대기권을 벗어나자 크래그는 속도를 조절하는 밸브를 풀었고, 비행선은 빛의 속도를 넘어 생각의 속도에 버금가는 빠르기로 우주를 가로지르기 시작했다.

매스컬은 신속하게 변화하는 하늘의 모습을 감상할 기회를 잡지 못했다. 지독한 졸음이 밀려왔다. 열두 번 정도는 억지로 눈을 떴지만, 열세 번째에는 도무지 눈꺼풀을 들고 있을 수 없었다. 그때부터 그는 깊은 잠에 빠져들었다.

나이트스포어의 얼굴에서는 지루하고 굶주린 표정이 잠시도 떠나지 않았다. 변화무쌍한 하늘의 모습에도 그는 전혀 관심이 없는 듯했다.

　크래그는 조종간을 손에 쥐고 앉아, 은은하게 밝혀진 계기판에서 눈을 떼지 않았다.

6
조이윈드

　매스컬이 깊은 잠에서 깨어났을 때는 깜깜한 밤이었다. 맞바람이 불었다. 부드러우면서도 성벽 같은 바람이었다. 여하튼 지구에서 겪어보지 못했던 느낌이었다. 매스컬은 바닥에 대자로 누운 채 꼼짝할 수 없었다. 몸이 천근만근 같아 도무지 일어날 수 없었다. 또 몸의 어디가 아픈지 알 수 없는 무지근한 통증이 밀려들면서 그때부터 다른 감각까지 모두 무뎌지는 것 같았다. 그 통증은 계속해서 그를 괴롭혔다. 때로는 짜증이 나고 화가 치밀었지만 때로는 통증을 완전히 잊기도 했다.

　매스컬은 이마에서 뭔가 딱딱한 것을 느꼈다. 손을 들어 올려서 만져보니 조그만 자두만 한 크기로 피부가 돌출되어 있었다. 그 가운데에는 어디까지 뚫려 있는지 모를 구멍이 있었다. 또한 목 양쪽에 귀에서 2.5센티미터쯤 아래 커다란 혹이 생긴 것도 그제야 알았다.

　심장 부근의 가슴에는 촉수 하나가 돋아 있었다. 촉수는 매스

컬의 팔 길이와 비슷했고, 채찍처럼 가늘면서 흐늘흐늘하고 나긋
나긋했다.

새로운 기관들이 생겼다는 것을 깨닫자 매스컬의 심장이 요동
치기 시작했다. 그런 기관들의 쓰임새가 무엇인지는 몰라도 그것
은 그가 새로운 세계에 있다는 증거였다.

그때 하늘 한구석이 유난히 밝아지기 시작했다. 매스컬은 동료
들의 이름을 크게 불러봤지만 아무런 대답이 없었다. 그러자 갑자
기 두려움이 밀려왔다. 그는 불규칙한 간격을 두고 계속 큰 소리
로 외쳤다. 그러나 지독한 침묵과 자신의 목소리에 놀랄 뿐이었다.
아무런 대답을 듣지 못하자 결국 매스컬은 더 이상 소란을 피우지
않는 게 낫겠다고 생각했다. 그래서 그 후로는 말없이 누워서, 앞
으로 닥칠 일을 차분하게 기다렸다.

잠시 후, 근처에서 희미한 그림자가 어른거리는 것을 눈치챘지
만 그의 친구들은 아니었다.

옅은 우윳빛 수증기가 땅 위로 피어오르며 칠흑 같은 밤의 자
리를 차지하기 시작하면서 하늘이 장밋빛으로 물들었다. 지구에서
라면 날이 밝아오는 현상이었다. 하지만 이곳에서는 무척 오랜 시
간에 걸쳐 감지할 수 없을 만큼만 조금씩 밝아졌다.

그제야 매스컬은 자신이 모래 위에 누워 있다는 사실을 깨달았
다. 진홍색 모래였다. 그가 조금 전에 봤던 희미한 그림자들은, 줄
기는 검고 잎은 자줏빛을 띤 나무 덤불이었다. 그 밖에 다른 것은
보이지 않았다.

마침내 날이 밝았다. 짙은 안개가 직사광선을 막아주었지만,

빛은 지구에서의 한낮 밝기보다 훨씬 밝았다. 열기도 굉장했다. 하지만 매스컬은 그런 열기가 오히려 반가웠다. 덕분에 통증이 가라앉고, 몸을 짓누르던 감각도 줄어들었기 때문이다. 태양이 떠오르면서 바람이 감쪽같이 사그라졌다.

매스컬은 낑낑대며 일어서려고 애썼지만, 무릎을 딛는 것으로 만족해야 했다. 안개가 완전히 걷히지 않은 채 군데군데 흩어져 있어서 멀리까지 내다볼 수가 없었다. 그의 눈에 보이는 것이라고는 10~20그루의 덤불이 점점이 있는, 좁고 둥근 붉은 모래밭뿐이었다.

부드럽고 차가운 뭔가가 목덜미를 건드리는 것 같았다. 매스컬은 화들짝 놀라 앞으로 뛰쳐나가려다 모래밭에 나뒹굴고 말았다. 그는 재빨리 어깨 너머로 눈을 돌렸다. 바로 옆에 한 여자가 서 있는 것을 본 그는 깜짝 놀랐다.

풍성하게 늘어지고 다소 고전적인 장식이 돋보이는 옅은 초록색 옷을 입은 여자였다. 얼굴은 인간과 비슷했지만, 매스컬이 자신의 몸에서 발견한 볼썽사나운 부속 기관들이 그 여자에게도 달려 있었기 때문에, 지구의 기준에서 보면 결코 아름답다고 할 수 없었다. 그녀의 심장 근처에도 촉수가 달려 있었다. 그러나 매스컬이 일어나 앉고 그들의 눈이 마주치면서 어떤 공감대가 형성되자, 매스컬은 사랑과 온정, 친절함과 다정다감함과 친밀함의 본향인 어떤 영혼을 똑바로 들여다보는 기분이었다. 고결하면서도 친숙한 저 눈빛에 매스컬은 예전부터 그녀를 알고 지낸 듯한 기분마저 들었다. 그는 그녀의 인품 또한 뛰어나다는 걸 알아보았다. 그녀는 훤칠한 키에 호리호리했다. 몸동작 하나하나가 음악처럼 우아했다. 피부는 지구의 미녀처럼 창백하고 불투명한 색이 아닌, 우윳빛을 띠었다. 게다가 생각과 감정에 따라 피부색이 끊임없이 변했지만 색조가 선명하지는 않고 한결같이 은은하고 어룽거리면서 시적인 분위기를 띠었다. 담황색의 긴 머리카락은 느슨하게 땋은 모습이었다. 매스컬이 새로운 기관들에 익숙해지자마자 그것들은 그녀의 얼굴이 남다르고 독특한 개성을 띠는 것처럼 보이게 해주었다. 합리적으로 설명할 수는 없지만, 그 자신에게 예민함과 내면을 보는 눈이 더해진 것 같았다. 괴상하게 생긴 기관들은 그녀의 눈빛에 어린 사랑이나 외모에 깃든 천사 같은 순수함을 희석시키지 않으면서도 그녀에게 한층 심원한 분위기, 즉 순진한 소녀의 티를 벗은 성숙미를 더해주었다.

그녀의 눈빛이 포근하기 이를 데 없고 조금의 당황한 기색도 담고 있지 않아서 매스컬은 발가벗고 무력한 모습으로 그녀의 발밑에 앉아 있는 것이 전혀 부끄럽지 않았다. 그녀는 곤경에 처한 매스컬의 처지를 눈치채고, 팔에 걸치고 있던 옷을 그에게 건네주었다. 그녀가 입고 있는 옷과 비슷했지만, 더 어둡고 남성다운 색이었다.

"혼자서 입을 수 있겠어요?"

매스컬은 분명히 이런 말을 인식했지만, 그녀의 목소리는 들리지 않았다.

매스컬이 힘겹게 몸을 일으켜 세우자, 그녀는 매스컬이 복잡한 옷을 입는 것을 도와주었다.

"가엾게도. 무척 힘들겠군요!"

그녀는 분명히 그렇게 말했지만 목소리는 역시 들리지 않았다. 그제야 매스컬은 그녀의 말이 그의 이마에 달린 기관을 통해 전달된다는 사실을 깨달았다.

"여기가 어딥니까? 여기가 토맨스 행성입니까?"

매스컬이 이렇게 말하며 비틀거렸다. 그녀가 재빨리 매스컬을 부축하더니 그가 앉는 것을 도와주었다.

"그래요. 여기에 당신을 해칠 사람은 없습니다."

그녀는 미소 띤 얼굴로 매스컬을 잠시 쳐다보고는 큰 소리로 말하기 시작했다. 분명히 영어였다. 그녀의 목소리를 듣자, 매스컬은 괜스레 4월의 한 날이 생각났다. 소녀처럼 수줍고 무척 맑은 목소리였기 때문이다.

"이제 당신 말을 알아들을 수 있습니다. 처음에는 이상했어요. 하지만 이제부터는 입으로 말하겠습니다."

"대단하군요! 그런데 이 기관은 뭡니까?"

매스컬이 이마를 만지작대며 물었다.

"브리브(breve)라고 합니다. 우리는 그걸로 상대방의 생각을 읽죠. 하지만 말하는 게 더 좋습니다. 그래야 마음 또한 읽을 수 있으니까요."

매스컬이 빙긋 웃었다.

"말은 상대를 속이라고 주어진 거라고들 하던데요."

"생각으로도 상대를 속일 수 있지요. 하지만 나는 좋은 것만 생각하고 나쁜 건 생각하지 않으려 합니다."

"내 친구들을 봤습니까?"

그녀는 매스컬을 물끄러미 살펴본 끝에 대답했다.

"혼자 오시지 않았나요?"

"두 사람과 함께 왔습니다. 어떤 기계를 타고요. 나는 도착하자마자 의식을 잃은 것 같아요. 그 뒤로는 친구들을 보지 못했습니다."

"정말 이상하군요! 다른 사람은 못 봤는데요. 그분들은 여기에 없는 것 같습니다. 그렇지 않았다면 우리가 알았을 텐데. 내 남편과 나는……."

"당신 이름이 뭡니까? 또 남편분 이름은요?"

"나는 조이윈드라고 합니다. 남편 이름은 파나위고요. 우리는 여기에서 꽤 먼 곳에 삽니다. 하지만 당신이 이곳에 의식을 잃고 쓰러져 있다는 것을 어젯밤에 알게 됐지요. 그래서 누가 당신을 구하러 갈지를 두고 거의 다투다시피 했답니다. 결국 내가 이겼지요."

그녀는 빙그레 웃으면서 덧붙여 말했다.

"내가 더 용기 있는 사람이니까요. 남편은 직관력에서 나보다 순수하고요."

매스컬이 진심을 담아 말했다.

"고맙습니다, 조이윈드!"

조이윈드의 피부색이 급속하게 이리저리 변했다.

"왜 그런 말을 하죠? 사랑과 친절을 베푸는 것보다 더 큰 즐거움이 있나요? 나는 그런 기회가 있으면 어디든 즐겁게 달려간답니다. ……하지만 우리는 이제 피를 교환해야 해요."

매스컬이 어리둥절해서 물었다.

"무슨 말씀이신지?"

"피를 교환해야 해요. 당신 피는 너무 탁하고 무거워서 이곳에 맞지 않아요. 내 피를 섞지 않으면 일어서지도 못할 거예요."

매스컬의 얼굴이 빨개졌다.

"이곳에 대해 내가 모르는 게 너무 많군요……. 근데 피가 섞이면 당신에게 피해가 가지 않을까요?"

"당신의 피가 당신을 고통스럽게 하듯 나에게도 그렇겠죠. 우리는 고통을 나눠 가질 거예요."

"이런 종류의 환대는 처음 받아보는군요."

매스컬이 중얼거리듯 말했다.

"내가 똑같은 상황에 처하면 당신은 나를 돕지 않을 건가요?"

조이윈드가 빙긋 웃으면서도 불안한 기색으로 물었다.

"이 세상에서는 내 몸 하나도 감당하지 못하는데요. 내가 어딨는지도 모르겠고…… 하지만 나도 당연히 당신을 도울 겁니다, 조이윈드."

그들이 이야기를 나누는 동안 날이 완전히 밝았다. 땅에서는 안개가 걷혔지만, 위쪽은 여전히 짙은 안개로 자욱했다. 진홍빛 모래사막이 사방으로 끝없이 뻗어 있는 듯했지만, 그들이 있는 곳에서 400미터쯤 떨어진 곳에 오아시스 같은 것이 눈에 들어왔다. 그것을 둘러싼 나지막한 둔덕에는 기슭에서 정상까지 자줏빛을 띤 작은 나무들이 듬성듬성 자라고 있었다.

조이윈드가 조그만 부시 나이프를 꺼냈다. 그러고는 불안한 기색 하나 없이 조심스레 팔 위쪽에 깊은 상처를 냈다. 매스컬이 만류하고 나섰지만 조이윈드는 웃으면서 말했다.

"이런 건 정말 아무것도 아니에요. 희생 없는 희생이 무슨 가치가 있겠어요? ······자, 빨리 팔을 내밀어요!"

그녀의 팔에서 피가 흘러나왔다. 붉은색이 아니라 우윳빛을 띤 피였다.

"그쪽은 안 돼요!" 매스컬이 몸을 움츠리며 말했다. "그 팔엔 이미 상처가 있어요."

매스컬은 다른 쪽 팔을 내밀었다. 곧 그의 팔에서 피가 줄줄 흘러나왔다.

조이윈드는 세심하고 능숙한 움직임으로 두 상처를 맞대고, 자신의 팔로 매스컬의 팔을 한참 동안 눌렀다. 매스컬은 상처를 통해 유쾌한 감각이 그의 몸에 밀물처럼 흘러드는 듯한 기분을 느꼈다. 예전의 민첩하고 활달한 기운이 되돌아오기 시작했다. 5분쯤 지났을까, 그때부터 둘 사이에 서로를 배려하려는 실랑이가 시작됐다. 매스컬은 그만 팔을 떼어내려 했고, 조이윈드는 조금이라도 더 피를 나눠주려 했다. 결국 매스컬의 고집이 이겼지만 그것도 이른 시점은 아니었다. 조이윈드는 기력을 잃고 창백한 얼굴로 힘겹게 서 있었다.

조이윈드는 눈앞에 깊은 절벽이 펼쳐지기라도 한 듯 조금 전보다 훨씬 진지한 얼굴로 매스컬을 바라보았다.

"이름이 뭐죠?"

"매스컬입니다."

"정말 끔찍한 피군요. 어디에서 오셨나요?"

"지구라는 세계에서 왔습니다⋯⋯. 예상하긴 했지만 이 세계에는 내 피가 정말 맞지 않나 보군요, 조이윈드. 죄송합니다. 당신의 말을 따르지 말았어야 했는데."

"그런 말 마세요! 달리 방법이 없었잖아요. 우리는 서로 도와야 합니다. 그런데 이런 말을 해서 미안하지만, 나 자신이 오염된 느낌이었어요."

"그랬을 수도 있죠. 여성의 몸으로 낯선 행성에서 온 생면부지인 사람의 피를 자신의 혈관에 받아들인다는 건 정말 끔찍한 일이니까요. 내가 그렇게 혼란스럽고 나약한 상태가 아니었다면 절대 허락하지 않았을 겁니다."

"하지만 나도 계속 우겼을 거예요. 우리 모두 형제자매 아닌가요? 그런데 여기엔 왜 오신 건가요, 매스컬?"

그제야 정신을 차린 매스컬은 살짝 당혹감이 밀려드는 것을 느꼈다.

"바보 같다고 생각하겠지만 나도 왜 여기 왔는지 잘 모릅니다. 두 친구를 따라온 거예요. 아마도 호기심에 이끌렸거나 모험하는 걸 좋아해서 따라나선 게 아닌가 싶군요."

"아마도라고요? 내 생각에⋯⋯ 그 친구분들은 무척 끔찍한 사람들일 것 같군요. **그분들은 왜 오셨나요?**"

"나는 그들이 수르투르를 뒤쫓아왔다는 것밖에 모릅니다."

조이윈드가 걱정스러운 표정을 지었다.

"이해가 안 되네요. 두 친구분 중에서 적어도 한 명은 나쁜 사람이 확실한데, 만약 그분이 수르투르를 뒤쫓아왔다면 사실 나쁜 사람이 아닐 수도 있어요. 아 참, 이곳에서는 수르투르를 셰이핑이라고 부른답니다."

매스컬이 깜짝 놀라서 물었다.

"수르투르를 아십니까?"

조이윈드는 한동안 입을 꾹 다물고 매스컬의 얼굴을 유심히 살펴보았다. 그의 뇌가 외부에서부터 탐색을 당하는 것처럼 계속 들썩거렸다. 마침내 그녀가 입을 열었다.

"그래요…… 그런데 모르겠어요. 너무 어렵군요…… 당신들이 섬기는 신은 무서운 존재예요. 형체도 없고 다정하지도 않고 눈에 보이지도 않잖아요. 우리는 그런 신을 섬기지 않아요. 얘기해 보세요, 당신들이 섬기는 신을 본 사람이 있나요?"

"대체 무슨 말을 하는 겁니까, 조이윈드? 갑자기 신 얘기는 왜?"

"알고 싶으니까요."

"옛날에 지구가 젊고 패기에 넘쳤을 때는 몇몇 성자들이 신과 함께 걷고 얘기도 나누었던 걸로 전해집니다. 하지만 그런 시절은 모두 지났어요."

"우리 세계는 아직 젊어요. 셰이핑은 우리와 함께 지내면서 대화도 나누죠. 실제로 존재하면서 활동하는 분이에요. 친구면서 연인인 셈이죠. 셰이핑이 우리를 만들었고, 그분은 그런 일을 하는 걸 좋아해요."

"당신은 셰이핑을 만난 적이 있습니까?"

매스컬이 자기 귀를 믿을 수 없다는 듯 물었다.

"아뇨. 나는 아직 그분을 만날 자격이 안 돼요. 그럴 만한 일을 하지 못했거든요. 언젠가 나 자신을 희생할 기회가 오면, 셰이핑을 만나 이야기 나누는 상을 받을 수 있을 거예요."

"내가 다른 세계에 온 건 확실하군요. 그런데 어째서 그 존재가 수르투르라는 겁니까?"

"셰이핑이 바로 수르투르예요. 우리 여자들은 모두 그분을 셰이핑이라 부르고 남자들 대부분도 그렇게 부르지만, 몇몇 사람은 그분을 수르투르라고 불러요."

매스컬이 손톱을 물어뜯었다.

"수정인간에 대해서도 들어본 적이 있습니까?"

"수정인간도 셰이핑이에요. 그분은 많은 이름으로 불려요. 그만큼 그분이 우리 마음을 차지하고 있다는 증거지요. 수정인간이라는 이름은 그분을 향한 우리의 사랑을 표현한 이름이에요."

"이상하군요. 여기에 올 때 나는 수정인간을 완전히 다르게 생각했거든요."

조이윈드가 고개를 저었다.

"저기 보이는 나무숲에 그분을 섬기는 신전이 있어요. 거기에 가서 함께 기도해요. 폴링드레드로 가는 길이기도 하니까요. 우리 집이 폴링드레드거든요. 먼 길이 될 거예요. 블러드솜버가 되기 전에 도착해야 해요."

"잠깐만요, 블러드솜버는 또 뭡니까?"

"하루의 중간인 정오부터 약 네 시간 동안은 브랜치스펠의 광선이 너무 뜨거워서 누구도 견뎌낼 수 없어요. 그 시간을 블러드솜버라고 해요."

"브랜치스펠은 아르크투루스의 또 다른 이름입니까?"

조이윈드가 진지한 표정을 걷고 웃음을 터뜨렸다.

"우리가 부르는 이름을 당신이 모르는 게 당연하죠, 매스컬. 나도 우리가 부르는 이름들이 아주 시적이라 생각하지는 않지만 그래도 자연을 충실히 따른 거랍니다."

조이윈드는 다정하게 매스컬의 팔짱을 끼고, 나무로 뒤덮인 언덕을 향해 걷기 시작했다. 그들이 걷는 동안 태양은 위쪽의 자욱한 안개를 뚫고 올라갔고, 용광로에서 뿜어져 나오는 열풍 같은 지독한 열기가 매스컬의 얼굴을 덮쳤다. 매스컬은 무의식적으로 고개를 치켜들었지만 곧바로 숙여야만 했다. 태양의 지름보다 세 배는 되는 듯한 휘황찬란한 하얀 구체가 그의 눈을 가렸기 때문이었다. 매스컬은 한참 동안 눈먼 사람처럼 아무것도 볼 수 없었다. 그가 내뱉었다.

"맙소사! 이른 아침인데 이 정도면 블러드솜버 때는 어떨지 짐작이 갑니다."

매스컬이 시력을 조금 회복한 뒤에 물었다.

"조이윈드, 여기서는 낮이 얼마나 깁니까?"

매스컬은 다시 뇌를 탐색당하는 기분을 느꼈다.

"1년 중 이맘때면 여름이어서 낮이 두 배로 길어져요."

"열기가 대단하군요. 생각만큼 힘들지는 않지만."

"나는 평소보다 더 힘드네요. 그 이유를 설명하긴 어렵지 않아요. 당신은 내 피를 받았고, 나는 당신의 피를 받았으니까요."

"그렇군요. 그 생각을 할 때마다 나는…… 조이윈드, 사실대로 말해주세요. 내가 여기에 오랫동안 머물면 내 피가 변합니까? 그러니까 내 피가 붉고 탁한 빛을 잃고 당신의 피처럼 맑고 옅은 색을 띠게 될까요?"

"당연하지 않나요? 우리와 같은 삶을 산다면 당신도 틀림없이 우리처럼 변할 거예요."

"당신들처럼 먹고 마시면 말입니까?"

"우리는 아무것도 먹지 않아요. 물만 마시죠."

"아니, 물만 마시면서 생명을 유지한다고요?"

조이윈드가 빙그레 웃으며 대답했다.

"매스컬, 우리 물은 좋은 물이에요."

시력을 되찾자마자 매스컬은 주변 풍경을 둘러보았다. 거대한 진홍빛 사막이 지평선까지 사방으로 펼쳐졌고, 오아시스 하나만이 외롭게 자리를 잡고 있었다. 보랏빛에 가까운 짙푸른 하늘에는 구름 한 점 없었다. 살짝 구부러진 지평선은 지구보다 훨씬 거대했다. 그들이 걸어가던 방향에서 오른쪽으로 60킬로미터 넘게 떨어진, 사막과 하늘이 맞닿는 곳에서는 산맥이 지평선을 이루고 있었다. 나머지 산들에 비해 유난히 우뚝 솟은 산은 컵을 뒤집어 놓은 모양새였다. 매스컬은 꿈나라를 여행하는 것이라 믿고 싶은 심정이었지만, 강렬한 빛 때문에 모든 것이 생생한 현실로 다가왔다.

조이윈드가 컵 모양의 산을 가리키며 말했다.

"저기가 풀링드레드예요."

매스컬이 깜짝 놀라 소리쳤다.

"저기에서 왔단 말인가요!"

"예, 그래요. 우리가 지금 가야 하는 곳이기도 하고요."

"그저 나를 찾으려고 이렇게 먼 길을?"

"그렇다니까요."

매스컬의 얼굴이 새빨갛게 달아올랐다.

"당신은 세상 모든 여성들 중에서 가장 용감하고 고결한 분입니다."

매스컬은 잠깐 멈춘 다음 다시 말했다.

"정말이에요. 운동선수도 힘겨워할 거리라고요!"

조이윈드의 뺨이 형용할 수 없는 미묘한 색조들로 연거푸 물들었다. 그녀가 매스컬의 팔을 지그시 누르며 말했다.

"다시는 그런 말씀 하지 마세요, 매스컬. 그런 말을 들으면 기분이 좋지 않아요."

"알겠습니다. 그런데 정오가 되기 전에 저기에 도착할 수 있을까요?"

"아, 그럼요. 멀다고 놀라실 것 없어요. 이곳에서는 먼 거리도 대수롭지 않게 생각한답니다. 가는 동안 생각하고 느낄 게 많거든요. 시간도 무척 빨리 가고요."

그렇게 얘기를 주고받는 사이에 그들은 어느덧 언덕 기슭에 다다랐다. 언덕은 경사가 완만하고 높이도 15미터를 넘지 않았다. 매스컬의 눈에 낯선 식물들이 보이기 시작했다. 그들이 향하는 방향에서 1.5제곱미터쯤 돼 보이는 조그만 자줏빛 풀밭이 모래를 가로질러 점점 다가왔다. 아주 가까워져서야 매스컬은 그것이 풀이 아니란 사실을 깨달았다. 이파리는 전혀 달려 있지 않았고 자줏빛을 띤 뿌리만 있을 뿐이었다. 풀밭 전체를 이룬 작은 식물 하나하나에 달린 뿌리가 테두리 없는 바퀴살처럼 빙글빙글 돌았다. 뿌리들이 번갈아 가면서 모래를 들락거렸다. 약간의 지능이 더해진 불가사의한 본능에 의해, 식물들이 한데 모여 철새 떼처럼 서로 속도를 맞춰가며 일정한 방향으로 이동하는 것이었다.

또 하나 눈에 띄는 식물은 민들레 홀씨처럼 솜털로 덮이고 둥근 형태를 띤 것으로, 공중에 둥둥 떠다녔다. 조이윈드가 팔을 제법 우아하게 휘둘러 그 식물을 낚아채서는 매스컬에게 보여주었다. 뿌리가 달려 있는 것을 보니, 공중을 떠다니며 살면서 대기 중의 화학물질을 섭취하는 듯했다. 하지만 그 식물의 가장 특이한 점은 색깔이었다. 지구에서는 보지 못한 색이었던 것이다. 여러 가지 색을 섞어서 만들어 낸 색깔이 아니라 완전히 새로운 원색이었다. 파란색이나 붉은색, 노란색처럼 선명했지만 전혀 다른 색깔이었다. 매스컬이 저게 무슨 색이냐고 묻자, 조이윈드는 '얼파이어(ulfire)'라는 색이라고 말해주었다. 곧 매스컬은 또다시 새로운 원색과 마주쳤다. 조이윈드는 그것이 '제일(jale)' 색이라고 가르쳐 주었다. 매스컬은 이 두 가지 원색에서 받은 인상을 유추로 막연하게나마 가늠해 볼 수밖에 없었다. 파란색에서 부드럽고 신비로운 느낌을, 노란색에서 맑고 명료한 느낌을, 붉은색에서 뜨겁고 열정적인 느낌을 받았다면, 얼파이어에서는 거칠고 고통스러운 느낌을,

제일에서는 꿈처럼 환상적이고 흥분되며 관능적인 느낌을 받았다.

언덕들은 나무로 울창했다. 각각 기묘한 모양을 하고 있는 작은 나무들은 하나같이 자줏빛을 띠었고, 그런 나무들이 비탈부터 정상까지를 완전히 뒤덮고 있었다. 매스컬과 조이윈드는 나무들을 헤치고 올라갔다. 큼직한 사과만 하고 달걀처럼 생긴 연푸른빛 단단한 열매가 나무 밑에 잔뜩 떨어져 있었다. 매스컬이 물었다.

"여기 열매에는 독이 있습니까? 왜 이런 열매들을 먹지 않는 거죠?"

조이윈드가 매스컬을 물끄러미 쳐다보았다.

"우리는 살아 있는 생물을 먹지 않아요. 그런 생각만 해도 소름이 끼치네요."

"이론적으로는 반박할 말이 없군요. 하지만 정말 물만 먹고 몸을 유지할 수 있을까요?"

"물 이외에는 먹을 게 없다고 생각해 봐요. 매스컬, 당신이라면 다른 사람을 먹겠어요?"

"그럴 리가요."

"우리는 식물도 먹지 않고 짐승도 먹지 않아요. 그들도 우리와 똑같은 생명체니까요. 이렇게 생각하면 남는 건 물밖에 없어요. 여하튼 우리도 뭔가를 먹어야 살 수 있으니까, 물이면 충분해요."

매스컬은 열매 하나를 집어 들고 호기심 어린 눈으로 이리저리 살펴보았다. 그러자 그에게 새로 생긴 감각기관 하나가 반응을 일으켰다. 신기하게도, 귀 밑에 달린 커다란 혹이 열매 내부의 특징을 그에게 알려주었다. 매스컬은 열매를 보고 만지며 냄새를 맡을 수 있을 뿐만 아니라, 열매에 내재한 속성까지 탐색할 수 있었다. 그 열매의 속성은 단단하고 악착스러우며 침울했다.

매스컬이 묻지도 않았는데 조이윈드가 답을 주었다.

"그 기관은 '포인(poign)'이라고 해요. 모든 생명체를 이해하고 그들과 교감하는 데 사용되지요."

"그래서 얻는 이익이 뭡니까, 조이윈드?"

"잔인해지지 않고 이기적인 생각을 버릴 수 있잖아요."

매스컬은 얼굴이 빨개져서 열매를 멀리 내던졌다.

조이윈드는 조금도 당황하지 않은 표정으로 매스컬의 거무접접하고 수염 덥수룩한 얼굴을 뚫어지게 바라보더니 슬며시 미소 지었다.

"내가 말을 너무 많이 했나요? 내가 너무 친한 척했나요? 왜 그런 생각이 드는지 아나요? 아직 순수해지지 않았기 때문이에요. 조만간 당신은 어떤 말을 들어도 부끄러워하지 않게 될 거예요."

그 말이 끝나기 무섭게 조이윈드가 촉수를 팔처럼 뻗어 매스컬의 목을 휘감았다. 매스컬은 촉수의 서늘한 압박에 저항하지 않았다. 부드러운 살이 맞닿자 그 촉촉함과 야릇함에 입맞춤을 하는 기분이었다. 매스컬은 자신의 목을 감싼 여자를 바라보았다. 창백할 정도로 새하얀, 아름다운 여자였다. 하지만 이상하게도 성적인 쾌감이나 만족감이 느껴지지는 않았다. 그런 포옹으로 표현된 사랑은 깊고 뜨겁고 사사로운 것이었지만, 성적인 면은 눈곱만큼도 없었다. 그래서 매스컬은 그것을 흔쾌히 받아들였다.

조이윈드는 촉수를 거둬들이고 두 팔을 매스컬의 어깨에 얹으며 그의 영혼까지 파고들 태세로 그를 뚫어지게 바라보았다.

"그래요, 나도 순수해지고 싶어요." 매스컬이 나지막이 말했다. "순수해지지 않으면, 주저하기만 하는 유약한 악마밖에 더 되겠습니까?"

조이윈드가 매스컬을 풀어주고는 촉수를 가리키며 말했다.

"이건 '매근(magn)'이라고 해요. 우리는 이걸로 지금 사랑하고 있는 걸 더 깊이 사랑하고, 전혀 사랑하지 않았던 것까지 사랑하게 되지요."

"정말 신성한 기관이로군요!"

"가장 조심해서 다루는 기관이기도 하고요."

꾸준히 정점을 향하고 있던 브랜치스펠의 광선은 이제 거의 견디기 힘든 지경에 이르렀지만, 때마침 나무 그림자가 차단막 역할을 해주었다. 나지막한 언덕 반대편으로 내려가면서 매스컬은 초조하게 나이트스포어와 크래그의 흔적을 찾아봤지만 헛일이었다. 그는 자신의 몸을 한참 동안 살펴보고는 체념한 듯 어깨를 으쓱했다. 하지만 이미 머릿속에서는 이런저런 의심이 꿈틀대고 있었다.

그들의 발아래로 아담한 자연 원형극장이 보였다. 나무로 완전히 에워싸인 그곳 안쪽에는 붉은 모래가 깔려 있었다. 한가운데에는 우람한 나무 한 그루가 우뚝 서 있었는데 줄기와 가지들은 검은색이었고, 이파리들은 수정처럼 맑고 투명했다. 그 나무 밑에는 마찬가지로 천연의 둥근 우물이 있었는데, 물은 짙은 녹색을 띠었다.

언덕을 내려오기 무섭게 조이윈드가 매스컬을 곧바로 우물로 데려갔다.

매스컬이 우물을 뚫어지게 들여다보며 물었다.

"당신이 말한 신전이 이겁니까?"

"그래요. 셰이핑의 샘물이라고 해요. 셰이핑에게 기도를 하려면 남녀를 불문하고 '놀(gnawl) 물'을 떠서 마셔야 해요."

매스컬이 말했다.

"나를 위해 기도해 주십시오. 당신의 순수한 기도라야 효과가 더 클 테니까요."

"뭘 빌고 싶은데요?"

매스컬이 떨리는 목소리로 대답했다.

"순수해지고 싶습니다."

조이윈드는 손을 오므리고는 샘물을 조금 떠서 마셨다. 그런 다음 샘물을 담은 손을 매스컬의 입가에 갖다 대며 말했다.

"당신도 마셔야 해요."

매스컬은 그 말에 순순히 따랐다. 조이윈드는 허리를 꼿꼿이 펴고 서서 눈을 감았다. 그러고는 봄의 부드러운 속삭임 같은 목소리로 소리 내어 기도하기 시작했다.

"아버지 셰이핑이시여, 제 기도를 들어주시기를 바랍니다. 낯선 남자가 무거운 피를 안고 괴로워하며 저희를 찾아왔습니다. 그는 순수해지기를 바랍니다. 그가 사랑의 의미를 깨닫게 해주시고, 그가 다른 사람들을 위해 살게 해주시옵소서. 셰이핑이시여, 그가 고통을 멀리하지 않고 마땅한 고통을 감당하게 하시옵소서. 그에게 고결한 영혼의 숨결을 불어넣어 주시옵소서."

매스컬은 눈물을 머금고 조이윈드의 기도에 귀를 기울였다.

조이윈드가 기도를 끝내자, 흐릿한 안개가 매스컬의 눈앞을 가리더니 눈부시게 하얀 기둥들이 나타났다. 진홍빛 모래에 반쯤 묻힌 기둥들은 커다란 원을 이루고 있었고, 사물의 초점을 맞추려는 것처럼 뚜렷해졌다 흐릿해졌다를 반복하다가 이내 시야에서 천천히 사라졌다.

"셰이핑이 보낸 신호인가요?"

매스컬이 두려움이 깃든 목소리로 나지막이 물었다.

"아마 그럴 거예요. 시간의 신기루예요."

"그건 또 뭔가요?"

"매스컬, 보시다시피 신전은 아직 존재하지 않지만 언젠가는 존재할 거예요. 그럴 수밖에 없으니까요. 당신과 내가 지금 간단하게 치른 의식을 언젠가는 현인들이 완벽한 지식을 갖추고 하게 될 거예요."

"그래요, 기도해야겠지요. 세상에 선과 악은 그냥 생기는 게 아니니까요. 신과 악마는 분명히 존재합니다. 우리는 신께 기도하고, 악마에 맞서 싸워야 해요."

"그래요, 크래그에 맞서 싸워야지요."

"방금 뭐라고 하셨습니까?"

매스컬이 깜짝 놀라 물었다.

"크래그요. 악과 불행을 만들어 내는 원흉이지요. 당신이 악마라고 부르는 존재 말이에요."

매스컬은 자신의 생각을 재빨리 감췄다. 그는 조이윈드가 그와 크래그의 관계를 눈치채지 못하도록 머릿속을 텅 비워버렸다.

"왜 나한테서 생각을 감추는 거죠?"

조이윈드가 의심스러운 표정을 지으며 피부색까지 변해서 매스컬에게 물었다.

"이 밝고 순수하고 환한 세상에는 악이 아주 멀리 있는 것 같습니다. 그래서 악의 의미를 제대로 파악하지 못하고 있을 수도 있지요."

그는 그렇게 거짓말을 했다. 조이윈드는 매스컬에게서 눈을 떼지 않았다. 그녀의 맑은 영혼이 매스컬을 뚫어지게 들여다보았다.

"우리 세상은 선하고 순수해요. 하지만 타락한 사람도 많습니다. 내 남편 파나위는 여행을 다녀와서, 내가 들어보지 못한 일들을 자주 얘기해 주곤 했어요. 언젠가는 우주가 꼭대기부터 바닥까지 마법사의 동굴이라고 믿는 사람을 만났다고 하더라고요."

"남편분을 꼭 만나보고 싶군요."

"그렇게 될 거예요. 우리는 지금 집으로 가고 있으니까요."

매스컬은 조이윈드에게 자식이 있느냐고 묻고 싶었지만, 그녀의 마음을 상하게 할 수도 있다는 생각에 꾹 눌러 참았다.

조이윈드가 매스컬의 마음속 의문을 읽었다.

"자식이 꼭 필요한가요? 온 세상에 사랑스러운 아이들이 넘쳐나지 않나요? 이기적인 마음으로 내 자식을 꼭 가질 필요가 있을까요?"

이상하게 생긴 생물이 또렷한 다섯 음조로 구슬프게 울면서 그들 앞을 날아갔다. 새는 아니었다. 풍선 같은 몸을 지닌 그 생물은 물갈퀴가 달린 발가락 다섯 개를 노처럼 저으며 나무들 사이로 사라졌다.

그 생물이 지나갈 때 조이윈드가 그것을 가리키며 말했다.

"괴상하게 생겼지만 나는 저 동물을 좋아해요. 아니, 괴상하게 생겨서 더 좋은지도 몰라요. 그런데 내 자식이 생겨도 여전히 저 동물을 사랑할까요? 두셋을 사랑하는 것과 모두를 사랑하는 것 중 어느 쪽이 나을까요?"

"모든 여성이 당신 같지는 않을 겁니다. 하지만 당신 같은 사람이 있어서 다행입니다. 그나저나……."

매스컬이 말을 이었다.

"이처럼 햇빛이 쨍쨍 내리쬐는 황무지를 걸어야 한다면 긴 나뭇잎으로 머리를 가리는 편이 낫지 않을까요?"

조이윈드가 조금 애처로운 미소를 지으며 말했다.

"당신은 날 바보로 여기겠지만 나뭇잎을 한 장 한 장 떼어낼 때마다 내 마음도 찢어질 겁니다. 옷으로 머리를 가리면 충분해요."

"그러면 되겠군요. 하지만 이 옷도 전에는 살아 있는 생명체의 일부 아니었을까요?"

"아니에요, 그렇지 않아요. 이 옷들은 어떤 동물이 분비한 줄로 짠 거예요. 그 자체로는 살아 있었던 게 아니죠."

매스컬이 생각에 잠긴 채 말했다.

"당신들은 극단적으로 단순한 삶을 사는군요. 하지만 정말 아름다운 삶입니다."

그들은 언덕을 다시 넘으면서 별다른 의식을 치르지 않고 사막을 가로질러 발걸음을 재촉했다.

그들은 나란히 걸었다. 조이윈드는 풀링드레드를 향해 곧장 뻗은 길을 택했다. 매스컬은 태양의 위치를 보고 그들이 정북 방향으로 걷고 있다고 판단했다. 모래가 가루처럼 부드러워서 맨발로 걷기가 무척 힘들었다. 강렬한 붉은 햇살에 눈을 제대로 뜰 수 없어서 매스컬은 반쯤 눈이 먼 기분이었다. 또한 너무 덥고 목이 말라 물을 마시고 싶은 마음에 미칠 지경이었다. 억눌렸던 고통이 그의 의식의 수면 위로 완전히 떠올랐다.

"내 친구들은 어디에도 보이지 않으니 참으로 이상하군요."

"그래요, 정말 이상해요. 사고라도 당했다면……." 조이윈드의 억양이 희한하게 변했다.

"바로 그거예요!" 매스컬이 맞장구쳤다. "친구들이 사고를 당했다면 몸이라도 남아 있어야죠. 나한테는 좋지 않은 상황인 것 같군요. 둘이서만 떠난 게 확실합니다. 나만 남겨두고…… 나는 여기 혼자 남겨진 거예요. 그래도 이런 상황을 어떻게든 이겨낼 겁니다. 친구들 걱정은 더 이상 안 할 거예요."

"나는 누구도 탓하고 싶지 않아요. 하지만 내 직감에 따르면 당신은 그 사람들과 떨어져 있는 편이 나은 것 같아요. 그들은 자기들의 이익을 위해서 왔지, 당신을 위해서 여기에 온 게 아니에요."

그들은 한동안 걷기만 했다. 매스컬은 현기증이 나기 시작했다. 조이윈드가 매근을 뻗어 매스컬의 허리를 다정하게 감싸자 자신감과 행복감이 강한 전류처럼 그의 혈관에 흘러들어 왔다.

"고맙습니다, 조이윈드! 그런데 나 때문에 **당신의** 힘이 빠지는 건 아닙니까?"

조이윈드는 흔들리는 눈빛을 재빨리 감추며 대답했다.

"그렇긴 하지만 많이 빠지지는 않아요. 대신 커다란 행복감을 얻죠."

곧 그들은 정말 희한하게 생긴 조그만 생물을 만났다. 갓 태어난 양만 한 그 생물은 세 개의 다리로 왈츠를 추듯이 움직이고 있었다. 세 개의 다리가 번갈아 내밀어졌고, 이러한 동작이 완벽하게 반복되면서 그 작은 괴물은 앞으로 나아갔다. 색깔은 새파랗고 노란 물감 통에 들어갔다 나온 것처럼 선명하게 이를 데 없었다. 두 사람이 지나가자, 녀석은 작은 눈을 반짝거리며 그들을 쳐다보았다.

조이윈드는 녀석에게 고개를 끄덕이며 미소까지 지어 보였다.

"내 친구예요, 매스컬. 내가 이 길을 지날 때마다 만나거든요. 항상 왈츠를 추고 있지요. 또 항상 바쁜 것처럼 보이는데 어딘가를 가는 것 같지는 않아요."

"이곳의 삶은 자급자족으로 이루어지니 누구도 어딘가에 갈 필요가 없을 것 같네요. 그런데 이해가 되지 않는 게 있습니다. 어떻게 이런 삶을 지루해하지 않고 살아갈 수 있죠?"

"처음 듣는 말인데요. 그러니까 재밌는 일을 원하지 않느냐는 뜻인가요?"

"대충 그렇습니다."

"그런 건 기름진 음식에서 비롯된 질병과도 같아요."

"정말 한 번도 지루했던 적이 없습니까?"

"어떻게 지루할 수가 있죠? 우리의 피는 빠르고 가볍고 자유로워요. 또 우리의 몸은 깨끗하고 어떤 것에도 방해받지 않아요. 우리는 안으로나 밖으로나 자유롭다고요……. 조만간 당신이 방금 어떤 질문을 했는지 이해할 수 있기를 바랄 뿐이에요."

얼마 후에 그들은 이상한 현상을 맞닥뜨렸다. 사막 한복판에서 뿜어 나온 물줄기가 시원하고 유쾌한 소리를 내며 수직으로 15미터쯤 치솟아 올랐다. 특이한 점은 솟구친 물줄기가 땅으로 떨어지지 않고 꼭대기에서 대기에 흡수돼 버린다는 것이었다. 사실상 그것은 꼭대기가 소용돌이 모양으로 뒤틀린 증기에 휩싸인, 암녹색을 띤 우아한 유동체 기둥이었다.

좀 더 가까이 다가가서야 매스컬은 그것이 산맥에서 흘러 내려오는 시내가 끝나는 곳에 형성된 물기둥이라는 사실을 알아차렸다. 그 지점의 물이 유사한 화학 성분을 띠고 있는 상층대기를 향해 솟구치는 것으로밖에는 그 현상을 설명할 길이 없었다. 조이윈드가 말했다.

"이제 목 좀 축일까요."

조이윈드가 조금의 거리낌도 없이 모래 위에 엎드려 시냇물 쪽으로 고개를 숙이자 매스컬도 지체 없이 그대로 따라 했다. 조이윈드는 매스컬이 시냇물을 꿀꺽꿀꺽 마시는 걸 보고 나서야 가볍게 목을 축이기 시작했다. 매스컬의 생각에 물은 상당히 묵직하면서도 발포성을 띤 듯했다. 매스컬은 배가 터지도록 물을 마셨다. 그 물은 그의 미각에 새로운 느낌을 전해주었다. 또한 맑고 깨끗한 물이 스파클링 와인 같은 상쾌한 기분을 더해준 까닭에 기운이 솟구치는 것 같았다. 그런데 어떤 이유에서인지 이 약간 취한 듯한 기분은 그의 좋은 면을 끌어냈지 저급한 면을 끌어내지는 않았다.

"이건 '놀 물'이라고 해요." 조이윈드가 말했다. "색깔을 보면 알겠지만 여기 물은 그다지 맑지 않아요. 풀링드레드 물은 수정처럼 맑죠. 그런데도 불평하면 그건 은혜를 모르는 짓이에요. 이제부터 우리는 훨씬 더 잘 지내게 될 거예요."

물을 마셨기 때문인지, 매스컬의 눈에 주변 상황이 처음 보는 것인 양 새롭게 보이기 시작했다. 모든 감각기관이 제 기능을 발휘하면서, 조금 전까지는 상상조차 못 했던 아름다움과 경이로움이 그의 눈앞에 펼쳐졌다. 그저 진홍빛으로만 반짝거리던 모래밭이 명도가 뚜렷이 다른 스무 가지 붉은색으로 구분됐다. 하늘도 다양한 푸른색으로 이루어져 있었다. 브랜치스펠의 복사열이 그의 몸 곳곳에 미치는 강도도 각각 다르게 느껴졌다. 귀도 한층 밝아졌다. 대기는 웅얼거리는 소리로 가득했고, 모래는 콧노래를 부르는 것 같았다. 심지어 태양 광선도 에올리언 하프 소리 같은 은은한 고유의 소리를 지니고 있었다. 미묘하고 신비로운 향기가 그의 콧구멍을 간질였고, 입안에는 놀 물에 대한 기억이 끈질기게 남아 있었다. 지금까지는 느끼지 못했던 공기의 흐름이 그의 땀구멍을 달래고 다독거려 주었다. 그의 포인은 주위 모든 것의 내적인 본성을 탐색하는 데 여념이 없었다. 그의 매근은 조이윈드를 매만지면서 그녀에게서 사랑과 환희의 물결을 끌어왔다. 그리고 마지막으로 브리브를 이용해 조이윈드와 말없이 서로의 생각을 나눴다. 이런 강력한 교감이 그를 내면 깊은 곳으로 이끌어 준 덕분에 매스컬은 아침 내내 걸었는데도 조금도 피곤하지 않았다.

　블러드솜버가 거의 다 됐을 때, 그들은 암녹색 호숫가에 도착했다. 그 너머에 풀링드레드가 있었다.

　파나위가 검은 바위에 앉아 그들을 기다리고 있었다.

7
파나위

　파나위가 일어나서 아내와 손님을 반갑게 맞았다. 파나위는 온통 하얀 옷을 입고 있었고, 수염을 기르지 않은 얼굴에는 조이윈드와 마찬가지로 브리브와 포인이 있었다. 피부는 얼굴과 몸 할 것 없이 새하얗고 생생하고 보들보들해서 전혀 피부처럼 보이지 않았다. 눈처럼 하얗고 깨끗한 살갗은 마치 뼈의 연장처럼 보였다. 지구에서 지나치게 문명화된 여성들의 인위적으로 하얗게 꾸민 피부와는 질적으로 달랐다. 하얗고 섬세한 피부였지만 관능적인 생각을 불러일으키지는 않았다. 오히려 잔혹할 정도로 자연의 차가운 고결함을 그대로 보여주는 듯했다. 목덜미까지 흘러내린 머리칼 또한 흰색이었지만, 쇠락의 기운보다는 활기찬 생명력을 보여주는 듯했다. 눈동자는 깊이를 헤아릴 수 없을 만큼 차분한 검은 빛을 띠었다. 그는 아직 젊은 나이였지만 어쩌나 위엄을 풍기는지 그 아름답고 조화로운 이목구비에도 불구하고 마치 입법자처럼 보였다.

파나위와 조이윈드의 매근이 한순간 서로 뒤엉켰다. 파나위의 근엄한 얼굴이 사랑으로 온화하게 풀리고, 조이윈드는 환희에 휩싸인 듯이 보였다. 조이윈드는 매스컬을 남편의 품으로 가볍게 밀고는 흐뭇한 미소를 지으며 그들의 모습을 조용히 바라보았다. 매스컬은 남자의 품에 안기자 약간 당혹스러웠지만, 거부할 수 없었다. 상쾌하고 기분 좋은 나른함이 온몸으로 퍼지는 것 같았다.

"손님은 붉은 피를 지녔군요?"

파나위가 영어로 말해서 매스컬은 깜짝 놀랐다. 게다가 목소리도 무척 특이했다. 지극히 잔잔했지만, 희한하게도 환청 비슷하게 느껴지는 잔잔함이었다. 그 잔잔한 목소리가 생각의 빠르기로 전달되고 있는 탓에 그 과정을 감지할 수조차 없었다. 매스컬은 어떻게 그럴 수 있는지 짐작도 하지 못했다.

"전에는 한 번도 듣지 못한 언어를 어떻게 말할 수 있는 겁니까?"

매스컬이 물었다.

"생각은 풍요롭고 복잡하지요. 내가 본능적으로 당신의 언어를 말하는 건지, 내가 내 생각을 말하면 당신이 그것을 당신의 언어로 번역하는 건지는 확실히 모르겠습니다."

"파나위가 나보다 훨씬 똑똑한 걸 이제 알겠죠?"

조이윈드가 명랑하게 말했다.

"성함이 어떻게 되십니까?"

파나위가 물었다.

"매스컬이라고 합니다."

"그 이름에도 분명히 어떤 의미가 있을 겁니다. 그런데 생각이
란 참 희한한 거지요. 그 이름을 들으니 뭔가가 떠오르거든요. 그
런데 그게 뭘까요?"

"당신이 알아내 보세요" 하고, 조이윈드가 말했다.

"당신네 세상에 인간의 품격을 높이기 위해 우주의 창조자에
게서 뭔가를 훔친 사람이 있습니까?"

"그런 신화가 있긴 합니다. 프로메테우스라는 영웅이지요."

"내 생각에는 당신도 그런 행위와 관련이 있는 것 같군요. 하지
만 어떤 관련이 있는지는 확실히 모르겠습니다, 매스컬."

"좋은 징조로 받아들여요. 파나위는 거짓말을 하지 않거든요.
또 절대로 생각 없이 말하지도 않으니까요."

"좀 혼란스럽군요. 내가 감당할 수 있는 일도 아니고요."

매스컬은 차분하게 대꾸하면서도 깊은 생각에 잠긴 표정이었
다. 파나위가 다시 물었다.

"어디에서 오셨습니까?"

"멀리 떨어진 태양의 행성인 지구라는 별에서 왔습니다."

"뭐 때문에요?"

"천박한 삶에 지쳤거든요."

매스컬은 간단하게 대답했다. 그는 동료 여행자들의 언급을 일
부러 피했다. 크래그란 이름을 입에 올리고 싶지 않기 때문이기도
했다. 파나위가 말했다.

"바람직한 동기군요. 당신은 얼버무리듯 대답하긴 했지만 진심
일 수도 있겠죠."

"어느 정도는 사실입니다."

매스컬은 곤혹스러우면서도 놀란 표정으로 파나위를 쳐다보며 그렇게 말했다.

그들이 서 있는 곳에서 800미터쯤 떨어진 거리에 절벽처럼 우뚝 솟은 산기슭까지 늪 같은 호수가 이어졌고, 여울을 따라 깃털 같은 자줏빛 갈대들이 여기저기 솟아 있었다. 호수 물은 암녹색이었다. 매스컬은 호수를 어떻게 건널지 가늠할 수 없었다.

조이윈드가 매스컬의 팔을 잡았다.

"이 호수가 우리 몸을 지탱할 수 있다는 건 몰랐죠?"

파나위가 호수 위를 걸어갔다. 물의 비중이 높아 파나위의 몸무게를 너끈히 지탱할 수 있었던 것이다. 뒤이어 조이윈드가 매스컬과 함께 호수 위에 올라섰다. 매스컬은 곧바로 미끄러졌지만, 물 위에서 휘청거리는 게 즐겁기도 했다. 매스컬은 파나위의 움직임을 유심히 관찰하고 흉내 내면서 물 위를 걷는 법을 어렵지 않게 터득했다. 곧 매스컬은 조이윈드의 부축을 받지 않고도 균형을 잡을 수 있었다. 조금 지나자 물 위를 걷는 게 재밌다는 생각까지 들었다.

여성들이 춤에서 탁월한 능력을 발휘하는 것과 같은 이유로, 넘어질 뻔하다 균형을 되찾는 조이윈드의 움직임은 남성들에 비해 훨씬 우아하고 확실했다. 암녹색 수면에 발을 담그고 살짝 허리를 구부렸다 펴서 몸을 흔들고 비트는 모습은 그야말로 한 폭의 그림이어서, 매스컬은 조이윈드에게서 눈을 떼지 못했다.

호수는 점점 깊어졌고, 놀 물은 검은빛에 가까워졌다. 이제는 호숫가의 울퉁불퉁한 바위와 협곡 및 절벽 구석구석까지 보였다. 수십 미터 높이에서 떨어지는 폭포도 눈에 들어왔다. 수면이 점점 거칠어졌다. 매스컬이 균형을 잡기 힘들 정도로 요동이 심했다. 매스컬은 엎드려서 수면 위를 헤엄치기 시작했다. 조이윈드가 고개를 돌려 그 모습을 보고 환하게 웃으니 가지런한 치아가 햇살에 반짝거렸다.

잠시 후, 그들은 호수 쪽으로 튀어나온 검은 바위 위에 올라섰다. 매스컬의 옷과 몸에 묻은 물기는 금세 증발돼 버렸다. 그는 탑처럼 우뚝 솟은 산을 올려다보았다. 바로 그때, 파나위의 이상한 행동이 매스컬의 눈길을 끌었다. 파나위의 얼굴에 경련이 일어나더니 그가 비틀거리기 시작했기 때문이었다. 파나위는 서둘러 손을 입에 넣고 밝은 색깔 조약돌처럼 생긴 것을 꺼냈다. 그는 그것을 잠시 주의 깊게 살펴보았다. 남편의 어깨 너머로 그것을 살펴보던 조이윈드의 얼굴색도 시시각각으로 변했다. 잠깐의 시간이 흐른 뒤 파나위는 뭔지 모를 그것을 땅바닥에 떨어뜨리고는 더 이상 관심을 갖지 않았다.

"좀 봐도 되겠습니까?"

매스컬이 묻고는 허락을 기다리지 않고 그것을 집어 들었다. 그것은 연녹색을 띤 달걀 모양의 아름다운 수정이었다.

"이게 어디서 나온 거죠?"

파나위는 고개를 돌려버렸지만 조이윈드가 대신 대답했다.

"남편의 몸에서 나온 거예요."

"그런 것 같긴 한데 믿기지가 않는군요. 대체 이게 뭐죠?"

"나도 그게 무엇이고 어디에 쓰이는지 몰라요. 아름다움이 넘친다는 증거일 뿐이죠."

"아름다움이라고요?"

조이윈드가 빙긋이 웃으며 말했다.

"아마 자연이 남편이고 파나위가 부인이라 생각하면 모든 것이 설명될 거예요."

매스컬은 잠시 그런 관계를 생각해 보더니 말했다.

"지구에서는 파나위와 같은 사람들을 예술가, 시인, 음악가라고 부릅니다. 아름다움이 그들에게로 흘러들어 가고, 또 그들에게서 아름다움이 넘치듯 흘러나오죠. 그들이 만들어 내는 작품이 더 인간적이고 이해하기 쉽다는 것만 다를 뿐이에요."

"이런 것에서 비롯되는 건 허영뿐입니다."

파나위는 이렇게 말하고는 매스컬의 손에서 수정을 가져가 호수에 던져버렸다.

이제 그들은 깎아지른 듯한 절벽을 올라가야 했다. 절벽 높이는 100미터가 넘어 보였다. 매스컬은 자신보다는 조이윈드가 절벽을 오를 수 있을까 걱정스러웠다. 조이윈드는 무척 지친 듯 보였지만 매스컬의 도움을 거절했을 뿐 아니라 그보다 민첩하게 절벽을 올랐다. 심지어 매스컬을 약 올리는 표정을 지어 보이기도 했다. 파나위는 깊은 생각에 잠긴 표정이었다. 바위는 단단해서 그들의 무게를 너끈히 견뎌냈다. 하지만 그때쯤 브랜치스펠의 열기는 거의 살인적으로 변했고, 매스컬은 그 충격적인 강렬한 백색광 속에서 견디기가 점점 힘들어졌다.

꼭대기에 오르자, 검은 바위로 뒤덮인 고원이 나타났다. 식물은 거의 보이지 않고, 양 방향으로 눈이 닿는 곳까지 검은 바위뿐이었다. 폭은 절벽 끝자락에서 내륙 쪽으로 나지막하게 뻗은 구릉들의 비탈까지 거의 일정하게 450미터쯤 돼 보였다. 구릉의 높이는 제각각이었다. 컵을 뒤집어 놓은 모양의 풀링드레드는 300미터쯤 위에 자리 잡고 있었다. 풀링드레드 윗부분은 유난히 반짝거리는 어떤 식물로 뒤덮여 있었는데, 매스컬은 그 식물이 뭔지 알 수 없었다.

조이윈드가 매스컬의 어깨에 손을 얹고 위쪽을 가리키며 말했다.

"여기가 이 땅 전체에서 가장 높은 곳이에요. 이프던 마레스트를 빼면요."

그 이상한 이름을 듣자 매스컬은 순간적으로 힘이 불끈 솟고 불안감이 밀려오는 것을 느꼈지만 그런 기분은 곧 사라졌다.

파나위는 지체하지 않고 풀링드레드 비탈을 오르기 시작했다. 아래쪽 절반은 바위가 많아 어렵지 않게 오를 수 있었다. 그러나 그 위로는 경사가 점점 급해졌고, 덤불과 작은 나무가 길을 가로막기 시작했다. 위로 올라갈수록 숲이 울창해졌다. 정상에 가까워지자 나무의 키도 한층 커졌다.

덤불과 나무의 줄기와 굵은 가지는 불투명한 유리 같았지만, 잔가지와 잎은 반투명하고 수정처럼 맑았다. 따라서 그림자를 드리우지는 않았지만 그늘은 시원했다. 잎과 가지의 모양은 그야말로 환상적이었다. 하지만 매스컬이 가장 놀란 것은, 똑같은 종류의 나무가 한 그루도 보이지 않는다는 사실이었다.

"매스컬을 곤경에서 구해주지 않을래요?"

조이윈드가 남편의 팔을 잡아당기며 말했다. 파나위가 빙그레 미소 지었다.

"내가 다시 그의 뇌에 침범하는 걸 용서한다면야. 그런데 이 정도는 별것 아닙니다. 매스컬, 새로운 행성의 생명체는 필연적으로 역동적이고 원칙을 무시하기 마련입니다. 한곳에 침착하게 머물지도 않고 다른 것을 모방하지도 않죠. 자연은 유동적이며, 고정된 것이 아닙니다. 물질은 어떤 형태라도 띨 수 있습니다. 의지는 끊임없이 활달하게 작용하며 돌연변이를 일으킵니다. 따라서 어떤 생명체도 똑같지 않을 겁니다."

매스컬이 파나위의 설명을 유심히 듣고 나서 대답했다.

"그렇군요. 하지만 여전히 이해되지 않는 게 있습니다. 이곳에서 살아가는 생명체들이 역동적으로 돌연변이를 일으킨다면 여러분은 어떻게 지구인과 닮은 모습을 하고 있는 거죠?"

"그것도 설명해 드리죠. 셰이핑을 닮은 생명체는 모두 필연적으로 서로 닮을 수밖에 없습니다."

"그럼 돌연변이란 셰이핑처럼 되겠다는 맹목적인 의지의 표현입니까?"

"그렇습니다."

"놀랍군요. 그럼 인간의 형제애는 이상주의자들이 만들어 낸 우화가 아니라 명백한 사실이군요."

매스컬을 바라보는 조이윈드의 몸 색깔이 변했다. 파나위는 특유의 근엄한 얼굴로 되돌아갔다.

매스컬은 눈앞에 펼쳐진 새로운 세계에 관심을 갖게 됐다. 수정처럼 투명한 덤불의 제일색을 띤 꽃들이 정신파를 발산하고 있었다. 매스컬은 자신의 브리브로 꽃들의 정신파를 또렷이 구분할 수 있었다. 꽃들은 소리 없이 "내게로 와! 내게로 와!"라고 외쳤다. 매스컬은 주위를 둘러보았다. 공중을 날아다니던 벌레 한 마리가 꽃 한 송이에 내려앉아 꿀을 빨기 시작했다. 그러자 그 꽃은 곧바로 소리 없는 아우성을 멈췄다.

그들은 마침내 정상에 도착해 아래를 굽어보았다. 분화구에 물이 고여서 만들어진 화구호火口湖 같은 호수가 눈에 들어왔다. 나무들이 부분적으로 시야를 가렸지만, 매스컬은 이 산정 호수가 원형에 가깝고 직경이 400미터쯤 된다는 사실을 알 수 있었다. 호반은 그들이 있는 곳에서 30미터쯤 아래 형성돼 있었다.

부부가 내려가자고 말하지 않는 것을 눈치챈 매스컬은 그들에게 잠깐 기다려 달라고 부탁하고는 허둥지둥 호숫가로 내려갔다. 호수 물은 아무런 미동 없이 무색투명했다. 매스컬은 호수 위로 올라가 몸을 쭉 펴고 엎드린 채 물속 깊은 곳을 들여다보았다. 물속은 섬뜩할 정도로 맑았다. 바닥이 보이지는 않았지만 무한에 가까운 깊이까지 내려다보였다. 그의 시력이 한계에 이른 곳에서 거뭇하고 흐릿한 물체들이 움직이고 있었다. 그때 깊디깊은 곳에서 매우 희미하고 신비로운 소리가 놀 물을 타고 들려오는 듯했다. 북소리와 비슷했다. 똑같은 길이의 네 박자였지만 세 번째 박자에 강세가 있었다. 그 소리는 한동안 계속되다가 끊겼다.

매스컬의 귀에 그 소리는 지금 여행하고 있는 세계가 아닌 다른 세계에서 들려오는 것 같았다. 그곳은 꿈속처럼 신비한, 믿기지 않는 세계였다. 북소리는 현실 세계에서 아주 희미하게 들리는 나직한 소리 같았다. 목소리로 가득한 방에서 째깍거리는 시계 소리처럼 어쩌다 한 번 귀에 들려오는 소리 같기도 했다.

매스컬은 파나위와 조이윈드가 있는 곳으로 돌아왔지만, 호수에서 보고 들은 것들을 그들에게 이야기하지는 않았다. 그들은 분화구 가장자리를 돌아가 반대편에서 아래를 내려다보았다. 사막이 굽어보이던 곳과 비슷한 절벽이, 육안으로는 가늠할 수 없을 정도로 드넓은 황무지와 경계를 이루고 있었다. 황무지는 단단한 땅이었지만 뚜렷한 색깔이 없었다. 투명한 풀로 뒤덮인 듯 보이면서도 햇빛에 반짝거리지도 않았다. 멀리서 굽이치는 강과 그 너머로 지평선과 맞닿은 이상한 모양의 검은 산맥을 제외하고는 특별히 눈에 띄는 것이 없었다. 검은 산맥은 지구의 산처럼 둥글거나 원뿔 모양이 아니었다. 가파르게 우뚝 솟아 있지도 않았고, 총안이 설치된 성벽처럼 꼭대기가 톱니 모양이었지만 톱니 사이사이가 무척 깊었다.

산 바로 위에 펼쳐진 하늘은 눈이 시릴 정도로 푸른색이어서, 주변 하늘의 푸른색과 뚜렷한 대조를 이뤘다. 또한 유난히 밝게 빛나, 눈부시게 찬란한 저녁놀의 푸른 잔광처럼도 보였다.

매스컬은 그것에서 좀처럼 눈을 떼지 못했다. 그 빛을 바라볼수록 안절부절못하는 마음과 고결한 감정이 밀려왔다.

"저 빛은 뭐죠?"

파나위는 조금 전보다 더 엄숙한 분위기를 자아내고 있었다. 조이윈드는 남편의 팔을 꼭 잡고 떨어지지 않았다.

"알페인이라고 합니다. 우리에게는 두 번째 태양이지요. 저 산맥이 이프던 마레스트입니다……. 이제 그만 우리 집으로 갈까요?"

"지금 내 기분이 상상에 불과한 걸까요, 아니면 저 빛에 영향을 받은 걸까요?"

"상상은 아닙니다. 실제로 영향을 받은 겁니다. 완전히 다른 성격을 띤 두 태양이 동시에 당신을 끌어당기고 있는데 어떻게 영향을 받지 않겠습니까? 다행히 당신은 알페인 자체를 보고 있는 건 아닙니다. 알페인을 보려면 적어도 이프던까지는 가야 하거든요."

"방금 '다행'이라고 했습니까? 어째서 다행이라는 거지요?"

"대립하는 두 가지 힘이 일으키는 고통을 당신이 견디기 힘들 것 같아서요……. 하지만 모르죠."

파나위의 집까지 짧은 거리를 걷는 동안, 매스컬은 불안한 마음을 달래며 생각에 생각을 거듭했다. 그는 아무것도 이해할 수 없었다. 그의 눈에 들어오는 것은 무엇이든 곧바로 수수께끼로 바뀌었다. 고요하고 적막한 산봉우리는 음산하고 신비한 기운을 머금은 채 뭔가를 기다리는 것 같았다. 파나위는 걱정스러운 얼굴로 매스컬을 다정하게 바라보고는 더 이상 지체하지 않고 좁은 산길을 내려가기 시작했다. 산허리를 가로지르는 산길은 동굴 입구에서 끝났다.

그 동굴이 파나위와 조이윈드의 보금자리였다. 동굴 안은 어두컴컴했다. 파나위가 조개껍데기를 집어 들고 샘에서 맑은 물을 떠서 동굴 안 모랫바닥에 뿌렸다. 그러자 초록빛의 인광이 점점 밝아지며 동굴 끝까지 퍼져나갔고, 그들이 그곳에 머무는 내내 동굴 안을 환하게 밝혀주었다. 가구는 없었다. 그들은 바싹 마른 양치식물의 잎을 모아 소파처럼 사용했다.

조이윈드는 동굴에 들어서기 무섭게 피곤에 지쳐 쓰러졌다. 파나위는 걱정스러운 표정을 지으면서도 침착하게 아내를 돌봤다. 그는 조이윈드의 얼굴을 씻기고 물로 입술을 적셔주었으며, 자신의 매근으로 아내의 기운을 북돋워 주었다. 그리고 그런 후에야 조이윈드를 잠자리에 눕혔다. 자기 때문에 저 고결한 여성이 고통받는 것을 보자 매스컬은 마음이 찢어지는 것 같았다. 하지만 파나위는 매스컬을 안심시키려고 애썼다.

"그렇게 먼 길을 왕복했으니 무척 힘든 여정이었을 겁니다. 하지만 이번 여정이 앞으로 이 사람이 겪어야 할 다른 여정들을 가볍게 해줄 겁니다……. 희생의 본질은 원래 그런 거죠."

"아침부터 내가 어떻게 이렇게 먼 길을 걸어왔는지 상상도 못 하겠습니다. 그런데 그런 길을 왕복했으니."

"이 사람의 혈관에는 피가 아니라 사랑이 흐릅니다. 그래서 그렇게 강한 거죠."

"부인께서 자신의 피를 내게 나눠준 걸 아십니까?"

"물론입니다. 그러지 않았다면 당신은 출발조차 못 했을 겁니다."

"이 은혜는 평생 잊지 않겠습니다."

바깥의 나른한 햇살이 동굴 입구를 비추는 와중에 서늘한 데다 은은한 초록 불빛으로 밝혀진 동굴 안에 머물러 있자니 매스컬은 졸음이 밀려왔다. 하지만 호기심은 나른하게 밀려오는 졸음까지 몰아냈다.

"우리가 이야기를 하면 부인이 잠을 자는 데 방해가 될까요?"

"그렇진 않을 겁니다."

"당신은 피곤하지 않습니까?"

"나는 원래 잠을 거의 자지 않습니다. 여하튼 당신이 이곳에서 새로운 삶을 살아가려면 알아야 할 게 많습니다. 모든 곳이 여기처럼 안전하고 목가적이지는 않거든요. 이곳에서 모험을 해볼 생각이라면 위험들에 대해 알아야 합니다."

"예, 그 정도는 각오하고 있었어요. 그런데 어떻게 시작할까요? 내가 먼저 질문을 할까요, 아니면 당신이 중요하다고 생각하는 걸 나한테 말해주겠습니까?"

파나위는 매스컬에게 양치식물 이파리 더미에 앉으라고 손짓하는 동시에 한 팔로 머리를 괴고 비스듬히 누워서 발을 쭉 폈다.

"내가 그동안 겪었던 일들을 이야기해 주겠습니다. 그럼 당신이 어떤 곳에 왔는지 알게 될 겁니다."

"고맙습니다."

매스컬이 한 마디도 놓치지 않겠다는 듯 자세를 고쳐 앉으며 대답했다.

파나위는 잠시 뜸을 들인 뒤 잔잔하고 침착하면서도 심금을 울리는 어조로 이야기를 시작했다.

파나위의 이야기

　내 기억은 세 살 때부터 시작됩니다. 당신들 나이로 따지면 열다섯 살쯤 되겠지만, 여기에서는 성장이 무척 더딥니다. 아버지와 어머니가 나를 데리고 토맨스에서 가장 지혜로운 분인 브루드비올을 만나러 갔을 때였죠. 브루드비올은 움플래시라는 거대한 숲에 살았습니다. 우리는 나무들을 헤치고 밤에는 잠을 자면서 사흘을 숲속에서 헤맸습니다. 더 깊이 들어갈수록 나무들은 점점 커졌고, 나중에는 우듬지가 보이지 않을 정도였습니다. 나무줄기는 암적색을 띠었고, 잎은 옅은 얼파이어였습니다. 아버지는 걸핏하면 걸음을 멈추고 생각에 잠겼습니다. 방해하는 사람이 없으면 한나절 동안 생각에 잠기기도 했습니다. 어머니는 풀링드레드에서 나오자 완전히 다른 사람으로 변했지요. 아름답고 너그럽고 매력적인 분이었지만 무척 부지런한 분이기도 했습니다. 어머니는 아버지를 끊임없이 재촉했고, 그 때문에 두 분은 곧잘 말다툼을 벌였습니다. 그때마다 나는 불안에 떨었고요. 나흘째 되는 날, 우리는 숲과 '가라앉는 바다'가 경계를 이룬 곳을 지나게 됐습니다. 그 바다에는 사람의 무게를 감당하지 못하는 부분이 많아요. 하지만 겉으로 보기에 비중이 낮은 부분과 그렇지 않은 부분이 구분되지 않아, 그 바다를 건너는 건 무척 위험합니다. 아버지가 수평선 위에 떠 있는 검은 점을 가리키며 그곳이 스웨일론섬이라고 내게 말해주었습니다. 간혹 그곳을 찾아가는 사람이 있지만, 돌아온 사람은 한 명도 없습니다. 그날 저녁, 우리는 마침내 브루드비올을 찾아냈습니다. 그는 높이가 100미터는 될 법한 나무들로 에워싸인, 숲속의 깊은 진흙 구덩이에 홀로 서 있었습니다. 주름이 쪼글쪼글했지만 몸집이 크고 강인해 보이는 건장한 노인이었죠. 당시 우리 나이로 120세였으니, 당신네 나이로는 600세쯤 됐을 겁니다. 몸이 삼면이었고 다리도 세 개, 팔도 세 개였습니다. 여섯 개의 눈이 머리를 빙 둘러 일정한 간격으로 달려 있더군요. 그 때문에 관찰력과 지혜가 뛰어났던 겁니다. 그분은 무아지경에 빠져 있는 것처럼 보였습니다. 나중에야 그분에게 이런 말을 들었습니다. "눕는 것은 자는 것이요, 앉는 것은 꿈을 꾸는 것이며, 서 있는 것은 생각하는 것이다." 아버지는 그분에게 감화되어 곧바로 명상을 시작했지만, 어머니는 두 분을 흔들어 깨웠습니다. 브루드비올은 어머니를 무섭게 쏘아보며 대체 왜 그러느냐고 물었습니다. 그제야 나는 우리가 그처럼 먼 길을 여행한 이유를 처음 알았습니다. 나는 괴상한 아이였어요. 정확히 말하면, 나는 남성도 여성도 아닌 무성無性이었습니다. 부모님은 이런 나 때문에 걱정했고, 그래서 토맨스에서 가장 지혜로운 사람에게 도움을 청하려 했던 겁니다.

브루드비올은 찡그렸던 얼굴을 펴고 이렇게 말했습니다. "그다지 어려운 문제는 아니다. 이 희한한 현상을 설명해 줄 테니 잘 들어라. 남자고 여자고 우리는 모두 걸어 다니는 살인자다. 남자는 자신과 같은 몸으로 태어난 여자와 싸워 여자를 죽인 존재이며, 여자는 마찬가지로 남자를 죽인 존재다. 하지만 이 아이의 몸에서는 그런 다툼이 아직 계속되는 중이다."

어머니가 물었습니다.

"어떻게 해야 그 싸움을 끝낼 수 있을까요?"

"이 아이가 자기 의지로 싸움판에 들어가 자기 뜻대로 한쪽 성을 선택하게 하라."

어머니가 나를 진지하게 바라보며 물었습니다.

"물론 너는 남자가 되기를 바라겠지?"

"그럼 제가 어머니의 딸을 죽이는 게 됩니다. 그건 범죄예요."

내 말에 브루드비올이 감탄했습니다.

"이기적이지 않고 정말 관대하고 아량 있는 말이로구나. 그렇게 말하는 걸 보니 남자가 분명하다. 더 이상 고민할 것 없다. 너희가 집에 도착하기 전에 이 아이는 사내아이가 될 거다."

아버지는 어디론가 보이지 않는 곳으로 몸을 감췄고, 어머니는 10분 가까이 브루드비올에게 고맙다며 절을 했습니다. 브루드비올은 흐뭇한 얼굴로 어머니를 계속 바라봤고요.

그 직후에 알페인이 매일 몇 시간씩 그 땅에 내리쬤다는 얘기를 들었습니다. 브루드비올은 점점 기운을 잃더니 죽고 말았죠.

그래도 그의 예언은 적중했습니다. 우리가 집에 도착하기 전에 나는 부끄러움이 뭔지 깨달았습니다. 하지만 그 이후로 나는 몇 년 동안 틈나는 대로 브루드비올의 말을 곱씹으며, 내 본연의 모습이 뭔지 알아보려 애썼습니다. 그리고 브루드비올이 이곳에서 가장 지혜로운 사람이긴 했지만 내 경우는 똑바로 보지 못했다는 결론에 이르렀습니다. 하나의 몸 안에 있던 나와 내 쌍둥이 누이 사이에는 어떠한 다툼도 없었으니까요. 삶을 향한 본능적인 경외감에 우리 둘 다 존재를 위한 싸움을 자제했던 겁니다. 기질적으로 누이가 나보다 더 강했습니다. 그래서 나를 위해 자신을 희생했던 겁니다. 비록 의식적인 선택은 아니었겠지만 말입니다.

그 사실을 깨닫자마자, 나는 생명을 지닌 것은 어떤 것도 먹지 않고 죽이지 않겠다고 맹세했습니다. 그리고 그 이후로 그 맹세를 줄곧 지켜왔습니다.

내가 성인이 되기 전에 아버지가 세상을 떠났습니다. 어머니도 곧바로 아버지의 뒤를 따라갔죠. 나는 내가 발을 딛고 서 있는 땅이 밉고 원망스러웠습니다. 그래서 어머니의 고향에 들어가 살기로 결심했습니다. 어머니가 내게 종종 말해줬거든요. 어머니의 고향은 무척 성스럽고 고독한 곳이라고요.

아침부터 지독하게 더웠던 어느 날, 나는 셰이핑의 둑길에 도착했습니다. 셰이핑이 언젠가 그곳을 지나갔다는 이유로, 혹은 그곳의 불가사의한 지형 때문에 그렇게 불립니다. 셰이핑의 둑길은 내 고향과 이프던 마레스트의 경계를 이루는 산맥으로 이어지는 자연제방으로 길이가 32킬로미터쯤 됩니다. 그 아래로는 계곡이 형성돼 있는데, 계곡의 깊이는 2.5에서 3킬로미터 정도 되고 양편은 깎아지른 듯한 절벽입니다. 제방 꼭대기의 폭은 30센티미터를 넘지 않아 그야말로 칼날 같죠. 그 둑길은 정북에서 정남으로 뻗어 있습니다. 내가 둑길에 도착했을 때 오른편 골짜기는 그림자로 뒤덮여 있고 왼편은 햇살과 이슬로 반짝거렸습니다. 나는 벌벌 떨면서 그 비좁은 길을 따라 수 킬로미터를 걸어갔습니다. 골짜기 동쪽으로는 까마득한 고원이 우뚝 솟아 있었지요. 두 줄기 산맥을 잇는 고원이었지만 주위 산맥의 그 어떤 봉우리보다도 높았습니다. 그 고원의 이름은 산트 레벨스입니다. 그곳에 가본 적은 없었지만, 그곳에 사는 사람들에 대해 두 가지 희한한 얘기를 듣기는 했습니다. 하나는 그 지역에는 여자가 한 명도 없다는 것이고, 다른 하나는 그들이 다른 지역을 여행하는 걸 좋아하면서도 다른 지역 사람들의 풍습을 절대 받아들이지 않는다는 것이었습니다.

여하튼 수 킬로미터쯤 갔을 때 나는 곧 현기증을 느끼고 양손으로 둑길 양쪽 가장자리를 움켜잡은 채 한참 동안 엎드려 있었습니다. 그런 다음 눈을 크게 뜨고, 내가 엎드려 있는 곳을 뚫어지게 바라봤습니다. 그러자 완전히 다른 사람이 된 기분이었습니다. 자신감이 붙고 기분마저 상쾌해졌죠. 둑길을 절반쯤 지났을 때, 저 멀리 맞은편에서 다가오는 사람이 보였습니다. 또다시 두려움이 몰려왔습니다. 두 사람이 그 좁은 길을 어떻게 지나갈지 떠오르지 않았으니까요. 하지만 나는 천천히 앞으로 나아갔고, 곧 맞은편에서 걸어오는 사람을 알아볼 수 있을 만큼 점점 가까워졌습니다. 그는 슬로포크라는 마법사였습니다. 그때까지 한 번도 만난 적 없었지만 그의 특이한 모습 때문에 어렵지 않게 알아볼 수 있었습니다. 옅은 자황색 얼굴에,

코가 동물 주둥이처럼 길었으니까요. 코가 길어서 쓸모는 있을 듯했지만 그에게 보통 아름다움이라고 생각되는 것을 더해주지는 않았습니다. 슬로포크는 팔다리와 기관을 새로 돋게 하는 불가사의한 능력 때문에 '마법사'라고 불렸습니다. 슬로포크가 무딘 돌로 자신의 다리를 잘라내고 새 다리가 자랄 때까지 이틀 동안 고통에 시달렸다는 소문도 있을 정도입니다. 슬로포크는 항상 현명한 사람이라는 평가를 받지는 못했지만, 때로는 누구도 흉내 내지 못할 직관력과 용기를 보여 주는 사람이었습니다.

우리는 2미터쯤 떨어져 서로 마주 보고 앉았습니다. 슬로포크가 묻더군요.

"우리 중 누가 다른 사람을 타고 넘어가는 게 좋을까?"

그는 차분하기 이를 데 없었지만, 어린 내 눈에는 무섭게만 보였습니다. 무서운 면을 뒤에 감춘 사람처럼 말이죠. 나는 그에게 미소를 지어 보였지만 그런 굴욕을 당하고 싶진 않았습니다. 우리는 그렇게 한참 동안 우호적으로 마주 보고 앉아 있었습니다.

그런데 그가 느닷없이 이렇게 묻더군요.

"쾌락보다 더 강한 게 무엇이냐?"

나는 뒤통수를 세게 얻어맞은 기분이었지만, 그 어떤 비상 상태에서도 동등한 대접을 받기를 바랄 나이였기 때문에, 마치 우리가 얘기를 나누려고 만난 것처럼 그와의 대화에 집중하려 애썼습니다.

"고통입니다. 고통은 쾌락을 몰아내니까요."

"그럼 고통보다 강한 것은 무엇이냐?"

나는 잠시 생각한 후에 대답했습니다.

"사랑입니다. 사랑하는 사람의 고통을 기꺼이 나눠 가질 테니까요."

슬로포크가 집요한 물음을 이어갔습니다.

"그럼 사랑보다 강한 것은 무엇이냐?"

"무無입니다, 슬로포크."

"무라는 게 무엇이지?"

"당신이 먼저 말씀해 보십시오."

"그래, 내가 말해주마. 이곳은 셰이핑의 세계다. 이곳에서 착한 아이는 쾌락과 고통과 사랑이 뭔지를 깨닫고 그에 따른 보상을 받는다. 하지만 다른 세계가 있다. 그곳은 셰이핑의 세계가 아니며, 어떤 것도 알려져 있지 않다. 여기와는 다른 질서가 지배하는 세계이기도 하다. 우리는 그 세계를 '무'라고 부른다. 하지만 이곳은 '무'가 아니라 '뭔가가 있는 곳'이다."

그리고 잠시 침묵이 흘렀습니다.

"당신에게 기관을 자라게 하고 없애는 재주가 있다고 들었는데요?"

내가 물었습니다.

"내게는 그걸로 충분하지 않다. 모든 기관이 내게 똑같은 얘기를 하지. 나는 다른 얘기를 듣고 싶다."

"사람들이 당신의 지혜는 기분에 따라 들쑥날쑥하다고 하던데 그 소문이 사실인가요?"

"맞는 말이지만, 너에게 그런 말을 한 사람들은 어떤 것이 지혜이고 어떤 것이 지혜가 아닌지 구별하지 못한다."

나는 간결하게 대꾸했습니다.

"내 경험상 그런 지혜는 불행입니다."

"그럴 수도 있지, 젊은이. 하지만 너는 그것을 제대로 깨닫지 못했고 앞으로도 깨닫지 못할 것이다. 네 눈에 세상은 언제나 고결하면서도 무서운 얼굴을 한 것처럼 보일 것이다. 너는 그런 모호한 생각에서 벗어나지 못할 것이다. ……하지만 네 나름대로 행복을 찾도록 하거라."

그러더니 그는 내가 말릴 틈도 없이 둑길에서 일어나 까마득한 계곡 아래로 몸을 던졌습니다. 점점 가속도가 붙으면서 그의 몸은 금세 계곡 아래로 사라졌습니다. 나는 비명을 지르며 둑길에 털썩 주저앉아 두 눈을 감아버렸습니다.

나는 내 분별없고 치기 어린 말 중 어떤 것이 그를 갑작스러운 자살로 이끌었는지 종종 궁금해하곤 했습니다. 그 말이 어떤 것이었든 간에 나는 그 이후로 나 자신의 만족을 위해서가 아니라 오직 남을 돕기 위해서 말하는 것을 원칙으로 삼았고, 그 원칙을 엄격하게 지켜왔습니다.

마침내 나는 이프던 마레스트에 도착했습니다. 그리고 나흘 동안이나 두려움에 떨면서 미로와 같은 길을 헤쳐나갔습니다. 죽을지도 모른다는 생각도 두려웠지만 삶을 향한 신성한 마음가짐을 잃을 수도 있다는 생각에 더욱 두려웠습니다. 이프던 마레스트를 거의 통과하고 안도의 한숨을 내쉴 때쯤 나는 세 번째로 이상한 사람을 만났습니다. 정말 험악하게 생긴 뮤어메이커였죠. 주변 분위기도 정말 무시무시했습니다. 구름이 잔뜩 끼고 폭풍우가 몰아치던 오후에 그 어떤 지지대도 없이 공중에 떠 있는 사람을 만난 겁니다. 분명 살아 있는 사람이었습니다. 그자는 입을 쩍 벌린 천길 낭떠러지를 아래에 두고 절벽 앞에 똑바로 선 자세로 공중에 떠 있었습니다. 나는 되도록 가까운 곳까지 기어올라 가서 그자를 바라봤습니다. 그는 나를 보고 창피한 상황을 웃어넘기려는 사람처럼 얼굴을 찡그렸습니다. 나는 공중에 둥둥 떠 있는 그 모습에 너무 놀라서 무슨 일이 일어났는지조차 알 수가 없었습니다. 그자가 귀에 거슬리는 쉰 목소리로 크게 소리쳤습니다.

"나는 뮤어메이커다. 나는 평생 다른 사람을 흡수해 왔는데 이제는 내가 흡수당하는 신세가 됐다. 누클램프와 나는 한 여자를 두고 다퉜고, 누클램프가 나를 이렇게 공중에 매달아 버렸다. 그의 의지력이 유지되는 동안 나는 이처럼 공중에 매달려 있어야 하겠지. 하지만, 이제 머지않으리라 생각되는데, 그렇게 되면 나는 저 아래 협곡으로 떨어질 것이다."

뮤어메이커가 아니라 다른 사람이었다면 나는 그 사람을 구하려고 애썼을 겁니다. 하지만 나는 뮤어메이커가 순전히 재미로 평생 남을 괴롭히고 죽이고 흡수한 악마 같은 자라는 사실을 알고 있었습니다. 그래서 나는 서둘러 그곳을 벗어났고, 그날은 잠시도 걸음을 멈추지 않았습니다.

그리고 풀링드레드에서 조이윈드를 만났습니다. 우리는 한 달 동안 함께 걸으며 얘기를 나눴고, 그때쯤 우리가 서로를 너무 깊이 사랑하게 되어서 헤어질 수 없다는 것을 알게 됐습니다.

파나위는 그렇게 과거 얘기를 끝냈다.

"정말 흥미진진한 얘기로군요." 매스컬이 말했다. "이제야 뭐가 뭔지 알 것 같습니다. 하지만 아직 궁금한 게 하나 있습니다."

"뭡니까?"

"이곳 사람들은 도구와 예술에 대해 모르고 문명이랄 것도 없는데, 어떻게 사회적으로 행동하고 현명한 사고를 할 수 있는 거죠?"

"사랑과 지혜가 도구에서 나온다고 생각합니까? 도구가 없어도 나는 사랑과 지혜가 어디에서 비롯되는지 압니다. 당신이 속한 세상의 사람들은 우리에 비해 감각기관의 수가 적어서 그러한 결핍을 보충하기 위해 돌과 금속의 도움을 받아야 했을 겁니다. 그렇게 만들어진 도구가 당신들이 우리보다 우월하다는 증거가 될 수는 없습니다."

"물론 나도 그렇게 생각하지는 않아요. 다만 내가 배울 게 많다는 것을 깨달았을 뿐이죠."

그들은 그 뒤로도 얘기를 좀 더 나누었고, 얼마 후에는 잠에 빠져들었다. 조이윈드가 눈을 떴다가 빙그레 미소 짓고는 다시 잠들었다.

8
루전 평원

매스컬은 두 사람보다 먼저 잠에서 깼다. 그는 잠자리에서 일어나 기지개를 켠 다음, 환한 햇살이 비치는 동굴 밖으로 걸어 나갔다. 브랜치스펠은 이미 저물어 가고 있었다. 매스컬은 분화구 가장자리 꼭대기에 올라가 이프던 마레스트를 바라보았다. 알페인의 잔광은 완전히 사라지고 없었다. 웅장한 산들만 우뚝 서 있을 뿐이었다.

산들은 어떤 주제음악처럼 그에게 깊은 감동을 주었다. 보통 음악과는 규모부터 확연히 달랐다. 웅장한 산들이 그의 대담하고 무모한 모험심을 자극하는 것 같았다. 불현듯 그는 이프던 마레스트까지 걸어가서 직접 위험을 겪어봐야겠다고 결심했다.

매스컬은 동굴로 돌아가 집주인 부부에게 작별 인사를 건넸다. 조이윈드가 대담하고 솔직한 눈동자로 매스컬을 똑바로 바라보며 물었다.

"매스컬, 이번 결정은 이기적인 결정인가요, 아니면 당신 자신보다 강한 무언가에 끌린 건가요?"

매스컬이 빙그레 웃으며 대답했다.

"합리적으로 생각해야 합니다. 이 놀랍고 새로운 행성에 대해 아무것도 모르면서 내가 어떻게 풀링드레드에 정착할 수 있겠습니까? 내가 얼마나 먼 곳에서 왔는지 생각해 봐요……. 하지만 여기로 돌아오게 되지 않을까요."

"약속 하나 해주시겠어요?"

매스컬은 잠시 망설였다.

"너무 어려운 요구는 하지 마세요. 아직 내 힘이 어느 정도인지도 모르는데."

"어려운 일 아니에요. 그리고 당신이 그 약속을 꼭 지켜주기를 바라요. 이것만 약속해 줘요. 살아 있는 생명체는 공격하지 않겠다고. 때리고 잡아 뜯어 먹기 전에 그것들 때문에 고통받은 어머니를 먼저 생각하겠다고 약속해 주세요."

매스컬이 느릿느릿 대답했다.

"그 약속은 지키지 못할 것 같군요. 하지만 좀 더 확실하게 지킬 수 있는 약속을 해드리죠. 살아 있는 생명체를 공격하기 전에 당신을 먼저 떠올리겠습니다, 조이윈드."

조이윈드의 얼굴빛이 살짝 창백해졌다.

"파나위가 자기만큼 순수한 사람이 있다는 걸 알게 되면 질투할지도 모르겠네요."

파나위가 조이윈드의 손을 가만히 잡았다.

"셰이핑 앞에서는 그렇게 말하지 않을 거죠?"

"그래요, 미안해요! 내가 제정신이 아니었나 봐요. 내 혈관에 매스컬의 피가 흘러서 그런 것 같아요……. 이제 작별 인사를 해야죠. 매스컬이 어디에 있든 고결한 행동만 하도록 기원해요, 우리."

"내가 중간까지 매스컬을 데려다줄게요." 파나위가 말했다.

매스컬이 대답했다.

"그럴 필요 없습니다. 별로 어려운 길도 아니니까요."

"하지만 길동무가 있으면 먼 길도 짧아지는 법입니다."

매스컬은 뒤돌아서서 출발하려 했다. 조이윈드가 그를 가볍게 끌어당겼다.

"나 때문에 다른 여성들을 나쁘게 생각하지 않으시겠죠?"

"당신처럼 선한 영혼은 어디에도 없을 겁니다."

매스컬이 대답했다. 조이윈드는 동굴 끝까지 들어가 조용히 서서 생각에 잠겼다. 파나위와 매스컬은 동굴 밖으로 나왔다. 가파른 비탈을 절반쯤 내려가자 눈앞에 작은 샘이 나타났다. 물은 아무 색깔 없이 투명했지만 기포가 있었다. 매스컬은 그 물로 갈증을 풀자마자 완전히 다른 사람이 된 기분이었다. 주변의 모든 것이 한층 선명한 색을 띠며 생동감 있게 느껴졌다. 그런 변화가 어찌나 신비로운지, 매스컬은 그 비현실감에 어느 겨울밤 꿈에 빠진 사람처럼 서둘러 비탈을 내려왔다.

평원에 내려서자, 엄청나게 높은 나무들이 끝없이 늘어선 숲이 그들의 눈앞에 펼쳐졌다. 생전 처음 보는 이상한 나무들이었다. 잎들이 수정처럼 투명해서, 위를 올려다보자 유리로 된 천장을 통해 하늘을 보는 기분이었다. 그들이 나무들 아래로 들어간 순간 무지막지하게 뜨거운 하얀빛의 태양 광선이 쭉 따라왔지만 열기는 한결 줄어들었다. 그래서인지, 밝고 시원한 요정들의 빈터를 지나고 있다고 상상하기란 어렵지 않았다.

숲속을 걷던 중 그들은 그다지 넓지는 않지만 눈이 닿는 데까지 직선으로 쭉 뻗은 길을 만났다.

매스컬은 길동무로 나선 파나위에게 말을 걸고 싶었지만 적당한 얘깃거리를 찾아낼 수 없었다. 파나위는 수수께끼 같은 미소를 지으며 그를 힐끗 쳐다보았다. 근엄하지만 매력적이고 여성적이기도 한 미소였다. 잠시 후, 파나위가 침묵을 깨뜨렸지만 희한하게도 매스컬은 그가 노래를 한 건지 말을 한 건지 구분할 수 없었다. 파나위의 입술 사이에서 오페라 서창(오페라 등에서 대사를 말하듯이 노래하는 형식―옮긴이)과도 같은 소리가 느릿느릿 흘러나왔다. 낮은 음의 현악기가 연주하는 아다지오와 무척 비슷하면서도 뭔가 다른 점이 있었다. 음악처럼 한두 개의 짧은 주제음을 반복하거나 변주한 형태가 아니라, 끝없이 길게 늘어져 박자와 선율이 더해진 말처럼 들렸다. 또한, 웅변조가 아니었기 때문에 서창은 분명히 아니었다. 그것은 길고 나지막이 흘러나오는 사랑의 감정이었다.

매스컬은 넋을 잃고 귀를 기울이면서도 조바심이 나고 애가 탔다. 그것을 노래라고 할 수 있다면, 파나위의 노래가 금방이라도 또렷하고 명료해질 듯 말 듯했기 때문이다. 노랫말은 명료하지 않더라도 그 노래로 서로의 감정과 기분을 나눌 수 있을 것 같았다. 게다가 파나위가 곧 중요한 말을 해줄 것처럼 느껴졌는데, 그 말이 이제까지 일어난 일에 대한 궁금증을 한꺼번에 풀어줄 것 같았다. 그러나 그 순간은 변함없이 유예되었고, 매스컬은 그 이유를 이해할 수 없었지만 어떻게든 이해하고 넘어갔다.

그들은 오후 늦게 숲속의 공터에 도착했다. 그곳에서야 파나위는 혼자만의 노래를 그쳤다. 그리고 더 이상 갈 생각이 없다는 뜻을 전달하려는 사람처럼 발걸음을 서서히 늦추다가 멈췄다. 매스컬이 물었다.

"이곳의 이름은 뭡니까?"

"루전 평원이라고 합니다."

"좀 전에 흥얼거리던 노래에 귀가 솔깃하더군요. 혹시 내가 가지 않기를 바라십니까?"

"당신의 일은 앞에 있지, 뒤에 놓여 있지 않습니다."

"그럼, 그 노랜 뭐였죠? 무슨 일을 말하는 겁니까?"

"뭔가 짚이는 게 있을 텐데요, 매스컬."

"나한테는 그 소리가 셰이핑의 음악처럼 들렸습니다."

무심코 그 말을 내뱉은 순간, 매스컬은 자신이 왜 그런 말을 했는지 의아했다. 게다가 그 말들은 그에게 한없이 무의미하게 느껴졌다. 하지만 파나위는 조금도 놀란 표정이 아니었다.

"당신은 셰이핑을 어디에서나 보게 될 겁니다."

"내가 지금 꿈을 꾸고 있는 걸까요, 아니면 깨어 있는 걸까요?"

"깨어 있군요."

매스컬은 깊은 생각에 잠겼다. 잠시 후, 그가 기운을 차리며 말했다.

"할 수 없지. 기왕 나선 길이니 계속 가겠습니다. 그런데 오늘 밤은 어디서 자야 할까요?"

"조금 더 가면 큰 강이 나올 겁니다. 거기서부터는 내일이면 이 프던 마레스트 밑자락에 도착할 겁니다. 하지만 오늘 밤에는 숲과 강이 만나는 곳에서 자는 편이 나을 겁니다."

"그럼, 잘 가요, 파나위! 그런데 나한테 더 해주고 싶은 말은 없습니까?"

"매스컬, 이 얘긴 꼭 기억하십시오. 당신이 어딜 가든 세상을 아름답게, 추하지 않게 만드는 데 한몫해 주십시오."

"그건 나 같은 사람이 감당하기엔 벅찬 일이에요. 나는 평범한 사람입니다. 세상을 아름답게 만들겠다는 야망 같은 것도 없어요. 하지만 순수함을 지키기 위해 노력하겠다는 약속은 꼭 지키겠다고 조이윈드에게 전해주십시오."

그들은 조금 서먹한 분위기에서 헤어졌다. 매스컬은 그들이 발걸음을 멈췄던 곳에 꼼짝 않고 서서 파나위가 보이지 않게 될 때까지 지켜보았다. 그리고 거듭 한숨을 내쉬었다.

매스컬의 직감으로 무슨 일이 곧 터질 것만 같았다. 공기가 답답해 숨을 쉬기 힘들었다. 늦은 오후의 햇살이 가차 없이 그의 몸에 관능적인 열기를 쏟아냈다. 까마득히 높이 뜬 외로운 구름 하나가 하늘을 쏜살같이 가로질렀다.

그의 뒤쪽 아득한 어딘가에서 나팔 소리가 들렸다. 처음에는 수 킬로미터쯤 떨어진 곳에서 들려오는 것 같았다. 그러나 나팔 소리는 점점 커졌고, 동시에 점점 더 가까워졌다. 여전히 똑같은 음색의 나팔 소리가 들렸지만, 이번에는 거인 나팔수가 그의 머리 바로 위에서 나팔을 부는 것처럼 들렸다. 잠시 후 나팔 소리가 점점 약해지더니 그의 앞쪽으로 멀어졌고, 마침내 아득히 더 멀어지다가 거의 들리지 않게 되었다.

매스컬은 거대한 자연에 혼자 떨어진 기분이었다. 신성한 적막감이 가슴에 밀려들면서 과거와 미래가 잊혔다. 그의 세계에는 숲도 태양도 낮도 존재하지 않았다. 그 자신조차 의식하지 못했다. 아무런 생각도 없고 아무런 느낌도 없었다. 하지만 생명이 그에게 그처럼 중요한 의미를 가진 적은 없었다.

매스컬이 가던 숲길 한복판에 한 남자가 팔짱을 끼고 서 있었다. 그자는 몸만 가리고 팔다리는 다 드러낸 이상한 옷을 입고 있었다. 나이 들어 보이진 않았고 오히려 젊은 편에 속했다. 그자의 얼굴에는 매스컬이 아직 익숙해지지 않은, 토맨스 사람 특유의 특별한 기관이 달려 있지 않았다. 매끈한 얼굴이었다. 온몸에서는 더운 날에 흔들리는 공기 같은 충만한 생명력이 뿜어 나오는 듯했다. 그자의 눈빛이 너무나 강렬해서 매스컬은 그 눈을 쳐다보지도 못할 지경이었다.

그자가 기괴한 목소리로 매스컬의 이름을 불렀다. 두 개의 음색이 겹쳐서 들렸다. 하나는 아득하게 들렸고, 다른 하나는 현악기 줄이 공명하는 것처럼 낮은 음색이었다.

매스컬은 그의 앞에 서 있는 것만으로도 기분이 좋아지는 것을 느꼈다. 좋은 일이 생길 것만 같았다. 그는 실제로 입을 떼기가 힘들다는 사실을 깨달았다.

"왜 내 앞길을 막는 겁니까?"

"매스컬, 나를 잘 봐라. 내가 누구냐?"

"셰이핑 아닌지요."

"나는 수르투르다."

매스컬은 다시 그의 눈을 보려고 했지만 칼로 찌르는 듯한 고통을 느꼈다.

"이곳이 내 세계라는 걸 알 것이다. 내가 왜 너를 이곳에 데려왔다고 생각하느냐? 네가 나를 위해 일해주기를 바라기 때문이다."

매스컬은 더 이상 아무 말도 할 수 없었다. 남자의 환영이 계속해서 말했다.

"내 세계를 조롱하는 자들은 결코 달아나지 못할 것이다. 깊이를 알 수 없는 뿌리에서 시작되어 결코 피상적이지 않은 내 세계의 아름다움과 숭고함, 또 완벽하게 반복되는 내 세계의 주기를 어떻게 조롱할 수 있단 말인가?"

"저는 조롱하지 않습니다."

"궁금한 것을 물어보아라. 내가 대답해 주겠다."

"딱히 없습니다."

"매스컬, 너는 나를 섬겨야 한다. 무슨 말인지 알겠느냐? 너는 내 종이자 조수다."

"기대를 저버리지 않겠습니다."

"나를 위해서지 너를 위해서가 아니다."

입에서 이 말이 떨어지기 무섭게 수르투르는 위로 솟구쳐 올라갔다. 매스컬은 재빨리 고개를 들었다. 그의 눈에 닿는 온 하늘이 수르투르의 형상으로 채워졌다. 뚜렷한 인간의 모습은 아니었는데, 하늘을 가득 채운 어떤 거대한 구름 같은 것이 찡그린 얼굴로 매스컬을 내려다보고 있었다. 잠시 후, 불빛이 사라지듯 그 형상은 순식간에 사라졌다.

매스컬은 한동안 꼼짝도 하지 못했다. 심장이 터질 듯이 쿵쾅거렸다. 그때 다시 그 고독한 나팔 소리가 들렸다. 이번에는 그의 앞쪽 아득한 곳에서부터 희미하게 들려오기 시작하다가 가까이 다가올수록 소리가 점점 커지면서 그의 머리 위에서 가장 크게 울렸고, 그런 다음 뒤쪽으로 멀어지면서 나지막하고 장엄하게 변하더니 마침내 죽음과도 같은 숲의 침묵 속에 빠져들었다. 매스컬이 느끼기에는 꼭 연극에서 신비롭고 중요한 막 하나가 끝난 것 같았다.

소리가 사라짐과 동시에 번개와 같은 속도로 하늘이 열리면서, 헤아릴 수 없는 높이의 푸른 공간이 드러나는 듯했다. 매스컬은 숨을 깊이 들이마시며 팔다리를 쭉 폈다. 그리고 빙긋 미소 짓고는 주위를 둘러보았다.

잠시 후, 매스컬은 다시 발걸음을 옮겼다. 머릿속이 지독히도 복잡하고 혼란스러웠지만, 혼란스러운 한편으로 한 가지 생각이 또렷하게 떠오르기 시작했다. 창조적인 예술가의 영혼에서 떠오르는 이미지처럼 막연하지만 원대하고 웅대한 생각, 바로 그가 운명을 지배하는 사람이라는 엄청난 생각이었다.

그가 이 새로운 세계에 도착한 이후, 아니 지구를 떠나기 전부터 겪은 사건들을 곰곰이 생각해 보면, 그가 이곳에 온 이유는 그 자신을 위해서가 아니라 어떠한 목적이 있기 때문이라는 확신이 들었다. 하지만 그 목적이 대체 무엇일까? 매스컬은 아무리 머리를 짜내도 짐작조차 할 수 없었다.

마침내 수풀 사이로 브랜치스펠이 서쪽으로 저물어 가는 모습이 보였다. 브랜치스펠은 붉은색 불덩어리처럼 보였다. 그는 저것이 확실히 태양이라는 사실을 이제야 실감할 수 있었다. 숲길이 갑자기 왼쪽으로 꺾이면서 가파른 내리막이 시작됐다.

매스컬의 눈앞에 널찍한 강이 나타났다. 넘실거리는 강물은 맑고 검은빛을 띤 채 북쪽에서 서쪽으로 흘렀다. 숲길은 곧장 강기슭으로 이어졌다. 매스컬은 강기슭에 서서, 찰싹거리고 때로는 콸콸거리며 흘러가는 강물을 물끄러미 바라보았다. 숲은 건너편 기슭에서 다시 시작됐다. 남쪽 저 멀리 풀링드레드의 모습이 겨우 눈에 들어왔다. 북쪽으로는 하늘을 배경으로, 아름답지만 높고 험준하고 위험한 이프던산이 어렴풋이 보였다. 이프던 산맥은 20킬로미터도 떨어져 있지 않았다.

천둥의 첫 우르릉거림처럼, 서늘한 바람의 희미한 첫 숨결처럼, 매스컬의 가슴속에서 뜨거운 열정이 요동쳤다. 몸은 피곤했지만 어떠한 역경도 이겨내는 자신의 힘을 시험해 보고 싶었다. 이프던 마레스트의 험준한 바위들에 도전하고 싶었다. 그 바위들이 쇠붙이를 끌어당기는 천연 자석인 양 마법 같은 매력으로 그의 의지를 끌어당기는 것 같았다. 매스컬은 손톱을 씹으며 이프던 마레스트에서 눈을 떼지 못했다. 오늘 저녁에라도 저 높은 산을 정복할 수 있을지 궁금했다. 그러나 풀링드레드를 다시 돌아보자 조이윈드와 파나위가 떠오르면서 마음이 차분해졌다. 매스컬은 일단 이곳에서 밤을 보내고, 다음 날 동이 터서 눈을 뜨는 즉시 출발하기로 결정했다.

그는 강물을 마시고 몸을 씻은 뒤 강기슭에 누워 잠을 청했다. 그때쯤 그는 생각이 너무 앞질러 가 있어서 그날 밤에 있을 수 있는 위험을 전혀 염려하지 않았다. 그는 그의 새로운 별을 믿었다.

브랜치스펠이 저물고 햇살이 사그라졌다. 그리고 밤이 무섭게 닥쳐왔다. 매스컬은 이에 아랑곳하지 않고 잠들었다. 하지만 자정을 한참 앞두고, 하늘에서 심홍색 섬광이 번뜩이는 바람에 잠을 깼다. 매스컬은 눈을 떴지만 그 자신이 어디에 있는지 기억나지 않았다. 온몸이 무겁고 고통이 밀려왔다. 붉은 섬광은 하늘이 아니라 지상에서 일어난 현상이었다. 분명히 나무들 사이에서 새어 나온 빛이었다. 매스컬은 자리에서 일어나 광원을 찾아갔다.

강에서부터 30미터쯤 걸었을까, 그는 땅바닥에 누워서 잠들어 있는 어떤 여성에 걸려 하마터면 넘어질 뻔했다. 심홍색 빛을 발산하는 물체는 그녀에게서 몇 미터쯤 떨어진 곳에 놓여 있었다. 그것은 조그만 보석이었다. 하지만 붉은 광채를 강렬하게 번뜩이는 그 보석을 매스컬은 정면으로 쳐다보기가 힘들었다.

한편 잠든 여성은 커다란 짐승 가죽으로 지은 옷을 입었고, 털이 나지 않은 팔다리는 무척 컸지만 뚱뚱하기보다는 근육질이었다. 그녀의 매근은 가느다란 촉수가 아니라 세 번째 팔이라도 되는 양 끝에 손까지 달려 있었다. 위로 향한 얼굴은 거칠고 강인해 보였으며 무척 잘생긴 편이었다. 그러나 브리브가 있어야 할 이마에 세 번째 눈이 달려 있는 것을 보고 매스컬은 흠칫 놀랐다. 여하튼 세 개의 눈은 모두 감겨 있었다. 피부색은 심홍색 빛에 감싸여 정확히 식별하기 힘들었다.

매스컬은 손을 내밀어 그녀를 살짝 건드렸다. 그러자 그녀가 느긋하게 잠에서 깨더니 자세를 전혀 흐트러뜨리지 않고 매스컬을 올려다보았다. 세 개의 눈이 그를 응시했다. 아래쪽의 두 눈은 거슴츠레하고 흐리멍덩하니 환영을 좇고 있는 듯했지만, 이마에 달린 가운데 눈만은 그녀의 내면을 그대로 보여주었다. 도도하고 강인한 눈빛은 황홀할 정도로 매혹적이었다. 오만하고 여성적인 의지가 가득 담긴 그 눈빛에 매스컬은 숨이 막히는 듯했고, 본능적으로 몸이 굳어지는 것 같았다.

그녀가 일어나 앉았다. 매스컬이 물었다.

"내가 하는 말을 알아들을 수 있습니까? 이상한 질문이겠지만 다른 사람들은 내 말을 알아들었거든요."

"왜 내가 당신 마음을 읽지 못할 거라고 생각하지? 당신 마음이 그렇게 복잡한가?"

그녀의 목소리는 음악처럼 깊고 여운이 있었다. 매스컬은 그 목소리에 기분이 상쾌해지는 것을 느꼈다.

"아닙니다. 브리브가 없어서 그렇게 물은 겁니다."

그녀가 눈썹 위의 눈을 가리키며 말했다.

"하지만 소브(sorb)가 있잖아. 브리브보다 훨씬 낫지."

"이름이 어떻게 되시죠?"

"오시액스."

"어디에서 왔나요?"

"이프던."

짧게 뚝뚝 끊는 대답에 매스컬은 화가 치밀기 시작했지만, 그녀의 목소리만은 매혹적이기 이를 데 없었다.

"나는 내일 그곳에 갈 예정입니다."

그녀는 자기도 모르게 웃음을 터뜨렸지만 별다른 말을 덧붙이지는 않았다. 매스컬이 말을 이었다.

"내 이름은 매스컬입니다. 다른 세계에서 온 이방인이죠."

"당신의 괴상한 모습을 보고 그럴 거라고 짐작했어."

매스컬의 말투도 퉁명스레 변했다.

"일단 우리가 친구가 될지 말지 얘기해 보는 게 좋을 것 같군요."

그녀가 몸을 일으키지도 않고 하품을 하면서 팔을 뻗어 기지개를 켰다.

"우리가 왜 친구가 돼야 하지? 내가 보기에 당신은 남자니까 내 애인으로 삼을 순 있겠군."

"애인은 다른 데서 찾아봐야 할 거요."

"그렇다면 할 수 없고. 당장 꺼져, 참견하지 말고."

오시액스는 다시 머리를 땅에 대고 누웠지만 눈을 감지는 않았다.

"그런데 여기서 뭘 하는 거요?"

매스컬이 물었다.

"우리 이프던 사람들은 가끔 잠을 자러 여기 오지. 이프던에서는 다음 날 아침이 오지 않을 정도로 밤이 길 때가 많거든."

"무서운 곳인 것 같군요. 이곳을 잘 모르는 나를 위해 어떤 위험에 대비해야 하는지 충고라도 해주시겠소?"

오시액스가 차갑게 대꾸했다.

"당신이 어떻게 되든 내 알 바 아니야."

"내일 아침에 이프던으로 돌아갈 겁니까?"

매스컬이 끈덕지게 물었다.

"봐서."

"그럼 같이 갑시다."

오시액스가 팔꿈치를 괴고 비스듬히 누워서 대답했다.

"당신 사정을 봐주느니 나한테 필요한 일을 할 거야."

"그게 뭔데요?"

"당신한테 굳이 말해야 할 이유는 없지만 말해주지. 내 여자 기관들을 남자의 기관으로 바꿀 거야. 이프던은 남자들의 땅이거든."

"알아듣기 쉽게 설명해 주시죠."

"이 이상 어떻게 더 쉽게 설명해! 여하튼 소브도 없이 이프던을 통과하려는 건 자살행위나 마찬가지야. 매근은 도움이 되기는커녕 오히려 방해만 될 거야."

"오시액스, 당신은 뭔가 알고 있는 것 같군요. 그럼 내가 어떻게 하면 좋겠소?"

오시액스는 땅바닥에서 반짝거리는 보석을 가리키며 말했다.

"해결책이야 있지. 저 드루드(drude)를 당신 기관들에 한참 대고 있으면 드루드가 변화를 일으키기 시작할 거고, 그 뒤의 과정은 밤사이 자연이 알아서 할 거야. 장담할 수는 없지만."

오시액스는 그렇게 말하고 매스컬에게서 등을 돌렸다.

매스컬은 잠시 생각에 잠긴 끝에 드루드가 놓인 곳으로 걸어가 그 돌을 집어 들었다. 그것은 달걀 크기만 한 조약돌로, 새빨갛게 달궈진 쇳덩이처럼 심홍색으로 빛나면서 끊임없이 핏빛처럼 붉은 불똥을 튕겼다.

마침내 오시액스의 충고를 듣는 게 좋을 것이라 판단한 매스컬은 드루드를 매근과 브리브에 차례로 갖다 댔다. 그는 불에 달군 쇠를 갖다 댄 것처럼 지독한 화끈거림을 느꼈다. 고통이 치유되는 듯한 기분이었다.

9
오시액스

　매스컬이 토맨스 행성에 도착하고 두 번째 날이 밝았다. 브랜치스펠이 이미 지평선 위로 떠오른 뒤에야 잠에서 깨어난 매스컬은 곧바로 그의 기관들이 밤새 변했다는 사실을 알아챘다. 혹처럼 튀어나왔던 브리브는 눈 같은 소브로 변했고, 매근은 굵어져서 가슴에서 솟아난 세 번째 팔이 되어 있었다. 매스컬은 그 팔을 보자마자 신체적으로 한층 강해졌다는 느낌을 받았지만, 소브가 무슨 역할을 하는지 정확히 알려면 실험이 필요하다는 생각이 들었다.

　매스컬은 하얀 햇살을 받으며 누운 채 세 개의 눈을 감았다 떴다를 반복했다. 그는 눈썹 아래의 두 눈은 이해력과 관계되고, 위쪽의 소브는 의지와 관계된 기관이라는 것을 알아냈다. 다시 말해 아래쪽 눈으로 사물을 한층 자세히 관찰할 수 있었지만 개인적으로는 별 흥미가 없었다. 그런데 소브를 통해 보면 어떤 것도 그 자체로 존재하는 것으로 보이지 않았다. 모든 것이 매스컬의 의지에 따라 중요한 것이거나 하찮은 것으로 보였다.

어떻게 그럴 수 있을지 궁금해하면서 매스컬은 자리에서 일어나 주위를 둘러보았다. 그가 잠든 곳에서는 오시액스의 모습이 보이지 않았다. 그는 그녀가 여전히 그곳에 있는지 알고 싶었지만, 먼저 강에 들어가 목욕부터 하고 나서 확인해 보기로 했다.

눈부시게 아름다운 아침이었다. 하얀 아침 햇살이 뜨겁게 내리쬐기 시작했지만, 나무들 사이를 헤치며 윙윙거리는 강한 바람이 열기를 누그러뜨렸다. 하늘을 수놓은 멋진 구름은 온갖 형상의 동물들로 보였고, 시시때때로 모습을 바꾸었다. 땅바닥은 물론이고, 숲속 나무들의 잎과 가지에도 밤새 맺힌 묵직한 이슬, 아니 빗물의 흔적이 남아 있었다. 자연의 달콤한 냄새가 그의 코를 찔렀다. 통증까지 잦아들어서 매스컬에게는 더없이 상쾌한 아침이었다.

매스컬은 목욕을 하기 전에 이프던 마레스트 산맥을 바라보았다. 아침 햇살을 받아 이프던 마레스트의 모습이 뚜렷하게 드러났다. 높이는 1,500~1,800미터쯤 되는 듯했다. 톱니바퀴처럼 들쑥날쑥한 우뚝한 산등성이는 마법의 도시를 에워싼 성벽처럼 보였다. 정면으로 보이는 절벽은 주홍색, 에메랄드색, 얼파이어색, 검은색 바위들로 어우러져 일부러 화려하게 꾸민 듯했다. 그곳을 바라보고 있자니 매스컬의 심장은 느릿느릿하면서도 묵직하게 울리는 북소리처럼 두근거리기 시작했고, 온몸은 전율감에 휩싸였다. 그뿐만 아니라, 말로는 표현할 수 없는 기대감과 열망과 감동이 밀려왔다. 그것은 새로운 세계를 정복하겠다는 열망을 뛰어넘는 또 다른 무언가였다.

매스컬은 목욕을 하고 강물을 마셨다. 그가 다시 옷을 입고 있을 때 오시액스가 한가롭게 강가로 걸어왔다.

매스컬은 그제야 그녀의 피부색을 제대로 알아볼 수 있었다. 선명하면서도 암적색과 흰색과 제일색이 미묘하게 섞인, 지구에서는 결코 볼 수 없는 색이었다. 이러한 피부색만 보더라도 오시액스는 이 이상한 행성을 진정으로 대표하는 존재 같았다. 그녀의 전반적인 골격도 특이했다. 몸의 굴곡은 분명히 여성이었고 뼈대도 여성적인 특징을 지녔지만, 전반적으로 대담하고 남성적인 의지를 은은히 풍기고 있었다. 이마 한가운데 박힌 부리부리한 눈은 더더욱 설명하기 힘들었다. 그 도전적이고 도도하고 자기중심적인 눈빛 뒤에는 여성적인 부드러움이 가득 어려 있었다.

오시액스는 강가로 다가와 매스컬을 머리끝부터 발끝까지 훑어보았다. 그리고 전날 밤에 들었던, 여운이 남는 고혹적인 목소리로 말했다.

"이제야 좀 남자처럼 보이네."

매스컬이 싱긋 웃으면서 대답했다.

"보다시피 실험이 성공했소."

오시액스가 여전히 매스컬을 이리저리 뜯어보며 물었다.

"대체 어떤 작자가 당신에게 그런 괴상망측한 옷을 준 거야?"

"어떤 여성이 준 거요." 매스컬이 웃음을 거두고는 말했다. "하지만 이 선물이 괴상망측하다고 생각하진 않았소. 지금도 마찬가지고."

"내가 입으면 더 좋겠는데."

오시액스는 느릿느릿 말하며 그녀의 몸에 딱 맞는 가죽옷을 벗어 매스컬에게 건네며 옷을 바꾸자고 제안했다. 매스컬은 사실상 저 가죽옷이 자신의 성별에 더 잘 어울린다는 생각에 겸연쩍게 웃으며 그녀의 제안을 받아들였다. 가죽옷은 생각보다 편했다. 한편 헐렁하고 주름 잡힌 옷으로 갈아입은 오시액스의 모습은 매스컬의 마음을 흔들어 놓을 정도로 여성스러워 보였다. 오시액스가 한층 느릿느릿한 말투로 말했다.

"다른 여자들한테는 그 어떤 선물도 받지 않았으면 해."

"왜요? 내가 당신한테 뭐라도 됩니까?"

"어젯밤 내내 당신 생각을 했어."

비올라 음율 같은 그녀의 목소리는 더 느려졌고 경멸의 기색을 담고 있었다. 그녀는 쓰러진 나무줄기에 앉으며 매스컬에게서 눈길을 돌렸다.

"어떤 생각을 했다는 거죠?"

그녀는 대답하지 않고 괜스레 나무껍질을 잡아 뜯기 시작했다.

"어젯밤엔 그렇게 나를 무시하더니."

"어젯밤은 오늘이 아니잖아. 지금까지 그렇게 둔한 머리로 세상을 살아온 거야?"

이번에는 매스컬이 말문을 닫고 말았다.

"하지만 당신에게도 남성적 본능이 있다면, 보아하니 그런 것 같긴 한데, 나를 계속 거부하지는 못할걸?"

매스컬은 깜짝 놀라 눈을 휘둥그레 떴다.

"말도 안 돼. 당신이 아름답다는 건 인정하겠지만 그렇게 원시인처럼 행동할 수는 없어요."

오시액스가 한숨을 내쉬며 일어섰다.

"상관없어. 나는 기다릴 수 있으니까."

"나와 함께 여행하겠다는 뜻으로 받아들이죠. 거부하지는 않을 거요. 오히려 고마워해야겠지. 다만 방금 한 말을 취소한다는 조건 에서."

"하지만 내가 아름답다고 생각하지 않아?"

"왜 아니겠소? 실제로 아름다운데. 하지만 당신이 아름다운 것 과 내 감정은 아무런 상관이 없어요. 이런 얘긴 그만합시다, 오시 액스. 나 아니어도 당신을 찬미하고 사랑해 줄 남자는 많아요."

매스컬의 말이 끝나기 무섭게 오시액스가 버럭 소리를 질렀다.

"이것저것 따져서 고르는 게 사랑이야? 바보 같으니. 내가 날 사랑하는 사람이 없어서 사랑을 구걸하러 다닌다고 생각하는 거 야? 지금 이 순간에도 크림타이폰이 나를 기다리고 있다고!"

"자자, 당신에게 상처를 줘서 정말 미안합니다. 이제 나를 그만 유혹했으면 좋겠군요. 아름다운 여성이 자꾸 그런 말을 하는 건 유 혹이오. 더구나 나는 내 뜻대로 할 수 있는 사람이 아니에요."

"내가 당신에게 해가 되는 걸 제안하는 것도 아니잖아? 그런데 왜 그렇게 내 자존심을 뭉개놓는 거야?"

매스컬이 그녀의 등에 손을 얹으며 말했다.

"다시 말하지만, 내 주인은 내가 아닙니다."

"대체 당신 주인이 누군데?"

"어제 수르투르를 만났어요. 오늘부터 나는 **그분을** 섬겨야 합 니다."

오시액스가 관심을 보이며 물었다.

"그 사람이랑 얘기를 나눴어?"

"그래요."

"그가 뭐라고 했는데?"

"말해줄 수 없소. 말해주지도 않을 거고. 그분이 뭐라고 했든 그분의 아름다움에 비하면 당신은 아무것도 아니오. 그래서 내가 당신을 보면서도 냉담할 수 있는 거고."

"수르투르가 당신한테 남자 노릇을 하지 말라고 했어?"

매스컬이 눈살을 찌푸렸다.

"사랑이 그렇게 남자다운 장난거리였던가? 하기야 나도 사랑을 여자나 하는 거라고 생각하진 않았지만."

"그런 건 중요하지 않아. 당신이 언제까지 순진할 수 있는지 두고 보겠어. 하지만 내 인내심을 너무 오래 시험하지는 마."

"우리 다른 얘기 하죠. 일단, 출발합시다."

오시액스가 느닷없이 웃음을 터뜨렸다. 그 웃음이 어찌나 낭랑하고 달콤하고 아름다운지, 매스컬은 몸이 화끈 달아올라 반쯤은 그녀를 껴안고 싶은 마음이었다.

"아, 매스컬, 매스컬…… 당신, 정말 바보로군!"

"어째서 내가 바보란 거요?"

이렇게 말하면서 매스컬은 얼굴을 찌푸렸지만, 그녀의 말이 못마땅해서가 아니었다. 그 자신의 나약함에 화가 났다.

"이 세상 전체가 수많은 연인들이 빚어낸 것 아닌가? 그런데 당신은 자신이 그런 사랑을 초월할 수 있다고 생각하는군. 자연스러운 현상에서 도망치려고만 해. 숨을 구멍을 찾을 수 있을 것 같아?"

"당신은 아름다우면서 끈질기기도 하군요."

"내 마음을 잘 읽어봐. 나를 내치기 전에 당연히 두세 번쯤은 생각해 봐야 하는 것 아닌가? ……여하튼 출발하기 전에 뭘 좀 먹는 게 좋을 것 같은데."

매스컬이 어리둥절해서 물었다.

"먹는다고요?"

"당신은 먹지 않나? 먹는 것도 사랑처럼 생각하는 거야?"

"그런데, 뭘 먹지?"

"강에서 물고기를 잡아야지."

매스컬은 조이윈드와 한 약속이 떠올랐지만 갑자기 허기가 느껴졌다.

"물고기 말고 좀 더 순한 건 없을까요?"

오시액스가 경멸하듯 입술을 쭉 내밀었다.

"당신 풀링드레드에서 왔지? 안 그래? 거기 사람들은 다 똑같아. 살아 있는 건 그저 보기만 하는 거라고 생각하지. 먹는 게 아니라. 하지만 이프던을 찾아갈 거라면 생각을 바꿔야 할 거야."

매스컬은 얼굴을 찌푸리고 강을 향해 돌아섰다.

"고기 잡으러 갑시다."

산에서부터 널찍한 강으로 굽이쳐 내려온 맑은 물이 그들 앞을 지나쳐 흘러갔다. 오시액스는 강기슭에 무릎을 꿇고 앉아 물속을 뚫어지게 들여다보았다. 집중하고 긴장한 표정이었다. 그때, 그녀가 손을 물속에 잽싸게 밀어 넣어 작은 괴물 비슷한 것을 잡아 올렸다. 그것은 비늘로 뒤덮이고 이빨까지 나 있지만 물고기보다는 파충류에 가까웠다. 오시액스가 땅바닥에 내던지자 그 괴물은 이리저리 기어 다니기 시작했다. 돌연 오시액스가 모든 의지를 소브에 집중시켰다. 괴물은 공중으로 펄떡 뛰어올랐다가 툭 떨어지며 죽었다.

오시액스는 날카로운 돌판을 집어 들고 괴물의 비늘을 벗겨낸 뒤 내장을 꺼냈다. 그 바람에 그녀의 손과 옷이 진홍빛 피로 얼룩졌다. 그녀가 나른한 미소를 지으며 말했다.

"드루드를 찾아다 줘, 매스컬. 어젯밤에 썼잖아."

매스컬은 드루드를 찾아 나섰다. 강렬한 햇살에 드루드의 광채가 약해져서 어디 있는지 찾기가 힘들었지만 매스컬은 결국 찾아냈다. 오시액스는 드루드를 괴물의 뱃속에 집어넣은 다음 괴물을 땅바닥에 내려놓았다.

"구워지는 동안 나는 피를 닦아내야겠어, 당신이 무척 놀란 것 같으니까. 피를 처음 보나?"

매스컬은 당혹스러운 얼굴로 그녀를 물끄러미 쳐다보았다. 조금 전까지 그녀에게 보였던 모순된 모습이 되살아났다. 대담하고 자신감 넘치는 남성적인 태도는 상대의 마음을 뒤흔들어 놓을 정도로 매혹적인 목소리와 조금도 어울리지 않았다. 그때, 그의 머릿속에 번뜩 떠오르는 생각이 있었다.

"이곳에는 '흡수'라는 의지의 행동이 있다고 들었는데 그게 정확히 뭐죠?"

오시액스가 붉은 물이 뚝뚝 떨어지는 손을 옷에서 멀리 떨어뜨리며 낭랑하고 감미로운 웃음을 터뜨렸다.

"내가 반은 남자라고 생각하는 거야?"

"내 질문에 대답부터 해요."

"나는 철저하게 여자야, 매스컬. 뱃속까지. 그렇다고 내가 남성성을 흡수하지 않았다는 뜻은 아니지만."

"그러니까⋯⋯."

"나라는 악기에 새로운 줄을 단 거지. 열망이 더 커지고, 마음도 더 강해지고⋯⋯."

"당신이야 그렇겠지만 당하는 사람들은⋯⋯?"

"그건 모르겠네. 피해자들은 자기들의 기분이 어땠는지 말하지 않으니까. 그들이 무슨 일을 당했는지 모두 알게 된다면 십중팔구 기분이 나쁠 테지만."

매스컬은 침울한 표정으로 오시액스를 바라보며 소리쳤다.

"정말 무시무시하군! 그래서 이곳 사람들이 이프던을 악마의 땅이라 여기는 모양입니다."

오시액스는 코웃음을 치면서 강 쪽으로 걸음을 옮겼다. 코웃음을 치는 모습마저 아름다웠다.

"당신보다 나은 사람들, '낫다'는 말을 어떻게 해석하더라도 당신보다 나은 사람들은 바깥세상의 의지를 내면에 받아들이며 살고 있어. 당신도 기껏해야 당신이 원하는 만큼만 도덕적일 뿐이지. 하지만 짐승들이 우리에게 먹히기 위해 태어났고 자연이 흡수되려고 존재한다는 건 엄연한 사실이야."

"그리고 인간의 권리도 하찮은 거요!"

오시액스는 팔과 손을 씻으려고 강가에 쪼그리고 앉으면서도 어깨 너머로 매스컬을 돌아보며 대꾸했다.

"인간의 권리는 중요해. 하지만 남들 앞에서도 자신의 입장을 지킬 수 있는 사람만이 사람 대접을 받을 수 있지."

물고기는 금세 익었다. 그들은 묵묵히 먹기만 했다. 매스컬은 신중하고 의심스러운 눈길로 이따금 오시액스를 훔쳐보았다. 고기가 이상하게 생겼기 때문인지 아니면 그가 오랫동안 음식을 입에 대지 않았기 때문인지 고기 맛은 역겨웠고, 심지어 인육을 씹는 기분마저 들었다. 매스컬은 거의 먹지 않고 곧바로 일어섰지만 온몸이 더럽혀진 기분이었다. 오시액스가 말했다.

"이 드루드는 내가 나중에 찾을 수 있는 곳에다 묻을게. 하지만 다음엔 매스컬 당신과 함께 오진 않을 거야. 충격 좀 받으라고…… 아무튼 이제 강을 건너야 해."

그들은 뭍에서 강으로 발을 내디뎠다. 강물은 그들이 걷는 방향의 반대쪽에서 느릿느릿 흘러왔지만, 그들이 걷는 걸 방해하기는커녕 정반대의 결과를 야기했다. 그들은 물살에 맞서 싸우면서 더 빨리 나아갈 수 있었다. 그들은 이런 식으로 수 킬로미터나 강을 거슬러 올라갔다. 운동을 하자 혈액순환이 점점 좋아지면서 매스컬은 먼 곳까지 뚜렷하게 볼 수 있었다. 햇살이 뜨거워지고 바람은 잦아들었지만, 구름이 드리운 하늘과 상쾌하고 아름다운 풍경, 조용하고 수정처럼 맑은 숲 등 모든 것이 편안하고 즐겁게 다가왔다. 그들은 밝게 색칠한 듯한 이프던 마레스트 정상을 향해 점점 가까이 다가갔다.

매스컬에게, 밝은 색깔의 성벽처럼 우뚝 서 있는 이프던 마레스트는 불가사의하게 다가왔다. 깎아지른 듯한 벼랑에 마음이 끌리기도 했지만 어떤 경외감마저 느껴졌다. 실제 같으면서도 매우 초자연적인 영기가 어린 것처럼 보이기도 했다. 생생한 색으로 윤곽을 뚜렷이 그린 유령의 초상화가 있다면, 그 초상화를 보고 받은 느낌과, 매스컬이 이프던 마레스트의 벼랑을 보면서 받은 인상이 조금도 다르지 않을 것이다.

매스컬이 오랜 침묵을 깨고 입을 열었다.

"산세가 정말 특이하군요. 산줄기가 전부 직선 아니면 수직이에요. 완만한 경사나 비탈은 전혀 없고."

앞에서 걷던 오시액스가 뒤를 돌아보며 대답했다.

"저게 이프던의 전형적인 모습이야. 자연은 망치처럼 우리를 마구 두들기지. 부드럽고 완만한 건 아무것도 없어."

"그렇군요. 그런데 이해가 잘 안 되는데요?"

"이프던 마레스트에서는 땅이 푹 꺼졌거나 하늘 높이 솟았거나 둘 중 하나야. 나무도 무척 빨리 자라지. 여자든 남자든 두 번 생각하고 행동하지 않아. 그래서 결정을 신속하게 내려야 하는 곳이라고 말하기도 하지."

매스컬은 깊은 인상을 받았다.

"정말 생생하고 거친 원시적인 땅이군요."

"당신이 살던 곳은 어때?"

"아, 내가 살던 곳은 노쇠한 세계요. 자연에서 한 뼘의 견실한 땅을 찾는 데도 100년은 족히 걸릴 세계지. 사람이고 동물이고 떼를 지어 몰려다니고, 독창성은 완전히 잃어버린 습성이 돼 버렸어요.”

“그곳에도 여자가 있나?”

“여기와 다를 바 없소. 생긴 것도 많이 다르지 않고.”

“그 여자들은 사랑을 해?”

매스컬이 큰 소리로 웃음을 터뜨렸다.

“너무 많이 해서 여자들의 옷은 물론이고 말투와 생각까지 바뀌었을 지경이오.”

“물론 나보다 예쁘겠지?”

“그렇지는 않아요.”

다시 꽤 오랜 침묵이 흘렀다. 그들은 어색한 분위기에서 계속 걸었다.

“그런데 이프던에는 뭐 하러 가는 거야?”

오시액스가 느닷없이 물었다. 매스컬은 금방 대답하지 못하고 머뭇거렸다.

“어떤 목표가 있는데, 그 목표가 너무 커서 완전하게 파악할 수 없다는 말을 이해하겠어요?”

오시액스가 뭔가를 캐내기라도 할 듯 한참 동안 매스컬을 바라보았다.

“어떤 목표인데?”

“도덕적인 목표요.”

“세상을 바로잡겠다는 건가?”

“나는 어떤 일도 꾸미지 않아요. 그저 기다릴 뿐이오.”

“너무 오래 기다리지는 마. 시간은 기다려 주지 않으니까. 특히 이프던에서는."

"틀림없이 무슨 일이 생길 겁니다."

매스컬이 말했다. 오시액스가 미묘한 미소를 던졌다.

"그러니까 이프던 마레스트에 도착해도 특별한 목적지는 없다는 거지?"

"그래요. 허락한다면 당신 집에 가도록 하죠."

오시액스는 떨리는 목소리로 짤막하게 웃었다.

"정말 이상한 남자네! 내가 내내 그렇게 하자고 권했잖아. 당연히 우리 집에 와도 되지. 크림타이폰은……."

"아까도 그 이름을 말했는데 크림타이폰이 누굽니까?"

"아! 내 연인이야. 당신네 말로 하면 내 남편."

"그럼 내가 당신 집에 가면 좋을 게 없겠는데요."

"변하는 건 하나도 없어. 우리는 그냥 크림타이폰을 쫓아내기만 하면 돼."

매스컬이 깜짝 놀라 말했다.

"우리는 분명 서로의 말을 오해하고 있군요. 혹시 내가 당신을 연인으로 받아들이기로 했다고 착각하는 건 아니죠?"

"의지를 거스를 순 없어. 여하튼 당신은 나와 함께 우리 집에 가기로 약속한 거야!"

"그건 그렇고, 이프던에서는 남편을 어떻게 쫓아냅니까?"

"당신이나 내가 남편을 죽여야지."

매스컬은 멍한 얼굴로 한참 동안 오시액스를 쳐다보았다.

"이제 우리 대화가 멍청한 것을 넘어서 광기로 흐르고 있군요."

오시액스가 대꾸했다.

"그럴 리가. 너무나 슬픈 일이지만 사실이야. 당신도 크림타이 폰을 보면 내 말을 이해할 거야."

"이제야 내가 괴상한 행성에 왔다는 게 실감나는군요." 매스컬이 느릿느릿 말했다. "듣도 보도 못한 온갖 일이 일어나고, 도덕적 원칙이 너무나 다른 행성에 말입니다. 아무리 그래도 살인은 살인이오. 나를 이용해서 남편을 없애려는 여성과는 어떤 일도 함께할 수 없어요."

"내가 부도덕한 여자 같아?"

오시액스가 담담하게 물었다.

"아니면 미쳤거나."

"그럼 당신은 나를 떠나는 편이 낫겠군, 매스컬. 다만……."

"다만 뭐요?"

"당신은 일관성 있는 사람이 되고 싶겠지? 그렇다면 나뿐만 아니라 정신 나가고 부도덕한 사람이면 누구라도 멀리해야 해. 그래야 그 나머지를 개선하기가 더 쉬울 거야."

매스컬은 얼굴을 찡그릴 뿐 대꾸하지 않았다.

"됐어?"

오시액스가 억지로 미소 지으면서 물었다.

"당신과 함께 가서 크림타이폰을 만나 보겠소. 그저 그에게 경고해 주려고."

오시액스가 풍요롭고 여성스러운 웃음을 터뜨렸다. 하지만 그녀가 그렇게 웃은 이유가 매스컬의 마지막 말에서 떠올린 장면 때문인지, 아니면 다른 이유 때문인지는 알 수 없었다. 대화는 다시 이어지지 않았다.

우뚝 솟은 절벽을 3킬로미터쯤 남겨놓은 곳에서 강은 거의 직각으로 꺾여서 서쪽으로 흘렀다. 따라서 그들은 더 이상 강을 따라 올라갈 필요가 없었다. 매스컬이 불안한 표정으로 산을 올려다보며 말했다.

"무더운 아침부터 힘들게 등산을 해야겠군요."

오시액스가 강 한복판에 삐죽 튀어나온 평평한 검은 바위섬을 가리키며 말했다.

"저기에서 잠깐 쉬지."

그들은 물살을 헤치며 그곳으로 향했다. 매스컬은 바위에 올라가 털썩 주저앉았지만, 오시액스는 맞은편 절벽을 마주 보고 똑바로 서서 귀청을 찢을 듯한 이상한 소리를 냈다.

"뭐 하는 겁니까?"

그녀는 대답하지 않았다. 1분쯤 기다린 후 그녀는 다시 똑같은 소리를 냈다. 그때, 커다란 새 한 마리가 절벽 꼭대기에서 날아오르더니 그들을 향해 서서히 내려왔다. 그 뒤로 또 다른 두 마리가 따라 내려왔다. 새들은 무척 느리게 날았고 나는 모습도 어설펐다. 매스컬이 물었다.

"저 새들은 뭐죠?"

오시액스는 여전히 대답하지 않으면서 묘한 미소를 지으며 그의 뒤에 앉았다. 얼마 지나지 않아 매스컬은 그들을 향해 날아오는 괴물들의 모습과 색깔을 확실히 알아볼 수 있었다. 그 괴물들은 새가 아니라, 몸이 뱀처럼 길쭉하고 열 개의 파충류 다리 끝에 달린 물갈퀴를 날개처럼 펄럭거리는 생물이었다. 몸은 연푸른색을 띠었고, 다리와 물갈퀴는 노란색이었다. 녀석들은 천천히, 그러나 어딘지 불길함이 느껴지는 모습으로 그들을 향해 곧장 날아오고 있었다. 녀석들 각각의 이마에 길쭉하니 돌출된 가느다란 외뿔을 보자 매스컬의 등골에 식은땀이 흘렀다.

오시액스가 마침내 입을 뗐다.

"저 녀석들은 슈로크야. 녀석들이 왜 우리 쪽으로 날아오는지 알고 싶다면 말해 주지. 우리를 잡아먹으려는 거야. 녀석들은 먼저 우리를 뿔로 찌른 다음, 무엇이든 빨아먹는 입으로 피를 몽땅 빨아먹을 거야. 한 방울도 남기지 않고. 슈로크는 대충하는 법이 없거든. 아 참, 슈로크는 이빨이 없어서 살을 뜯어 먹지는 않아."

매스컬이 무미건조하게 대꾸했다.

"당신이 이렇게 침착한 걸 보니까 특별히 위험할 것 같진 않군요."

그런 다음 그는 본능적으로 몸을 일으켜 보려 했지만 꼼짝할 수 없었다. 생전 처음 겪는 마비 증상이 그를 바위 위에 묶어놓은 것 같았다.

"일어나려고?"

오시액스가 아무렇지도 않은 듯 물었다.

"그래요, 근데 저 망할 놈의 파충류들이 의지력으로 나를 바위에 묶어놓은 것 같군요. 대체 저놈들을 깨운 이유가 뭡니까?"

"확실히 말할 수 있는 건, 무척 위험하다는 거야. 매스컬, 뭔가

물을 생각은 하지 말고 **당신** 의지로 뭘 할 수 있는지 생각해 보는 게 훨씬 나을걸."

"젠장! 의지력도 빼앗긴 것 같단 말이오!"

오시액스가 발작적으로 웃음을 터뜨렸지만 여전히 여운이 깊고 아름다운 목소리였다.

"당신 정말 훌륭한 보호자감은 아닌 것 같군, 매스컬. 내가 남자 노릇을 하고 당신은 여자 노릇을 해야 할 것 같은데. 난 당신이 덩칫값을 할 거라고 기대했는데. 내 남편이라면 여흥 삼아 저 녀석들을 하늘에서 춤추게 한 다음에 죽여버렸을 거야. 자, 내가 어떻게 하는지 잘 봐……. 두 놈을 죽이려고 하니까. 한 녀석만 남겨서 집까지 타고 갈 거야. 어떤 녀석을 타고 가고 싶어?"

슈로크들은 여전히 기우뚱거리며 그들을 향해 천천히 다가왔다. 녀석들은 몸집이 엄청나게 컸다. 매스컬은 슈로크들을 본 순간 벌레를 본 것처럼 구역질이 치밀었다. 그제야 매스컬은 슈로크가 의지로 사냥을 하기 때문에 빠르게 움직일 필요가 없다는 것을 본능적으로 알아챘다.

"당신 마음대로 골라요. 나는 어떤 놈도 마음에 들지 않으니까."

매스컬이 퉁명스레 대답했다.

"그럼 대장을 골라야겠지? 힘이 가장 좋을 테니까 말이야. 자, 잘 봐!"

이렇게 말한 뒤 오시액스는 허리를 쭉 펴고 섰다. 그녀의 소브가 돌연 불길을 내뿜었다. 매스컬은 머릿속에서 뭔가가 뚝 끊어지는 기분을 느꼈다. 그의 팔다리가 다시 자유로워졌다. 뒤쪽에서 날아오던 슈로크 두 마리가 비틀거리더니 머리를 아래로 하고 땅바닥을 향해 빠르게 떨어졌다. 곧 땅바닥과 충돌한 녀석들은 미동도 없이 축 늘어졌다. 대장 슈로크는 여전히 그들을 향해 다가왔지만, 매스컬이 보기에도 날아오는 모습이 확연히 달라진 것 같았다. 조금도 위협적이지 않고, 길들여지고 온순한 모습이었다.

오시액스는 의지로 대장 슈로크를 조종해 바위판 건너편 땅에 내려앉도록 했다. 슈로크는 뭍에 내려앉아 거대한 몸을 쭉 펴고 오시액스의 처분을 기다렸다. 두 사람은 서둘러 강을 건넜다.

매스컬은 슈로크를 아주 가까이에서 살펴보았다. 길이는 10미터가 못 되었고, 가죽 같은 매끄러운 피부는 옅은 빛을 띠며 반짝거렸다. 검은 갈기가 길쭉한 목을 뒤덮었으며, 육식동물처럼 매서운 눈과 무시무시한 콧구멍, 피를 빨아먹은 흉측한 입 때문인지 얼굴은 섬뜩할 정도로 괴상했다. 등과 꼬리에는 물고기처럼 지느러미가 달려 있었다.

"널 타도 될까?" 오시액스가 슈로크의 옆구리를 쓰다듬으며 물었다. "내가 조종해야 하니까 먼저 탈게."

오시액스는 이렇게 말한 후 길게 늘어진 옷을 걷어 올리고 기어 올라가서는 슈로크의 등에 바짝 걸터앉아 갈기를 꽉 쥐었다. 매스컬은 그녀와 지느러미 사이에 앉아 두 손으로 슈로크의 양 옆구리를 움켜잡았다. 또 세 번째 팔로 오시액스의 등을 껴안았지만, 그것만으로 안전할 것 같지 않아 오시액스의 허리까지 휘감았다.

그런 자세를 취하자마자 매스컬은 속임수에 넘어갔다는 것을 깨달았다. 슈로크는 오직 하나의 목적, 즉 그의 욕망에 불을 붙일 목적에서 계획된 것이었다.

세 번째 팔에는 그때까지 매스컬이 전혀 몰랐던 특유의 기능이 있었다. 세 번째 팔은 진화한 매근이었지만, 그것을 통해 전해지는 사랑의 흐름은 순수하지도 고결하지도 않았다. 격렬하고 열정적이고 고통스러웠다. 매스컬은 이를 악물고 침묵을 지켰지만, 그런 계획을 꾸민 오시액스가 매스컬의 요동치는 감정을 의식하지 못할 리가 없었다. 그녀는 득의만만한 미소를 짓고 주위를 둘러봤다.

"비행하는 데 시간이 좀 걸릴 거야. 꽉 잡아!"

그녀의 목소리는 피리 소리처럼 감미로웠지만 못된 생각이 다분히 담겨 있었다.

매스컬은 이를 악물고 아무런 대꾸도 하지 않았다. 그렇다고 세 번째 팔을 풀 만한 배짱도 없었다.

슈로크는 다리를 쫙 벌리고 앞으로 돌진하며 천천히, 하지만 흔들거리면서 공중에 떠올랐다. 그들은 채색된 듯한 절벽을 향해 조금씩 위로 올라갔다. 슈로크는 좌우로, 또 앞뒤로 흔들리며 속을 뒤집어 놓았고, 그것의 끈적끈적한 껍질을 만지는 것도 기분 좋지는 않았다. 하지만 매스컬은 이런 것들을 생각할 여유조차 없었다. 그는 슈로크의 등에 탄 채 두 눈을 질끈 감고 오시액스를 꽉 붙잡고 있었다. 그가 아름다운 여성을 꼭 껴안고 있으며, 그런 접촉에 그녀의 몸이 감미로운 하프처럼 반응하고 있다는 것만 의식할 뿐이었다.

그들은 점점 위로 올라갔다. 매스컬은 용기를 끌어모아 눈을 뜨고 주위를 둘러보았다. 그때쯤 그들은 절벽 바깥쪽 꼭대기와 거의 같은 높이에 있었다. 공중의 바다에서 들쑥날쑥한 해안선과 더불어 우뚝 솟은 섬들이 시야에 들어왔다. 산마루, 더 정확히 말하면 사방이 좁고 끝없는 협곡으로 에워싸인 높은 고원지대가 마치 섬처럼 보였다. 그런 협곡이 때로는 수로를 이뤘고, 때로는 호수처럼 보이기도 했다. 하지만 사방이 꽉 막힌 거대한 웅덩이에 불과한 협곡도 있었다. 눈에 보이는 섬들의 수직면, 즉 무수한 절벽들의 윗부분은 화려한 색을 띤 바윗덩어리일 뿐이었지만, 수평면은 야생 식물들의 아수라장이었다. 슈로크의 등에서는 비교적 큰 나무들만 알아볼 수 있었다. 나무들은 제각각 다른 모양이었고, 그다지 오래돼 보이지 않았다. 또 호리호리하니 흔들거렸지만 우아해 보이지는 않았다. 오히려 거칠고 강인하고 드세게 보였다.

매스컬은 눈앞의 풍경을 살펴보는 데 몰두한 탓에, 조금 전까지 끓어오르던 열정과 오시액스의 존재까지 까맣게 잊었다. 이마에서 다른 이상한 감정만 느껴질 뿐이었다. 화창하고 맑은 아침이었다. 태양이 뜨겁게 작열하고, 구름들이 순식간에 모습을 바꿔가며 하늘을 가로질러 갔다. 야생의 숨결을 거칠게 내쉬는 땅은 황량해 보였다. 그러나 매스컬은 어떤 미적인 감흥도 느끼지 못했다. 행동을 취해 소유하고 싶다는 강렬한 욕구만을 느낄 뿐이었다. 뭔가를 보면 곧바로 그것을 어떻게든 이해하고 싶었다. 대지의 분위기는 자유롭지 않고 옥죄는 듯했다. 끌어당기면서도 배척하는 분위기가 공존했다. 자신의 주변과 저 아래에서 일어나고 있는 일에 직접적인 역할을 하고 싶다는 바람을 제외하면 그곳의 풍경은 매스컬에게 그 어떤 의미도 없었다.

그런 생각에 사로잡힌 매스컬은 오시액스를 껴안고 있던 팔에서 힘을 살짝 풀었다. 오시액스가 고개를 돌려 그를 바라보았다. 매스컬의 표정을 보고 만족했는지 어쨌는지, 그녀가 나지막이 웃으며 물었다.

"이렇게 빨리 식어버린 거야, 매스컬?"

매스컬은 주변 풍경에서 눈을 떼지 않고 멍하니 대꾸했다.

"당신이 원하는 게 대체 뭡니까? 이 모든 것에 내가 이토록 끌리는 게 이상할 뿐이에요."

"당신도 저 풍경에 한몫하고 싶어?"

"내리고 싶군요."

"아! 그렇다면 좋은 방법이 있지……. 그런데 정말 기분이 달라진 거야?"

매스컬이 여전히 멍한 표정으로 말했다.

"뭐가 달라졌다는 겁니까? 대체 무슨 얘기를 하는 거죠?"

오시액스가 다시 웃었다.

"조건이 이렇게 완벽한데 당신을 남자로 만들지 못한다면 이상한 일이겠지."

그녀는 이렇게 말하고 고개를 돌려 정면을 응시했다.

공중의 섬들은 다른 점에서도 바다의 섬들과 달랐다. 수평면에 떠 있지 않고, 끊어진 계단식 밭이 위쪽으로 비스듬하게 이어진 듯한 모습이었다. 그때까지 슈로크는 지상에서 한참 높이 떠서 날고 있었는데, 우뚝 솟은 절벽들이 늘어선 곳에 들어서자 오시액스는 슈로크를 위쪽으로 몰지 않고, 해협처럼 산맥의 틈새를 가로지는 협곡 사이로 조종해 들어갔다. 곧바로 짙은 그림자가 그들을 뒤덮었다. 협곡의 폭은 10미터를 넘지 않았지만, 양편에 깎아지른 듯한 벼랑은 수백 미터에 달하는 듯했다. 얼음 방에 들어선 것처럼 서늘한 기운이 밀려왔다. 매스컬은 눈짐작으로나마 협곡의 깊이를 가늠해 보려 했지만 짙은 어둠밖에 보이지 않았다. 그가 물었다.

"저 밑에는 뭐가 있죠?"

"굳이 뭐가 있는지 찾아가려 한다면 죽음밖에 없지."

"그 정도는 나도 알아요. 저 아래 어떤 생명체가 살고 있느냐는 겁니다."

"나도 들어본 적 없어. 하지만 무엇이든 가능하겠지."

"내 생각엔 저기에도 뭔가 살고 있을 것 같은데."

매스컬이 생각에 잠긴 목소리로 말했다. 오시액스의 빈정대는 웃음이 어둠 속에 울려 퍼졌다.

"그럼 내려가서 확인해 볼까?"

"당신은 그게 재밌을 것 같소?"

"아니, 그래서 웃은 게 아니야. 수염까지 덥수룩하게 기른 덩치 큰 남자가 자기 자신은 제쳐두고 다른 것에만 관심을 보이는 게 재밌을 뿐이야."

매스컬도 껄껄 소리 내어 웃었다.

"어쩌다 보니 여기 토맨스에서 나에게 새롭지 않은 거라곤 나밖에 없는 신세가 돼버렸군요."

"그렇겠지. 하지만 나는 당신에게 새로운 존재야."

협곡은 구불거리면서 산허리를 지나갔고, 그들은 조금씩 위로 올라갔다.

"당신 목소리 같은 소리는 생전 처음 듣는 것 같소."

눈앞에 아무것도 보이지 않자 매스컬은 오시액스와 대화라도 할 생각으로 그렇게 말했다.

"내 목소리가 어때서?"

"이제 어디에서도 당신을 찾아낼 수 있을 것 같아서 말하는 거요."

"내 목소리가 맑지 않다는 건가? 내가 또렷하게 말하지 않는다는 거야?"

"아니, 무척 맑소. 하지만 어딘지 어울리지 않는군요."

"어울리지 않는다니?"

"정확히 설명하지 못하겠소. 하지만 당신이 말할 때나 웃을 때나, 당신 목소리는 내가 지금껏 들은 어떤 악기 소리보다 사랑스러우면서도 이상하게 들려요. 그래서 어울리지 않는다고 말한 거요."

"그러니까 내 성격과 일치하지 않는다는 뜻이야?"

매스컬이 뭐라고 대답할까 생각하는 순간, 그들 바로 아래의 깊은 심연에서 웅장하면서도 섬뜩한 소리가 치솟아 오르면서 대화가 끊겼다. 그다지 큰 소리는 아니었지만, 나지막이 쿵쾅대고 웅웅거리는 천둥소리 같았다. 오시액스가 날카롭게 소리쳤다.

"우리 아래에서 땅이 올라오고 있어!"

"도망칠 수 있겠소?"

오시액스는 대답하지 않고 입을 꾹 다문 채 슈로크를 다급히 위쪽으로 몰았다. 슈로크가 가파르게 상승하면서 그들은 슈로크의 등에 엉덩이를 붙이고 있기도 힘들어졌다. 마치 거대한 산사태가 거꾸로 일어난 것처럼, 지하의 엄청난 힘에 융기한 협곡 바닥이 그들을 뒤쫓아 올라오는 소리가 들렸고 실제로 그렇게 느껴졌다. 절벽이 갈라지면서 바위 조각들이 떨어지기 시작했다. 찢어지고 갈라지고 무너지고 폭발하며 우르릉대는 소리가 협곡 안을 가득 채우며 점점 커졌다. 꼭대기까지 15미터쯤 남았을 때, 엄청난 힘을 받은 깨진 바윗덩이와 흙더미가 거대한 바다처럼 그들의 발밑에서 어마어마하게 빠른 속도로 치솟아 올랐다. 순식간에 협곡이 그들의 앞뒤로 200미터가량 채워졌다. 수백만 톤의 돌무더기가 융기한 것 같았다. 정상을 향해 날아가던 슈로크가 치솟아 오른 잔해에 맞았다. 그 순간 슈로크만이 아니라 매스컬과 오시액스도 두려움에 휩싸인 채 완전히 뒤집히며 바윗덩이와 흙더미에 나뒹굴고 말았다. 섬뜩한 굉음과 끝없이 흔들리는 혼돈뿐이었다.

그들이 처한 상황을 파악하기도 전에 환한 햇살이 비쳤다. 융기는 여전히 끊이지 않았다. 고작 1, 2분 사이 계곡 바닥에 전보다 30미터는 더 높은 새로운 산이 형성돼 있었다. 갑자기 모든 움직임이 멈췄고, 그에 따라 소음까지 마법처럼 그쳤다. 돌덩어리 하나 움직이지 않았다. 오시액스와 매스컬은 힘겹게 몸을 일으켜 다쳤는지 살펴보았다. 슈로크는 옆으로 누운 채 숨을 헐떡이며 공포에 질려 진땀을 흘렸다.

"정말 위험했소."

매스컬이 옷에 묻은 먼지를 털어 내며 투덜거렸다. 오시액스가 옷자락 끝으로 턱에 난 상처에서 피를 닦아냈다.

"이만해서 다행이야. 훨씬 안 좋은 일을 당할 수도 있었어…….
올라와서 이만했지 내려갔다면 죽었을 거야. 이런 사태가 자주 일
어나지."

"그런데 뭐가 좋아서 이런 땅에서 사는 겁니까?"

"모르겠어. 습관이겠지. 이곳을 벗어나 딴 데서 살 생각도 해보
긴 했어."

"한시도 안전하지 않은 이런 땅에서 사는 것만으로도 당신은
여러 가지 면에서 용서를 받아야겠군요."

오시액스가 빙긋이 웃었다.

"이제 조금씩 배워가는군."

이렇게 말하고 그녀는 슈로크를 지그시 바라보았다. 그러자 슈
로크가 힘겹게 일어섰다. 그녀가 다시 슈로크에 올라타며 말했다.

"매스컬, 올라타! 이렇게 빈둥대고 있을 시간 없어."

매스컬은 그녀의 말에 따랐다. 그들은 다시 비행을 시작했다.
이번에는 쏟아지는 햇살 속에서 산 위를 날았다. 매스컬은 다시 생
각에 빠져들었다. 이곳의 특이한 분위기가 그의 뇌에 스며들었다.
의지가 흔들리고 불안해졌다. 슈로크의 등에 꼼짝 않고 앉아 있는
일이 고문처럼 느껴졌다. 아무것도 하지 않고 시간만 죽이는 처지
를 견디기 힘들었다.

"매스컬, 무슨 비밀이 그렇게 많아?"

오시액스가 고개조차 돌리지 않고 나지막이 말했다.

"무슨 비밀…… 대체 무슨 말이오?"

"나는 당신이 머릿속으로 무슨 생각을 하는지 훤히 알아. 이쯤에서 당신에게 확실히 묻고 싶군. 우정은 아직 남아 있겠지?"

매스컬이 화난 목소리로 대꾸했다.

"제발 질문 좀 하지 말아요! 그러잖아도 머릿속이 복잡해 죽겠는데. 내 문제만으로도 머리가 아프단 말이오."

그리고 매스컬은 무표정하게 풍경을 바라보았다. 슈로크는 멀리 떨어진 산을 향해 날아갔다. 그 산은 자연이 빚어낸 거대한 피라미드처럼 보였다. 거대한 계단이 층층이 쌓인 듯했고, 초록빛을 띤 눈이 아직 완전히 녹지 않은 것처럼 보이는 정상은 널찍하고 평평했다.

"저기 보이는 게 무슨 산이죠?"

매스컬이 물었다.

"디스쿤. 이프던에서 제일 높은 산이지."

"저 산에 가는 건가요?"

"우리가 왜 저 산에 가야 하지? 하지만 당신이 더 멀리 갈 거라면, 저 산 꼭대기에 올라가 보는 것도 좋을 거야. 거기에서는 온 땅이 다 보이니까. 가라앉는 바다와 스웨일론섬은 물론이고 그 너머까지. 저 꼭대기에서는 알페인도 보일걸."

"알페인은 내가 죽기 전에 꼭 봐야 할 광경이오."

매스컬의 말에, 오시액스가 갑자기 뒤를 돌아보며 그의 손목을 꽉 잡았다.

"그런 거야, 매스컬? 내 곁에 있어. 언젠가 우리 둘이서 함께 디스쿤산에 올라가자고."

매스컬은 대답하지 않고 혼잣말로 웅얼거리고 말았다.

그들의 아래로는 사람이 사는 흔적이 전혀 보이지 않았다. 매스컬은 여전히 굳은 표정으로 주위를 둘러보았다. 그때, 멀리 떨어지지 않은 커다란 숲지대가 갑자기 엄청난 굉음을 내며 무너지더니 끝이 보이지 않는 바닥으로 꺼졌다. 조금 전까지 단단하던 땅이 순식간에 날카롭게 깎아지른 협곡으로 변했다. 매스컬은 깜짝 놀라 펄쩍 뛰었다.

"정말 무시무시하군."

하지만 오시액스는 태연하기 이를 데 없었다. 매스컬이 가까스로 마음을 진정시키고 다시 말했다.

"이런 곳에서 산다는 건 정말 불가능할 것 같군요. 담력이 뛰어난 사람이 아니면……. 그런데 이런 사고를 예측할 방법이 전혀 없는 겁니까?"

"예측 못 하면 우리가 살아남지 못했겠지." 오시액스가 담담하게 대답했다. "우리도 그런대로 머리가 있으니까. 하지만 불의의 사고까지 피하지는 못해."

"예측 방법이 뭔지 가르쳐 주면 좋겠군요."

"앞으로 우리가 함께 알아봐야 하는 것도 많을 거야. 무엇보다, 우리가 땅에서 계속 살 수 있을지도 궁금하고……. 하지만 먼저 우리 집부터 가자고."

"여기서 얼마나 걸립니까?"

오시액스가 집게손가락으로 가리키며 대답했다.

"다 왔어. 여기서도 보여."

매스컬은 그녀의 손가락이 가리키는 방향을 따라갔다. 몇 번이나 묻고 또 물은 뒤에야 그녀가 가리키는 곳을 겨우 알아볼 수 있었다. 그곳은 3킬로미터 남짓 떨어진 곳에 널찍하게 펼쳐진 반도였다. 삼면이 하늘의 호수에서 튀어나온 듯한 고원이었고, 아래쪽은 끝이 보이지 않았다. 마지막 한 면은 좁아지며 본토와 이어졌다. 그곳은 밝은 색의 초목으로 뒤덮여 산뜻한 분위기를 띠었다. 반도 한복판에 유난히 우뚝 솟은 나무 한 그루의 바다색 잎들이 널찍한 그늘을 드리웠다. 오시액스가 말했다.

"크림타이폰이 저기에 있는지 모르겠네. 내 눈에는 두 사람이 보이는데 내가 잘못 본 건가?"

매스컬이 말했다.

"뭔가가 보이기는 하는데……."

20분쯤 지난 뒤에야 그들은 반도 상공을 날았다. 약 15미터 높이를 날던 슈로크가 속도를 늦추며 본토, 정확히 반도와 이어지는 좁은 땅에 내려앉자 그들은 지체 없이 뛰어내렸다. 매스컬은 허벅지가 쓰리고 아팠다.

"저 괴물은 어떻게 할까?"

오시액스는 이렇게 묻더니 매스컬의 대답도 기다리지 않고 슈로크의 흉측한 얼굴을 쓰다듬으며 말했다.

"집으로 돌아가! 언젠가 또 네 도움을 받을지도 모르겠다."

슈로크는 어리석은 동물 같은 소리를 내고는 다리를 쭉 뻗어 반쯤은 뛰고 반쯤은 날아서 몇 미터를 전진한 뒤에 어색한 모습으로 날아올랐다. 그리고 그들이 온 방향으로 서서히 발을 휘저으며 멀어졌다. 그들은 슈로크가 보이지 않게 될 때까지 지켜보았다. 그런 다음 오시액스와 매스컬은 좁은 지협을 건너기 시작했다.

브랜치스펠의 빛줄기가 가차 없이 그들에게 내리쬐었다. 하늘에서도 구름이 사라지기 시작한 지 오래였고, 바람은 완전히 멈췄다. 땅은 생생한 색깔을 자랑하는 양치식물, 딸기나무, 키 작은 풀로 뒤덮였지만 여기저기에서 황금빛을 띤 백악질 흙이 보였다. 또한 금속성이 깃들어 번쩍이는 하얀 호박돌도 간혹 눈에 띄었다. 모든 것이 신기하고 야생적으로 보였다. 마침내 매스컬은 이프던 마레스트에 들어섰다. 멀리서 보았을 때도 그에게 야릇한 기분을 안겨주던 이프던이 아니었던가……. 그런데 이제는 그 어떤 궁금증도 없었고 불안감도 없었다. 오로지 인간을 만나고 싶다는 욕망뿐이었다. 그 욕망이 너무 커서 그의 의지마저 활활 불태웠다. 매스컬은 인간을 상대로 자신의 힘을 시험하고 싶었다. 다른 것은 그에게 조금도 중요하지 않았다.

반도 어디에나 시원한 그늘이 은은하게 드리워져 있었다. 전체면적이 8,000제곱미터쯤 되는 널찍한 잡목숲과 비슷했다. 작은 나무와 덤불로 이루어진 숲 한가운데 부분적으로 개간된 공터가 있었다. 한복판에 우뚝 서 있는 거대한 나무의 뿌리들이 주변의 작은 식물을 말려 죽인 것만 같았다. 그 나무 옆에는 햇살을 받아 반짝이는 연못이 있었는데 연못 물은 짙은 붉은색을 띠었다. 반도는 사방이 가시나무와 꽃과 덩굴식물로 뒤덮인 낭떠러지이자, 하늘로 에워싸인 황량하면서도 매력적인 은폐된 공간이었다. 신화에 등장하는 산신山神이 이런 곳에서 살지 않았을까 싶었다.

눈을 어디에 둘지 몰라 사방을 바쁘게 훑어보던 매스컬의 시선이 그림 같은 풍경 한복판을 차지한 두 사람에게서 멈추었다.

　한 사람은 고대 그리스 연회에 참석한 손님처럼, 이끼로 만들고 꽃들로 장식된 긴 의자에 비스듬히 누워 한 팔로 머리를 괸 채 자두 비슷한 과일을 먹고 있었다. 그의 옆에 놓인 긴 의자에는 자두가 잔뜩 쌓여 있었고, 나무에서 휘늘어진 가지는 따가운 햇살로부터 그를 완전히 가려주었다. 그는 소년처럼 아담한 체구였고, 짐승 가죽으로 몸통만 가렸을 뿐 팔다리는 그대로 드러나 있었다. 얼굴만으로는 그가 어린 소년인지 성인인지 구분하기 힘들었다. 수염이 없고 여리고 순진해 보이며 표정도 천사처럼 잔잔했지만, 이마에 난 보랏빛 눈은 어른 냄새를 물씬 풍기며 사악한 기운까지 감돌았다. 피부는 옅은 노란색을 띠었고, 출렁이는 긴 머리칼은 그의 소브와 어울리는 보라색이었다. 그의 앞으로 몇 미터쯤 떨어진 곳에 또 다른 남자가 똑바로 서 있었다. 그는 키는 작았지만 탄탄한 체구였다. 수염을 기른 넙적한 얼굴은 다소 평범해 보였지만, 고통과 절망과 두려움이 깊게 자리 잡은 표정으로 이목구비가 뒤틀려 있었다.

　오시액스는 조금의 거리낌도 없이 느긋하고 가벼운 걸음으로 나무 그늘 아래로 들어가더니 긴 의자에서 약간 떨어진 곳에 서서 소년 같은 생김의 남자에게 무람없이 말했다.

　"오다가 융기를 만났어."

　남자는 오시액스를 쏘아볼 뿐 대꾸하지 않았다.

　"당신의 나무 인간은 어떻게 돼가고 있어?"

그녀의 목소리는 약간 꾸민 듯했지만 여전히 아름다웠다. 오시 액스는 대답을 기다리며 땅바닥에 앉아 두 다리를 몸 아래로 우아하게 밀어 넣고 옷자락을 잡아당겼다. 매스컬은 팔짱을 끼고 그녀의 바로 뒤에 서서 꼼짝하지 않았다.

잠시 침묵이 흘렀다.

"사투르, 왜 여자 주인님에게 대답하지 않나?" 긴 의자에 기대 있던 남자가 음이 높은 목소리로 나직이 말했다.

긴 의자 앞에 서 있던 남자가 표정 하나 변하지 않고 목이 졸린 듯한 목소리로 대답했다.

"저는 잘 지냅니다, 오시액스. 발에서 벌써 싹이 돋았습니다. 내일이면 뿌리가 내리기를 바랍니다."

매스컬은 속에서 폭풍이 일어나는 기분이었다. 그 말은 분명 사투르의 입에서 나왔지만, 그 소년 같은 사내가 시킨 대로 내뱉은 말이라는 걸 분명히 알 수 있었다. 소년 같은 사내가 말했다.

"사투르의 말은 사실이야. 내일이면 뿌리가 땅에 내리고, 며칠 뒤면 뿌리가 완전히 자리를 잡을 거야. 그럼 내가 그의 팔을 나뭇가지로 바꿔주고, 손가락은 잎으로 바꿔줄 생각이야. 머리를 우듬지로 바꾸는 데는 시간이 좀 더 걸리겠지. 하지만 꼭 그렇게 해내고 싶어. 여하튼 한 달 정도가 지나면, 오시액스, 당신과 나는 새로 생긴 멋진 나무에 달린 맛 좋은 열매를 따서 즐기게 될 거라고 약속해."

그는 손을 뻗어 자두 하나를 다시 집어 들며 덧붙였다.

"나는 이런 실험이 너무 재밌어. 가슴이 두근거릴 정도야."

매스컬이 오시액스 뒤에서 불쑥 나서며 말했다.

"장난이 너무 심한 것 같은데."

소년 같은 사내는 매스컬을 물끄러미 쳐다볼 뿐 대꾸하지 않았다. 그러나 매스컬은 강철 손이 그의 목을 조이면서 뒤로 밀어내는 듯한 기분이었다.

"아침 작업은 이제 끝났다, 사투르. 블러드솜버가 끝난 뒤에 다시 와라. 오늘 밤이 지나면 너는 영원히 여기 있게 될 거다. 그러니까 네가 뿌리 내릴 땅을 직접 깨끗하게 치우는 게 좋을 거야. 하지만 잊지 마라. 주변에 있는 초목들이 지금은 너에게 산뜻하고 예쁘게 보이겠지만 나중에는 너와 목숨을 걸고 다툴 경쟁자이자 적이 된다는 걸 잊지 마. 여하튼 지금은 가도 좋다."

그 남자는 발을 절며 힘겹게 멀어졌고, 마침내 지협을 건너 시야에게 사라졌다. 오시액스는 하품을 할 뿐이었다.

매스컬이 벽을 밀듯 힘겹게 걸음을 내디디며 말했다.

"당신은 지금 농담을 하는 거요, 아니면 악마요?"

"나는 크림타이폰이다. 농담은 하지 않아. 네 말투가 마음에 들지 않는군. 너한테 어떤 벌을 내릴지 생각해 봐야겠다."

특별한 의식도 없이 팽팽한 의지의 대결이 시작됐다. 오시액스는 땅바닥에서 일어나 아름다운 팔다리를 쭉 펴며 기지개를 켰다. 그리고 미소 띤 얼굴로, 옛 연인과 새 연인 사이의 결투를 구경할 준비를 갖췄다. 크림타이폰도 미소를 지으며 팔을 뻗어 자두를 집었지만 먹지는 않았다. 매스컬이 자제력을 잃고 크림타이폰에게 돌진했다. 그의 얼굴이 분노로 새빨갛게 달아오르고 수염마저 휘날렸다. 크림타이폰은 상대가 만만치 않다고 생각했던지 미소를 거두고 긴 의자에서 미끄러지듯 내려와, 소브로 악의에 찬 무시무시한 섬광을 쏟아냈다. 매스컬은 순간적으로 비틀거렸지만, 의지력을 끌어모아 엄청난 힘으로 한 발씩 나아갔다. 크림타이폰이 날카로운 비명을 지르더니 긴 의자 뒤로 돌아가 도망치려 했다……. 그러고는 갑자기 푹 쓰러졌다. 매스컬은 비틀거렸지만 곧 기력을 회복하고, 이끼로 만든 긴 의자를 훌쩍 뛰어넘어 적에게 다가갔다. 그는 온몸으로 크림타이폰을 덮친 뒤 그의 목을 움켜잡고 끌어당기면서 한 바퀴 휘 돌렸다. 크림타이폰은 목이 부러지며 그 자리에서 숨을 거뒀다.

크림타이폰은 시체로 변해 하늘을 쳐다보며 나무 아래 누워 있었다. 매스컬은 시신을 뚫어지게 바라보았다. 갑자기 매스컬의 얼굴이 놀라고 겁에 질린 표정으로 변했다. 죽음을 맞는 순간, 크림타이폰의 얼굴이 충격적으로 변했기 때문이었다. 그의 개인적인 속성이 완전히 사라지면서 상스럽게 히죽 웃는 얼굴이 드러났다.

매스컬이 그 얼굴을 어디에서 봤는지 기억해 내는 데는 오랜 시간이 걸리지 않았다. 그 얼굴은 강신술 모임에서 크래그가 처치한 유령의 얼굴과 똑같았다.

10
타이도민

오시액스가 이끼로 만든 긴 의자에 앉아 자두를 먹기 시작하며 묘한 목소리로 말했다.

"봐, 내 말대로 당신이 크림타이폰을 죽였잖아."

매스컬은 시신에서 눈을 거두고 오시액스를 쳐다보았다. 여전히 얼굴은 새빨갛고 숨을 가쁘게 몰아쉬고 있었다.

"이건 장난이 아니에요. 당신도 자중해야 할 겁니다."

"왜?"

"당신 남편이 죽었으니까!"

"슬퍼해야 한다는 건가? 아무런 느낌도 없는데."

"거짓말 말아요!"

오시액스가 생긋 웃으면서 말했다.

"남들이 당신 태도를 보면 내가 무슨 죄라도 지어서 나무라는 거라고 생각하겠어."

매스컬은 그녀의 말에 그야말로 씩씩대며 소리쳤다.

"당신은 타락한 삶을 살았소. 이 끔찍한 괴물의 품에서 지냈단 말입니다. 그러니…….

"아, 그건 나도 알아."

오시액스가 무서울 정도로 차갑게 대꾸했다.

"다행이군요."

"그런데, 매스컬." 오시액스는 잠시 뜸을 들인 후에 말을 이었다. "당신이 뭔데 내 행동을 지배하려는 거지? 이제 나도 나 자신의 주인 아닌가?"

매스컬은 눈살을 찌푸리며 그녀를 바라봤지만 아무 말도 하지 않았다. 긴 침묵이 이어졌다. 마침내 오시액스가 고개를 떨어뜨리며 말했다.

"나는 저 사람을 사랑한 적 없어. 단 한 번도."

"그래서 사태가 이 지경이 된 겁니다."

"무슨 뜻이야? 대체 당신이 원하는 게 뭐야?"

"당신에게 원하는 건 없어요. 눈곱만큼도. 천만다행이지!"

오시액스가 쓴웃음을 지었다.

"당신은 다른 세계의 선입관을 들고 와서 우리 모두가 거기에 고개 숙이기를 바라는군."

"선입관이라니?"

"당신은 크림타이폰의 오락거리가 당신에게 이상하게 보인다는 이유만으로 그를 죽였어. 이제 나까지 죽이고 싶겠지."

"오락거리라니! 그건 극악무도한 짓이오."

오시액스가 경멸 어린 말투로 말했다.

"아이쿠, 정도 많으셔라. 저 남자를 그렇게 안쓰럽게 생각하는 이유가 뭐지? 세상 어디에서나 사는 방식이 있는 거야. 어떤 식의 삶도 나름대로 가치가 있는 거라고. 그 남자는 나무가 될 운명이었을 뿐이야. 다른 수많은 나무들처럼! 저 많은 나무들이 그런 삶을 견디는데 그 사람이라고 견디지 못할 이유가 있어?"

"그게 이프던의 도덕관이로군!"

오시액스는 화를 내기 시작했다. "별나게 생각하는 사람은 바로 당신이야. 당신은 꽃과 나무가 아름답다고 침이 마르도록 칭찬하지. 또 그것들이 신성하다고 생각할 거야. 하지만 그런 신성하고 신선하며 순수하고 매혹적인 면을 당신 자신이 지녀야 한다는 문제에 이르면 그 사랑스러운 면들은 잔혹하고 사악한 것으로 타락해 버리지. 정말 알 수가 없어. 수수께끼야."

"오시액스, 당신은 아름답지만 무정하고 잔혹한 야수에 불과하오. 당신이 여자만 아니었다면……."

오시액스가 입술을 삐죽거렸다.

"그래, 내가 여자가 아니면 어떻게 했을 작정인데?"

매스컬이 손톱을 씹으며 말했다.

"그만합시다. 당신을 건드리지는 않을 거니까. 하지만 당신도 당신의 남편이란 작자와 털끝 하나 차이가 없소. 이것만으로도 당신은 '다른 세계의 선입관'에 고마워해야 할 거요……. 잘 지내시오!"

이렇게 말하고 매스컬은 등을 돌려 떠났다. 오시액스가 긴 속눈썹 사이로 매스컬을 매섭게 쏘아보며 소리쳤다.

"어디로 갈 건데?"

"그건 중요하지 않소. 내가 어딜 가든 그곳은 더 나은 세상으로 변할 테니까. 당신은 죄의 소용돌이 속에서 맴돌겠지만!"

"잠깐만 기다려. 이 말만은 해주고 싶군. 블러드솜버가 막 시작됐으니까, 오후가 끝날 때까지 여기서 머무는 편이 나을 거야. 저 시체는 보이는 않는 곳에 치우면 되고. 또 당신이 나를 죽도록 미워하는 것 같으니 서로 말을 하지도 않고 보지도 않으면 되잖아. 이곳에 그만한 공간은 있어."

"나는 당신과 같은 공기조차 마시고 싶지 않소."

"정말 이상한 남자네!"

오시액스는 똑바로 앉더니 아름다운 석상인 양 손끝 하나 움직이지 않았다.

"수르투르와 나누었다는 얘기는 어떻게 되는 거지? 당신이 시작한 일을 매듭짓지 않을 건가?"

"당신하고는 그에 대해 아무런 얘기도 하고 싶지 않소."

매스컬이 오시액스를 뚫어지게 쳐다보며 덧붙였다.

"당신과는 아무 말도 하고 싶지 않지만 저 시체의 얼굴 표정이 저렇게 변한 이유는 듣고 싶군요."

"죽으면서 얼굴 표정이 변한 것도 죄야, 매스컬? 죽은 사람은 모두 저렇게 보여. 저렇게 보이지 않아야 할 이유라도 있어?"

"전에 저런 표정을 가리켜 '수정인간의 표정'이라고 하는 말을 들었소."

"당연한 거 아닌가? 우리 모두가 수정인간의 딸이고 아들인데.

가족끼리 닮는 게 당연하지."

"수르투르와 수정인간이 한 사람이란 말도 들었고."

"당신에게는 현명하고 믿을 만한 친구가 많군."

"그런데 내가 정말 수르투르를 만난 걸까?" 매스컬은 오시액스에게라기보다는 자신에게 말하듯이 중얼거렸다. "그 환영은 무척 달라 보였는데."

오시액스가 빈정대는 태도를 버리고 소리 없이 매스컬에게 다가와 그의 손을 살짝 잡아끌며 말했다.

"그것 봐, 우리는 얘기를 해야 해. 내 옆에 앉아서, 궁금한 게 있으면 뭐든 물어봐. 내가 그다지 똑똑하지는 않지만 도움이 되도록 노력할 테니."

매스컬은 오시액스의 손길을 거부하지 않았다. 그녀는 비밀 얘기라도 하듯이 매스컬에게 살짝 기대며, 달콤하고 상냥하고 여성스러운 숨결로 그의 뺨을 간지럽혔다.

"당신은 악을 선으로 변화시키려고 여기에 온 거 아니야? 그럼, 당신을 여기에 보낸 사람에게 중요한 게 뭘까?"

"선이 뭐고 악이 뭔지 당신이 어떻게 알겠소?"

"당신은 입문자만 가르치나?"

"내가 누구를 가르친다고? 하지만 당신 말이 맞을지도 모르겠군. 내가 할 수 있는 걸 하고 싶을 뿐이오. 내게 특별한 능력이 있어서 그런 건 아니고 내가 여기에 있기 때문이오."

오시액스의 목소리가 갑자기 낮아졌다.

"당신은 정말 대단한 사람이야. 몸집도 크지만 영혼도 거인이지. 당신은 원하는 것은 무엇이든 할 수 있을 거야."

"진심으로 그렇게 말하는 거요, 아니면 어떤 목적이 있어서 내 비위를 맞추는 겁니까?"

오시액스가 한숨을 내쉬었다.

"당신 정말 대화하기 힘든 사람이군. 이제 우리 얘기는 그만하고 당신 일에 대해서나 얘기해 보자고."

그 순간, 북쪽 하늘에서 이상하게 번뜩이는 푸른빛이 매스컬의 눈에 들어왔다. 알페인의 빛이었지만, 알페인 자체는 산 뒤쪽에 있었다. 알페인의 빛을 바라보는 동안, 마음을 어지럽히는 속성을 띤 특이한 금욕의 물결이 매스컬을 휩쓸고 지나갔다. 그는 오시액스 쪽으로 눈길을 돌렸다. 그가 쓸데없이 그녀를 매정하게 대하고 있다는 생각이 처음으로 들었다. 오시액스도 결국에는 여성이고 자신의 몸을 지킬 수 없는 허약한 존재라는 사실을 잊고 있었다는 걸 깨달은 것이다.

"떠날 거야?"

오시액스가 느닷없이 물었다. 간절하고 솔직한 마음이 고스란히 드러난 말투였다.

"아뇨, 여기 머물 겁니다." 매스컬이 느릿하게 대답했다. "또 하나 말해주고 싶은 게 있어요, 오시액스. 내가 당신 성격을 잘못 판단한 것 같습니다. 이제라도 용서해 줘요. 난 워낙에 성급하고 경솔한 사람이라."

"안일하고 게으른 사람도 많은걸. 타락한 마음을 치유하는 데는 역경과 고난이 좋은 약이지. 그리고 당신이 내 성격을 잘못 판

단한 건 아니야. 모든 여자가 똑같아. 한 가지 성격만 갖고 있는 게
아니라고. 그걸 몰랐어?"

잠시 침묵이 흘렀다. 그때, 나뭇가지 부러지는 소리가 들려서
그들은 깜짝 놀라 주위를 둘러보았다. 한 여자가 본토와 반도를 잇
는 지협을 천천히 건너오고 있었다.

"타이도민." 오시액스가 당황하고 겁에 질린 목소리로 웅얼거
렸다. 그러더니 매스컬에게서 떨어져 벌떡 일어섰다.

타이도민은 보통 키에 무척 호리호리하고 단아한 모습이었다.
그다지 젊어 보이지는 않았다. 세상물정을 아는 여자의 평정심이
얼굴에서도 읽혔다. 얼굴에는 핏기가 전혀 없었지만, 그런 차분한
모습 뒤에 이상하면서도 위험한 기운이 감춰진 것처럼 보였다. 또
한 냉정하게 말해서 예쁘지는 않았지만 무척 매력적이었다. 머리
칼은 목까지만 치렁치렁 내려와 소년 같은 기운을 풍겼고, 희한한
짙은 남색을 띠었다. 청록색 파충동물 껍질을 네모나게 재단해 이
어 붙인 반바지에 허리까지 내려오는 윗옷을 입은 모습이 상당히
맵시 있어 보였다. 우윳빛을 띤 작은 젖가슴은 노출된 상태였고, 검
은색 소브에는 슬픈 기운마저 감돌았다. 아니, 사색에 잠긴 듯했다.

그녀는 오시액스와 매스컬에게 눈길조차 주지 않고 크림타이
폰의 시신을 향해 곧장 다가갔다. 그러고는 시신에서 몇 걸음 떨어
진 곳에 멈춰 서서 팔짱을 끼고 말없이 시신을 내려다보았다.

오시액스가 매스컬을 약간 물러 세우며 나지막이 말했다.

"크림타이폰의 또 다른 부인이야. 디스쿤 아래에서 살지. 세상
에서 가장 위험한 여자일 거야. 말을 할 때 조심해야 해. 당신에게

뭐든 해달라고 부탁하면 단칼에 거절하도록 해."

"누구에게도 해를 끼칠 여자로 보이지 않는데."

"맞아……. 하지만 저 불쌍한 여자는 크래그를 단숨에 삼켜버릴 수도 있어……. 남자답게 행동하라고."

그들이 속삭이는 소리가 주의를 끌었는지 타이도민이 그들에게 느릿느릿 눈길을 돌렸다.

"누가 죽였지?"

그 목소리가 무척 부드럽고 낮은 데다 고상하기도 해서, 매스컬은 무슨 말인지 알아듣지 못했지만 목소리만은 귓가에서 맴돌았다. 게다가 소리가 점점 줄어들기는커녕 더 강해지는 것 같았다.

오시액스가 다시 나지막이 말했다.

"당신은 아무 말도 하지 마. 내게 맡겨."

그러더니 오시액스는 몸을 돌려 타이도민을 똑바로 쳐다보며 큰 소리로 말했다.

"내가 죽였다!"

이때쯤 타이도민의 질문은 매스컬의 머릿속에서 물리적인 소리처럼 윙윙 울리고 있었다. 그 소리를 무시할 방법은 없었다. 어떤 결과가 닥치더라도 그가 죽였다는 사실을 공개적으로 고백하는 수밖에 다른 도리가 없었다. 그는 오시액스의 어깨를 살며시 잡고 그녀를 뒤로 밀어내며 나지막하지만 또렷한 목소리로 말했다.

"크림타이폰을 죽인 건 납니다."

오시액스는 깜짝 놀랐지만 곧 도도한 표정으로 소리쳤다.

"매스컬은 나를 지켜주려고 그렇게 말한 거야. 매스컬, 나를 감싸주지 않아도 돼. 타이도민, 분명히 말하지만 내가 크림타이폰을 죽였다."

"네 말을 믿는다, 오시액스. 네가 그를 죽인 거야. 하지만 네 힘만으로 죽인 건 아니야. 내 남편을 죽이려고 저 남자를 데려왔 겠지."

매스컬이 타이도민을 향해 두 걸음 다가서며 말했다.

"누가 저자를 죽였느냐는 중요하지 않소. 저자는 죽어 마땅했 으니까. 내 생각에는 그랬소. 그래서 내가 죽였소. 오시액스는 이 사건과 아무런 관계도 없소."

타이도민은 매스컬의 말에는 귀도 기울이지 않는 것 같았다. 그녀가 매스컬의 어깨 너머로 오시액스를 물끄러미 바라보며 말 했다.

"크림타이폰을 죽이면서, 내가 남편을 찾으려고 여기에 올 거 라고는 생각 못 했나?"

오시액스가 분노 섞인 웃음을 터뜨리며 대꾸했다.

"너 따윈 안중에도 없었어. 내가 어딜 가든 너를 생각하며 벌벌 떨 거라고 착각하는 거야?"

"네가 좋아하는 사람을 누군가 죽이면 너는 어떻게 할 거지?"

"거짓말쟁이! 너는 크림타이폰을 사랑하지 않았어. 너는 나를 항상 미워했지. 이제 나를 없앨 좋은 기회를 잡았다고 생각하는 거 야……. 크림타이폰이 죽고 없으니까……. 너도 알 거야. 내가 원 하기만 했으면 크림타이폰이 너를 발판으로 만들어 버렸을 거라 는 걸. 크림타이폰은 나를 좋아했지만 너는 무시했지. 네가 못생겼다고 생각했으니까."

타이도민은 매스컬을 향해 상냥한 미소를 슬쩍 지어 보였다.

"당신이 우리 얘기를 듣고 있을 이유가 있나요?"

그 말이 떨어지기 무섭게, 매스컬은 당연히 그래야 한다고 생각한 듯 멀찌감치 떨어졌다.

타이도민이 오시액스에게 다가갔다.

"나는 이제 아름답지도 않고 젊지도 않아서인지 **크림타이폰**이 더더욱 필요했는데."

오시액스는 거의 발악하듯 내뱉었다.

"크림타이폰은 죽었어. 완전히 끝났다고. 대체 뭘 하려는 거야, 타이도민?"

타이도민이 희미하게 웃었다. 애처로워 보이는 웃음이었다.

"죽은 사람을 애도해야지, 그 밖에 할 일이 뭐가 있겠어. 그 정도는 나한테 양보하겠지?"

"여기에서 지내고 싶은 거야?"

오시액스가 의심스러운 눈빛으로 물었다.

"그럼, 오시액스. 나는 혼자 있고 싶어."

"그럼 우리는 어떻게 하라고?"

"너하고 네 연인…… 이름이 뭐지?"

"매스컬."

"너희 둘은 디스쿤에 가서, 내 집에 머물면서 블러드솜버를 넘기면 좋겠는데."

오시액스가 큰 소리로 매스컬에게 물었다.

"지금 나와 함께 디스쿤에 갈 거야?"

"당신이 원하면."

매스컬이 대답했다.

"오시액스, 너 먼저 출발해. 네 친구에게 크림타이폰의 죽음에 대해 물어볼 게 있으니까. 오래 붙잡아 두지는 않을 테니 걱정 말고."

오시액스가 고개를 바짝 세우며 물었다.

"왜 나한테 묻지 않는 거지?"

타이도민이 다시 흐릿한 미소를 지어 보였다.

"우리는 서로를 너무 잘 알잖아."

"속임수가 아니길 바랄게!"

오시액스는 이렇게 말하고 먼저 출발하려 했다.

"너는 꿈을 꾸게 될 거야." 타이도민이 음흉하게 웃으며 말했다. "저 길로 가. 낭떠러지를 걷고 싶지 않다면."

오시액스가 이곳에 올 때 택한 방향은 지협을 건너는 길이었다. 하지만 타이도민이 가리킨 방향은 까마득한 허공으로 떨어지는 절벽 끝자락이었다.

"셰이핑! 내가 당했어."

오시액스는 이렇게 소리치며 공허한 웃음을 터뜨렸지만, 타이도민의 손가락이 가리키는 방향으로 순순히 향했다.

오시액스는 스무 걸음쯤 떨어진 심연의 끝자락을 향해 곧장 걸어갔다. 매스컬은 수염을 쓰다듬으며 오시액스의 행동을 물끄러미 쳐다보았다. 타이도민은 손가락을 쭉 뻗은 채 꼼짝 않고 서서 오시액스를 뚫어지게 바라보았다. 오시액스는 조금의 망설임도 없이, 발걸음조차 늦추지 않고 계속 걸었다. 땅이 끝나는 곳에 이르러서도 주저 없이 발을 허공에 내밀었다.

그녀가 절벽 끝자락에서 휘청하며 팔다리를 휘젓는 모습이 매스컬의 눈에 들어왔다. 그러나 그녀의 몸은 순식간에 그의 시야에서 사라졌고, 귀를 찢는 듯한 비명 소리만 들렸다. 뒤늦게야 환상에서 깨어난 것이었다. 매스컬도 마비 상태에서 깨어나 절벽 끝으로 달려갔다. 그는 절벽 끝자락에 아무렇게나 엎드려서 절벽 아래를 내려다보았다. ……오시액스는 사라지고 보이지 않았다.

매스컬은 한참 동안 일어서지 않고 두 눈으로 오시액스의 흔적을 찾아 헤맸다. 그리고 마침내 흐느껴 울기 시작했다. 타이도민이 그에게 다가오자 매스컬은 벌떡 일어섰다.

그의 얼굴이 붉으락푸르락 달아올랐다. 그는 너무 흥분한 탓에 말조차 제대로 할 수 없었다. 한참 후에야 매스컬은 어렵게 입을 뗐다.

"타이도민, 언젠가 대가를 치를 거요. 하지만 먼저, 왜 이런 짓을 했는지 듣고 싶군."

타이도민이 풀이 죽은 표정으로 물었다.

"내게 그럴 만한 이유가 있지 않았을까요?"

"순전한 악의가 아니라?"

"크림타이폰을 위해서였습니다."

"오시액스는 그자의 죽음과 아무런 관계도 없소. 내가 이미 그렇게 말했을 텐데."

"당신이 오시액스에게 지조를 지키듯이 나는 크림타이폰에게 지조를 지킨 겁니다."

"지조를 지켜? 당신은 엄청난 실수를 저질렀소. 오시액스는 내 연인이 아니었어. 나는 다른 이유 때문에 크림타이폰을 죽인 거요. 오시액스는 이번 일과 아무런 관계도 없었다고."

"오시액스가 당신의 연인이 아니었다고요?"

타이도민이 느릿느릿 물었다.

"그래! 당신은 엄청난 실수를 저지른 거요. 크림타이폰이 잔인한 야수 같은 놈이어서 내가 죽여버린 거요. 오시액스는 당신만큼이나 그놈의 죽음과 관계가 없소."

타이도민의 표정이 굳었다.

"결국 당신이 두 죽음의 원인이로군요."

곧이어 죽음과도 같은 침묵이 흘렀다.

"왜 처음부터 내 말을 믿지 않았소?"

매스컬이 창백한 얼굴에 진땀을 흘리며 힘겹게 입을 뗐다.

"누가 당신에게 그를 죽일 권리를 줬죠?"

타이도민이 매섭게 물었다. 매스컬은 아무 말도 하지 않았다. 아니, 그녀의 질문도 듣지 못한 것 같았다. 타이도민은 두세 번 한숨을 내쉬고는 부산스레 움직이기 시작하며 말했다.

"당신이 그를 죽였으니 내가 그를 묻는 걸 도와주겠지요?"

"그자를 묻어준다고? 어떻게 그런 극악무도한 짓을 한단 말이오!"

"당신이야말로 극악무도한 사람이군요. 당신은 대체 왜 여기에 왔나요? 이런 짓을 하려고 온 건가요? 당신에게 우리는 대체 어떤 존재인가요?"

"안타깝지만 당신 말이 맞군."

다시 침묵이 흘렀다.

"여기 멍청히 서 있어 봤자 소용없어요." 타이도민이 침묵을 깨며 말했다. "할 일이 없다고요. 나를 따라와요."

"당신을 따라오라고? 어디로?"

"디스쿤으로. 디스쿤 끝에 불타는 호수가 있어요. 크림타이폰 은 죽으면 거기에 묻히고 싶어 했어요. 블러드솜버가 끝나야 그 호 수에 던질 수 있어요. 그전에 시신을 집으로 옮겨야 해요."

"당신은 정말 무정하고 잔인한 여자로군. 저 불쌍한 여자는 시 신조차 찾을 수 없는데 그 사악한 놈을 왜 묻어 줘야 하지?"

"오시액스를 묻어줄 수 없다는 건 당신도 알 텐데요."

매스컬은 아무것도 보이지 않는 것처럼 이리저리 두리번거렸다.

"여하튼 우리는 뭔가를 해야 해요." 타이도민이 계속 말했다. "나는 디스쿤에 가겠어요. 당신 혼자 여기에 머물고 싶지는 않겠 죠?"

"그래요. 잠시도 여기에 있고 싶지 않소. 그런데 왜 내가 당신 을 따라가야 하죠? 내가 저 시체를 옮겨주길 바라는 거요?"

"당연하죠. 시체가 혼자 움직일 순 없잖아요. 게다가 당신이 그 를 죽이기도 했고. 시신이라도 옮기면 당신 마음이 홀가분해지지 않겠어요?"

"내 마음이 홀가분해진다고?"

매스컬이 어리둥절한 얼굴로 물었다.

"죄책감을 덜어 낼 방법은 그것뿐이에요. 자발적 고통이란 거죠."

"**당신은 죄책감이 들지 않소?**"

매스컬이 타이도민을 뚫어지게 바라보며 물었다.

"모든 죽음이 당신 때문에 시작된 거잖아요, 매스컬."

타이도민이 나지막하지만 신랄한 목소리로 말했다.

그들은 크림타이폰의 시신 쪽으로 향했다. 매스컬이 시신을 어깨에 짊어졌다. 시신은 생각보다 무거웠다. 매스컬이 묵직한 시신을 힘겹게 어깨에 짊어지는데도 타이도민은 도와줄 기색조차 보이지 않았다.

타이도민이 앞장서서 지협을 건넜고, 매스컬이 그 뒤를 따랐다. 그들은 햇빛과 그늘을 번갈아 지나면서 걸었다. 브랜치스펠은 구름 하나 없는 하늘에서 뜨겁게 작열했고 그 열기는 정말 견디기 힘들 정도였다. 매스컬은 땀을 비 오듯 흘렸다. 시신이 점점 무겁게 느껴졌다. 타이도민은 여전히 앞만 보고 걸어갈 뿐이었다. 매스컬은 그녀의 호리호리한 하얀 종아리만 쳐다보며 걸으면서 오른쪽과 왼쪽, 어디에도 눈길을 돌리지 않았다. 그의 표정이 점점 시무룩하게 변해갔다. 10분쯤 지났을까? 그가 느닷없이 어깨 위의 시신을 땅바닥으로 떨어뜨렸다. 바닥에 떨어진 시신의 팔다리가 볼품없이 늘어졌다. 매스컬이 타이도민을 큰 소리로 불렀다.

그녀가 재빨리 사방을 둘러보았다.

"이리 와요. 이제야 막 생각났소." 매스컬이 껄껄 웃으며 덧붙였다. "왜 내가 이 시신을 짊어져야 하는지, 또 왜 내가 당신을 따라가야 하는지 이제야 알았다고요. 바보같이 이제야 깨닫다니."

타이도민이 곧장 그에게 다가왔다.

"피곤한 모양이군요, 매스컬. 잠깐 앉아 쉬도록 하죠. 오늘 아침에 먼 길을 걸었나요?"

"피곤해서 그런 게 아니오. 갑자기 깨달은 거지. 내가 당신 짐꾼 노릇을 해야 하는 이유가 뭔지 압니까?"

매스컬은 다시 소리 내어 웃었다. 그러면서 그녀의 곁에 털썩 주저앉았다.

타이도민은 그에게 눈길도 주지 않고 대답도 하지 않았다. 다만 허리를 반쯤 굽혀 북쪽 하늘을 쳐다보았다. 그곳에서는 알페인의 빛이 여전히 번뜩이고 있었다. 매스컬도 그녀의 시선을 좇아 잠시 말없이 알페인의 빛을 물끄러미 쳐다보았다.

"왜 말이 없소?"

매스컬이 침묵을 깨고 다시 물었다.

"저 빛이 당신에게 뭐라고 말하던가요, 매스컬?"

"나는 저 빛에 대해 말한 게 아니에요."

"저 빛이 아무 말도 않던가요?"

"아무 말도 안 한 것 같은데. 그게 무슨 상관입니까?"

"희생에 대해 말하지 않던가요?"

매스컬의 표정이 다시 시무룩하게 변했다.

"뭘 희생한단 거요? 대체 무슨 말을 하는 겁니까?"

타이도민이 정면을 응시한 채 섬세하면서도 딱딱한 태도로 말했다.

"저 빛이 아직 당신 머리에 들어가지 않았다면, 당신이 어떤 희생을 치르기 전까지는 이번 여행이 끝나지 않을 거예요."

매스컬은 아무런 대꾸도 하지 않았다. 타이도민도 입을 다물고 더는 말하지 않았다. 잠시 후 매스컬은 자진해서 일어나 거의 화난 듯이 크림타이폰의 시신을 어깨에 다시 짊어졌다. 그러고는 퉁명스레 물었다.

"얼마나 더 가야 합니까?"

"걸어서 한 시간."

"앞장서요."

"그런데 내가 말한 희생은 이런 게 아니에요."

타이도민은 조용히 말하고 앞장서서 걷기 시작했다.

출발하고 얼마 지나지 않아 그들은 무척 험난한 길에 들어섰다. 섬에서 섬으로 가듯이, 깊은 협곡을 무수히 지나야 했다. 다리를 쭉 뻗거나 펄쩍 뛰어 건넌 경우도 있었지만, 쓰러진 나무를 다리처럼 협곡 사이에 걸쳐놓고 건너야 할 때도 있었다. 그래도 사람들이 자주 다니는 길처럼 보였다. 밑에는 끝이 보이지 않는 검은 심연이 도사리고 있었지만, 땅에는 눈부신 햇살과 울긋불긋한 바위들과 희한한 식물들이 무질서하게 뒤엉켜 있었다. 파충류와 벌레도 헤아릴 수 없이 많았다. 벌레는 지구의 벌레보다 몸집이 상당히 굵고 커서, 보기만 해도 역겨웠다. 몇몇 벌레는 어마어마하게 컸다. 거의 말만 한 괴물 벌레 한 마리가 산길에서 그들의 앞을 가로막고 꼼짝하지 않았다. 벌레는 온몸에 철갑을 두른 듯했고, 언월

도처럼 날카로운 이빨을 번뜩였다. 몸을 지탱하는 다리는 그야말로 숲을 이룰 정도였다. 타이도민은 매섭게 한 번 노려보는 것으로 그 벌레를 심연으로 내던져 버렸다.

"내 목숨을 빼고 내가 뭘 희생해야 하는 거죠?" 매스컬이 갑자기 생각난 듯 물었다. "한데 그래봤자 무슨 소용이 있습니까? 내가 희생한다고 그 불쌍한 여자가 다시 살아나는 것도 아닌데."

"희생은 이익을 따지는 게 아니에요. 우리가 치르는 죗값이죠."

"그건 나도 알아요."

"중요한 건, 희생이 있은 뒤에도 당신이 삶을 계속 즐길 수 있느냐는 거예요."

타이도민은 매스컬이 허심탄회하게 얘기하길 기다렸다.

"아마 당신은 나를 남자답지 못하다고 생각할 겁니다. 오시액스가 나를 대신해서 죽는 걸 방치했으니……."

"그래요, 오시액스는 당신을 대신해서 죽었어요."

타이도민이 나지막하지만 확고하게 말했다.

"그게 바로 당신의 두 번째 실수였소." 매스컬도 그녀 못지않게 단호히 말했다. "나는 오시액스를 사랑하지 않았어요. 내 목숨을 구걸하는 것도 아니고요."

"당신 목숨을 원하는 사람은 아무도 없어요."

"그럼 당신이 원하는 게 대체 뭡니까? 무슨 말을 하는 건지 도무지 모르겠군요."

"난 당신에게 희생을 요구하는 게 아니에요, 매스컬. 누군가의 요구에 따른다면 그건 승낙이지 희생이 아니에요. 희생 이외에 다른 방법이 없을 때가 닥쳐야 내 말을 이해할 수 있을 거예요."

"정말 뭐가 뭔지 모르겠군."

그때, 뭔가 부서지는 무시무시한 소리가 길게 이어지면서 그들의 대화가 중단됐다. 그들의 앞쪽으로 멀지 않은 곳에서 들려오는 소리였다. 게다가 그들이 서 있는 땅까지 격렬하게 흔들렸다. 그들은 깜짝 놀라 고개를 치켜들었다. 그 순간, 그들에게서 200미터도 채 떨어지지 않은 거대한 숲지대가 완전히 사라졌다. 수만 평방미터의 숲을 이루던 초목들과 바위들, 또 그곳에 살던 동물들이 마법처럼 그들의 눈앞에서 사라졌다. 대신 거대한 칼에 잘린 듯 새로운 협곡이 드러났다. 그 너머로 지평선 위에서 알페인의 빛이 푸르게 타올랐다. 타이도민이 머뭇거리며 말했다.

"돌아가는 수밖에 없겠어요."

매스컬은 세 번째 손으로 그녀를 붙잡았다.

"내가 지금 어떤 기분인지 말할 테니 잘 들어봐요. 방금 사태를 본 순간 세상의 종말에 대해 들었던 얘기가 머릿속에 떠올랐어요. 내가 실제로 세상의 종말을 보고 있는 것 같은 기분이었소. 세상이 정말 산산조각 나고 있다는 느낌이었단 말입니다. 그리고 우리는 지금 땅이 있던 곳에 나타난, 무시무시한 텅 빈 협곡을 보고 있습니다. 달리 말하면, 아무것도 보이지 않아요. 우리 삶도 결국엔 이렇게 될 거라는 생각이 듭니다. 지금은 뭔가가 있지만 결국엔 아무것도 남지 않는다는 거죠. 하지만 반대편에서 빛나는 푸른빛은 숙명의 눈과도 같습니다. 그 빛이 우리를 나무라며, 우리에게 살아 있는 동안 뭔가를 하라고 요구합니다. 그것은 장려하고 기쁨에 넘치는 빛이기도 합니다. 하지만 나중에 우리에게서 강제로 빼앗아 갈 것을 지금은 거저 주는 것 같기 때문에 기쁨에 넘치는 것처럼 보이는 거요."

타이도민이 매스컬을 뚫어지게 바라보았다.

"결국, 당신 목숨이 하찮게 느껴진다는 건가요? 그래서 당신 목숨을 가장 먼저 요구하는 사람에게 선물로 줄 건가요?"

"아뇨, 그런 게 아닙니다. 내 생각에 유일하게 가치 있는 삶은, 운명조차도 놀랄 정도로 관대하고 고결한 삶입니다. 내 말을 이해 하겠습니까? 냉소주의에 빠져 빈정대는 것도 아니고 절망해서 이런 말을 하는 것도 아닙니다. 영웅적인 삶…… 아, 말로 설명하기는 힘들군요."

"그럼 이제 내가 당신에게 어떤 희생을 원하는지 들어보겠어요, 매스컬? 아주 힘든 희생이겠지만 당신이 원하는 희생일지도 모르죠."

"그런가요? 지금 기분으로는 어떤 희생도 힘들 것 같지 않은데요."

"정말 그렇다면, 당신 몸을 내게 줘요. 크림타이폰이 죽었으니 이제부터는 여자로 살고 싶지 않아요."

"무슨 말인지 이해가 안 되는군요."

"다시 말할 테니 잘 들어요. 당신 몸으로 새로운 삶을 살고 싶어요. 남자가 되고 싶다고요. 여자로 사는 게 무가치하다는 걸 깨달았거든요. 내 몸은 크림타이폰에게 바칠 생각이에요. 내 몸에 그의 몸을 묶어서 불타는 호수에서 함께 죽음을 맞을 거예요. 이게 내가 당신에게 원하는 희생이에요. 방금 말했듯이, 아주 힘든 희생이지요."

"그러니까 내가 죽기를 바라는 거군요. 하지만 당신이 내 몸을 어떻게 이용한다는 건지 이해가 되지 않습니다만."

"아뇨, 당신이 죽기를 바라는 건 아니에요. 당신은 계속 살아 있을 거예요."

"아니, 몸 없이 어떻게 살 수 있단 말입니까?"

타이도민이 진지한 표정을 지으며 말했다.

"당신의 세계에도 그렇게 살아가는 존재가 많잖아요. 당신 세계에서는 그들을 유령, 혼, 귀신이라고 하지요. 그들은 실제로 살아 있는 의지체예요. 물질적인 몸이 없을 뿐. 그래서 행동하고 즐기고 싶지만 그렇게 할 수가 없지요. 그런 상태로 살아가는 걸 받아들일 수 있겠어요?"

"그게 가능하다면 받아들이겠습니다." 매스컬이 침착하게 대답했다. "힘든 희생인데도 불구하고 받아들이는 게 아니라, 힘든 희생이기 때문에 받아들이겠다는 거요. 하지만 그런 희생이 어떻게 가능합니까?"

"우리 세계에는 당신이 알지 못하는 많은 게 가능해요. 먼저 집에 가도록 해요. 당신에게 약속을 지키라고 강요하지는 않겠어요. 자유의지에 따른 희생이 아니면 난 당신의 희생에서 아무것도 얻지 못할 테니까요."

"나는 경솔하게 말하는 사람은 아닙니다. 당신이 그런 기적을 행할 수 있다면 나는 기꺼이 당신을 위해 희생할 겁니다."

타이도민이 한숨을 내쉬며 말했다.

"일단은 그 정도로 해두죠."

그들은 발걸음을 재촉했다. 그러나 지반 침하로 우회한 까닭에 타이도민은 과연 올바른 길을 택했는지 처음에는 조금 불안해했지만, 멀리 돌아간 끝에 새로 생긴 협곡 반대편에 도착했다. 그리고 얼마 후에는 외따로 떨어진 작은 산등성의 잡목숲에서 한 남자와 마주쳤다. 그는 나무에 기대 쉬고 있었는데, 엄청난 열기에 지치고 풀이 죽은 모습이었다. 젊은 남자였다. 수염 없는 얼굴이 나이답지 않게 성실해 보였고, 한편으로는 튼튼하고 근면하며 지적인 젊은이인 듯했다. 담황색을 띤 굵은 머리칼은 짧게 깎은 모습이었다. 그런데 소브도, 세 번째 팔도 없었다. 그렇다면 이프던 출신이 아닌 게 분명했다. 하지만 이마에 모양과 크기가 제각각인 여덟 개의 눈이 무질서하게 배열돼 있었다. 두 개씩 짝지어 사용하는 듯했다. 사용되는 두 눈은 특이하게 빛났고 나머지 눈들은 차례가 돌아올 때까지 멍해 보였다. 물론 눈썹 아래에도 눈 두 개가 있었지만 흐릿하고 생기가 없었다. 이처럼 눈들이 교대로 번뜩거려서 그 젊은이는 머릿속으로 끊임없이 뭔가를 생각하는 것처럼 보였다. 그는 가죽으로 만든 킬트(스코틀랜드에서 남성이 입는 체크무늬의 전통 스커트―옮긴이)만을 걸치고 있었다. 매스컬은 그 청년을 처음 보았지만, 이상하게 낯이 익은 느낌이었다.

타이도민이 매스컬에게 시신을 내려놓으라 말하고 그늘을 찾아가 앉았다. 매스컬이 시신을 내려놓고 옆에 앉자 타이도민이 낯선 청년을 턱으로 가리키며 말했다.

"저 청년에게 누구냐고 물어봐요, 매스컬."

매스컬은 한숨을 내쉬고, 땅바닥에 앉은 채 목청을 높여 물었다.

"청년 이름이 뭐죠? 어디에서 오는 길인가요?"

청년은 한 쌍의 눈을 번갈아 번뜩이면서 매스컬을 유심히 살펴보았다. 그런 다음에는 타이도민에게 눈길을 돌리고 더 오랫동안 살펴보았다. 마침내 청년이 딱딱하고 남성스러우면서도 불안감을 떨치지 못한 목소리로 대답했다.

"디그룽이라고 합니다. 매터플레이에서 오는 길이고요."

그의 피부색이 변화무쌍하게 변했다. 그 모습을 보자 매스컬은 불현듯 어떤 사람이 기억에 떠올랐다. 바로 조이윈드였다.

"혹시 풀링드레드에 가는 길인가요, 디그룽?"

매스컬이 관심을 보이며 물었다.

"그렇습니다. 하지만 이 저주받은 땅에서 먼저 벗어나야겠지요."

"혹시 거기에 사는 조이윈드라는 분을 압니까?"

"내 누이입니다. 누이를 만나러 가는 길이죠. 내 누이를 어떻게 아십니까?"

"어제 만났죠."

"그럼, 성함이 어떻게 되시죠?"

"매스컬이라고 합니다."

"당신을 만났다고 누이에게 말하겠습니다. 4년 만에 처음 만나는 거거든요. 누이는 행복하게 잘 지내던가요?"

"내가 보기엔 그렇던데. 파나위를 압니까?"

"물론입니다. 내 매형이니까요. 그런데 당신 고향은 어디입니까?"

"나는 다른 세계에서 왔어요. 매터플레이는 어디에 있죠?"

"가라앉는 바다 너머 첫 번째로 나오는 땅입니다."

"거기는 살기가 어떤가요? 즐겁게 살 수 있는 곳인가요? 살인이 밥 먹듯 일어나고 갑작스레 죽고 그러진 않습니까?"

"어디 아프십니까?" 디그룽이 되물었다. "저 여자는 누굽니까? 왜 노예처럼 저 여자의 뒤를 졸졸 따라다니는 겁니까? 내 눈에는 미친 여자처럼 보이는데요. 그리고 저 시체는 뭡니까? 왜 저 시체를 무겁게 짊어지고 다니는 거죠?"

타이도민이 빙그레 미소 지으며 말했다.

"매터플레이에 대한 얘기는 전에 들은 적이 있어요. 대답을 해주면 질문이 꼬리에 꼬리를 물고 이어지는 곳이라고요. 하지만 정당한 이유도 없이 나를 헐뜯는 이유가 뭔가요, 디그룽?"

"나는 당신을 헐뜯지 않았습니다. 하지만 당신을 압니다. 당신의 내면을 꿰뚫어 봤고, 광기를 봤습니다. 그건 별로 중요하지 않지만, 매스컬처럼 지적인 사람이 당신의 추악한 덫에 걸려 꼼짝하지 못하는 걸 보니 마음이 편치 않습니다."

"청년처럼 똑똑한 매터플레이 사람들도 때로는 잘못 판단할 수 있다고 말해주고 싶군요. 하지만 상관없어요. 당신의 의견은 내게 안중에도 없으니까요, 디그룽. 먼저 매스컬의 질문에나 대답해 봐요. 매스컬이 당신도 죽은 시체를 짊어진 적이 있는지 알고 싶어 하잖아요."

매스컬이 아랫입술을 삐죽 내밀었다.

"누이께는 아무 말도 하지 말아 줘요, 디그룽. 내 이름을 아예 언급하지도 말고요. 우리가 만난 걸 당신 누이가 몰랐으면 좋겠어요."

"왜죠?"

"내가 그걸 원하지 않으니까. 그거면 충분하지 않나요?"

디그룽의 표정이 차갑게 변했다.

"매터플레이에서는 세상에서 실제로 일어난 일과 일치하지 않는 말과 생각을 가장 수치스럽게 생각합니다."

"거짓말을 하라는 게 아니에요. 그냥 말하지 말라는 거지."

"진실을 숨기는 것도 거짓말의 일종입니다. 당신의 바람을 들어주지 못하겠습니다. 조이윈드에게 모든 걸 말할 겁니다. 내가 아는 대로 모두."

매스컬이 벌떡 일어서자 타이도민도 뒤따라 일어섰다.

타이도민은 디그룽의 팔을 잡고 일그러진 표정을 지어 보였다.

"죽은 사람은 내 남편이에요. 매스컬이 내 남편을 죽였어요. 이제 매스컬이 당신에게 침묵을 지켜달라고 부탁하는 이유를 이해하겠어요?"

"그런 추잡한 일이 있었을 거라고 짐작했습니다." 디그룽이 말했다. "여하튼 상관없습니다. 나는 진실을 속일 수 없습니다. 조이윈드도 알아야 합니다."

매스컬의 얼굴이 새파랗게 질렸다.

"누이의 마음은 조금도 헤아려 주지 않을 겁니까?"

"진실을 모를 땐 희희낙락하고, 진실을 알게 되면 병들고 죽어가는 그런 감정은 고려할 가치도 없습니다. 게다가 누이는 그런 걸로 흔들릴 사람도 아니고요."

"당신이 내 부탁을 거절한다면 나는 당신 누이를 만나지 않고 고향에 돌아가는 수밖에 없어요. 또 당신이 나를 만났다는 얘기를 들어도 조이윈드는 조금도 즐거워하지 않을 거예요."

디그룽이 의심이 깃든 표정으로 매스컬을 쳐다보며 물었다.

"당신과 우리 누이가 무슨 이상한 관계라도 됩니까?"

매스컬은 당황했다.

"맙소사, 아니에요! 누이를 의심하지 말아요. 정말 순수한 천사 같은 분이니까!"

타이도민이 매스컬의 팔을 슬며시 잡으며 말했다.

"나는 조이윈드가 누군지 몰라요. 하지만 그 여자가 누구고 어떤 여자든 간에, 동생보다는 친구를 두어서 더 행복한 사람이란 건 짐작하겠어요. 매스컬, 당신이 정말 그 여자의 행복을 바란다면 이쯤에서 단호한 조치를 취해야 할 거예요."

"디그룽, 정확히 말하면 당신 여행을 중단시킬 수밖에 없겠군요."

"그래서 다시 살인을 생각하는 겁니까? 정말 오만하기 짝이 없군요."

매스컬이 타이도민을 돌아보며 큰 소리로 웃었다.

"이번 여정에서는 계속 시체를 남겨야 할 모양입니다."

"시체라뇨? 죽일 필요까지는 없어요."

"그것 참 고맙네요!" 디그룽이 차갑게 내뱉었다. "어쨌든 사악한 범죄 행각이 곧 벌어질 것 같군요. 내 느낌이 그렇습니다."

매스컬이 타이도민에게 물었다.

"그럼, 내가 어떻게 해야 할까요?"

"그야 내 알 바 아니죠. 솔직히 나는 별로 관심도 없어요……. 여하튼 내가 당신이라면, 질질 끌지 않겠어요. 나약하면서 고집만 센 주제에 당신의 의지에 반항하는 사람들을 흡수하는 법을 모르나요?"

"그건 살인보다 더 사악한 범죄입니다."

"그럴지도 모르죠. 그래도 저 청년은 살아 있긴 하지만 아무 말도 하지 못할 거예요."

디그룽은 피식 웃었지만 피부색이 급속하게 변했다.

"내 판단이 맞았군. 백주대낮에 괴물이 나타났어!"

매스컬이 디그룽의 어깨에 손을 얹으며 말했다.

"당신이 선택해요. 농담이 아니에요. 내 말대로 여행을 중단하고 집으로 돌아가요."

"완전히 타락했군요, 매스컬. 하지만 당신은 지금 꿈속을 걷고 있는 겁니다. 그런 내가 어떻게 당신에게 말할 수 있겠습니까. 그리고 부인, 당신은 죄짓는 일을 즐거운 목욕이라도 하듯 생각하는군요……."

"매스컬과 나 사이에는 얄궂은 인연이 있지만 청년은 그저 지나가는 낯선 사람에 불과해요. 나는 당신에게 아무런 관심도 없어요."

"그래도 나는 내 뜻을 굽히지 않을 겁니다. 그게 도리에 맞고 올바른 일이니까."

"당신 좋을 대로 해요." 타이도민이 말했다. "불행한 일을 겪어 봐야, 당신이 자랑스레 말한 것처럼 당신의 생각이 세상에서 실제로 일어나는 일과 일치하는 경우가 거의 없다는 걸 깨닫게 될 테니까. 내가 상관할 일은 아니지만."

디그룽이 화난 목소리로 소리쳤다.

"난 여행을 계속할 겁니다. 돌아가지 않을 거라고요!"

타이도민은 매스컬을 돌아보며 사악한 미소를 지었다.

"당신도 봤겠지만 나는 분명 이 청년을 설득하려고 노력했어요. 이제 당신이 결정해요. 망설이지 말고, 어느 쪽이 더 중요한지 빨리 결정하라고요. 디그룽의 행복인가요, 조이윈드의 행복인가요? 디그룽의 고집 때문에 둘 모두를 선택할 수는 없어요."

"결정하는 데 오래 걸리지는 않을 거요. 디그룽, 나는 이미 당신에게 계획을 바꿀 마지막 기회를 줬어요."

"나는 내 힘이 닿는 데까지 계속 갈 겁니다. 누이에게 범죄자 친구를 조심하라고 알려줄 거라고요."

매스컬은 이번에는 폭력적으로 디그룽을 붙잡았다. 그는 거역할 수 없는 어떤 새로운 본능에 이끌려 세 개의 팔로 디그룽을 바짝 끌어안았다. 격정적이면서 달콤한 환희가 그의 몸에 스며드는 듯하면서, 매스컬은 '흡수'의 득의양양한 기쁨을 처음으로 맛보았다. 음식이 몸의 허기를 채워주듯이 흡수는 의지의 굶주림을 채워주었다. 디그룽은 허약하기 이를 데 없었다. 아무런 저항도 하지 못하고 속수무책으로 당할 뿐이었다. 디그룽의 체액이 매스컬에게

서서히 흘러들어 갔다. 매스컬은 더 강해지고 포만감을 느꼈지만, 디그룽은 핏기를 잃고 흐느적거렸다. 마침내 매스컬의 품에 안긴 디그룽이 송장처럼 변했다. 매스컬은 팔을 풀어 디그룽의 몸을 놓아주면서 부르르 떨었다. 그렇게 그는 두 번째 범죄를 저지르고 말았다. 그의 영혼이 달라졌다는 것을 아직 느끼지는 못했지만……

타이도민이 겨울 햇살처럼 을씨년스러운 미소를 지었다. 매스컬은 타이도민이 무슨 말이라도 해주기를 바랐지만, 그녀는 입을 꾹 다물고 아무 말도 하지 않았다. 그저 크림타이폰의 시신을 다시 짊어지라는 손짓을 해 보일 뿐이었다. 매스컬은 그녀의 지시에 따르면서도, 디그룽의 죽은 얼굴이 수정인간의 섬뜩한 얼굴로 변하지 않는 것을 보고 혼잣말로 중얼거렸다.

"왜 얼굴이 변하지 않지?"

타이도민이 그 말을 들었는지, 작은 발로 디그룽의 몸을 툭 차며 말했다. "죽은 게 아니니까요. 그래서 얼굴이 변하지 않은 거예요. 당신이 말하는 그 수정인간의 얼굴은 **당신의** 죽음을 기다리고 있을 거예요."

"그럼, 그 얼굴이 내 진정한 속성이란 말입니까?"

타이도민이 나직이 웃었다.

"당신은 이상한 세계를 조각하겠다고 여기에 와서는 이제 자기 모습을 조각하고 있는 것 같군요. 아, 의심하지 말아요, 매스컬. 그렇게 입 벌리고 멍하니 서 있을 필요도 없어요. 당신은 우리와 마찬가지로 셰이핑의 종이에요. 왕도 아니고 신도 아니라고요."

"언제부터 내가 셰이핑의 종이 된 거죠?"

"그게 뭐가 중요해요? 당신이 토맨스의 공기를 처음 호흡한 때부터거나, 아니면 방금 전부터겠죠."

타이도민은 매스컬의 대답을 기다리지도 않고 잡목숲을 벗어나 다음 산을 향해 성큼성큼 걸어갔다. 매스컬은 그녀의 뒤를 따랐지만 육체적으로 힘들었고 얼굴 표정도 어두웠다.

그 후로 30분가량 그들은 아무런 사고 없이 산길을 걸었다. 풍경이 조금씩 변해갔다. 산마루들은 점점 높아졌고, 그 간격도 점점 넓어졌다. 산마루 아래를 뒤덮은 하얀 구름들은 신비로운 바다처럼 산봉우리 주위를 감쌌다. 협곡들의 간격이 무척 넓어, 협곡을 지나기도 쉽지 않았다. 하지만 타이도민은 우회하는 길을 알고 있었다. 강렬한 햇살과 보랏빛을 띤 푸른 하늘, 하얀 거품을 일으키는 바다에서 솟은 듯한 생생한 풍경들은 매스컬의 마음에 깊은 인상을 남겼다. 알페인의 빛은, 그들 앞에 어렴풋이 나타난 거대한 디스쿤에 가려 보이지 않았다.

거대한 피라미드의 꼭대기에 쌓였던 초록색 눈은 완전히 녹은 듯했다. 그들이 서 있는 곳에서 1.5킬로미터쯤 떨어진 곳에 검은색과 황금색과 심홍색이 뒤섞인 웅장한 낭떠러지들이 밝게 빛나며 두드러져 보였다. 낭떠러지들 위로는 웅장한 산이 있었다. 그 산에 오르는 건 그다지 위험해 보이지 않았지만, 매스컬은 그들의 목적지가 어디쯤에 있는지 짐작조차 할 수 없었다.

산은 꼭대기부터 바닥까지 일직선으로 무수하게 갈라진 상태였다. 옅은 녹색의 폭포수가 움직임 없는 가느다란 실처럼 여기저기에서 떨어졌고, 산비탈은 풀도 없이 바위투성이였다. 커다란 호박돌이 군데군데 눈에 띄었고, 톱날 같은 깔쭉깔쭉한 바윗덩이들이 사방에서 강철 이빨처럼 튀어나와 있었다. 타이도민이 동굴처럼 보이는 조그만 검은 구멍을 가리키며 말했다.

"저기가 내가 사는 곳이에요."

"저기에서 혼자 삽니까?"

"그래요."

"여성 혼자 저런 데서 살다니 이상하군요. 당신이 아름답지 않은 것도 이상하고요."

타이도민이 한숨을 내쉬며 말했다.

"여자의 삶은 스물다섯 살이 넘으면 끝이에요. 나는 그보다 훨씬 나이를 먹었으니까요. 내가 10년만 젊었다면 내가 아니라 오시액스가 저기에서 살았을 거예요. 그랬다면 이 모든 일이 일어나지도 않았겠죠."

15분 뒤, 그들은 동굴 입구 아래 서 있었다. 동굴은 3미터 위에 있었고, 내부는 칠흑같이 어두웠다. 타이도민이 동굴 입구를 가리키며 말했다.

"시신은 입구에 내려놔요. 볕이 들지 않는 곳에."

매스컬은 그녀가 시키는 대로 크림타이폰의 시신을 동굴 안에 내려놓았다.

"아직도 결심이 확고한가요, 매스컬?"

타이도민이 매스컬을 매섭게 쏘아보며 물었다.

"내 결심이 흔들렸을까 봐요? 나는 변덕쟁이가 아닙니다."

"그럼 나를 따라와요."

그들은 동굴 안으로 발을 들여놓았다. 바로 그 순간, 그들의 머리 위에서 천둥이라도 치는 것처럼 무시무시한 굉음이 들렸고, 그러잖아도 조마조마하던 매스컬의 심장은 터질 듯이 쿵쾅거렸다. 커다란 바윗돌과 먼지가 위에서부터 동굴 입구를 휩쓸고 지나갔다. 그 때문에 시간이 조금 지체됐을 뿐 그들은 털끝 하나 다치지 않았다.

타이도민은 머리 위를 쳐다보지도 않았다. 그녀는 매스컬의 손을 잡고 어두컴컴한 동굴 안으로 들어갔다. 얼음처럼 싸늘한 냉기가 밀려왔다. 굽은 곳을 지나자 바깥세상의 빛이 사라지면서 동굴은 칠흑 같은 어둠의 세계로 변했다. 매스컬은 울퉁불퉁한 길에서 계속 넘어질 듯 비틀거렸지만, 타이도민은 매스컬의 손을 꽉 잡아 끌며 걸음을 재촉했다.

동굴은 끝없이 이어지는 듯했다. 하지만 갑자기 분위기가 달라졌다. 기분 탓일 수도 있지만, 매스컬은 그들이 상당히 큰 방에 들어왔다는 느낌을 받았다. 그곳에서 타이도민이 걸음을 멈추더니 매스컬을 살며시 누르면서 앉게 했다. 매스컬은 손으로 더듬어 보았다. 손끝에 돌이 만져졌다. 전체적으로 어루만져 보자, 바닥에서 30~45센티미터쯤 올라온 돌판이거나 긴 의자인 것 같았다. 타이도민이 매스컬에게 그 위에 누우라고 말했다.

"시간이 된 겁니까?"

매스컬이 물었다.

"그래요."

매스컬은 돌판에 누워 어떤 일이 닥칠지도 모른 채 어둠 속에서 처분을 기다렸다. 타이도민이 그의 손을 꼭 잡는 것이 느껴졌다. 그리고 순식간에 매스컬은 자신의 몸에 대한 의식을 모두 잃어버렸다. 팔다리는 물론이고 내장 기관의 움직임도 느낄 수 없었다. 하지만 정신만은 또렷했다. 그때까지 특별한 일은 일어나지 않은 것 같았다.

갑자기 방이 이른 아침을 맞은 것처럼 환하게 밝아지기 시작했다. 매스컬은 환해진 것을 볼 수 없었지만 눈의 망막으로 느낄 수 있었다. 음악 소리가 들리는 것 같아 귀를 기울이려 하자 음악은 끊겼다. 빛이 점점 강해졌고, 공기는 따뜻해졌다. 혼란스럽게 뒤섞인 목소리들이 매스컬의 귀에 흐릿하게 들려왔다.

타이도민이 그의 손을 쥔 손에 갑자기 힘을 주었다. 매스컬의 귀에 누군가의 비명 소리가 희미하게 들렸다. 잠시 후 빛이 출렁거렸고, 다음 순간 매스컬의 눈에 모든 것이 명확하게 보였다.

매스컬은 이상하게 장식된, 전기로 조명을 밝힌 방에서 나무 의자에 누워 있었다. 그의 손을 잡고 있는 사람은 타이도민이 아니었다. 문명인의 옷을 입은 남자였다. 매스컬은 그 남자가 낯익었지만 어디에서 봤는지는 생각나지 않았다. 그 남자의 뒤에 서 있는 다른 사람들도 어디에선가 본 듯한 얼굴이었다. 매스컬은 일어나 앉아서 특별한 이유도 없이 미소를 지어 보였다. 그리고 허리를 펴며 똑바로 일어섰다.

모두가 걱정스러우면서도 감격한 듯한 표정으로 그를 지켜보고 있었다. 매스컬은 그 이유가 궁금했다. 그들 모두 매스컬이 아는 사람인 것 같았다. 특히 두 사람은 분명히 알아보았다. 한 사람은 가장 끝에서 불안한 듯 서성대는 남자로, 얼굴이 엄격하고 위엄 있게 변한 모습이었다. 다른 한 사람은 우람한 덩치에 수염을 덥수룩하게 기른 남자, 바로 **그 자신**이었다. 그랬다, 매스컬은 자신의 분신을 보고 있었다. 그러나 그것은 수많은 죄를 저지른 중년의 남자가 성실하고 이상에 넘쳤던 젊은 시절의 사진을 맞닥뜨린 것과 다를 바가 없었다.

매스컬의 또 다른 자아가 그에게 뭐라고 말했다. 소리는 분명히 들렸지만 무슨 뜻인지 알아들을 수는 없었다. 그때, 문이 벌컥 열리면서 짐승처럼 생긴 조그만 남자가 뛰어들어 왔다. 그는 방에 모인 모든 사람에게 이상하게 행동하기 시작했고, 잠시 후에는 매스컬을 향해 곧장 다가왔다. 남자가 뭐라고 말했지만 매스컬은 그 말을 알아듣지 못했다. 남자가 표정을 험악하게 일그러뜨리더니 털이 수북한 손을 쭉 뻗어 매스컬의 목을 움켜잡았다. 매스컬은 목뼈가 구부러지다가 부러지는 듯한 느낌을 받았다. 극심한 고통이 신경을 통해 온몸으로 퍼졌다. 죽음의 냄새가 매스컬의 코끝을 자극했다. 매스컬은 비명을 내지르며 힘없이 바닥에 주저앉았다. 방과 사람들이 사라졌다. 불빛도 사라졌다.

매스컬은 또다시 동굴의 짙은 어둠에 잠겨 있는 자신을 발견했다. 그는 바닥에 쓰러진 채 정신을 차렸다. 타이도민이 그의 옆에 앉아 그의 손을 꽉 잡고 있었다. 매스컬은 여전히 지독한 통증에 시달렸지만, 그것은 그의 머릿속을 꽉 채워버릴 절망적인 고통의 전주곡에 불과했다.

타이도민이 약간 나무라는 투로 말했다.

"왜 이렇게 빨리 돌아온 거예요? 나는 아직 준비가 덜 됐는데. 당신은 다시 돌아가야 해요."

매스컬은 타이도민의 팔을 잡고 힘겹게 몸을 일으켰다. 타이도민은 정말로 아팠던지 나지막이 비명을 질렀다.

"뭐 하는 거예요, 매스컬?"

"크래그……."

매스컬은 말을 하려고 했지만 목이 메어서 입을 다물 수밖에 없었다.

"크래그…… 크래그가 뭐 어쨌길래요? 무슨 일이 있었는지 빨리 말해봐요. 내 팔 좀 놔주고요."

그러나 매스컬은 그녀의 팔을 더욱 세게 잡았다.

"크래그를 봤어. 난 이제 깨어났어."

"앗! 깨어났다고요? 정말 깨어난 거예요?"

"그리고 죽어야 할 사람은 당신이야."

매스컬이 섬뜩한 목소리로 말했다.

"하지만 왜……? 대체 무슨 일이 있었던 거예요?"

"당신은 죽어야 해! 내 손으로 당신을 죽이겠어! 나는 당신의 의지력에서 벗어나 제정신으로 돌아왔으니까. 다른 이유는 없어. 피로 얼룩진 더러운 계집!"

타이도민은 잠시 숨을 거칠게 내쉬었지만, 곧 본래의 침착한 모습을 되찾는 듯했다.

"설마 이 어두운 동굴 안에서 나를 죽이지는 않겠죠?"

"물론, 태양이 지켜봐야 하지 않겠어? 이건 살인이 아니니까."

하지만 당신이 죽어야 하는 건 확실해. 당신이 저지른 죗값을 치러야지."

　"당신은 이미 그렇게 말했죠. 당신에게 그런 힘이 있다는 것도 알아요. 내 의지력에서 벗어나다니. 정말 대단하군요. 알았어요, 매스컬. 밖으로 나가죠. 나는 조금도 두렵지 않아요. 하지만 예의를 갖추고 나를 죽여줘요. 나도 당신을 정중하게 대했으니까. 다른 건 바랄 게 없어요."

11
디스쿤에서

　그들이 동굴 입구로 되돌아왔을 즈음에는 블러드솜버가 절정에 이르러 있었다. 그들 앞으로 풍경이 조금씩 아래로 내려가며 산마루들이 구름의 바다에 떠 있는 섬처럼 보였다. 한편 그들 뒤로는 햇살을 반사하는 디스쿤의 깎아지른 듯한 낭떠러지가 300미터가량 어렴풋이 솟아 있었다. 매스컬의 눈은 벌겋게 충혈돼 있었고, 얼굴은 얼이 빠진 듯 보였다. 하지만 그는 여전히 타이도민의 팔을 붙잡고 있었다. 그녀는 입을 굳게 다문 채 아무 말도 하지 않았고, 도망치려고도 하지 않았다. 오히려 무척 평온하고 편안해 보였다.

　한참 동안 말없이 주변 풍경을 바라보던 매스컬이 타이도민에게 눈을 돌리며 말했다.

　"당신이 말한 불타는 호수는 어딨지?"

　"산 반대편에 있어요. 그런데 그건 왜 묻죠?"

　"조금 걷는 것도 좋을 것 같아서. 그럼 내 마음이 진정될 테니까. 좀 걷고 싶기도 하고. 곧 당신에게 닥칠 일이 살인이 아니라 처형이란 걸 이해해 주면 좋겠군."

"결과는 똑같죠."

"내가 이곳을 떠난 후, 활개 치며 돌아다니는 악마를 남겨놓았다는 찜찜한 기분에 시달리고 싶지 않거든. 다른 사람들에게 좋을 것도 없고. 그 호수로 가자고. 그래야 당신이 조금이라도 편하게 죽을 수 있을 테니까."

타이도민은 어깨를 으쓱했다.

"블러드솜버가 끝날 때까지 기다려야 해요."

"그런 호사스러운 생각을 할 때가 아닐 텐데? 지금은 무척 덥지만 저녁이 되면 우리 둘 다 시원해지겠지. 바로 출발하자고."

"당신이 이겼으니 당신 말을 따라야겠지요……. 크림타이폰의 시신을 갖고 가도 되겠죠?"

매스컬은 이상하다는 듯 타이도민을 바라보았다.

"그도 인간이었으니까 장례식 정도는 허락해야지."

타이도민은 좁은 어깨에 시신을 힘겹게 들어 올렸다. 그들은 뜨거운 햇살이 내리쬐는 동굴 밖으로 나갔다. 지독한 열기가 그들의 머리를 사정없이 후려갈겼다. 매스컬은 타이도민이 앞서 가도록 옆으로 비켜서며 길을 양보하면서도 조금의 동정심도 느끼지 못했다. 오히려 그녀가 그에게 저지른 짓만 떠오를 뿐이었다.

길은 거대한 피라미드의 기저부 옆으로 남쪽 면을 따라 이어졌다. 길은 울퉁불퉁한 데다 커다란 바위가 앞을 가로막았고, 때로는 땅이 갈라져서 생긴 좁은 골짜기와 물이 흐르는 작은 도랑을 건너야 했다. 물이 눈앞에 뻔히 보였지만 손을 뻗어도 닿지는 않았다.

그늘은 어디에도 없었다. 그들의 살갗에 물집이 생기기 시작했다. 핏속의 수분이 모두 말라가는 것 같았다.

매스컬은 타이도민을 괴롭히는 악마 같은 즐거움으로 그런 고통을 잊으려 했다. 그가 곧바로 소리쳤다.

"노래나 한 곡 불러봐! 당신의 사악한 면을 그대로 보여주는 걸로."

타이도민은 고개를 돌려 매스컬을 한참 동안 노려보았다. 하지만 곧 순순히 노래를 부르기 시작했다. 그녀의 나지막한 목소리가 섬뜩하게 들렸다. 그 노래가 너무 이상해서 매스컬은 꿈인지 생시인지 확인하려고 눈을 계속 비볐다. 기괴한 선율이 그를 끔찍하게 뒤흔들었고, 노랫말은 무의미한 단어의 나열처럼 들렸다. 아니면, 너무나 깊은 의미가 담겨 있어 그가 전혀 이해하지 못했거나.

"도대체 그런 노래는 어디에서 배운 거지?"

타이도민이 희미하게 미소 지었다. 그 바람에 시신이 되살아난 것처럼 그녀의 가냘픈 왼쪽 어깨에서 흔들리며 들썩였다. 그녀는 재빨리 왼손으로 시신을 붙잡았다.

"매스컬, 우리가 친구로 만나지 못한 게 정말 유감이에요. 우리가 친구로 만났다면 당신이 앞으로도 결코 보지 못할 토맨스의 모습을 보여줄 수 있었을 텐데. 길들여지지 않은 맹렬한 모습 말이에요. 하지만 이제는 너무 늦었어요. 하기야 그런 게 중요한 건 아니죠."

그들은 산모퉁이를 돌아 서쪽 기슭에 접어들었다.

"이 빌어먹을 땅을 벗어나는 가장 빠른 길이 어디야?"

매스컬이 물었다.

"산트로 가는 게 가장 편해요."

"더 가면 보이나?"

"그럼요, 하지만 좀 멀어요."

"당신도 가본 적 있나?"

"나는 여자예요. 여자는 산트에 들어갈 수 없어요."

"그렇군. 나도 그런 얘기를 들은 적이 있소."

"그럼 이제 그만 좀 물어요" 하고 말하는 타이도민은 금방이라도 기절할 것처럼 보였다.

매스컬은 작은 샘에서 걸음을 멈췄다. 그는 먼저 물을 실컷 마신 뒤, 손을 동그랗게 모아서 물을 담아 타이도민에게 먹여주었다. 무거운 시신을 내려놓을 필요가 없다는 무언의 압력이었다. 놀 물은 마법 같은 효과를 발휘했다. 온몸의 세포가 바싹 말라붙은 스펀지처럼 놀 물을 빨아들이자 기운이 용솟음쳤다. 타이도민도 기력을 회복했다.

그로부터 약 45분 뒤에 그들은 두 번째 모퉁이를 돌았고, 디스쿤의 북쪽 면이 훤히 보이는 길로 들어섰다.

그들이 걷고 있던 비탈길에서부터 100미터쯤 아래에서 갑자기 산길이 끊어지면서 협곡이 드러났다. 협곡 위쪽은 초록빛을 띤 안개로 자욱했는데, 안개는 마치 용광로 바로 위를 떠도는 대기처럼 부들부들 떨었다. 타이도민이 말했다.

"불타는 호수는 저 아래 있어요."

매스컬은 호기심 어린 눈길로 주위를 둘러보았다. 협곡 너머로는 비탈길이 지평선까지 이어졌고, 그들의 뒤로는 바위들 사이로 피라미드의 정상까지 올라가는 좁은 산길이 엿보였다. 북동쪽으로 몇 킬로미터 떨어진 곳에는 길쭉하고 평평한 고원이 주변의 모든 지역을 굽어보며 우뚝 솟아 있었다. 그곳이 바로 산트였다. 매스컬은 산트를 바라보며, 그곳을 그날의 목적지로 삼아야겠다고 마음을 굳혔다.

그사이 타이도민은 협곡 끝자락까지 걸어가 크림타이폰의 시신을 내려놓았다. 잠시 후, 매스컬이 타이도민의 곁에 다가와 섰다. 협곡 끝에 이르자 매스컬은 불의 호수를 조금이라도 더 자세히 보려고 곧바로 엎드려서 협곡 안쪽으로 얼굴을 내밀었다. 질식할 듯한 열풍이 그의 얼굴을 때렸다. 매스컬은 기침을 해대면서도, 그다지 깊지 않은 곳에서 초록빛을 띤 용암이 살아 있는 의지처럼 용솟음치고 빙빙 도는 모습을 실컷 보고 나서야 몸을 일으켰다.

희미한 북소리가 들려왔다. 매스컬은 신경을 바짝 세우고 북소리에 귀를 기울였다. 그러자 심장박동이 빨라지면서 그의 영혼에서 온갖 근심 걱정이 빠져나갔다. 온 세상, 그리고 세상에서 일어나는 온갖 사건이 그 순간에는 헛되고 무의미하게 느껴졌다…….

매스컬은 멍하니 몸을 일으켜 세웠다. 타이도민은 죽은 남편과 얘기를 나누고 있었다. 그녀가 남편의 연노란색 섬뜩한 얼굴을 뚫어지게 들여다보며 보라색 머리칼을 어루만졌다. 매스컬이 보고 있다는 걸 눈치챘는지 타이도민은 남편의 메마른 입술에 서둘러 입 맞추고는 무릎을 세웠다. 그리고 세 팔로 시신을 들어 올려 휘청거리며 협곡의 끝자락으로 다가갔다. 잠시 망설이긴 했지만 그녀는 용암 속으로 시신을 떨어뜨렸다. 시신은 아무 소리도 내지 않고 순식간에 사라졌다. 곧 텀벙하는 소리가 들렸다. 그것이 크림타이폰의 장례식이었다.

"이제 내 차례군요, 매스컬."

매스컬은 대꾸하지 않았다. 그의 눈길이 그녀를 지나쳤다. 그녀 뒤로 멀지 않은 곳에 한 사람이 슬픈 표정을 짓고 서 있었다. 조이윈드였다. 조이윈드의 얼굴빛은 죽은 사람처럼 파리했고, 눈빛에는 나무라는 기색이 역력했다. 매스컬은 그것이 환영이라고 확신했다. 조이윈드는 먼 곳, 풀링드레드에 있을 테니까.

"타이도민, 뒤로 돌아서 무엇이 보이는지 내게 말해 줄 수 있겠소?"

매스컬이 묘한 음색으로 물었다.

"아무것도 보이지 않는데요."

타이도민이 주변을 두리번거리며 대답했다.

"하지만 내 눈에는 조이윈드가 보이는군."

그렇게 말하는 순간, 환영이 사라졌다.

"당신을 살려주겠소, 타이도민. 조이윈드가 그러기를 바라니까."

타이도민은 생각에 잠긴 얼굴을 하고 손가락으로 턱을 만지작거렸다.

"같은 여자 덕분에 목숨을 구하게 될 거라고는 생각조차 해본 적 없는데. 그런데 그렇게 됐군요. 대체 내 동굴에 있을 때 무슨 일이 있었던 건가요?"

"크래그를 봤소."

"그렇군요. 어떤 기적이 일어난 게 분명해요."

타이도민이 갑자기 몸을 부르르 떨며 덧붙였다.

"자, 당장 이 끔찍한 곳을 떠나요. 다시는 이곳에 발을 들여놓지도 않을 거예요."

"그럽시다. 죽음의 악취가 진동하니까. 그런데 어디로 가야 하죠? 대체 뭘 해야 하죠? 나를 산트로 데려다줘요. 이 지옥 같은 곳에서 당장 벗어나고 싶으니까."

타이도민은 여전히 멍한 얼굴로 서 있었다. 그러더니 느닷없이 쓸쓸한 웃음을 터뜨렸다.

"우리는 이상하게 계속 함께 여행을 하게 되네요. 혼자 떠나느니 당신과 함께 가겠어요. 하지만 내가 산트에 발을 들여놓는 순간 그곳 사람들이 나를 죽일 거라는 걸 알아둬야 해요."

"길목까지만 데려다줘요. 밤이 되기 전에 도착하고 싶은데, 가능하겠소?"

"자연의 위험을 감수하겠다면 가능하죠. 또 오늘 위험을 감수하지 못할 이유도 없어요. 당신에게 행운이 계속되고 있으니까. 하지만 다른 날에는 행운이 당신 편이 아닐지도 몰라요."

"출발합시다." 매스컬이 말했다. "내가 지금까지 누린 행운은 자랑할 게 못 되오."

그들이 출발할 즈음 블러드솜버가 끝났다. 이른 오후였지만 열기는 여느 때보다 뜨거웠다. 그들은 얘기를 나눌 엄두도 내지 못한 채 각자의 고통스러운 생각에 빠져 걷기에 바빴다. 디스쿤에서는 길이 사방으로 이어졌지만, 산트로 가는 길은 완만하게 끝없이 지속되는 오르막이었다. 저 멀리 어둑한 산트 고원은 어디에서나 보일 정도로 우뚝 솟아 있었다. 한 시간쯤 걸었을 때 그들 주변에는 아무것도 없는 듯했다. 공기마저 후텁지근하고 제자리에서 맴돌고 있었다.

이윽고 인간의 작품으로 보이는, 똑바로 선 물체 하나가 매스컬의 눈길을 사로잡았다. 돌바닥에 깊숙이 박힌 가느다란 나무줄기였다. 나무껍질은 벗겨지지 않은 상태였고, 가지 세 개가 위쪽 끄트머리에서 거의 수직으로 하늘을 향해 뻗어 있었다. 잔가지도 잎도 달려 있지 않았다. 매스컬은 가까이 다가가서야 그 세 개의 가지 역시 일정한 간격을 두고 인위적으로 고정된 것임을 알 수 있었다.

그것을 유심히 쳐다보던 매스컬에게 자만심과 자족감이 물밀듯이 밀려오는 듯했지만 너무나 순식간에 일어난 일이어서 매스컬은 아무것도 확신할 수 없었다.

"저게 뭡니까, 타이도민?"

"헤이토르의 트라이포크예요."

"무엇에 쓰는 거죠?"

"산트로 가는 길을 안내하는 표지예요."

"그럼 헤이토르는 뭐요? 사람인가요?"

"헤이토르는 산트를 세운 사람이에요. 수천 년 전에. 헤이토르는 산트 사람들이 지켜야 할 원칙들을 정했고, 세 가지로 뻗은 저 트라이포크는 그의 상징물이에요. 어렸을 때 아버지에게 산트에 대한 많은 전설을 들었지만 대부분 잊어버렸어요."

매스컬은 트라이포크를 주의 깊게 바라보았다.

"저게 당신에게 어떤 식으로든 영향을 미칩니까?"

"왜 저게 나한테 영향을 미칠 거라고 생각하죠?" 타이도민이 냉소적인 웃음을 흘리며 말했다. "나는 한낱 여자에 불과해요. 그런 건 남자들에게나 해당되는 미스터리지요."

매스컬이 말했다.

"저걸 처음 보았을 때 왠지 즐거운 기분이 들었소. 내가 착각한 것일 수도 있겠지만."

그들은 트라이포크를 지나 걸음을 재촉했다. 풍경의 특색이 점점 바뀌었다. 균열된 부분이 잦아지긴 했지만 틈새가 훨씬 좁았고, 끊긴 데가 없는 땅이 계속되는 경우가 많았다. 침하와 융기도 일어나지 않았다. 이프던 마레스트 특유의 지형이 끝나고 다른 지형으로 변해가는 것 같았다.

잠시 후, 그들은 공중에 떠 있는 연푸른 해파리 떼를 맞닥뜨렸다. 정확히 말하면, 해파리처럼 흐물거리는 아주 작은 동물이었다. 타이도민은 손으로 한 마리를 잡더니, 나무에서 갓 딴 먹음직스러운 배를 먹듯이 그것을 먹기 시작했다. 이른 아침 이후로 아무것도 먹지 않은 매스컬도 타이도민을 따라 했다. 곧바로 활력이 전기 오르듯 팔다리와 몸에 스며들었다. 근육도 탄력을 회복했고, 심장도 서서히 힘차게 뛰기 시작했다.

"이 세계에서는 뭘 먹든 몸에 좋은 것 같군."

매스컬이 웃으며 말했다. 타이도민이 매스컬을 힐끗 쳐다봤다.

"아마 원인은 음식이 아니라 당신 몸에 있을 거예요."

"내 몸이야 원래부터 있던 건데."

"당신에게는 몸만 있는 게 아니라 영혼도 있어요. 하지만 영혼도 빠르게 변하지요."

잡목숲을 걷던 그들은 작지만 굵직한 나무를 만났다. 잎은 하나도 달려 있지 않지만, 오징어 촉수처럼 낭창낭창한 가지가 무수히 달린 나무였다. 야생 고양이와 비슷하게 생긴 털짐승 한 마리가 무척 이상한 자세로 나뭇가지 사이를 뛰어다녔다. 하지만 그 짐승이 스스로 뛰어다니는 게 아니라, 나무의 의지에 의해 이 가지에서 저 가지로 던져지고 있는 거라는 사실을 알고 매스컬은 놀라지 않을 수 없었다. 그 짐승은 우리에 갇혀 고양이에게 발로 이리저리 채는 생쥐와도 같은 신세였다.

그 광경을 한동안 지켜보던 매스컬이 침울한 목소리로 말했다.

"소름 돋는 역할 반전이군."

"정나미가 떨어진 표정이군요."

타이도민이 하품을 억지로 참으며 말을 이었다.

"하지만 그것도 당신이 언어의 노예이기 때문이에요. 만약 당신이 나무를 동물이라고 부른다면 저 둘의 관계가 너무나 자연스럽고 즐겁게 느껴질 거예요. 나무를 동물이라고 부르지 말아야 할 이유라도 있나요?"

"이프던 마레스트를 벗어나기 전에는 이런 말을 귀가 따갑게 들어야 할 것 같군요."

그들은 그 뒤로 한 시간 가까이 말없이 걷기만 했다. 날이 어두워졌다. 옅은 안개가 피어올라 주변 풍경을 감싸기 시작했고, 태양은 불그스름한 원반으로 변해 얼굴을 찡그리지 않고도 똑바로 쳐다볼 수 있었다. 차갑고 축축한 맞바람이 불었다. 마침내 태양이 완전히 모습을 감추면서 어둠이 점점 짙어졌다. 매스컬과 타이도민의 드러난 피부와 옷에 녹색을 띤 서리가 내렸다.

땅은 이제 끊긴 데가 전혀 없었다. 그들 앞으로 1,000미터 못 되는 곳에 검은 안개를 배경으로 높은 물기둥들이 여기저기에서 천천히 선회하며 우아한 자태로 하늘로 뻗어갔다. 스스로 초록빛을 발산하는 그것들은 무시무시해 보였다. 타이도민은 그것들이 실제로는 물기둥이 아니라 움직이는 번개 기둥이라고 설명했다.

"그럼 위험하겠군?"

"그럴 거예요." 타이도민이 그것들에서 눈을 떼지 않고 대답했다. "그런데 저기에서 서성대는 사람은 생각이 다른 모양이군요."

물기둥들 사이로, 아니 물기둥들에 완전히 에워싸인 채 느긋하게 천천히 걸어 다니는 사람이 있었다. 그들을 등진 자세여서 얼굴을 볼 수는 없었지만, 이상하게도 그의 윤곽은 무척 뚜렷하고 확실했다. 매스컬이 말했다.

"위험하다면 저 사람에게 알려줘야 할 것 같은데."

"가르치고 싶어 하는 사람은 아무것도 배우지 못해요."

타이도민이 냉정하게 대꾸했다. 그러고는 매스컬의 팔을 붙잡아 말리며 계속 지켜보기만 했다.

전기 기둥 하나가 그 남자를 건드렸다. 그는 아무런 해를 입지 않았지만, 그 치명적인 전기 기둥이 가까이 있다는 사실을 처음 깨달은 것처럼 재빨리 돌아섰다. 그러더니 허리를 쭉 펴고, 물에 뛰어들려는 사람처럼 두 팔을 머리 위로 추켜올렸다. 전기 기둥들과 대화를 시도하는 듯했다.

매스컬과 타이도민은 그 모습을 계속 지켜보았다. 마침내 전기 기둥이 빛을 방출하면서 커다란 폭발음을 연달아 쏟아냈다. 그러나 그 남자는 아무런 상처도 입지 않은 채 여전히 우뚝 서 있었다. 그가 두 팔을 내렸다. 다음 순간 그는 매스컬과 타이도민을 보았고, 그 자리에 꼼짝 않고 서서 그들이 가까이 다가오기를 기다렸다. 그들이 천천히 다가갈수록 그림같이 또렷하던 그의 모습이 더욱 선명해졌다. 그의 몸은 고체보다 무겁고 밀도도 높은 물질로 이루어진 듯했다.

타이도민은 당황해서 어쩔 줄 몰라 했다.

"산트 사람이 분명해요. 지금껏 저런 사람은 본 적이 없거든요. 오늘이 내 마지막 날일 거예요."

매스컬도 혼잣말처럼 나지막이 말했다.

"굉장히 거만한 사람인 건 확실하군요."

마침내 그들은 남자와 마주 보고 섰다. 그 남자는 무척 크고, 턱수염까지 길러 강인해 보였다. 그는 셔츠에 가죽 반바지 차림이었다. 바람을 등지고 선 이후 얼굴과 팔다리에 묻은 초록빛 때가 줄줄 흐르는 물기에 씻겨 나갔고 그 사이로 그의 원래 피부색이 엿보였다. 옅은 쇳빛을 띤 피부였다. 세 번째 팔은 없었다. 찡그린 얼굴은 무서워 보였고, 튀어나온 턱 때문에 수염까지 앞쪽으로 밀려 나온 모양이었다. 이마에는 두 개의 납작한 피막이 붙어 있었는데 완전히 진화하지 않은 눈인 것 같았다. 소브도 없었다. 두 개의 피막은 아무런 빛도 띠고 있지 않았지만, 그 아래 감춰진 눈에 어떤 식으로든 힘을 더해주는 듯했다. 그의 눈길이 머물자, 매스컬은 뇌를 샅샅이 조사당하는 기분이었다. 그 남자는 중년으로 보였다.

뚜렷하고 선명한 몸은 자연현상을 초월한 것이었다. 남자의 몸과 비교하면 주위의 모든 것이 막연하고 흐릿해 보였다. 타이도민의 몸도 희미하고 아무렇게나 그린 밑그림처럼 보였다. 매스컬은 자신도 더 낫지는 않으리라 생각했다. 갑자기 뜨거운 불길이 그의 혈관 속을 헤집고 달리는 듯한 이상한 기분이 들었다.

매스컬이 타이도민을 보며 말했다.

"이 남자가 산트에 간다면 이 사람을 따라가겠소. 우리는 그만 헤어집시다. 당신도 그럴 시간이 됐다고 생각할 테지."

"타이도민도 함께 가도록 하라."

그 남자가 거칠고 낯선 언어로 말했지만, 마치 영어로 말한 것처럼 매스컬은 그 말을 분명히 알아들었다. 타이도민이 나지막이 말했다.

"제 이름을 아는 걸 보니 제가 여자라는 것도 알겠군요. 저에게 산트에 가라는 건 죽으라는 뜻입니다."

"그건 과거의 법이다. 나는 새로운 법을 전하는 사람이다."

"그런가요……. 그런데 새로운 법이 받아들여지겠습니까?"

"지금 낡은 껍질이 부서지고 있다. 새로운 껍질은 이미 그 아래에서 소리 없이 형성되었다. 이제 허물을 벗어낼 때가 왔다."

폭풍이 거세어졌다. 그렇게 서서 얘기를 나누고 있는 그들에게 초록색 눈이 휘몰아쳤고, 기온이 급격히 떨어졌다. 하지만 누구도 그런 변화를 알아차리지 못했다.

"성함이 어떻게 되십니까?"

매스컬이 두근대는 가슴을 진정하려 애쓰며 물었다.

"내 이름은 스페이디블이다, 매스컬. 어둡고 막막한 공간의 여행자인 네가 나의 첫 증인이자 추종자가 돼야 할 것이다. 그리고 너, 차별받는 성별의 딸 타이도민은 나의 두 번째 증인이자 추종자가 될 것이다."

"새로운 법이라고요? 그런데 그 법이 뭡니까?"

"눈으로 직접 보기 전에는 귀로 듣는다고 무슨 소용이 있겠느냐? ……너희 둘, 가까이 오너라!"

타이도민은 서슴없이 그 남자에게 다가갔다. 스페이디블이 손으로 그녀의 소브를 눌렀다. 그리고 눈을 감은 채 한참 동안 꼼짝하지 않았다. 스페이디블이 손을 거두자, 타이도민의 소브가 두 개의 피막으로 변했다. 스페이디블의 것과 똑같았다.

타이도민은 멍한 표정으로 주위를 잠시 둘러보았다. 그녀에게 주어진 새로운 능력을 시험하는 것처럼 보였다. 잠시 후, 타이도민은 눈물을 뚝뚝 흘리며 스페이디블의 손을 잡고 무릎을 꿇고 앉아 그의 손에 쉴 새 없이 입맞춤을 했다.

"제 과거는 추악하기 그지없었습니다. 저로 인해 해를 입은 사람도 무수히 많았습니다. 저는 살상을 했고, 그보다 더 사악한 짓도 저질렀습니다. 하지만 이제 저는 과거의 허물을 모두 벗어던지고 웃을 수 있습니다. 이제 어떤 것도 저를 해치지 못할 겁니다. 아, 매스컬, 당신과 나는 지금껏 바보처럼 살았어요!"

"당신의 죄는 뉘우치지 않을 거요?"

매스컬이 물었다.

"과거는 잊어라." 스페이디블이 말했다. "과거가 새로운 모양을 띨 수는 없다. 미래만이 우리의 것이다. 지금 이 순간부터 새롭고 깨끗한 미래가 시작된다. 매스컬, 무얼 망설이느냐? 두려운가?"

"이 기관들의 이름은 뭡니까? 어떤 기능을 하죠?"

"프로브(probe)라고 한다. 새로운 세계로 들어가는 관문이다."

매스컬은 더 이상 망설이지 않고, 스페이디블이 그의 소브를 눌러 프로브로 바꾸도록 했다.

강철 손이 그의 이마를 누르는 동안, 그때까지 반발심으로 막혀 있던 시내의 맑은 물이 원활하게 흐르는 것처럼 새로운 법이 그의 의식으로 서서히 흘러들어 갔다. 그 새로운 법은 **의무**였다.

12
스페이디블

매스컬은 새롭게 얻은 기관이 독자적 역할을 하는 게 아니라 다른 감각을 강화하고 변화시키는 역할을 한다는 사실을 알게 됐다. 예컨대 눈과 귀와 코를 사용하면, 대상 자체는 예전과 똑같이 주어지더라도 대상에 대한 판단은 달랐다. 예전에는 외적인 모든 것이 그를 위해 존재했지만, 이제는 그가 다른 모든 것을 위해 존재했다. 따라서 그것들이 그의 목적에 부합하거나 그의 본성과 화합하느냐 아니냐에 따라 즐겁기도 하고 고통스럽기도 했다. 요컨대 '쾌락'과 '고통'이란 단어 자체는 아무런 의미도 없었다.

스페이디블과 타이도민은 매스컬이 새롭게 얻은 정신 능력을 깨우쳐 가는 모습을 물끄러미 지켜보았다. 매스컬은 그들에게 미소 지어 보였다.

"당신 말이 맞았소, 타이도민. 우리는 지금까지 바보처럼 살았어요. 빛을 가까이에 두고서도 그 사실을 깨닫지 못했죠. 항상 현재를 무시하며 과거나 미래에 묻어 버렸어요. 하지만 이제 깨달았습니다. 현재를 떠나서는 우리는 살아도 살아 있는 게 아니라는 걸!"

타이도민이 좀 더 큰 목소리로 말했다.

"스페이디블에게 고마워해요."

매스컬이 스페이디블의 검고 또렷한 얼굴을 쳐다보며 말했다.

"스페이디블, 당신을 끝까지 따르겠습니다. 꼭 그렇게 하겠습니다."

스페이디블의 위엄 있는 얼굴은 기뻐하는 기색을 보이지 않았다. 그는 얼굴 근육조차 움직이지 않았다. 그저 무뚝뚝한 목소리로 말할 뿐이었다.

"너희가 받은 선물을 잃어버리지 않도록 조심하라."

타이도민이 말했다.

"저를 산트에 데려가겠다고 약속하셨습니다."

"나에게 매달리지 말고 진리에 의지하라. 나는 너보다 먼저 죽을 수 있지만, 진리는 네가 죽을 때까지 너와 함께할 것이기 때문이다. 하지만, 우리 셋이 함께 가도록 하자."

그 말이 입에서 나오기 무섭게 스페이디블은 휘몰아치는 눈을 얼굴에 맞으며 목적지를 향해 발을 내딛기 시작했다. 그는 성큼성큼 걸었다. 따라서 타이도민은 뒤처지지 않으려고 거의 뛰다시피 걸어야 했다. 그들은 스페이디블을 가운데 두고 나란히 걸었다. 안개가 너무 짙어 100미터 앞도 보이지 않았다. 땅에는 초록 눈이 두껍게 쌓였고, 산트 고원에서 맹렬히 불어닥치는 바람은 지독히도 차가웠다.

"스페이디블, 당신은 인간입니까, 아니면 인간 이상의 존재입니까?"

매스컬이 물었다.

"인간을 넘어서지 않는 존재는 아무것도 아니다."

"지금 어디에서 오시는 길입니까?"

"숙고를 끝내고 오는 길이다. 진리는 오직 숙고에서만 얻을 수 있다. 나는 숙고했고, 그렇게 해서 얻은 결론을 버렸고, 다시 심사숙고했다. 산트를 벗어나 오랜 시간을 보낸 뒤에야 마침내 진리가 내게 환한 빛을 비추어 주었다. 뒤집힌 다이아몬드처럼."

매스컬이 말했다.

"저도 그 빛을 봤습니다. 근데 깨달음을 얻는 데에서 헤이토르에게 얼마나 많은 영향을 받나요?"

"지식에도 계절이 있는 법이다. 꽃이 헤이토르의 몫이라면 열매는 내 몫이다. 헤이토르는 숙고하는 사람이었지만, 그의 추종자들 중에는 숙고하는 사람이 없다. 따라서 산트에는 냉담한 이기주의자들, 살아 있지만 죽은 사람들만 존재할 뿐이다. 그들은 쾌락을 증오한다지만, 그 증오가 그들에게는 가장 큰 쾌락이다."

"그런데 그들은 어떤 점에서 헤이토르의 가르침을 위배한 겁니까?"

"헤이토르는 음울한 면이 있어 온 세상이 덫이고 올가미라 생각했다. 쾌락은 어디에나 존재하지만, 잔혹하고 조롱을 일삼는 적이 순진무구한 영혼을 달콤한 바늘로 찔러 죽이려고 삶의 길목마다 몸을 감추고 기다린다는 것을 알았기 때문에 헤이토르는 **고통**

을 방패로 삼았다. 그의 추종자들도 지금 그러고 있지만, 그것은 자신들의 영혼을 구원하기 위해서가 아니라 허영과 교만 때문에 고통을 앞세우는 것일 뿐이다."

"트라이포크는 뭡니까?"

"그 줄기는 쾌락에 대한 증오를 뜻한다. 첫 번째 가지는 아름다운 세상과의 단절, 두 번째 가지는 착각의 덫에서 몸부림치는 사람들에 대한 지배력, 세 번째 가지는 얼음처럼 찬 물에 발을 들여놓는 사람의 건강한 빛을 뜻한다."

"헤이토르는 어디 출신이죠?"

"거기에 대해선 알려진 바가 없다. 한동안 이프던에서 살았기 때문에, 그가 그곳에서 지내던 시절의 전설이 많이 전해진다."

타이도민이 끼어들었다.

"아직 갈 길이 멉니다. 그런 전설들 중 몇 개만 말씀해 주세요."

어느덧 눈이 그치고 날이 밝아왔다. 브랜치스펠이 허깨비 태양처럼 다시 나타났다. 그러나 매서운 바람은 여전히 평원을 휩쓸고 다녔다.

"당시 이프던에는 주변의 땅에서 멀찌감치 떨어진 섬 같은 산 하나가 있었다. 마력을 지닌 한 예쁘장한 여자가 사람들이 건너다닐 수 있도록 하겠다며 다리를 놓았다. 거짓말로 헤이토르를 바위산으로 끌어들인 그 여자는 발로 다리를 밀어서 심연에 떨어뜨리고는 '헤이토르, 이제 당신과 나만 이곳에 있다. 누구도 우리 둘을 방해할 수 없을 것이다. 얼음처럼 차갑다고 알려진 당신이 여자의 숨결과 미소와 향내를 얼마나 견딜 수 있을지 보고 싶구나!'라고 말했다. 헤이토르는 아무런 대꾸도 하지 않았다. 그때뿐만 아니라 그날 내내 입을 떼지 않았다. 해가 질 때까지 나무처럼 꼿꼿하게 서서 다른 생각만 했다. 그러자 여자는 더욱 교태를 부리면서 헤이토르를 유혹했다. 헤이토르에게 다가가 눈을 맞추고 팔을 만지기도 했다. 그러나 헤이토르는 그녀를 거들떠보지도 않았다. 마침내 그녀는 온 영혼을 눈에 담아 헤이토르를 바라봤지만 결국 쓰러져 죽고 말았다. 그제야 헤이토르는 생각에서 깨어나, 자신의 발밑에 쓰러진 그 여자를 물끄러미 바라보았다. 시신에는 아직 온기가 남아 있었다. 헤이토르는 본토로 돌아갔지만, 어떻게 돌아갈 수 있었는지는 전해지지 않는다."

타이도민이 몸서리치며 말했다.

"당신도 사악한 여자를 만났습니다, 스페이디블. 하지만 당신의 방법이 훨씬 고결했습니다."

스페이디블이 말했다.

"다른 여자들을 동정하지 말라. **정의로운 것을 사랑해라.** 헤이토르는 셰이펑과도 얘기를 나누었다."

"세상의 창조자하고 말입니까?"

매스컬이 물었다.

"쾌락의 창조자이기도 하다. 전설에 따르면 셰이펑은 자신의 세계를 지키려고, 헤이토르로 하여금 사랑과 쾌락을 인정하게 하려고 무진 애를 썼다. 하지만 헤이토르는 셰이펑의 경이로운 가르침에도 간단하고 냉담하게 대답하며, 쾌락과 아름다움은 사치와 나태에 빠진 영혼들의 야수성을 뜻하는 다른 이름에 불과하다는 것을 증명해 보였다. 셰이펑이 빙긋 웃으며 '어떻게 너의 지혜가 지혜의 주인인 나의 지혜보다 커졌느냐?'라고 물었다. 헤이토르는 '나의 지혜는 당신에게서 온 것도 아니고 당신의 세계에서 온 것도 아닙니다. 셰이펑 당신이 모방하려고 애썼지만 실패한 다른 세계에서 온 것입니다'라고 대답했다. 셰이펑이 '그럼 너는 나의 세상에서 무엇을 하느냐?'라고 묻자, 헤이토르는 '나는 거짓으로 여기에 있는 것이고, 따라서 당신의 거짓 쾌락에 영향받을 수밖에 없습니다. 하지만 나는 **고통**으로 나를 감춥니다. 고통이 좋아서 그런 건 아닙니다. 당신으로부터 나를 가능한 한 멀리 떨어뜨려 놓고 싶기 때문입니다. 고통은 당신의 것이 아니니까요. 그렇다고 고통이 다른 세계에 속하는 것도 아닙니다. 고통은 당신의 거짓 쾌락이 던진 그림자입니다'라고 대답했다. 그러자 셰이펑이 '네가 이것은 이렇고 저것은 그렇지 않다고 말하는 그 다른 세계라는 것이 무엇이냐? 어떻게 내 피조물 중 너만이 그것을 알고 있느냐?'라고 물었다. 헤이토르는 침을 뱉고는 '셰이펑, 거짓말하지 마십시오. 모두가 그걸 알고 있습니다. 당신과, 당신을 무작정 따르는 추종자들이 그 세계를 보지 못하게 감추고 있을 뿐입니다'라고 소리쳤다. 그래서 셰이펑이 '그렇다면 내가 무엇이냐?'라고 묻자, 헤이토르는 '당신은 불가능한 꿈을 꾸는 몽상가입니다'라고 대답했다. 셰이펑은 그 말에 상처를 받고 그 후로 멀리 떠났다고 전해진다."

"헤이토르가 말한 다른 세계라는 곳이 어디죠?"

매스컬이 물었다.

"쾌락이 이곳을 지배하듯이 위대함이 지배하는 세계다."

"위대함이 지배하든 쾌락이 지배하든 다를 것은 없습니다. 살아 있고 살기를 바라는 영혼들은 하나같이 비열하고 타락한 존재들이니까요."

스페이디블이 나무라듯 말했다.

"너의 교만함을 경계해라! 세상과 시대를 심판하지 말고, 너 자신과 너의 하찮고 그릇된 삶부터 먼저 심판해라."

"그 고집스러운 헤이토르는 어떻게 죽었나요?"

타이도민이 물었다.

"헤이토르는 늙도록 살았지만 마지막 순간까지 허리가 굽지 않았고 팔다리를 자유롭게 움직였다. 죽음을 피할 수 없다는 사실을 깨달은 순간, 헤이토르는 자살하기로 결심하고 친구들을 불러 모았다. 허영심 때문이 아니었다. 친구들에게 인간의 영혼이 육욕으로 가득한 육신과 언제까지 다툴 수 있는지 보여주기 위함이었다. 헤이토르는 누구에게도 부축을 받지 않고 꼿꼿이 서서 숨을 멈춤으로써 스스로 목숨을 끊었다."

그 뒤로 그들은 말없이 걷기만 했다. 침묵이 거의 한 시간 동안 이어졌다. 그들은 속으로는 바람이 얼음처럼 차다고 인정하고 싶지 않았지만 생각의 흐름은 얼어붙어 버렸다.

그러나 브랜치스펠이 약하게나마 빛을 다시 비추자 매스컬은 또 한 번 궁금증이 일었다.

"스페이디블, 그럼 산트 사람들은 자기애에 사로잡혀 있나요?"

스페이디블이 말했다.

"다른 지역 사람들은 자신들이 쾌락과 욕망의 노예라는 걸 안다. 하지만 내 고향 산트 사람들은 쾌락과 욕망의 노예이면서도 자신들이 그렇다는 걸 모른다.”

“하지만 자기 학대를 기꺼이 받아들이는 그런 도도한 자세에도 숭고한 면이 있지 않을까요?”

“조금이라도 자신의 이익을 도모하는 사람은 추잡하다. 몸만이 아니라 영혼까지 포기하는 사람만이 진정한 삶을 누릴 수 있다.”

“대체 산트 사람들은 무슨 근거로 여성을 배척하는 겁니까?”

“여자는 이상적인 사랑을 꿈꾸고 혼자 힘으로 살지 않기 때문이다. 타인을 향한 사랑은 사랑받는 사람에게 쾌락을 준다. 따라서 결국 그 사람을 해치게 된다고 생각하는 것이다.”

“그런 잘못된 생각들에 철퇴를 내리시려는 거군요. 하지만 그들이 순순히 받아들일까요?”

“스페이디블은 알고 있어요, 매스컬.” 타이도민이 끼어들었다. “오늘이 됐든 내일이 됐든, 헤이토르의 제자들이라도 사랑을 멀리할 수는 없다는 걸.”

스페이디블이 갑자기 큰 소리로 외쳤다.

“사랑을 함부로 말하지 말라! 감동을 함부로 말하지 말라! 감동 없는 사랑은 쾌락에 불과하다. 다른 사람들을 즐겁게 해주겠다고 생각지 말고, 그들을 섬기겠다고 생각하라.”

“죄송합니다, 스페이디블. 제가 아직 여자 티를 완전히 벗지 못했습니다.”

“옳고 그름에는 성별이 없다. 타이도민, 네가 여자라는 생각을 떨쳐내지 못한다면 너도 영혼의 신성한 무념 상태에 들어서지 못할 것이다."

"하지만 여성이 없으면 어린아이도 있을 수 없습니다." 매스컬이 말했다. "그럼 어떻게 헤이토르의 후손들이 이어졌을까요?"

"삶은 열정을 낳고, 열정은 고통을 낳으며, 고통은 그것에서 벗어나려는 열망을 낳는다. 영혼의 상처를 치유하려는 사람들이 방방곡곡에서 산트로 몰려든다."

"모두가 이해할 수 있는 쾌락에 대한 증오 대신 어떤 원칙을 가르치실 생각입니까?"

스페이디블이 대답했다.

"의무에 대한 철저한 복종."

"만약 그들이 '그 가르침은 결국 쾌락을 증오하라는 얘기 아니냐'라고 물으면 뭐라고 대답하실 겁니까?"

"그들에게는 대답하지 않겠지만, 매스컬 네가 기왕에 물었으니 너에게는 대답하겠다. 증오는 열정이고, 모든 열정은 불타는 어두운 자아에서 비롯된다. 쾌락을 증오할 필요는 없다. 다만, 마음을 평정하게 유지하며 방해받지 않을 곳에다 밀어놓으면 된다."

"쾌락의 기준이 무엇입니까? 쾌락을 피하려면 먼저 그것이 뭔지 알아야 하지 않겠습니까?"

"의무를 충실히 하라. 그럼 그런 의문이 생기지 않을 것이다."

오후가 저물어 갈 무렵, 타이도민이 스페이디블의 팔을 살며시 건드리며 말했다.

"저는 아직 확신이 서지 않고 두렵기만 합니다. 이번 산트 여행이 불행하게 끝날 것만 같습니다. 당신과 제가 피를 흘리며 쓰러져 죽어 있는 환영을 봤습니다. 하지만 매스컬은 그 자리에 없었어요."

"우리가 횃불을 떨어뜨릴 수도 있겠지만 횃불은 꺼지지 않을 것이다. 누군가가 그 횃불을 다시 높이 치켜들 것이다."

"당신이 실패하지 않을 거라는 증거를 제게 보여주십시오. 우리의 피가 헛되이 뿌려지지 않을 거라는 확신을 주십시오."

스페이디블이 근엄한 얼굴로 타이도민을 쏘아보았다.

"나는 마법사가 아니다. 나는 감각에 호소하지 않고 영혼에 호소한다. 타이도민, 너는 의무의 부름을 받아 산트에 가는 것이냐? 그렇다면 산트에 가라. 네가 산트에 가는 것이 의무의 부름 때문이 아니냐? 그럼, 여기에서 뒤돌아서라. 간단하지 않느냐? 그런데도 증거가 필요하단 말이냐?"

"저는 당신이 전기 기둥을 떨쳐내는 걸 봤습니다. 보통 사람이었다면 그렇게 하지 못했을 거예요."

"뭇 사람들이 할 수 있는 일을 어찌 다 알겠느냐? 사람마다 할 수 있는 일이 제각각 다르다. 하지만 누구나 할 수 있는 것이 바로 의무다. 나는 산트 사람들에게 이 진리를 가르쳐 주려고 산트에 가는 거다. 필요하다면 목숨이라도 내놓을 거다. 그런데도 나를 따라 산트에 가겠느냐?"

타이도민이 공손히 대답했다.

"예, 저는 당신을 끝까지 따를 겁니다. 제가 말을 할 때마다 당신께서 나무라기 때문에 더더욱 따를 겁니다. 제가 아직 제대로 배우지 못하고 깨우치지 못했다는 뜻이니까요."

"자신을 비하하지 마라. 자기 비하는 자기 심판일 뿐이다. 우리는 자신에 대해 생각할 때 실체도 없이 머릿속으로만 계획하거나 꾸며 낼 수 있는 부분들을 경계해야 한다."

타이도민은 여전히 불안감을 떨치지 못했다.

"제가 본 환영 속에 매스컬이 없었던 이유는 뭘까요?"

그녀가 물었다.

"네가 그런 징조에 얽매이는 이유는 그 징조를 비극이라 여기기 때문이다. 죽음은 물론이고 우리 삶에도 비극은 없다. 오로지 옳고 그름만이 있을 뿐이다. 올바른 행동이나 잘못된 행동으로 어떤 결과가 비롯되느냐는 중요하지 않다. 우리는 세상을 만들어 가는 신이 아니다. 우리는 그저 남자고 여자일 뿐이다. 우리에게 주어진 의무를 다해야 할 뿐이다. 네가 본 환영처럼 우리는 산트에서 죽을 수도 있다. 하지만 진리는 결코 죽지 않을 것이다."

매스컬이 물었다.

"스페이디블, 당신의 가르침을 가장 먼저 전할 곳으로 산트를 선택하신 이유는 뭡니까? 그들은 강한 선입견에 사로잡혀 새로운 빛을 따를 가능성이 무척 낮을 것 같은데요."

"나쁜 나무가 번성한 곳이면 좋은 나무도 번창할 수 있다. 나무가 전혀 없는 곳에서는 어떤 것도 자라지 못한다."

"무슨 말씀인지 알겠습니다." 매스컬이 말했다. "그곳에서는 우리가 순교할 수도 있지만, 다른 곳에서는 순한 양 떼를 가르치는 사람들에 불과하겠지요."

그들은 하늘이 저녁놀에 물들기 직전, 고원이 시작되는 평원

끝자락에 도착했다. 위쪽으로 산트 고원이 검은 절벽처럼 우뚝 서 있었다. 가파른 절벽 면을 따라, 인간들이 현기증이 일 만큼 구불구불 깎아 놓은 계단이 머리 위의 세계로 이어졌다. 천 개가 넘는 듯한 층계의 높이도 제각각이었다. 다행히 그들이 서 있는 곳에서는 살을 에는 듯한 바람을 피할 수 있었다. 마지막 햇살을 찬란하게 비추고 있던 브랜치스펠이 지평선 너머로 사라지면서 구름 긴 하늘을 끔찍하고 선정적인 색깔로 물들였다. 그런 색들이 결합되어 빚어낸 빛깔 가운데 일부는 매스컬이 처음 보는 색깔이었다. 둥글게 구부러진 지평선은 끝이 보이지 않아, 매스컬은 순간적으로 지구로 돌아온 기분이었다. 비유하자면, 사방이 꽉 막힌 조그만 성당의 둥근 지붕 아래에서 서성대는 기분이었다. 하지만 매스컬은 자신이 낯선 행성에 있다는 사실을 알았고, 그렇다고 해서 흥분되거나 기운이 솟지는 않았다. 그는 오로지 도덕적인 생각만 할 뿐이었다. 뒤를 돌아보자, 지금까지 걸어온 수 킬로미터의 평원이 한눈에 들어왔다. 풀 한 포기 없는 땅이 디스쿤까지 완만한 비탈을 이뤘고, 그 거대한 피라미드는 아득히 멀리 떨어져 지표면에서 조금 돌출된 언덕 정도로만 보였다.

스페이디블이 걸음을 멈추고 말없이 주변 풍경을 둘러보았다. 저녁 햇살에 감싸인 그의 몸은 여느 때보다 짙고 뚜렷해 보였고, 표정은 한층 엄숙해져 있었다. 스페이디블이 매스컬과 타이도민을 돌아보며 물었다.

"이 아름다운 풍경에서 가장 놀라운 것은 무엇일까?"

매스컬이 대답했다.

"말씀해 주십시오."

"너희 눈에 보이는 것은 모두 쾌락에서 잉태됐으며, 쾌락에서 쾌락으로 옮겨간다. **정의로운 것**은 어딜 봐도 없다. 이것이 바로 셰이핑의 세계다."

"놀라운 것이 또 하나 있습니다."

타이도민이 이렇게 말하며, 머리 위의 하늘을 가리켰다.

그들의 머리 위로 약 150미터 높이에 낮게 뜬 작은 구름 하나가 어느새 어둑해진 절벽 앞을 흘러가고 있었다. 그 구름은 쫙 펼친 인간의 손 모양이었는데, 손가락들은 아래를 가리키고 있었다. 저녁 햇살에 심홍색으로 물든 구름이었다. 손가락들 아래서 어른대는 한두 개의 조각구름은 떨어지는 핏방울처럼 보였다.

"우리 죽음을 예견하는 것 같지 않나요?" 타이도민이 다시 말했다. "오늘 저는 두 번이나 죽음의 문턱과 맞닥뜨리는 것 같아요. 처음에도 죽음을 각오했지만, 이번에는 더 기꺼운 마음으로 죽음을 맞이할 겁니다. 저에게 처음 행복을 알게 해준 분과 함께 죽을 테니까요."

스페이디블이 말했다.

"죽음을 생각지 말고, 정의의 영원함을 생각하라. 셰이핑이 빚어낸 경이로운 풍경에 감탄하려고 여기에 온 것이 아니다. 셰이핑의 덫에서 사람들을 구하려고 온 것이다."

그는 말을 끝내자마자 계단을 오르기 시작했다. 타이도민은 경이와 존경을 가득 담은 눈빛으로, 그가 계단을 오르는 모습을 지켜보았다. 그러더니 잠시 후 스페이디블의 뒤를 따랐다. 자연스레 그녀가 일행 중 두 번째가 됐고, 매스컬이 마지막으로 계단에 올라섰다. 그는 먼지로 뒤덮여 지저분했고 피곤에 지쳤지만 그의 영혼은 평온하기 이를 데 없었다. 그들은 수직에 가까운 계단을 하나씩 하나씩 꾸준히 올라갔다. 태양도 덩달아 높이 올라가면서 햇살이 그들의 몸을 황적색으로 물들였다.

마침내 그들은 정상에 올라섰다. 그들 앞으로 눈이 닿지 않는 곳까지 하얀 모래로 뒤덮인 황량한 사막이 펼쳐졌다. 간혹 여기저기에서 뾰족뾰족한 커다란 검은 바위가 보이기도 했다. 거대한 모래밭은 저물어 가는 햇빛에 붉게 물들었고, 하늘은 악마의 형상에 열정적인 색깔을 띤 구름들로 가득했다. 사막에 휘몰아치는 찬바람이 가는 모래 가루로 그들의 얼굴을 사정없이 때렸다.

"우리를 어디로 데려가시는 겁니까?"

매스컬이 물었다.

"산트의 옛 지혜를 수호하는 사람이 내 앞에서 그 지혜를 포기한다고 선언해야만 한다. 나는 그 낡은 지혜를 바꾸려고 한다. 그가 인정하고 따르면 다른 사람들도 낡은 지혜를 포기할 것이다. 나는 몰거를 찾아가는 길이다."

"이 황량한 땅 어디에서 그를 찾을 수 있단 말입니까?"

스페이디블이 곧바로 북쪽을 향해 걸음을 내디디며 대답했다.

"그리 멀지 않다. 그는 산트가 움플래시숲 위로 돌출되어 있는 곳에 자주 가니 아마 거기에 있을 것이다. 확실하지는 않지만."

매스컬은 타이도민을 살펴보았다. 푹 꺼진 볼과 눈 주위에 드리운 음영이 그녀가 피로에 지쳤다는 것을 알게 해주었다.

"타이도민이 많이 지쳤습니다, 스페이디블."

타이도민이 빙그레 웃었다.

"죽음의 땅에 들어와서 그런 것뿐이에요. 이 정도는 이겨낼 수 있어요. 매스컬, 나를 좀 부축해 줄래요?"

매스컬은 팔로 그녀의 허리를 감싸 안고 부축한 채 걷기 시작했다. 매스컬이 말했다.

"해가 지고 있습니다. 어두워지기 전에 도착할 수 있을까요?"

"두려워 마라, 매스컬, 타이도민. 이 고통이 너희의 본성에 깃든 악한 면을 없애주고 있다. 너희가 지금 걷고 있는 길은 영원히 기억될 것이다. 우리는 어두워지기 전에 도착할 것이다."

마침내 태양이 이프던 마레스트의 서쪽 경계를 이루는 산등성이 뒤로 사라졌다. 그러나 하늘은 훨씬 생생한 색으로 불타올랐고 바람은 점점 차가워졌다.

그들은 과일 나무들이 자란 기슭과 주위의 샘들을 지났다. 샘을 채우고 있는 놀 물에는 아무런 색깔이 없었다. 매스컬은 과일을 따 먹었다. 과일은 딱딱하고 쓰고 떫었다. 맛은 없었지만, 줄줄 흐르는 과즙은 기운을 북돋워 주는 것 같았다. 주변에 다른 나무나 관목은 보이지 않았다. 짐승도 눈에 띄지 않았다. 새도 없고 벌레조차 없었다. 완전히 버려진 땅이었다.

2, 3킬로미터쯤 갔을까? 그들은 고원 끝자락에 이르렀다. 그들 아래로 거대한 움플래시숲이 시작됐다. 어느덧 햇살이 사라져, 매스컬의 눈에는 희미한 어둠밖에 보이지 않았다. 그는 무수한 나무 우듬지가 한숨짓는 듯한 희미한 소리를 들었다.

신속히 내리는 황혼의 어둠 속에서, 그들은 한 남자를 만났다. 그는 작은 연못 안에 한 발로 서 있었다. 커다란 바윗돌들에 가려져 조금 전까지 그의 모습이 보이지 않았던 것이다. 연못의 깊이는 그의 종아리가 잠길 정도였다. 매스컬이 디스쿤에서 봤던 트라이포크와 비슷하지만 크기는 훨씬 작은 삼지창이 그의 바로 옆 진흙에 꽂혀 있었다.

　　그들은 연못가에서 걸음을 멈추고 기다렸다. 곧 남자가 그들의 존재를 알아채고, 들고 있던 한 다리를 내렸다. 그러더니 옆에 꽂아두었던 삼지창을 뽑아 들고 그들을 향해 걸어왔다. 스페이디블이 말했다.

　　"몰거가 아니고 캣아이스로구나."

　　"몰거는 죽었다."

　　캣아이스는 스페이디블과 똑같은 언어로 말하고 있었지만, 말투는 훨씬 억셌다. 매스컬은 고막이 찢어지는 것만 같았다.

　　매스컬 앞에는 허리가 굽었지만 기운이 넘치는 노인이 서 있었다. 노인은 아랫도리를 겨우 가린 허리옷만을 걸치고 있었다. 수염 없는 레몬 빛깔 얼굴은 근심으로 가득했고, 깊이가 5밀리미터는 될 법한 주름이 세로로 수없이 나 있었다. 게다가 주름 사이사이에는 먼지가 잔뜩 끼어 있는 것 같았다. 머리카락은 검었지만 듬성듬성했다. 스페이디블과 달리 그에게는 피막이 하나뿐이었고 그것도 이마 한가운데 있었다.

　　스페이디블의 짙고 뚜렷한 형체가 꿈속 현실처럼 선명하게 도드라졌다. 그가 물었다.

"트라이포크가 너에게 넘어간 건가?"

"그렇다. 왜 이 여자를 산트에 데려온 거지?"

"내가 산트에 데려온 건 여자가 아니다. 나는 새로운 믿음을 가르치려고 여기 왔다."

캣아이스는 움직이지 않았지만 당황한 표정이 역력했다.

"그 믿음이 뭔지 말해보라."

"길게 설명하길 원하느냐, 간단히 말하길 원하느냐?"

"**진리가 아닌 것**을 말하려 한다면 긴말로도 부족하겠지만, **진리**를 말하려 한다면 몇 마디로도 충분하겠지."

스페이디블이 얼굴을 찡그렸다.

"쾌락을 증오하면서 자부심을 느낄 것이다. 그런데 자부심 자체가 쾌락 아니겠느냐. 따라서 우리가 쾌락을 멀리하고자 한다면 **의무**에 충실해야만 한다. 올바른 행동을 하려고 힘쓰면 쾌락을 생각할 틈이 없다."

"그게 다인가?"

"진리는 간단한 것이다. 어리석은 사람도 이해할 수 있어야 하니까."

"너는 그 한마디로 헤이토르와 그의 후손을 모두 없애버리려는 것이냐?"

"나는 본성을 파괴하고 법을 세우려는 것이다."

긴 침묵이 이어졌다.

"내 프로브는 두 개다." 스페이디블이 침묵을 깨고 말했다. "너도 두 개의 프로브를 갖고 싶다면 나를 따르라. 그럼 너도 나처럼 보게 될 것이다."

"거기 덩치 큰 남자, 이리 가까이 오라!"

캣아이스가 매스컬에게 말했다. 매스컬은 캣아이스를 향해 한 걸음 내디뎠다.

"너도 스페이디블의 새로운 믿음을 따르는가?"

매스컬이 우렁차게 대답했다.

"죽을 때까지 그럴 겁니다!"

캣아이스가 부싯돌을 집어 들었다.

"이 돌로 내가 너의 두 프로브 중 하나를 쳐서 없애겠다. 그럼 너는 프로브를 하나만 갖게 될 테고 나와 같은 눈으로 세상을 보게 될 것이다. 그리고 스페이디블의 눈으로 보았던 세상을 기억하게 되겠지. 네가 보기에 더 나은 쪽을 선택하라. 나는 네 선택에 따르겠다."

스페이디블이 말했다.

"매스컬, 그 정도의 작은 고통쯤은 견뎌라. 미래 세대를 위해서."

매스컬이 대답했다.

"그까짓 고통은 아무것도 아닙니다. 그 결과가 두려울 뿐이죠."

그때 타이도민이 손을 뻗으며 말했다.

"비록 여자지만 제가 매스컬의 역할을 대신하겠습니다, 캣아이스."

캣아이스가 부싯돌로 타이도민의 손을 세게 내리쳐 손목에서부터 엄지까지 깊은 상처를 냈다. 상처에서 붉은 피가 솟구쳤다.

"입맞춤이나 좋아하는 여자 따위를 누가 산트에 데려온 거지? 감히 여자가 헤이토르의 자손을 대신해 삶의 규칙을 정하려 들다니."

타이도민은 입술을 깨물며 물러섰다.

"매스컬, 당신이 해요! 나는 스페이디블을 의심하지 말았어야 했어요. 하지만 당신은 그렇지 않을 거예요."

매스컬이 말했다.

"스페이디블이 명령하니 나는 따를 겁니다. 하지만 무슨 일이 벌어질지는 장담할 수 없어요."

스페이디블이 말했다.

"캣아이스는 헤이토르의 모든 후손 중에서 가장 진실되고 진지한 사람이다. 그는 나의 진리를 짓밟고 경멸할 것이다. 나를 셰이핑이 보낸 악마, 이 땅의 모든 것을 파괴하려고 보낸 악마라고 생각하면서 말이다. 그러나 씨앗 하나는 살아남을 것이고, 나의 피와 너 타이도민의 피가 씨앗을 적실 것이다. 그때, 사람들은 내가 악을 파괴한 덕분에 진실된 삶을 살게 된 걸 깨닫게 될 것이다. 하지만 우리 중 누구도 그런 세상을 보지 못할 것이다."

매스컬이 캣아이스에게 다가가 얼굴을 내밀었다. 캣아이스는 팔을 높이 치켜들고 부싯돌로 매스컬의 왼쪽 프로브를 겨냥한 뒤 능숙한 손놀림으로 정확히 내리찍었다. 매스컬은 고통에 찬 비명을 내질렀다. 피가 줄줄 흘렀고, 프로브의 기능도 파괴되었다.

매스컬은 한동안 이리저리 서성대며 피를 멈추려고 애썼다. 타이도민이 걱정스러운 목소리로 물었다.

"매스컬, 어때요? 뭐가 보이나요?"

매스컬이 걸음을 멈추고 그녀를 똑바로 쳐다보았다. 그러고는 느릿느릿 말했다.

"이제 똑바로 보이는군요."

"무슨 말이에요?"

매스컬은 이마에 묻은 피를 닦아냈다. 그는 무척 당혹스러운 표정이었다.

"이제부터 나는 내 목숨이 끊어질 때까지 본성과 싸울 것이고, 쾌락을 멀리할 거요. 타이도민, 당신도 그렇게 해요."

스페이디블이 근엄한 얼굴로 매스컬을 쏘아보며 말했다.

"내 가르침을 저버리겠다는 것이냐?"

하지만 스페이디블을 돌아보는 매스컬의 얼굴은 조금도 당황한 기색이 아니었다. 스페이디블의 형체는 더 이상 또렷해 보이지 않았다. 스페이디블의 찡그린 얼굴은 오히려 유약하고 혼돈에 휩싸인 지성의 기만적인 가면으로 보였다.

"당신의 가르침은 틀렸습니다."

"다른 사람을 위해 희생하는 게 틀렸단 말이에요?"

타이도민이 물었다.

"아직은 뭐라고 논리적으로 설명할 수 없지만, 적어도 이 순간에는 달콤한 세상이 내게 납골당처럼 보일 뿐이오. 또 그 안에 있는 모든 것, 심지어 나 자신까지도 혐오스럽소. 그 이상은 나도 모르겠군요."

"의무 같은 건 없느냐?"

스페이디블이 매섭게 말했다.

"지금 내 눈에는 그것도 우리가 남들과 함께 쾌락을 누리기 위한 핑곗거리로 보일 뿐입니다."

타이도민이 스페이디블의 팔을 잡아끌었다.

"매스컬은 지금까지 다른 사람들을 배신했듯이 당신까지 배신한 겁니다. 우리는 그만 가요!"

스페이디블은 꿋꿋이 서서 움직이지 않았다.

"매스컬, 너는 빨리도 변했구나."

매스컬은 아무런 대꾸도 하지 않고 캣아이스에게 눈길을 돌렸다.

"자살할 수도 있을 텐데 사람들이 이처럼 어리석고 수치스러운 세상에서 계속 살아가는 이유가 무엇입니까?"

"고통은 수르투르의 자식들이 맡고 살아가는 공기와 같다. 너는 다른 공기를 맡고 싶은 게냐?"

"수르투르의 자식들이라고요? 수르투르가 셰이핑 아닙니까?"

스페이디블이 소리쳤다.

"터무니없는 말이다. 수르투르는 셰이핑의 최고 걸작이다. 매스컬, 대답하라. 너는 올바른 행동을 거부하는 것이냐?"

"나에게 이래라저래라 하지 마십시오. 돌아가세요! 나는 당신과 당신의 가르침을 깨끗이 잊을 겁니다. 당신을 해치고 싶지 않으니 떠나십시오."

어둠이 빠르게 찾아왔다. 다시 긴 침묵이 이어졌다.

캣아이스가 부싯돌을 멀리 던져버리고 삼지창을 다시 집어 들며 말했다.

"여자는 돌아가야 한다."

"저 여자는 감언이설에 속은 겁니다. 자유의지로 여기에 온 게 아니에요. 스페이디블, 당신이 죽어줘야겠소. 거짓말로 저 여자를 속인 죄로!"

타이도민이 나지막이 말했다.

"스페이디블이 강요한 게 아니에요. 스페이디블, 진리가 땅에 떨어지도록 내버려 두실 건가요?"

"내가 죽어도 진리는 사라지지 않을 것이다. 하지만 내가 죽지 않으려고 발버둥 친다면 진리마저 죽고 말 것이다. 캣아이스, 나는 너의 심판을 기꺼이 받아들이겠다."

타이도민은 씁쓰레한 미소를 지어 보였다.

"나도 너무 지쳐 오늘은 더 이상 걷지 못하겠군요. 나도 스페이디블과 함께 죽겠습니다."

캣아이스가 매스컬에게 말했다.

"너의 진실함을 증명할 시간이 됐다. 이 사람을 죽이고, 헤이토르의 법에 따라 이 여자도 죽여라."

"그렇게는 못 하겠습니다. 나는 이들과 우정을 나누며 여기까지 왔어요."

스페이디블이 수염을 어루만지며 차분한 목소리로 말했다.

"너는 의무를 부인했다. 이제라도 네 의무를 다하거라. 네가 어떤 법이든 받아들였다면, 이것저것 눈치 보지 말고 그 법을 따라야 한다. 네가 받아들인 법은 우리를 돌로 치라고 말하지 않느냐! 곧 날이 어두워진다."

타이도민이 소리쳤다.

"당신은 남자면서 그 정도의 용기도 없나요?"

매스컬은 무겁게 발걸음을 뗐다.

"이번 살인이 내게 강요된 거라는 사실의 증인이 돼주십시오, 캣아이스."

캣아이스가 대답했다.

"헤이토르께서 보고 계시며 승인하신 거다."

매스컬은 연못가에 있는 돌 더미 쪽으로 걸어갔다. 그는 주위를 둘러보고는 그가 생각하기에 가장 무거워 보이는 커다란 돌덩이 두 개를 골랐다. 그런 다음 그것들을 품에 안고 비틀거리며 돌아왔다.

매스컬은 돌들을 땅에 내려놓고 서서 숨을 가다듬었다. 어느 정도 숨을 돌리고 나자 매스컬이 말했다.

"이번 일은 정말 마음에 들지 않는군요. 다른 방법이 없습니까? 스페이디블, 오늘 밤은 여기에서 자고 내일 아침 일찍 돌아가십시오. 누구도 당신을 해치지 않을 겁니다."

스페이디블의 빈정대는 듯한 미소가 어둠 속에서 사라졌다.

"매스컬, 내가 한 해를 더 숙고한 뒤에 또 다른 진리를 갖고 산트를 다시 찾겠느냐? 자, 시간 낭비하지 말거라. 나는 무거운 돌로 내리치고 타이도민은 강한 돌로 내리쳐라."

매스컬은 돌 하나를 높이 치켜들고는 성큼성큼 네 걸음을 다가섰다. 스페이디블은 매스컬 앞에 꼿꼿이 서서 평온한 얼굴로 기다렸다.

커다란 돌이 어둑한 그림자처럼 허공을 가르며 스페이디블의 얼굴을 정면으로 쳤다. 스페이디블의 얼굴이 뭉개지고 목이 부러졌다. 그는 그 자리에서 숨이 끊어졌다.

타이도민이 스페이디블의 시신에서 얼굴을 돌리며 소리쳤다.

"빨리 죽여요, 매스컬. 저분을 기다리게 하고 싶지 않아요!"

매스컬은 숨을 헐떡이며 두 번째 돌을 집어 들었다. 타이도민은 스페이디블의 시신 앞에 우뚝 섰다. 씁쓰레한 미소마저 사라진 차가운 얼굴이었다.

돌덩이가 타이도민의 가슴과 턱 사이를 정확히 맞히자 그녀는 푹 쓰러졌다. 매스컬은 타이도민에게 다가가 무릎을 꿇고 앉아서 그녀를 반쯤 일으켜 품에 앉았다. 그녀는 매스컬의 품에 안겨 마지막 숨을 거뒀다.

매스컬은 타이도민을 다시 땅에 내려놓았으면서도 감히 팔을 빼진 못한 채 그녀의 죽은 얼굴을 뚫어지게 바라보았다. 당당하고 영적이던 그녀의 얼굴이 순간 수정인간의 야비하고 험악한 얼굴로 변했다. 그러나 매스컬은 그 변화를 놓치지 않았다.

그는 어둠 속에서 천천히 일어나 캣아이스를 끌어당겼다.

"저게 셰이핑의 진정한 모습입니까?"

"거짓된 얼굴을 벗은 셰이핑의 모습이다."

"어떻게 이처럼 끔찍한 세상이 존재할 수 있죠?"

캣아이스는 대답하지 않았다.

"수르투르는 누구입니까?"

"수르투르는 여기에 없다. 하지만 내일이면 너는 그에게 더 가까이 다가가게 될 것이다."

"나는 너무 많은 피를 흘렸지만, 단 한 번도 좋은 결과를 얻지 못했습니다."

"변화와 파괴를 두려워하지 말라. 오히려 웃음과 쾌락을 두려워하라."

매스컬이 깊은 생각에 잠긴 표정으로 말했다.

"캣아이스, 말씀해 주십시오. 만약 내가 스페이디블을 따르기로 결정했다면 당신은 정말로 그의 믿음을 받아들일 생각이었습니까?"

"스페이디블은 위대한 영혼의 소유자였다. 산트 사람들의 자부심이 쾌락을 얻는 또 다른 수단이라는 건 나도 안다. 내일 나는 스페이디블의 말을 깊이 생각해 보기 위해 산트를 떠날 작정이다."

매스컬이 부들부들 떨며 소리쳤다.

"그럼 두 사람을 죽일 필요가 없었잖습니까! 이건 살인이에요!"

"스페이디블은 죗값을 치른 것이다. 저 여자가 달콤한 사랑과 충성심으로 그의 생각을 타락시켰겠지. 후회할 것 없다. 여하튼 즉시 이 땅을 떠나도록 하거라."

"오늘 밤에요? 어디로 가란 말입니까?"

"움플래시에 가거라. 거기에 가면 심오한 영혼들을 만날 수 있을 것이다. 내가 길목까지 데려다주겠다."

캣아이스가 매스컬의 팔짱을 꼈고 두 사람은 어둠 속을 걷기 시작했다. 그들은 2, 3킬로미터 정도 절벽의 가장자리를 따라 걸었다. 바람이 휘몰아치면서 흩날린 모래알이 그들의 얼굴을 때렸다. 구름 사이로 희미하게 빛나는 별들이 나타났다. 매스컬이 처음 보는 별자리였다. 그는 이곳에서 지구의 태양이 보일지, 그렇다면 어느 별일지 생각해 보았다.

마침내 그들은 고르지 않은 계단 앞에 도착했다. 그것은 절벽면을 따라 내려가는 계단으로, 그들이 올라왔던 계단과 흡사했지만 움플래시숲으로 내려가는 길이었다. 캣아이스가 말했다.

"너는 이 길로 가거라. 여기에서 헤어지도록 하자."

매스컬이 캣아이스를 붙잡으며 말했다.

"헤어지기 전에 이것만 말씀해 주십시오. 쾌락이 왜 우리에게 수치스러운 것입니까?"

"쾌락을 느낄 때 우리의 **고향**을 잊기 때문이다."

"우리의 고향이라뇨?"

"머스펠."

이렇게 대답한 후 캣아이스는 매스컬의 손에서 팔을 빼고 뒤로 돌아 어둠 속으로 사라졌다.

매스컬은 힘겹게 비틀거리면서 계단을 내려갔다. 피곤했지만, 그에 따른 고통은 무시했다. 프로브가 사라진 곳에서 고름이 나오기 시작했다. 한 칸 한 칸 천천히 내려가는 동안 시간이 한없이 지나가는 것 같았다. 밑으로 내려갈수록 나무가 바스락대고 탄식하는 소리가 크게 들렸다. 하지만 바람이 잦아들면서 공기가 따뜻해졌다.

마침내 매스컬은 평평한 땅에 내려섰다. 어둠 속에서 계속 걸어가려 했지만 나무뿌리들에 걸리고 줄기에 부딪치기 시작했다. 이런 곤경을 몇 번 겪은 뒤에야 매스컬은 한밤중의 여행을 중단하기로 결정했다. 그는 마른 잎들을 모아 베개로 삼고 곧바로 누워서 잠을 청했다. 그리고 눕자마자 깊고 무거운 무의식에 빠져들었다.

13
움플래시숲

　매스컬은 잠에서 깨어나 토맨스에서의 세 번째 날을 맞았다. 온몸이 쑤시고 아팠다. 그는 옆으로 누워서 멍하니 주변을 둘러보았다. 숲속은 여전히 밤인 것처럼 어두웠다. 하지만 잿빛 여명이 열리기 직전이어서, 사물들이 또렷이 보이지는 않아도 그런대로 짐작할 수 있을 정도였다. 흐릿한 어둠 속에서 집채만 한 놀라운 그림자 두세 개가 어렴풋이 보였다. 매스컬은 등을 대고 누운 채 그 형체들을 따라 차근차근 시선을 올린 뒤에야 그것들이 나무란 사실을 알 수 있었다. 나무들은 머리 위로 까마득히 높아서, 감히 높이를 헤아릴 엄두조차 나지 않았다. 우듬지 사이로 파란 하늘이 조그맣게 보였고, 햇살이 반짝거렸다.

　숲 바닥에서 안개구름이 뭉게뭉게 피어오르며 그의 시야를 가렸다. 소리 없이 흐르는 안개구름은 나무들 사이에서 경쾌하게 움직이는 유령처럼 보였다. 발밑의 이파리들은 이슬에 젖었고, 굵직한 물방울이 때때로 그의 머리에 떨어지기도 했다.

매스컬은 여전히 누운 채 일어나지 않고 어제 일어난 사건들을 재구성해 보려 애썼다. 하지만 머릿속이 혼란스럽고 어지러웠다. 끔찍한 일이 있었던 것은 확실한데 무슨 일이었는지 한참 동안 떠올릴 수 없었다. 그때 어둠에 잠긴 산트 고원이 그의 눈앞에 느닷없이 펼쳐졌고, 스페이디블의 뭉개지고 피범벅된 얼굴과 죽어 가면서 탄식하던 타이도민의 모습이 떠올랐다……. 매스컬은 거의 발작적으로 몸서리를 쳤다. 구역질이 올라왔다.

밤사이 야만적인 살인을 지시했던 괴상망측한 도덕관에서 벗어난 그는 자신이 얼마나 끔찍한 짓을 저질렀는지 깨달았다! 어제는 하루 종일 마법에 걸린 채 시달린 것 같았다. 처음에는 오시액스가 그를 노예로 삼았고, 그 뒤에는 타이도민과 스페이디블, 마지막으로는 캣아이스가 그를 노예 상태로 만들어 살인을 저지르고 불경한 짓을 하도록 조종했다. 그전까지 그는 어떤 것도 짐작하지 못했으면서도, 자신이 자유롭고 깨우친 이방인으로 새로운 세상을 여행하는 것이라 생각했다. 대체 이 악몽 같은 여정의 목적은 무엇일까? 이 여정이 앞으로도 똑같은 식으로 계속될……?

숲은 지독히도 조용해서 그의 동맥에서 뛰는 맥박 소리 외에는 어떤 소리도 들리지 않았다.

그는 한 손을 얼굴에 얹고 나서야, 남아 있던 프로브가 사라지고 눈이 세 개가 되었다는 사실을 알아챘다. 세 번째 눈은 이마에, 정확히 말하면 소브가 있던 곳에 있었다. 하지만 그는 세 번째 눈의 용도를 짐작조차 할 수 없었다. 세 번째 팔은 여전히 달려 있었지만 신경이 사라진 듯했다.

매스컬은 캣아이스가 마지막으로 언급한 이름을 기억해 내려고 머리를 짜냈지만 도무지 떠오르지 않았다.

그래도 그는 여행을 다시 시작할 생각으로 몸을 일으켜 세웠다. 주위에는 세수할 물도, 끼니 거리도 없었다. 숲은 그야말로 어마어마하게 컸다. 가까이 있는 나무만도 둘레가 30미터를 훌쩍 넘을 것 같았다. 다른 나무들도 그에 못지않았다. 그런데 이 숲의 방대함은 나무와 나무 사이의 널찍한 공간 덕분이었다. 그 공간은 죽음 뒤에 찾아가는 거대하고 초자연적인 언덕처럼 보였다. 가장 아래에 달린 나뭇가지도 땅에서 50미터쯤 위에 있었고, 작은 나무는 눈을 씻고 찾아봐도 없었다. 땅은 축축한 낙엽으로만 뒤덮여 마치 카펫을 밟는 기분이었다. 매스컬은 방향을 잡기 위해 주위를 둘러보았다. 그런데 그가 어젯밤 내려왔던 산트의 절벽은 보이지 않았다. 여하튼 모든 길이 똑같아 보여서 어느 방향을 택해야 할지 알수 없었다. 괜스레 겁이 난 그는 혼잣말을 중얼거렸다. 목을 쭉 빼고, 햇살이 쏟아지는 방향으로 방위를 가늠해 보려 했지만 그것마저도 불가능했다.

매스컬이 불안감에 사로잡혀 방향을 결정하지 못하고 서성대고 있는데 갑자기 북소리가 들렸다. 리드미컬한 북소리는 어느 정도 떨어진 곳에서 들려오고 있었다. 보이지는 않지만 누군가가 북을 치면서 숲을 행진하고 있는 것 같았다.

"수르투르!"

매스컬이 숨을 죽이고 내뱉었다. 다음 순간, 그는 자신이 왜 그이름을 내뱉었는지 의아해졌다. 그는 그 신비로운 존재를 생각하

고 있지도 않았고, 수르투르와 북소리 사이에 어떤 관계가 있는 것
도 아니었기 때문이다.

　매스컬은 고민하기 시작했다. 그사이에 북소리는 아득히 멀어
졌다. 매스컬은 자연스레 북소리가 들려오는 방향을 쫓아 걷기 시
작했다. 북소리에는 특이한 구석이 있었다. 이상하고 신비롭기는
했지만 경외감을 불러일으키는 소리는 아니었다. 오히려 매스컬이
잘 아는 어떤 장소나 사람을 떠올리게 했다. 그와 동시에 그가 다
른 감각을 통해 얻는 인상은 거짓에 불과한 것처럼 느껴졌다.

　북소리는 간헐적으로 끊겼다. 1분이나 5분 동안 계속되다가,
거의 15분 정도 끊기기를 반복했다. 매스컬은 귀를 바짝 기울이고
북소리를 쫓아갔다. 그는 북소리의 근원을 따라잡으려고 굵디굵은
나무들 사이를 열심히 걸었지만, 둘 사이의 거리는 좀처럼 좁혀지
지 않았다. 언젠가부터 숲은 내리막길이었다. 경사는 10도에 미치
지 못할 만큼 대체로 완만했지만, 어떤 곳은 훨씬 가파르게 떨어졌
고 때로는 평지와 다름없는 곳을 한참 동안 걸었다. 널찍한 습지도
군데군데 있었다. 습지를 만날 때마다 물을 첨벙거리며 걸어야 했
지만, 북 치는 사람을 찾아내야 한다는 생각에 매스컬은 몸이 젖는
것 따위는 신경 쓰지 않았다. 그렇게 수 킬로미터를 뒤쫓았지만 북
소리는 여전히 멀리서 들릴 뿐이었다.

　숲의 어둠도 매스컬의 기운을 꺾어놓았다. 낙담한 데다 피로감
까지 몰려왔다. 게다가 한동안 북소리가 들리지 않아서, 그는 추적
을 포기하고 싶은 심정이었다.

　엄청나게 굵은 나무 옆을 지날 때 매스컬은 그 나무 뒤에 서 있

던 남자와 하마터면 부딪칠 뻔했다. 남자는 한 손으로 지팡이를 짚고 한 손은 나무에 기댄 채 휴식을 취하고 있는 것 같았다. 매스컬은 황급히 걸음을 멈추고 그를 물끄러미 쳐다보았다.

그 남자는 거의 발가벗은 상태였고, 몸집이 어마어마하게 컸다. 매스컬보다 머리 하나가 더 있는 듯했다. 얼굴과 몸에서는 인광이 희미하게 빛났다. 세 개의 눈은 옅은 초록색을 띠었고, 작은 등불처럼 반짝반짝 빛났다. 몸에 털은 없었지만, 굵고 검은 머리칼은 틀어 올려서 여자처럼 질끈 묶은 모양새였다. 전체적인 인상은 무척 차분했지만, 겉모습 뒤에 격정적인 에너지가 감춰져 있는 것 같았다.

매스컬이 남자에게 말을 걸었다.

"혹시 북을 치셨습니까?"

남자는 고개를 저었다.

"성함이 어떻게 되시죠?"

남자는 억지로 짜낸 듯한 이상한 목소리로 대답했다. 매스컬은 그가 "드림신터"라고 대답하는 소리를 간신히 알아들었다.

"저 북소리는 대체 누가 내는 거죠?"

드림신터가 대답했다.

"수르투르."

"내가 저 북소리를 쫓아가야 할까요?"

"왜?"

"수르투르는 아마 그럴 생각으로 북을 치는 것 같습니다. 수르투르가 나를 지구에서 이곳으로 데려왔거든요."

드림신터가 매스컬의 양어깨를 꽉 잡더니 허리를 구부려 그의 얼굴을 뚫어지게 들여다보았다.

"네가 아니다. 나이트스포어지."

매스컬은 토맨스 행성에 도착한 이후 처음으로 나이트스포어의 이름을 들었다. 매스컬은 깜짝 놀란 나머지 무슨 질문을 더 해야 할지 알 수 없었다.

드림신터가 말했다.

"이걸 먹어라. 그런 다음 나와 함께 저 소리를 쫓아가자."

드림신터는 땅바닥에서 뭔가를 집어 매스컬에게 건네주었다. 숲이 어두워서 매스컬의 눈에는 그것이 분명하게 보이지 않았지만, 주먹만 한 크기의 단단하고 동그란 열매 같은 느낌을 받았다.

"아이쿠, 내 힘으로는 못 깨겠는데요."

드림신터가 열매를 두 손으로 잡고 여러 조각으로 쪼갰다. 매스컬은 걸쭉한 과육을 조금 먹었지만 구역질 나는 맛이었다.

"그런데 내가 토맨스 행성에서 뭘 하고 있는 거죠?"

매스컬이 물었다.

"너는 머스펠의 불을 훔치려고 여기에 왔다. 인간들에게 더 의미 있는 삶을 주기 위해. 네 영혼이 그런 시련을 견딜 수 있을지 의심하지 마라."

매스컬은 그 수수께끼 같은 말의 뜻을 짐작조차 할 수 없었다.

"머스펠…… 아, 잠에서 깼을 때부터 기억해 내려고 했던 이름입니다!"

드림신터가 갑자기 얼굴을 옆으로 돌리며 뭔가에 귀를 기울이는 듯하더니 매스컬에게 조용히 하라는 손짓을 해 보였다.

"북소리가 들리나요?"

"쉿! 그들이 우리 쪽으로 오고 있다."

매스컬은 고개를 들어 위쪽 숲을 바라보았다. 귀에 익은 북소리가 들려왔다. 이번에는 행진하는 발소리도 함께 들렸다.

잠시 후, 세 남자가 서로 1미터쯤 간격을 두고 일렬로 서서 나무들 사이를 헤치며 그들을 향해 행진해 왔다. 그들은 좌우도 돌아보지 않은 채 빠른 걸음으로 비탈을 따라 내려오고 있었다. 완전히 발가벗은 그들의 몸은 어둠에 휩싸인 숲에서 초자연적인, 엷고 은은한 초록빛을 발산하고 있었다. 마침내 그들이 6미터쯤 떨어진 곳을 지나갈 때, 매스컬은 세 사람의 얼굴을 분명히 볼 수 있었다. 가장 앞에 선 사람은 매스컬 자신이었고, 중간에 있는 사람은 크래그, 가장 뒤에 있는 사람은 나이트스포어였다. 그들은 한결같이 심각하고 굳은 표정을 짓고 있었다.

북 치는 사람은 보이지 않았다. 소리는 그들의 앞쪽 어딘가에서 들려오는 듯했다. 매스컬과 드림신터도 세 사람의 빠른 행진에 보조를 맞추려고 움직였다. 그와 동시에, 나지막한 음악이 희미하게 들리기 시작했다.

북소리와 박자를 맞추고 있었지만, 북소리와 달리 그 음악은 숲의 특정한 곳에서 들려오는 것 같지 않았다. 그것은 꿈속에서 듣는 내면의 음악과 비슷했다. 꿈꾸는 자가 그의 온 경험을 감성적인 것으로 만들 수 있는, 어느 곳에든 자연의 대기처럼 동반되는 음악이었다. 완전히 다른 세상에 존재하는 오케스트라가 연주하는 듯한 그 음악은 지독히도 슬프고 서정적이어서 불안감마저 자아냈다. 매스컬은 계속 나아가면서 음악에 귀를 기울였다. 음악이 점점 커지고 격정적으로 변해 갔다. 그러나 북소리는 현실 세계의 것인 양 다른 모든 소리를 뚫고 은은하게 들렸다.

매스컬은 음악 소리에 점점 깊이 빠져들었다. 시간이 얼마나 지났는지도 가늠할 수 없었다. 실체가 없는 유령들의 행렬은 매스컬과 드림신터가 나아가는 길과 나란한 길에서 그들보다 조금 앞선 채 계속 나아갔다. 음악이 더욱 격해졌다. 크래그가 팔을 높이 치켜들더니, 살상용으로 보이는 긴 칼을 휘두르며 앞으로 튀어나가 유령 매스컬의 등을 겨눴다. 크래그는 칼로 매스컬의 등을 두 번 찔렀다. 두 번째로 찌른 칼은 등에 그대로 꽂혀 있었다. 매스컬은 양팔을 들어 올리고 풀썩 쓰러져 죽었다. 크래그는 숲으로 달아나 모습을 감췄다. 나이트스포어는 전혀 동요하지 않은 채 여전히 차갑고 굳은 얼굴로 홀로 계속 나아갔다.

음악이 절정에 달했다. 어둠에 휩싸인 거대한 숲 전체가 음악 소리로 뒤덮였다. 사방에서, 하늘에서, 또 그들의 발밑에서도 음악 소리가 들렸다. 그 소리가 너무도 열정적이고 격렬해서, 매스컬은 영혼이 육신이란 껍데기를 벗어나는 기분이었다.

매스컬은 나이트스포어의 뒤를 계속 쫓았다. 그들의 앞쪽에서 밝은 빛이 비치기 시작했다. 햇빛은 아니었다. 매스컬이 지금껏 한 번도 본 적이 없는 밝은 빛이었다. 매스컬은 그처럼 밝은 빛이 존재할 수 있다는 사실이 놀라웠다. 나이트스포어는 그 빛을 향해 곧장 걸어갔다. 매스컬은 가슴이 터질 것만 같았다. 그 빛이 더욱 강해졌다. 빛의 강도에 따라 음악도 거친 바다의 파도처럼 더욱 강렬하게 밀려들었다……. 매스컬은 그 충격을 더 이상 견디지 못하고 털썩 쓰러져 죽은 듯 기절해 버렸다.

14
폴크랩

아침이 천천히 지나갔다. 매스컬은 서너 번 발작하듯 뒤척인 뒤에 눈을 떴다. 그는 눈을 깜박거리며 일어나 앉았다. 숲속은 밤처럼 어둡고 조용했다. 이상한 빛은 사라졌고 음악도 끊어졌다. 드림신터의 모습도 보이지 않았다. 매스컬은 타이도민의 피로 엉긴 수염을 만지작거리며 깊은 생각에 빠져들었다.

'파나위와 캣아이스에 따르면 이 숲에는 현자들이 산다. 드림신터가 그런 현자인지도 몰라. 내가 봤던 환상은 그가 내게 보여준 지혜였을 수도 있고. 그 환상은 내 의문에 대한 답처럼 보였잖아……. 나 자신보다 수르투르에 대해 의문을 가졌어야 했어. 그랬더라면 다른 답을 얻었을 거야. 뭔가를 배웠을 수도 있고…… **수르투르**를 보게 됐을 수도 있지.'

매스컬은 조용히 앉아서 생각을 계속했다. 모든 것을 초탈한 듯 보이기도 했다.

'하지만 나는 그 환한 빛을 제대로 쳐다볼 수도 없었어. 그 빛은 내 몸을 찢어버릴 것만 같았어. 수르투르가 나한테 경고한 거야. 수르투르는 틀림없이 존재하고, 내 여행은 뭔가를 의미하는 게 틀림없어. 한데 내가 여기에 있는 이유는 대체 뭐고, 내가 할 수 있는 일은 뭘까? 수르투르는 누구지? 어딜 가야 만날 수 있을까?'

갑자기 그의 머릿속에 뭔가가 떠올랐다.

'드림신터는 '네가 아니다. 나이트스포어지'라고 말했다. 그 말은 무슨 뜻이지? 내가 중요하지 않은 인물이란 뜻일까? 그러니까 나이트스포어는 중요하고, 나는 그만큼 중요하지 않다는 뜻일까? 나이트스포어는 지금 어디에서 뭘 하고 있을까? 결국, 나이트스포어를 만날 때까지 기다려야 하는 걸까? 나 혼자서는 아무것도 시작할 수 없나?'

매스컬은 다리를 쭉 뻗고 앉았다.

'정말 이상한 여행을 하고 있다는 걸 명심해야겠군. 불가사의한 일들이 일어날 거야. 계획을 세워봤자 아무 소용 없어. 모든 게 불확실하고 두 걸음 앞도 내다볼 수 없는데 무슨 계획을 세우겠어. 하지만 담대하지 못하면 끝까지 버틸 수 없다는 것만은 확실해. 어떤 희생을 치르더라도 담대하게 행동해야 해! 수르투르가 다시 나타나면, 죽음을 각오하고라도 나아가서 그자를 만나겠어.'

어둡고 조용한 숲에 다시 북소리가 울렸다. 북소리는 멀리 떨어진 곳에서 울리는 듯 무척 희미했다. 폭우가 쏟아진 후 마지막으로 울리는 천둥소리와도 비슷했다. 매스컬은 귀를 기울였지만 일어서지는 않았다. 북소리는 점점 줄어들더니 완전히 사라졌고, 다시 들려오지 않았다.

매스컬이 묘한 미소를 흘리며 큰 소리로 말했다.

"고맙습니다, 수르투르! 곧 만날 거라는 징조로 받아들이겠습니다."

매스컬은 일어서려고 했다. 그리고 그제야 세 번째 팔이 완전히 쪼그라들어서 몸을 움직일 때마다 당혹스럽게 덜렁거린다는 사실을 알게 됐다. 매스컬은 양손 손톱으로 최대한 가슴에 가까운 곳 주위에 빙 둘러 구멍을 뚫은 후 세 번째 팔을 조심스레 비틀어 떼어냈다. 이 행성에서는 모든 것이 빠르게 성장하고 소멸하니 세 번째 팔의 흔적도 곧 사라질 거라고 판단됐다. 그런 다음 매스컬은 일어서서 어둠 속을 뚫어지게 바라보았다.

그 지점에서 숲은 약간 가파르게 비탈져 있었다. 매스컬은 망설임 없이 내려가는 길을 택했다. 가다 보면 어딘가에 도착할 거라는 막연한 확신마저 들었다. 그런데 출발하자마자 울적하고 암담한 기분이 밀려왔다. 충격을 받고 피로한 데다 배까지 고파 온몸에 힘이 없었다. 게다가 잠깐 걸어서 끝날 문제가 아니란 것도 알았다. 하지만 어둠에 잠긴 그 숲을 완전히 벗어날 때까지 걸음을 멈추지 않겠다고 굳게 다짐했다.

그는 어둑한 그림자를 드리운 집채만 한 나무들을 더듬거리며 하나씩 지났다. 머리 위로는 여전히 손바닥만 한 하늘이 보일 뿐이었다. 그 빛마저 없었더라면 매스컬은 하루의 어느 때인지도 가늠하지 못했을 것이다. 그는 시무룩한 얼굴로 축축하고 미끄러운 비탈을 계속 내려갔다. 때로는 습지를 건너야 했다. 마침내 어둠이 옅어지자, 매스컬은 열린 세상이 머지않을 거라고 추측했다. 숲이 은은한 잿빛을 띠면서 한층 명확히 눈에 들어왔다. 매스컬은 숲의 장엄함을 실감할 수 있었다. 나무줄기들은 둥근 기둥을 연상시켰고, 그 간격이 하도 넓어 자연스레 원형경기장을 이루고 있는 듯했다. 나무껍질의 색깔도 미묘하기 그지없었다. 매스컬의 눈에 주위의 모든 것이 경이롭게 보였지만, 그것은 마지못해 투덜대며 내뱉는 불평에 가까운 감탄이었다. 마침내 숲 뒤쪽과 앞쪽의 빛이 확연히 달라지자, 매스컬은 곧 숲을 빠져나갈 수 있으리라 확신했다.

진정한 빛이 바로 앞에서 그를 반겨주었다. 뒤돌아보자 짙은 어둠밖에 없었다. 나무들은 붉은빛을 띠고 있었다. 매스컬은 걸음을 빨리했다. 잠시 후, 빛이 한층 선명하고 밝아졌다. 푸른 기운마저 감도는 빛이었다. 심지어 파도 소리까지 들리는 것 같았다.

한 걸음 내디딜 때마다 숲은 다채로운 색으로 변해 갔다. 나무줄기들은 검붉은색을 띠었고, 그의 머리 위로 한참 높은 곳에서 살랑대는 잎들은 얼파이어색이었다. 땅바닥을 뒹구는 낙엽들의 색은 말로 설명하기 힘들었다. 그 순간, 매스컬은 세 번째 눈의 용도를 알아냈다. 세 번째 눈까지 동원해 사물을 관찰하자, 눈앞의 모든 것이 한층 입체적으로 보였다. 세상이 덜 **밋밋해** 보였고, 훨씬 사실적이고 의미 있게 보였다. 매스컬은 주위 환경에 더욱 강렬하게 끌려들어 갔다. 자기중심적인 생각에서 벗어나 생각의 폭이 한결 넓어진 것 같았다.

마침내 숲 가장자리에 이르자 환한 햇살이 보였다. 숲 끝자락까지 800미터도 채 안 될 것 같았다. 숲을 벗어난 곳에 무엇이 있을지 알고 싶은 마음에 매스컬은 달리기 시작했다. 파도 소리가 더 크게 들렸다. 쏴쏴 하는 특이한 소리가 물소리인 것은 확실했지만 바다에서 철썩대는 파도 소리와는 달랐다. 달린 지 얼마 되지 않아, 파도가 넘실대는 거대한 수평선이 시야 한가득 들어왔다. '가라앉는 바다'가 분명했다. 매스컬은 바다에 시선을 고정한 채 걸음을 재촉했다. 뜨거우면서도 신선하고 달콤한 바람이 그를 맞아주었다.

숲 가장자리는 곧바로 해변의 거대한 모래밭으로 이어졌다. 표고가 달라지지도 않았다. 매스컬은 나무에 등을 기댄 채 꼼짝하지 않고, 눈앞에 펼쳐진 풍경을 물끄러미 바라보았다. 모래밭은 동서로 끝없이 이어졌고, 간혹 여기저기에서 모래밭을 가로지르는 물줄기가 눈에 띄었다. 모래는 밝은 오렌지색이었지만 보라색을 띤 곳도 군데군데 있었다. 숲이 해안 전체를 지키는 보초 같은 모양새였다. 숲을 제외하면 오직 바다와 하늘뿐이었다. 매스컬은 그처럼 너른 바다를 본 적이 없었다. 수평선이 그리는 반원이 어찌나 방대한지, 시계視界가 오로지 시력으로만 결정되는 평평한 세계에 있는 듯한 기분이었다. 그 바다는 지구의 여느 바다와 달랐다. 마치 유동성을 띤 거대한 오팔 같았다. 에메랄드 빛깔의 기막힌 광채, 붉은색과 노란색과 파란색이 뒤섞인 광채가 곳곳에서 나타났다가 사라지곤 했다. 파도의 움직임도 달랐다. 파도는 3~6미터의 높이에 이를 때까지 천천히 치솟다가, 정점에 이르면 바깥쪽으로 푹 가라앉으면서 멀리까지 동심원 고리들을 만들어 냈다. 바다 한가운데 강이 있는 것처럼, 빠른 물살이 해안에서부터 바다로 내달리는 것처럼 보이기도 했다. 물은 짙은 녹색이었고 물결은 크게 일어나지 않았다. 파도는 바다와 해안이 만나는 곳에서 모래밭을 넘어 깊숙이 밀려들었다. 그 속도가 섬뜩할 정도로 빨라서, 매스컬의 귀에는 마치 공기를 쪼개는 소리처럼 무시무시하게 들렸다. 녹색 바닷물이 거대한 혀처럼 날름대며 거품도 일으키지 않고 밀려들었다.

맞은편으로 30킬로미터쯤 떨어진 곳에 길고 야트막한 섬이 있었다. 검은색 윤곽이 뚜렷하지는 않았지만, 스웨일론섬이 확실했다. 매스컬은 그 섬보다 섬 너머를 푸르게 물들인 노을에 눈길이 갔다. 알페인은 이미 지평선 아래로 넘어갔지만, 북쪽 하늘은 그 잔광에 슬픈 분위기를 자아냈다. 한편 정점에 이른 브랜치스펠은 하얗게 작열했고, 하늘에는 구름 한 점 없어 미치도록 더웠다. 그러나 푸른 태양이 저문 곳에서는 어슴푸레한 그림자가 온 세상을 뒤덮은 듯했다. 매스컬은 몸이 붕괴되는 기분이었다. 화학적으로 완전히 다른 두 힘이 그의 모든 세포에 동시에 작용하는 듯했다. 알페인의 잔광이 그에게 그런 영향을 미쳤기 때문인지, 매스컬은 알페인을 정면에서 바라보며 계속 살아가지는 못할 것이란 생각이 들었다. 그럼에도 그런 일을 가능하게 해주는 어떤 변화가 그의 몸에서 일어난 것 같았다.

바다도 매스컬을 유혹했다. 매스컬은 목욕을 해야겠다 마음먹고 곧바로 해변으로 걸어 나갔다. 그러나 숲 그림자에서 벗어나기 무섭게, 브랜치스펠의 작열하는 빛이 무지막지하게 내리쪼였다. 매스컬은 구역질이 밀려오고, 머리가 어질어질했다. 그는 뛰다시피 모래밭을 지났다. 오렌지색을 띤 부분이 고기를 구울 정도로 뜨거웠다면, 보라색을 띤 부분은 그야말로 불덩이였다. 매스컬은 그린 차이를 모른 채 보라색 부분을 밟았고, 그 순간 화들짝 놀라 비명을 지르며 공중으로 펄쩍 뛰었다.

바닷물은 육감적일 정도로 따뜻했다. 물이 그의 몸무게를 지탱하지 못해, 매스컬은 수영을 해보기로 마음먹었다. 그는 먼저 가죽옷을 벗어 모래로 옷에 묻은 때를 벗겨 내고 물로 행군 뒤 마르도록 햇볕에 펼쳐놓았다. 그런 다음 몸을 구석구석 박박 문지르고 수염과 머리카락까지 씻었다. 그 후 바다에 뛰어든 그는 물이 가슴 높이로 찰 때까지 들어가, 되도록 물이 튀지 않도록 하면서 헤엄을 치기 시작했다. 수영은 쉽지 않았다. 물의 비중이 곳곳마다 달랐기 때문이다. 어떤 곳에서는 어렵지 않게 헤엄칠 수 있었지만, 또 어떤 곳에서는 구사일생으로 익사를 모면할 지경이었다. 반면 힘들이지 않고 물에 뜰 수 있는 곳도 있었다. 하지만 그런 차이를 알아낼 만한 외적인 징후는 없었다. 그런 바다에서 헤엄치는 건 무모하고 위험천만한 짓이었다.

매스컬은 몸이 깨끗해졌다는 생각에 상쾌한 기분을 느끼며 바다에서 나왔다. 그는 한동안 모래밭을 거닐면서 뜨거운 햇볕에 몸을 말리며 주위를 둘러보았다. 그는 모든 것이 낯선 광활하고 신비로운 세계에서 발가벗고 떠돌아다니는 이방인이었다. 어느 방향으로 눈을 돌려도 미지의 위협적인 힘이 그를 노려보고 있었다. 모든 것을 말려 죽일 듯 백열을 쏟아내는 거대한 브랜치스펠, 몸의 감각을 바꿔놓는 무시무시한 알페인, 아름답지만 잠시도 방심할 수 없는 위험한 바다, 오싹한 기분을 자아내는 어두운 스웨일론섬, 그리고 그가 조금 전에 빠져나온, 영혼을 짓누르던 숲까지, 그를 사방에서 에워싼 모든 것에 압도될 수밖에 없었다. 우주 반대편에 있는 조그만 행성에서 온 미약하고 무지한 여행자가 그런 힘에 어떻게 대항하고, 철저히 파괴되는 걸 피할 수 있을까……? 매스컬은 빙그레 미소 지었다.

'여기에 온 지 벌써 이틀이 지났지만 나는 아직 살아 있잖아. 운이 좋았던 거야. 운이 있으면 우주의 흐름을 따라갈 수 있다는 얘기지. 하지만 운이란 건 무엇일까? 말에 불과한 걸까, 아니면 실체가 있는 것일까?'

매스컬은 바싹 마른 가죽옷을 다시 입었다. 그때, 조금 전에 품었던 의문의 답이 문득 떠올랐다. 이번에는 심각했다.

'수르투르가 나를 여기에 데려왔어. 그렇다면 수르투르가 나를 지켜주고 있는 거야. 그게 나의 '운'이야……. 그런데 이 세상에서 수르투르는 어떤 존재일까……? 무지막지하고 통제할 수 없는 자연의 힘에서 수르투르가 나를 어떻게 지켜줄 수 있을까? 수르투르가 자연보다 강하다는 뜻일까……?'

매스컬은 먹지 못해 굶주리기도 했지만, 이런 의문들을 두고 함께 얘기를 나눌 사람들의 존재에 더욱 굶주렸다. 매스컬은 어느 방향으로 여행을 계속할지 고민해 보았다. 두 방향밖에 없었다. 해안을 따라 동쪽으로 가든지, 아니면 서쪽을 택해야 했다. 가장 가까운 개울이 동쪽으로 1.5킬로미터쯤 떨어진 모래밭을 가로지르고 있었다. 그래서 그는 동쪽을 택했다.

바깥에서 본 숲은 아득히 높아 무서울 정도였다. 또한 바다를 정면으로 마주 보고 있어, 연장으로 깎아낸 듯 보이기도 했다. 매스컬은 나무 그늘을 따라 걸으면서도, 의식적으로 숲에 눈길을 두지 않고 바다를 바라보았다. 그쪽이 훨씬 기분이 상쾌했기 때문이다. 마침내 시내로 보였던 곳에 이르렀지만, 그것은 강이 아니라 바다가 연결된 널찍하고 평평한 모래 기슭이었다. 짙은 초록색을 띤 바닷물은 먼 곳에서 방향을 꺾어 숲속으로 이어졌다. 기슭 양편의 나무들이 물길을 뒤덮어 완벽한 그늘을 드리우고 있었다.

매스컬은 물길이 구부러지는 곳까지 걸어갔다. 그 너머로 자그마한 기슭이 보였다. 한 남자가 물에 발을 담근 채 기슭에 앉아 있었다. 남자는 팔다리를 고스란히 드러낸 조악하고 거친 가죽옷을 입고 있었고, 땅딸막하지만 강인해 보였다. 짧은 다리에 비해 팔은 유난히 길었고, 손도 무척 컸다. 돌판처럼 넓적한 얼굴에는 표정이 전혀 없었다. 주름살투성이인 데다 호두 색깔을 띤 그 얼굴은 꽤 나이 들어 보였다. 대머리에 수염도 기르지 않았지만, 피부는 가죽처럼 탄탄해 보였다. 그는 농부나 어부인 듯했다. 그의 얼굴에서 남을 생각하는 마음이나 감정의 미묘한 변화는 전혀 읽히지 않았다. 세 개의 눈은 각각 비취색, 푸른색, 얼파이어색으로 달랐다.

그의 앞에는 기슭에 매어 둔 뗏목이 물에 떠 있었다. 나뭇가지들을 얼기설기 엮어 만든 단순한 뗏목이었다. 매스컬이 노인에게 말을 걸었다.

"혹시 움플래시숲에 사는 현인이십니까?"

노인이 걸걸하고 쉰 목소리로 대답했다.

"나는 어부라네. 지혜에 대해서는 아무것도 몰라."

"성함이 어떻게 되십니까?"

"폴크랩이라고 하네. 자네는?"

"매스컬이라고 합니다. 어부시라면, 물고기를 좀 갖고 계시겠 군요. 제가 몹시 배가 고파서요."

폴크랩이 혼잣말로 툴툴거리더니 조금 시간이 지난 뒤에 대답 했다.

"물고기는 얼마든지 있네. 내 저녁거리는 지금 조리되고 있을 테고. 자네가 먹을 걸 준비해 주는 게 뭐가 어렵겠나."

매스컬은 반가운 마음에 서둘러 물었다.

"그런데 얼마나 기다려야 할까요?"

폴크랩은 대답하는 대신 두 손바닥을 마주치며 날카로운 소리 를 냈다. 그러더니 물에서 다리를 빼고 기슭에 올라섰다. 잠시 후, 희한하게 생긴 조그만 동물이 그의 발에 기어올라 강아지처럼 고 개를 치켜들고 노인을 다정하게 쳐다보았다. 몸길이는 60센티미 터쯤 됐고 작은 물개 비슷하게 생겼는데, 다리가 여섯 개였고 강한 갈고리발톱이 달려 있었다. 폴크랩이 걸걸한 목소리로 소리쳤다.

"아르그, 물고기 잡아 와라!"

그 생물이 기슭 위에서 구르듯 물로 뛰어들었다. 개울 한가운 데까지 우아하게 헤엄쳐 간 녀석은 물속으로 잠수한 뒤 한참 동안 나오지 않았다. 매스컬이 말했다.

"고기 잡는 법이 아주 간단하군요. 그런데 저 뗏목은 어디에 쓰 는 겁니까?"

"바다에 나갈 때 사용한다네. 좋은 물고기는 바다에 있으니까. 물론 먹을 수 있는 것 말이지."

"아르그는 지능이 뛰어난 동물인 것 같군요."

폴크랩이 다시 투덜대듯 말했다.

"내가 거의 100마리를 훈련시켰지. 머리가 큰 놈들은 배우기는 잘하지만 헤엄은 느리더군. 머리가 작은 녀석들은 뱀장어처럼 헤엄은 잘 치지만 멍청해서 배우지를 못하고. 두 녀석을 교배했지. 그래서 얻은 게 저 녀석이네."

"여기에서 혼자 사십니까?"

"아닐세. 집사람도 있고 자식도 셋이나 두었네. 집사람은 어딘가에서 자고 있겠지만, 자식들은 어딨는지 모르네. 셰이핑은 아실 테지."

매스컬은 이 소탈한 노인이 편하게 느껴지지 시작했다.

"뗏목이 금방이라도 부서질 것 같은데요." 매스컬이 뗏목을 가리키며 말했다. "저걸 타고 멀리 나가려면 대단한 담력이 있어야겠습니다."

"저걸 타고 매터플레이에도 다녀왔네."

아르그가 수면 밖으로 얼굴을 내밀고 뭍 쪽으로 헤엄치기 시작했다. 물속에서 상당히 무거운 것을 끌고 오는 듯 이번에는 움직임이 힘겨워 보였다. 마침내 아르그가 뭍에 올라섰다. 녀석은 갈고리 발톱마다 물고기 한 마리씩을 꽉 쥐고 있었다. 모두 여섯 마리였다. 폴크랩은 아르그에게서 물고기를 받아 들고, 모서리가 날카로운 돌로 머리와 꼬리를 잘라 아르그에게 던져주었다. 아르그는 아무런 불평 없이 그것을 게걸스레 먹어 치웠다.

폴크랩은 물고기를 집어 들면서 매스컬에게 따라오라고 손짓했다. 그러고는 매스컬이 왔던 길을 되짚어 기슭 너머의 너른 해변 쪽으로 걸어갔다. 모래밭에 도착하자 폴크랩은 물고기 배를 갈라 내장을 꺼낸 다음, 보랏빛 모래에 재빨리 작은 구멍을 판 뒤 물고기를 그 안에 넣고 모래로 다시 덮었다. 그리고 그의 저녁거리를 파냈다. 향긋한 냄새가 매스컬의 콧구멍을 자극했지만, 그것은 그의 저녁거리가 아니었다.

폴크랩이 구워진 물고기를 손에 쥐고 돌아서며 말했다.

"이건 내가 먹을 거지, 자네 것이 아닐세. 자네 것이 구워지면 꺼내서 저기로 오게. 나랑 말동무를 하고 싶다면."

"얼마나 걸릴까요?"

어부 폴크랩이 뒤를 돌아보며 대답했다.

"20분쯤."

매스컬은 숲 그늘에 들어가 기다렸다. 얼추 20분이 지났을 때 그는 서둘러 물고기를 파내다가 손가락을 데었다. 보라색 모래는 표면만 지독하게 뜨거웠다. 매스컬은 구워진 물고기를 들고 폴크랩에게로 갔다.

포근하고 따뜻한 바람이 부는 상쾌한 그늘에 앉아, 그들은 음식과 나른한 바다에 눈길을 두고 말없이 먹기만 했다. 한 입 삼킬 때마다 매스컬은 기운을 되찾는 기분이었다. 그는 폴크랩보다 먼저 식사를 끝냈다. 폴크랩은 시간을 별로 중요하게 여기지 않는 사람처럼 느긋하게 식사를 했다. 그러고는 식사를 끝내자 자리에서 일어서며 역시 걸걸한 목소리로 말했다.

"이제 목을 축여야지."

매스컬은 미심쩍은 표정을 짓고 노인을 쳐다보았다.

매스컬을 데리고 숲속으로 조금 들어간 폴크랩은 어떤 나무를 향해 곧장 걸어갔다. 그 나무줄기에는 적당한 높이에 마개로 막힌 구멍이 있었다. 폴크랩은 마개를 빼내고는 구멍에 입을 대고, 어린 아이가 엄마 젖을 빨듯 한참 동안 빨아먹었다. 매스컬의 눈에는 노인의 눈동자가 점점 밝게 빛나는 듯 보였다.

매스컬의 차례가 돌아왔다. 수액은 코코넛 즙과 비슷한 맛이었지만 약간 알코올기를 띠었다. 그러나 의지와 감정에는 아무런 영향을 주지 않고 사고력에만 특정한 방향으로 영향을 미치는 이상한 음료였다. 그의 생각과 상상이 향락을 꿈꾸는 방향으로 전개되기는커녕 오히려 고통스러운 방향으로 확대되고 부풀려졌고 결국에는 그의 의식에서 극한의 지경에 이르러 폭발하면서 사라졌다. 그 후에도 이런 과정이 반복됐다. 하지만 그렇다고 그가 자신의 감각을 냉정하게 조절할 수 없었던 순간은 한 번도 없었다. 그들은 번갈아 가며 두 번씩 수액을 마셨다. 폴크랩은 마개를 다시 막고 기슭으로 발걸음을 돌렸다.

"블로그솜버는 아직 끝나지 않았습니까?"

매스컬이 만족스러운 듯 팔다리를 쭉 펴고 바닥에 누우며 물었다.

폴크랩은 발을 물에 담그고 똑바로 앉은 자세를 취하더니 "이제 시작됐네" 하고 쉰 목소리로 대답했다.

"그럼 블러드솜버가 끝날 때까지 여기에서 좀 쉬겠습니다. ……뭣 좀 물어봐도 될까요?"

폴크랩이 시큰둥하게 대답했다.

"그렇게 하게."

매스컬은 눈을 지그시 뜨고 노인을 뚫어지게 바라봤다. 노인이 어떤 사람인지 정말 궁금했다. 노인의 눈빛에서 지혜의 빛을 본 것만 같았다.

"여행을 많이 하셨습니까?"

"좀 돌아다니긴 했지만 자네가 말하는 여행이라곤 할 수 없을 걸세."

"매터플레이에 갔을 때를 말씀해 주시겠습니까? 그곳은 어떤 곳인가요?"

"모르겠네. 부싯돌을 구하려고 잠깐 갔던 거니까."

"매터플레이 너머에는 어떤 나라들이 있죠?"

"북쪽으로 가면 스리얼이라는 곳이 있다고 하더군. 사람들 말로는 신비주의자들이 살고 있다던데…… 나는 모르겠네."

"신비주의자요?"

"그렇게 들었네……. 거기에서 더 북쪽으로 가면 리치스톰이 있고."

"너무 먼 곳 얘기로군요."

"거기는 산악 지역이네. 어딜 가든 위험한 곳이지. 특히 자네 같은 다혈질에게는. 조심하게."

"그런 얘기를 하시기엔 시기상조인 것 같습니다, 폴크랩. 제가 거기에 갈지 어떻게 아십니까?"

"자네가 남쪽에서 왔으니 북쪽으로 갈 거라고 생각한 걸세."

"그렇긴 합니다." 매스컬이 폴크랩을 뚫어지게 보며 말했다. "하지만 제가 남쪽에서 온 건 어떻게 아셨습니까?"

"뭐, 아니면 말고. 근데 자네 얼굴에서 이프던 사람들의 표정이 보이거든."

"어떤 표정인데요?"

"슬픔을 겪은 표정."

폴크랩은 그렇게 말하면서도 매스컬 쪽은 쳐다보지도 않았다. 눈 한 번 깜빡이지 않고 물 어딘가를 응시할 뿐이었다.

"리치스톰 너머에는 뭐가 있습니까?"

잠시 후, 매스컬이 다시 물었다.

"베어리라는 곳이 있네. 그곳에는 태양이 둘이지. 하지만 그곳에 대해 아는 건 그것뿐이야……. 그 너머는 바다고."

"그럼 바다 건너편에는 뭐가 있습니까?"

"그건 자네 힘으로 알아보도록 하게. 그 바다를 건너간 뒤에 다시 돌아온 사람이 있는지도 모르겠네."

매스컬은 한동안 할 말을 잃었다.

"이곳 사람들은 왜 모험을 하지 않나요? 이 행성에서 호기심 때문에 여행하는 사람은 저뿐인 것 같습니다."

"이곳 사람들이라고? 무슨 뜻으로 그렇게 말한 거지?"

"사실…… 당신은 모르시겠지만, 저는 이 행성 사람이 아닙니다. 다른 세계에서 왔어요."

"뭘 하려고?"

"크래그, 나이트스포어란 친구와 함께 왔습니다. 수르투르를 뒤쫓아서요. 이 행성에 도착했을 때 제가 기절을 했던 모양입니다. 정신을 차리고 보니 밤이었고 친구들은 사라지고 없었습니다. 그때부터 발길이 닿는 대로 무작정 돌아다니는 겁니다."

폴크랩이 코를 긁적였다.

"수르투르는 아직 못 찾았나?"

"수르투르의 북소리는 자주 들었습니다. 오늘 아침 숲에서 수르투르를 거의 만날 뻔했습니다. 또 이틀 전, 루전 평원에서는 환영을 봤죠. 인간의 모습을 한 환영이었는데 자기가 수르투르라고 했습니다."

"뭐, 그 환영이 수르투르였을 수도 있겠군."

"아닙니다. 그럴 가능성은 전혀 없어요." 매스컬이 자기도 모르게 말했다. "그 환영은 수정인간이었습니다. 그렇지 않을까 의심하는 게 아니라 **분명히** 그럴 겁니다."

"그렇게 확신하는 이유가 뭔가?"

"이곳이 수정인간의 세계이기 때문입니다. 수르투르의 세계는 상당히 다른 곳이에요."

"그렇다면 이상하구먼."

폴크랩이 말했다.

"저 숲에 들어갔다 나온 뒤로……." 매스컬이 반쯤은 혼잣말을 하듯 말을 이었다. "제게 어떤 변화가 일어났습니다. 사물이 다르게 보였어요. 이제 주위 모든 것이 다른 세계에서 본 것보다 훨씬 뚜렷하고 사실적으로 보여서 무엇에 대해서도 그 존재를 의심하지 않게 됐습니다. 단순히 사실적으로 보이는 정도가 아니라 실재하는 게 확실합니다. 모든 것이 실재한다는 사실에 제 목숨이라도 걸 수 있어요……. 그러나 실재하기는 하지만 **거짓**일 뿐입니다."

"꿈처럼 말인가?"

"아닙니다. 꿈과는 완전히 달라요. 이게 바로 제가 설명하고 싶은 부분입니다. 이 세계는 저에게, 제 세계도 마찬가지겠지만, 꿈이나 환상, 여하튼 그런 것과 비슷한 인상을 전혀 주지 않았습니다. 이 세계는 지금 이 순간 분명히 실재하고 당신과 제 눈에 보이는 그대로 존재하지만, 거짓입니다. 이런 의미에서 거짓이라는 겁니다, 폴크랩. 이 세계와 나란히 또 다른 세계가 존재하고, 그 세계가 진실한 세계입니다. 하지만 이 세계는 철저하게 거짓되고 기만적입니다. 그래서 실재와 거짓이 똑같은 것을 가리키는 두 단어라고 생각하게 된 거죠."

"또 다른 세계가 있을지도 모르지." 폴크랩이 쉰 목소리로 말했다. "그런데 그 환영이 자네에게 사실적이면서도 거짓되게 보였다는 건가?"

"무척 사실적이었습니다. 당시에는 거짓으로 보이지 않았어요. 그땐 제가 환영 자체를 이해하지 못했거든요. 하지만 사실적으로 보였다는 이유만으로 그 환영이 수르투르일 수는 없습니다. 수르투르는 실재하는 것과는 아무런 관계가 없으니까요."

"하지만 북소리는 자네에게 사실적으로 들리지 않았나?"

"분명히 제 귀로 들었습니다. 그래서 북소리는 제 귀에 실재하는 것으로 들렸죠. 그런데 말로 표현할 수는 없지만 어딘가 달랐습니다. 수르투르가 낸 북소리가 확실했어요. 만약 제가 제대로 듣지 못했다면 전적으로 제 잘못이지 수르투르의 잘못은 아니겠죠."

폴크랩의 목소리가 퉁명스레 변했다.

"수르투르가 그런 식으로 자네에게 말하려 한다면, 뭔가를 전하려고 하는 것 같은데."

"저도 그렇게 생각합니다. 그런데, 어떻게 생각하십니까? 수르투르가 사후의 삶으로 저를 부르는 걸까요?"

노인은 불안한 듯 몸을 뒤척였다. 잠시 후, 그가 힘들게 입을 뗐다.

"난 어부야. 나는 살상을 함으로써 목숨을 부지하네. 모두가 마찬가지지. 내가 보기에 이런 삶은 잘못된 걸세. 하기야 어떤 식의 삶이든 잘못된 것일 수 있겠지. 수르투르의 세계는 삶의 세계가 아니라 다른 세계라는 생각이 드는군."

"그래요. 그런데 수르투르의 세계가 어떤 세계든 간에 제가 죽어야 그 세계에 들어갈 수 있는 걸까요?"

"그런 질문은 죽은 사람한테 하게. 살아 있는 사람한테 묻지 말고." 폴크랩이 말했다.

매스컬이 말을 이었다.

"숲에서는 음악 소리도 들었습니다. 빛도 봤어요. 둘 다 이 세상에 속한 게 아닌 것 같았습니다. 제 감각들이 견디지 못할 정도로 강렬해서 한참 기절해 있기도 했습니다. 환상도 봤습니다. 저는 크래그의 칼에 맞아 죽고, 나이트스포어 혼자서 빛을 향해 걸어가는 환상이었죠."

폴크랩이 다시 투덜거렸다.

"자네는 정말 생각이 많구먼."

짧은 침묵이 뒤따랐다. 매스컬이 침묵을 깨며 말했다.

"지금의 삶이 거짓에 불과하다는 느낌을 지울 수가 없어요. 그런 느낌 때문에 저 스스로 죽음의 늪에 빠져드는 것 같습니다."

어부 폴크랩은 아무 말 없이, 손끝조차 움직이지 않았다. 매스컬은 두 손으로 얼굴을 받치고 엎드린 채 폴크랩을 쳐다봤다.

"무슨 생각을 하십니까, 폴크랩? 살아 있는 상태에서도 죽음 후의 세계를, 지금까지 제가 보았던 것보다 더 자세히 볼 수 있을까요?"

"무식한 내가 무슨 대답을 해줄 수 있겠나, 이방인. 자네처럼 그런 의문을 품은 사람이 많을 걸세."

"어디에 말입니까? 그들을 꼭 만나고 싶습니다."

"자네는 자신이 남들과 다른 물질로 만들어졌다고 생각하나?"

"어떻게 그런 주제넘은 생각을 하겠습니까? 모든 사람이 머스펠에 도달하려고 안간힘을 쓰지만 대부분의 경우 그런 사실을 인식조차 못하는 게 아닐까 싶습니다."

"게다가 잘못된 방향으로" 하고, 폴크랩이 말했다.

매스컬이 궁금한 표정을 지었다.

"어떻게요?"

폴크랩이 대답했다.

"내가 터득한 지혜로 대답하는 게 아닐세. 나는 아무것도 모르니까. 하지만 내가 젊었을 때 브루드비올에게 들었던 얘기가 방금 기억났네. 당시 브루드비올은 현명한 노인이었는데, 수정인간이 모든 것을 하나로 환원시키려 한다고 말하더군. 수정인간의 환영들이 그자에게서 벗어나려고 어떤 방향으로 행진하든 결국에는 그자를 다시 맞닥뜨려서 수정으로 변한다는 얘기도 들었네. 하지만 우리가 흔히 '갈래짓기(forking)'라고 부르는 유령들의 행진이 수르투르를 찾아가려는 무의식인 욕망에서 시작되긴 해도, 그것은 올바른 방향과 정반대 방향의 행진이라네. 수르투르의 세계가 생명의 출발점이었던 '하나'에 있지 않고 그 반대편에 있기 때문이라는 거지. 어쨌든 수르투르의 세계에 가려면 반드시 하나가 되는 과정을 다시 거쳐야 해. 하지만 자아의 삶을 포기하고 수정인간의 세계에 완전히 들어가야만 그렇게 될 수 있다네. 이처럼 그것은 긴 여정의 첫 단계에 불과하지만, 많은 수의 선량한 사람들이 그것을 여행의 끝으로 생각해서 안타까울 뿐이지……. 내 기억이 맞다면 브루드비올은 그렇게 말했네. 하지만 당시 나는 젊고 무지한 사람이었기 때문에, 브루드비올의 가르침을 더 확실하게 이해할 수 있는 말을 잊었을 수도 있어."

그 모든 말을 유심히 듣고 있던 매스컬은 여전히 생각에 잠긴 표정이었다. 그가 말했다.

"아닙니다, 그 정도면 충분합니다. 그런데 우리가 수정인간의 세계에 완전히 들어가야 한다는 게 무슨 뜻이죠? 수정인간의 세계가 거짓이라면 우리 자신도 거짓이 돼야 한다는 뜻인가요?"

"나는 브루드비올에게 그게 무슨 뜻인지 물어보지 않았네. 나도 자네만큼이나 그게 무슨 말인지 궁금하구먼."

"우리 모두가 스스로 꾸민 거짓된 세계, 꿈과 탐욕과 왜곡된 인식으로 뒤범벅된 세계에 살고 있다는 뜻일 겁니다. 우리가 고결한 세계를 받아들여야만 진리와 실재의 세계에서 어떤 것도 잃지 않을 거란 뜻이겠죠."

폴크랩은 물에서 발을 들어 올리고 일어서서 하품을 크게 한 뒤 기지개를 켰다. 그러고는 퉁명스레 말했다.

"여하튼 내가 아는 건 모두 말했네. 나는 이만 자러 가야겠어."

매스컬은 폴크랩을 뚫어지게 쳐다볼 뿐 아무 말도 하지 않았다. 노인은 기슭 위에 반듯이 누워 꿈나라로 들어갈 자세를 취했다.

매스컬도 기슭에 누워 편한 자세를 취하려고 뒤척일 때, 그들 뒤에 있는 숲에서 공을 튕기는 소리가 들려왔다. 매스컬은 소리가 나는 쪽으로 고개를 돌렸다. 한 여자가 그들에게 다가오고 있었다. 매스컬은 그녀가 폴크랩의 부인일 거라 생각하고 일어나 앉았다. 하지만 폴크랩은 미동조차 하지 않았다. 여자는 그들 앞에 우뚝 서서 그들을 내려다보았다.

그녀의 옷차림은 남편과 비슷했지만 팔다리는 그런대로 가린 모습이었다. 그녀는 젊고 늘씬한 몸매에, 놀라울 정도로 자세가 꼿꼿했다. 피부가 햇볕에 약간 그을려서 강해 보였지만, 농부처럼 보이지는 않았다. 오히려 전체적으로 세련된 분위기가 풍겼다. 여자치고는 표정이 뚜렷했지만 그다지 예쁜 얼굴은 아니었다. 세 개의 커다란 눈은 계속 번뜩이며 빛을 냈다. 풍성한 노란 머리카락을 틀어 올려 질끈 묶었지만, 세심하게 신경 쓰지는 않았던지 몇 가닥이 목 뒤로 흘러내렸다.

그녀의 목소리는 약간 가냘팠지만 높낮이가 분명해서 강렬한 열정이 감추어진 것처럼 느껴졌다. 그녀가 매스컬에게 말했다.

"두 분의 대화를 엿들어서 죄송합니다. 나무 뒤에서 쉬다가 얘기 나누시는 걸 다 들었어요."

매스컬은 천천히 일어섰다.

"혹시 폴크랩의 부인이십니까?"

폴크랩이 대신 대답했다.

"그렇네, 내 집사람이네. 글리밀이라고 하지. 다시 앉게나, 이방인. 당신도 기왕에 왔으니 앉고."

매스컬과 글리밀은 폴크랩의 말대로 했다. 글리밀이 다시 말했다.

"모든 걸 들었어요. 하지만 매스컬, 당신이 여기를 떠난 뒤에 어디로 갈 건지는 듣지 못했는데요."

"저도 잘 모르겠습니다."

"그럼, 잘 들으세요. 당신이 가야 할 곳은 한 곳뿐이에요. 스웨일론섬으로 가세요. 해가 지기 전에 내가 직접 당신을 거기까지 데려다줄게요."

"거기 가서 뭘 해야 합니까?"

폴크랩이 걸걸한 목소리로 끼어들었다.

"이 젊은이는 거기 가더라도 당신이 가는 건 허락할 수 없소, 부인. 내가 데려다주리다."

글리밀이 감정에 북받쳐 떨리는 목소리로 말했다.

"아니에요, 당신은 항상 나를 말렸죠. 하지만 이번에는 정말 가고 싶어요. 티어겔드가 빛나는 밤에 해변에 앉아, 바다 저편에서 희미하게 들려오는 어스리드의 음악을 듣고 있으면 가슴이 찢어질 것만 같아요. 더 이상 견딜 수가 없어요……. 언젠가 저 섬에 가서 그 음악이 뭔지 알아내겠다고 결심한 지 오래됐어요. 슬픈 음악이고, 최악의 상황을 맞더라도, 내가 죽더라도 꼭 가고 싶어요."

"제가 그 사람, 아니 그 사람의 음악과 무슨 관계가 있습니까?" 매스컬이 물었다.

"내 남편보다는 그 음악이 당신의 모든 의문에 답해줄 거예요. 어쩌면 당신이 깜짝 놀랄 방식으로 말이에요."

"대체 어떤 음악이기에 저 멀리 떨어진 바다 건너에서 들린단 말입니까?"

"아주 특별한 음악이에요. 즐거운 음악은 아니죠. 오히려 가슴을 아프게 하는 음악이에요. 어스리드의 악기를 연주할 수 있는 사람이라면, 유령이 아니라 실재하는 정말 놀라운 형체를 불러낼 수 있을 거예요."

"그럴 수도 있겠지." 폴크랩이 툴툴거리듯 말했다. "하지만 나는 환한 대낮에 그 섬에 다녀왔소. 내가 거기에서 뭘 봤는지 아시오? 인간의 뼈였소. 오래된 뼈도 있었고 깨끗한 뼈도 있었지. 모두가 어스리드에게 당한 사람들이었소. 그런데 당신이 그 섬에 가는 걸 내가 어떻게 허락하겠소."

매스컬이 물었다.

"그런데 오늘 밤에도 그 음악이 연주될까요?"

글리밀이 매스컬을 똑바로 쳐다보며 대답했다.

"물론이에요. 우리 세상의 달, 티어겔드가 떠오르면 어김없이 음악이 들리죠."

"어스리드가 사람들을 그렇게 죽였다면 그도 죽어야 마땅합니다. 여하튼 저는 그 음악 소리를 직접 듣고 싶습니다. 하지만 부인이 함께 가는 건…… 토맨스 행성에서는 여성들이 너무 쉽게 죽는 것 같더군요. 저는 다른 여성에게 죽음을 안긴 피를 이제야 씻어냈습니다."

글리밀은 빙그레 웃을 뿐 아무 말도 하지 않았다. 폴크랩이 말했다.

"그만 자도록 하지. 시간이 되면 내가 자네를 그 섬으로 데려다 줄 테니까."

그렇게 말하고 폴크랩은 다시 누워서 눈을 감았다. 매스컬도 그를 따라 기슭에 누웠다. 그러나 글리밀은 여전히 허리를 꼿꼿이 펴고 책상다리로 앉아 있었다.

"그 다른 여자가 누구였나요, 매스컬?"

글리밀이 나지막이 물었다. 매스컬은 대답하지 않고 잠든 척했다.

15.
스웨일론섬

　매스컬이 잠에서 깨어났을 때 날은 그다지 환하지 않았다. 그래서 그는 오후가 저물기 시작할 때일 거라고 짐작했다. 폴크랩과 그의 부인은 어느새 일어나 물고기로 식사 준비를 끝내고 매스컬을 기다리고 있었다.

　"두 분 중 누가 저와 함께 가기로 결정하셨습니까?"

　매스컬이 자리에 앉지도 않고 서둘러 물었다.

　"내가 갈 거예요."

　글리밀이 대답했다.

　"괜찮겠습니까, 폴크랩?"

　어부는 헛기침을 하며 두 사람에게 앉으라고 손짓했다. 그리고 물고기를 한 입 먹고 나서야 대답했다.

　"어떤 강력한 것이 집사람을 끌어당기고 있는 모양이야. 내가 말려도 소용이 없구먼. 글리밀, 당신을 다시 볼 수 있을 것 같진 않지만, 우리 아이들도 이제 제 앞가림은 할 정도로 성장했으니."

글리밀이 굳은 목소리로 말했다.

"그렇게 비관적으로 생각하지 말아요. 나는 꼭 돌아와서 당신에게 은혜를 갚을 거예요. 하룻밤만 참아요."

매스컬은 난처한 표정으로 두 사람을 번갈아 보았다.

"저 혼자 가겠습니다. 자칫 잘못되기라도 하면 제가 너무 죄송하잖아요."

글리밀은 고개를 흔들었다.

"여자의 순간적인 충동이라고 생각하지 말아요. 당신이 이 길을 지나가지 않았더라도 나는 그 음악을 들었을 거예요. 그리고 그 음악을 한없이 그리워했겠죠."

"당신은 그 음악을 듣고도 아무런 느낌이 없었습니까, 폴크랩?"

"없었네. 그래서 여자를 고결하고 감성적인 동물이라고 하는 거지. 자연에는 남자는 느끼지 못하는 미묘한 것들이 많네. 집사람은 이미 마음의 결정을 했으니 자네가 잘 보살펴 주게. 집사람 생각이 맞을지도 모르지. 어스리드의 음악이 자네의 의문에 답을 줄 수도 있을 거야. 집사람의 의문에도."

"무슨 의문을 갖고 계신데요, 글리밀?"

글리밀이 미묘한 미소를 지어 보였다.

"음악에서 답을 찾으려는 의문을 어떻게 말로 표현할 수 있겠어요."

폴크랩이 말했다.

"당신이 아침까지 돌아오지 않으면 죽은 걸로 알겠소."

어색한 침묵 속에서 식사가 끝났다. 폴크랩이 입을 닦고 주머니 같은 데서 조개껍데기를 꺼내며 말했다.

"아이들에게 작별 인사를 하겠소? 아이들을 부를까?"

글리밀은 잠시 생각에 잠겼다.

"그래요, 불러줘요. 떠나기 전에 보고 싶어요."

폴크랩이 조개껍데기를 입에 대고 불었다. 처량한 소리가 공기를 타고 멀리 퍼져 나갔다.

잠시 후, 황급히 달려오는 발소리가 들리고 남자아이들이 숲에서 모습을 드러냈다. 매스컬은 그 아이들을 유심히 바라봤다. 토맨스에 도착한 이후로 아이들은 처음 보았다. 가장 큰 아이가 막내를 등에 업고 앞장서서 달려왔고, 둘째는 조금 뒤처져서 달려왔다. 막내가 형의 등에서 내려왔다. 세 아이는 반원을 그리며 매스컬을 에워싼 채 눈을 부릅뜨고 그를 바라보았다. 폴크랩은 무덤덤하게 아이들을 바라봤지만, 글리밀은 당당하게 고개를 들더니 알 수 없는 표정을 지으며 아이들에게서 시선을 돌렸다.

매스컬은 아이들의 나이를 가늠해 보았다. 차례로 아홉 살, 일곱 살, 다섯 살쯤으로 보였지만, 지구의 시간으로 추측한 것일 뿐이었다. 큰아이는 훤칠한 키에 늘씬했고 무척 튼튼해 보였으며, 두 동생처럼 발가벗은 몸에 피부는 머리부터 발끝까지 얼파이어색이었다. 아이의 얼굴에서 대담하고 야성적인 면이 읽혔고, 눈동자는 푸른 불꽃처럼 이글거렸다. 둘째에게서는 너그러운 큰 인물이 될 조짐이 엿보였다. 유난히 큰 머리가 무거웠던지 그 애는 고개를 숙이고 있었다. 얼굴과 피부는 붉은색을 띠었는데, 눈동자는 너무 어둡고 날카로워서 어린아이의 눈 같지 않았다.

"이 녀석이 크면 제2의 브루드비올이 될 걸세."

폴크랩이 둘째의 귀를 살짝 잡아당기며 말했다.

"그게 누군데요?"

소년이 대답을 들으려고 고개를 앞으로 숙이며 물었다.

"경이로운 지혜를 지닌 대단한 노인이었지. 어떤 질문도 던지지 않고 스스로 세상의 이치를 깨우치겠다고 결심함으로써 지혜를 얻은 분이었다."

"제가 이 질문을 하지 않았다면 그분에 대해 전혀 몰랐을 텐데요."

"그분을 아느냐 모르냐는 그다지 중요하지 않다."

막내는 두 형에 비해 약하고 왜소했다. 얼굴은 지극히 평온해 보였고 표정은 없었다. 하지만 몇 분 간격으로 특별한 이유도 없이 얼굴을 찡그리며 당혹스러운 표정으로 변하는 특이한 면이 있었다. 그때마다 황갈색을 띤 눈동자는 그 또래에서는 상상하기 힘든 어떤 비밀을 간직한 것처럼 보였다. 폴크랩이 말했다.

"이 녀석은 나한테도 수수께끼라네. 수액 같은 영혼을 지녔지. 어떤 것에도 관심을 보이지 않아. 하지만 형제들 중에서 가장 뛰어난 인물이 될 걸세."

매스컬은 한 손으로 막내를 잡고 얼굴 높이까지 들어 올렸다. 그런 다음 아이를 유심히 뜯어보고는 다시 내려놓았다. 그런데도 아이는 표정 하나 변하지 않았다. 폴크랩이 물었다.

"우리 막내가 어떤 것 같나?"

"말이 혀끝에서 뱅뱅 돌기만 하고 나오질 않는군요. 목을 좀 축이면 나올지도 모르겠습니다."

"그럼, 목을 축이고 오게."

매스컬은 나무 쪽으로 성큼성큼 걸어가 수액을 마시고 돌아왔다. 그리고 조심스럽게 입을 열었다.

"앞으로 대단한 인물이 될 겁니다. 선지자, 어쩌면 신적인 존재가 될 수도 있겠네요. 잘 돌보십시오."

큰아이가 시큰둥한 표정을 지었다.

"저는 그런 사람이 되고 싶지 않아요. 저는 저 덩치 큰 아저씨처럼 되고 싶어요!"

아이는 이렇게 말하며 매스컬을 가리켰다. 매스컬은 하얀 이를 드러내며 껄껄 웃었다.

"늙은 전사를 그렇게 칭찬해 주다니 정말 고맙구나!"

"아저씨는 몸집도 크고 건장하잖아요. 누구랑 싸워도 지지 않을 거예요. 아저씨, 제 동생을 들어 올린 것처럼 저도 한 손으로 들어 올릴 수 있나요?"

매스컬은 흔쾌히 아이의 말을 들어주었다.

"아저씨야말로 진짜 남자예요!"

아이가 큰 소리로 외쳤다.

"이제 그만!" 폴크랩이 조바심이 나는 듯 말했다. "어머니에게 작별 인사를 하라고 너희를 부른 거다. 어머니는 이 아저씨와 함께 떠나실 거다. 내 생각에는 어머니가 돌아오지 못할 것 같지만, 어떻게 될지 누가 알겠냐."

둘째의 얼굴이 갑자기 새빨갛게 변했다. 아이가 물었다.

"어머니 스스로 택하신 건가요?"

폴크랩이 대답했다.

"그래."

"그럼 어머니가 잘못하신 거네요."

힘을 실은 둘째의 목소리는 마치 채찍질하는 소리처럼 들렸다. 폴크랩이 둘째를 가볍게 두 번 때리며 나무랐다.

"어머니에게 그런 식으로 말하면 쓰냐?"

둘째는 자기 생각을 꺾지 않았지만 더 이상 아무 말도 하지 않았다. 막내가 처음으로 입을 열었다.

"어머니는 돌아오지 못하세요. 하지만 춤을 추면서 즐거운 마음으로 돌아가실 거예요."

부부는 서로의 얼굴을 마주 보며 어색한 미소를 지었다.

"어디에 가시는 거예요, 어머니?" 큰아이가 물었다.

글리밀이 허리를 숙이며 아이에게 입맞춤했다.

"섬에 간단다."

"어머니가 내일 아침까지 돌아오시지 않으면 제가 찾으러 갈게요."

매스컬은 마음이 점점 거북해졌다.

"이건 남자에게나 어울리는 여행입니다. 제 생각에도 부인께서는 가지 않는 게 좋겠어요."

글리밀이 대꾸했다.

"나는 마음을 바꾸지 않을 겁니다."

매스컬은 당황해서 수염을 만지작거렸다.

"출발할 시간이 되지 않았나요?"

"해가 지려면 네 시간 남았어요."

매스컬은 한숨을 내쉬었다.

"저는 먼저 개울 어귀에 가서 부인과 뗏목을 기다리겠습니다. 천천히 작별 인사를 나누고 오세요, 글리밀."

그런 다음 매스컬은 폴크랩의 손을 꼭 쥐며 말했다.

"안녕히 계십시오, 어부 어르신."

폴크랩이 무뚝뚝하게 대꾸했다.

"자네는 내 대답에 엉뚱한 보답을 했네. 하지만 자네 잘못은 아니지. 셰이핑의 세계에서는 최악의 사건이 빈번하게 일어나니까."

큰아이가 매스컬에게 다가와 얼굴을 찡그리며 말했다.

"안녕히 가세요. 하지만 최선을 다해서 우리 어머니를 지켜주세요. 그렇지 않으면 내가 아저씨를 찾아내 죽여버릴 테니까."

매스컬은 기슭을 따라서 천천히 걷다가 길이 구부러진 곳에 이르러서야 발걸음을 멈췄다. 찬란한 햇빛과, 햇빛에 반사돼 반짝이는 바다가 그를 다시 반겨주자 울적한 기분이 씻은 듯이 사라졌다. 해안까지 걸어나간 매스컬은 햇살을 가득 받으며 모래밭에 앉았다. 알페인의 빛은 사라진 지 오래였다. 그는 뜨거운 바람을 들이마시며 기운을 되찾으려 애썼다. 그리고 쏴쏴 하는 파도 소리에 귀를 기울이며, 파도와 해류에 변화무쌍하게 색을 바꾸는 바다 너머의 스웨일론섬을 물끄러미 바라보았다.

'사랑하는 자식과 남편까지 남겨두고 떠날 정도로 여자를 눈물

짓게 만드는 음악이라니, 대체 어떤 음악일까?' 매스컬은 혼자 생각에 잠겼다. '고결한 음악은 아니겠군. 그 음악이 정말 내가 알고 싶은 걸 말해줄까? 그럴 수 있을까?'

잠시 후, 매스컬은 뒤에서 어떤 움직임을 느끼고 돌아보았다. 뗏목이 물길을 따라 바다 쪽으로 떠내려오고 있었다. 폴크랩이 똑바로 서서 긴 막대로 뗏목을 조종하고 있었다. 그는 옆을 지나가면서도 매스컬을 쳐다보지 않았고 인사말을 건네지도 않았다. 그저 바다를 향해 뗏목을 저어갈 뿐이었다.

매스컬이 그런 행동을 이상하게 생각하는 사이, 글리밀과 세 아이가 기슭을 걸어오는 모습이 보였다. 큰아이가 글리밀의 손을 잡고 이야기를 나누고 있었고, 두 아이는 뒤에서 따라왔다. 글리밀은 차분한 표정에 미소까지 짓고 있었지만, 넋이 나간 듯했다.

"남편께서 뗏목을 몰고 어디에 가시는 겁니까?"

매스컬이 물었다.

"출발하기 편한 곳에 뗏목을 정박해 두려고요. 우리는 거기까지 걸어갈 거예요."

글리밀이 나지막이 대답했다.

"그런데 노나 돛도 없이 섬에 갈 수 있을까요?"

"육지에서 빠져나가는 해류를 보지 못했나요? 봐요, 남편이 해류 쪽으로 가고 있잖아요. 해류가 섬까지 이어져서 어렵지 않게 갈 수 있어요."

"하지만 돌아올 때는 어떻게 하시려고요?"

"방법이 있어요. 오늘은 그것까지 생각할 필요가 없어요."

큰아이가 물었다.

"왜 저는 같이 가면 안 돼요?"

"뗏목에 세 사람이 탈 수는 없단다. 매스컬 아저씨가 너무 무겁
거든."

"상관없어요. 뗏목을 만들 만한 나무가 어딨는지 알아요. 어머
니가 출발하면 곧바로 뗏목을 만들기 시작할 거예요."

그때 폴크랩이 뗏목을 조종해 원하는 장소에 정박시켰다. 해류
에서 몇 미터가량 떨어진 곳으로, 동쪽에서 흘러오던 해류의 방향
이 그 지점에서 급격히 꺾였다. 폴크랩이 글리밀과 매스컬에서 빨
리 오라고 소리쳤다. 글리밀은 아이들에게 거의 발작하듯 입맞춤
하며 그들을 꼭 껴안아 주었다. 큰아이는 피가 맺히도록 입술을 깨
물고 눈물마저 글썽거렸다. 그러나 두 동생은 눈을 부릅뜨고 쳐다
볼 뿐 아무런 감정도 드러내지 않았다.

마침내 글리밀이 바다로 걸어 들어가자, 매스컬이 그 뒤를 따
랐다. 바닷물이 처음에는 발목까지, 그런 다음 무릎까지 차올랐다.
그들이 뗏목에 도착했을 때는 바닷물이 허리춤에서 찰랑거렸다.
폴크랩이 바다에 뛰어들어 글리밀이 뗏목에 오르는 걸 도와주었
다. 글리밀은 뗏목에 올라서기 무섭게 허리를 구부려 폴크랩과 입
맞춤을 나눴다. 아무 말도 필요 없었다. 한편 매스컬은 혼자 뗏목
앞쪽으로 기어올라 갔다. 글리밀은 뗏목 뒤쪽에 다리를 포개고 앉
아 조종 막대를 쥐었다.

폴크랩이 뗏목을 해류 쪽으로 힘껏 밀자 글리밀은 막대를 조종
해 해류에 올라탔다. 뗏목이 빠르게 육지에서 멀어지기 시작했다.

아이들이 해안에서 손을 흔들었다. 글리밀도 아이들에게 손을 흔들어 보였다. 그러나 매스컬은 육지에서 등을 돌리고 앞만 쳐다보았다. 폴크랩은 해안으로 천천히 돌아가고 있었다.

매스컬은 한 시간 가까이 앉은 자리에서 꼼짝하지 않았다. 아무런 소리도 들리지 않았다. 사방을 에워싼 이상한 파도가 철썩대는 소리와 들썩이며 요동치는 바다에서도 부드럽게 흘러가는 해류가 시냇물처럼 콸콸거리는 소리뿐이었다. 안전한 삶에서 벗어나 아름답지만 위험한 바다와 맞닥뜨리는 것도 기운을 북돋워 주는 모험이었다. 공기는 맑고 깨끗했다. 이제는 서쪽으로 크게 떨어진 브랜치스펠의 열기도 견딜 만했다. 매스컬은 다채롭게 변하는 바다 색깔들에 취한 덕분에 슬픔과 불안을 거의 떨쳐냈지만, 자신의 목적을 이루기 위해 소중한 가족마저 저버린 여자가 그리 달갑지는 않아 말을 붙이고 싶진 않았다.

그러나 어두운 스웨일론섬 너머로 저녁 햇살을 받고 주황색으로 빛나며 길게 뻗은 높은 산맥이 눈에 들어오자, 매스컬은 침묵을 깨면서라도 그 산맥의 이름을 묻지 않을 수 없었다.

"리치스톰이에요" 하고, 글리밀이 대답했다.

매스컬은 리치스톰에 대해 더 이상 묻지 않았다. 글리밀에게 산맥 이름을 물으려고 고개를 돌리는 순간, 빠르게 뒤로 물러서는 움플래시숲이 그의 눈을 사로잡았기 때문이다. 매스컬은 넋을 놓고 숲을 바라보았다. 어느새 10킬로미터가 넘게 흘러온 것이다. 그제야 매스컬은 그 숲의 나무들이 얼마나 컸는지 실감할 수 있었다. 숲 너머로는 산트가 아득히 멀리 보였다. 디스쿤도 보이는 듯했지만 확신할 수는 없었다.

글리밀이 고개를 돌려 물살이 부딪치는 뗏목 옆구리를 바라보며 물었다.

"이제 우리 둘뿐이니 폴크랩을 어떻게 생각하는지 말해볼래요?"

매스컬은 잠시 멈칫한 후에 대답했다.

"제 눈에는 구름에 휩싸인 산처럼 보였습니다. 부인은 아랫부분만 보고 그게 전부라고 생각하십니다. 하지만 구름 위 더 높은 곳을 보면 거기에 산이 있다는 걸 알게 될 겁니다. 아니, 그곳조차 꼭대기는 아니에요."

"당신은 사람의 인품을 잘 읽는군요. 대단한 통찰력을 지녔어요." 글리밀이 나지막이 말했다. "그럼, 나는 어떤 사람인지 말해봐요."

"심장이 있어야 할 곳에 조율되지 않은 하프를 지닌 분입니다. 이게 제가 부인에 대해 말할 수 있는 전부입니다."

"두 세계에 대해 내 남편에게 뭐라고 말했죠?"

"이미 들으셨잖아요."

"예, 들었어요. 나도 두 세계를 의식하며 살아요. 남편과 자식들은 내게 실재하는 존재고, 나는 그들을 정말 사랑해요. 하지만 내게는 또 다른 세계가 있어요. 매스컬, 당신처럼요. 그 세계 때문에, 실재하는 세계가 거짓되고 천박하게 보이는 거예요."

"부인과 저는 똑같은 걸 찾고 있는 것 같군요. 하지만 다른 사람을 희생시키면서까지 자기의 본성을 채워야만 할까요? 그게 정말 올바른 길일까요?"

"그렇지는 않아요. 잘못된 짓이고 이기적인 짓이겠죠. 하지만 내가 말하는 다른 세계에서는 이런 말들이 아무런 의미도 없어요."

잠시 침묵이 흘렀다. 매스컬이 말했다.

"이제 와서 그런 문제를 따져봤자 아무 소용 없습니다. 선택은 이제 우리 손을 떠났고, 우리 마음이 끌리는 곳으로 가는 수밖에 없어요. 저 섬에서 무엇이 우리를 기다릴지 얘기하는 게 낫겠군요."

"나도 몰라요. 어스리드를 찾아야 한다는 생각뿐이에요."

"대체 어스리드가 누굽니까? 또 저 섬은 왜 스웨일론섬이라고 불리는 거죠?"

"전해 오는 말에 따르면 어스리드는 스리얼 출신이라고 합니다. 나도 어스리드에 대해서는 그것밖에 몰라요. 하지만 스웨일론에 대한 전설은 말해줄 수 있어요. 당신이 원한다면."

"듣고 싶습니다."

매스컬이 말했다. 글리밀은 이야기를 시작했다.

"먼 옛날, 바다는 뜨겁고 구름은 지상 위에 낮게 떠다닐 때, 그리고 생명체가 변화를 거듭하던 때, 스웨일론이 저 섬에 왔어요. 그전에는 누구도 발 디딘 적 없는 섬이었지요. 스웨일론은 섬에 도착해서 음악을 연주하기 시작했어요. 토맨스 행성에 울린 최초의 음악이기도 했죠. 밤에 달이 떠오르면 사람들은 저 뒤의 해안에 모여, 바다 건너에서 희미하게 들려오는 감미로운 선율을 듣기 시작했어요. 어느 날 밤, 당신이 수정인간이라고 부르는 셰이핑이 크래그와 함께 우연히 해변을 지나고 있었지요. 그들은 한동안 음악을 들었고, 셰이핑은 '저보다 아름다운 음악을 들은 적이 있느냐? 이 음악이 나의 세계고 나의 음악이다'라고 말했습니다. 그러자 크래그가 발을 구르며 웃으면서 '나를 감동시키려면 훨씬 아름다운 음악이어야 할 겁니다. 저 섬으로 가서 이 어쭙잖은 연주자가 어떻게 연주하나 볼까요?'라고 말했어요. 셰이핑은 크래그의 제안을 받아들였고 그들은 저 섬으로 건너갔습니다. 물론 스웨일론은 그들의 모습을 볼 수 없었어요. 셰이핑은 스웨일론 뒤에 서서 그의 영혼에 이런저런 생각을 불어넣었어요. 그러자 그의 음악이 열 배나 아름답게 변했고, 해안에서 연주를 듣는 사람들은 완전히 황홀경에 빠졌습니다. 셰이핑이 '이 선율보다 뛰어난 선율이 있겠느냐?'라고 묻자 크래그는 히죽 웃으면서 '당신은 천성적으로 여성적이네요. 이번엔 내가 해보지요'라고 말하고는 스웨일론 뒤에 서서 그의 머릿속에 추악한 불협화음을 심었습니다. 그의 악기가 심하게 망가졌고 그 이후로 스웨일론은 똑바로 연주할 수 없게 됐어요. 그때부터 스웨일론은 뒤틀린 선율만을 연주했지만, 예전보다 더 많은 사람을 끌어들였어요. 스웨일론이 살아 있을 때 많은 사람이 바다 건너 저 섬에 가서 그 이상한 선율을 들었지만 누구도 견뎌내지 못하고 모두 죽고 말았어요. 스웨일론이 세상을 떠난 뒤에는 다른 음악가가 그 연주를 이어갔고요. 빛이 횃불에서 횃불로 전해지듯이, 연주자도 이어지면서 지금은 어스리드가 연주를 맡고 있다고 합니다."

"재밌는 전설이군요. 그런데 크래그는 누굽니까?"

매스컬이 물었다.

"세상이 창조될 때 크래그도 함께 태어났는데, 머스펠의 부스러기로 만들어진 정령이어서 셰이핑도 크래그를 개조할 수 없다고 합니다. 그 이후로 세상에는 제대로 풀리는 일이 하나도 없었다고 해요. 크래그가 셰이핑의 뒤를 따라다니면서 셰이핑이 하는 일마다 망쳐놓으니까요. 사랑에는 죽음을, 섹스에는 수치심을, 지성에는 광기를, 미덕에는 잔혹성을, 아름다운 외모에는 피투성이 내장을 더해놓는 식이에요. 이 모든 게 크래그의 못된 장난이어서, 세상을 사랑하는 사람들은 크래그를 '악마'라고 불러요. 하지만 세상 사람들이 깨닫지 못하는 게 있어요. 크래그가 없으면 세상이 아름다움을 잃게 된다는 거죠."

"크래그 덕분에 세상이 아름답다!"

매스컬이 냉소적인 미소를 지으며 소리쳤다.

"그래요. 당신과 내가 지금 찾으러 가는 것과 같은 아름다움 말이에요. 그 아름다움을 위해 나는 남편과 자식, 행복까지 포기한 거예요……. 매스컬, 당신은 아름다운 것이 쾌락이라고 생각했나요?"

"물론입니다."

"그 쾌락적인 아름다움은 셰이핑의 무미건조한 혼합물이에요. 지독히 순수한 것에서 아름다움을 엿보려면, 거기에서 쾌락을 완전히 배제해야 해요."

"내가 아름다움을 찾아가는 거라고 말씀하시는 건가요, 글리밀? 내 머릿속에 그런 생각은 털끝만큼도 없습니다."

글리밀은 대꾸하지 않았다. 잠시 후, 매스컬은 글리밀의 대답을 들으려고 다시 돌아봤지만 그녀는 아무 말도 하지 않았다. 그들이 섬에 도착할 때까지 침묵이 이어졌다.

섬에 도착했을 때쯤 공기는 한층 축축해졌고, 써늘한 한기마저 느껴졌다. 브랜치스펠이 바다와 맞닿기 직전이었다. 스웨일론섬의 전체 길이는 5~6킬로미터쯤 돼 보였다. 해안은 너른 모래사장이었지만, 그 뒤로 검은빛을 띤 나지막한 벼랑들이 눈에 띄었고, 그 너머로는 풀 한 포기 보이지 않는 황량한 둔덕들이 굽이치고 있었다. 해류는 해안에서 100미터쯤 떨어진 곳에서 갑자기 방향을 바꾸며 뭍과 나란히 흘러갔다.

글리밀이 뗏목에서 뛰어내려 해안으로 헤엄치기 시작했다. 매스컬도 글리밀의 뒤를 따랐다. 홀로 버려진 뗏목은 해류를 따라 빠르게 멀어졌다. 곧 발이 닿는 지점에 도착한 그들은 천천히 바다에서 걸어 나왔다. 그들이 마른 땅에 도착했을 때쯤 브랜치스펠은 서쪽으로 넘어가 보이지 않았다.

글리밀은 둔덕을 향해 걸어갔다. 매스컬은 어렴풋이 보이는 움플래시숲에 힐끗 시선을 던지고는 서둘러 그녀의 뒤를 쫓았다. 벼랑에는 쉽게 올라갔다. 둔덕의 경사는 완만한 편이었고, 바싹 마른 푸석한 갈색 흙도 밟고 걷기에 좋았다.

조금 걸어가자, 왼쪽에서 하얗게 빛나는 것이 눈에 들어왔다. 글리밀이 말했다.

"일부러 보러 갈 것 없어요. 폴크랩이 말한 사람 뼈예요. 봐요, 저기에도 또 하나 있잖아요!"

매스컬이 빙긋 웃으며 말했다.

"이제야 실감나는데요!"

글리밀이 눈살을 찌푸리며 말했다.

"아름다움을 위해 죽은 사람들인데 웃음이 나와요?"

둔덕을 걸으면서 매스컬은 하얗게 빛나는 것부터 누렇게 때가 앉은 것까지 수많은 사람 뼈를 보았다. 뼈가 여기저기 흩어져 있어, 마치 파헤쳐진 공동묘지를 걷는 기분이었다. 그제야 매스컬은 글리밀의 따끔한 지적을 수긍하며 침울한 기분에 젖어들었다.

둔덕 꼭대기에 이른 뒤에도 햇살이 아직 남아 있어, 그들은 둔덕 반대편을 대충 훑어볼 수 있었다. 섬 북쪽의 바다는 그들이 건너온 바다와 크게 다르지 않았다. 그러나 강렬한 색깔들은 어둠 속에서 급속히 사라져 가고 있었다.

"저기가 매터플레이예요."

글리밀이 수평선 끝에 걸린 나지막한 땅을 가리키며 말했다. 그곳은 움플래시숲보다 훨씬 멀리 떨어진 것처럼 보였다. 매스컬이 혼잣말로 중얼거렸다.

"디그룽은 대체 저기를 어떻게 건넌 거지?"

이곳에서 그리 멀지 않은, 나지막한 둔덕으로 둥글게 에워싸인 골짜기에 지름이 800미터도 되지 않을 것 같은 아담한 원형 호수가 보였다. 석양에 물든 하늘이 호수 면에 반사됐다.

"저 호수가 아이언틱일 거예요."

글리밀이 말했다.

"그게 뭐죠?"

"어스리드가 연주하는 악기라고 들었어요."

"기왕에 왔으니 가까이 가서 살펴봅시다." 매스컬이 대꾸했다.

그들은 호수 쪽으로 걸어갔다. 가까이 다가가자, 호수 건너편에 드러누워 있는 사람이 눈에 들어왔다. 그 사람은 잠을 자는 것 같았다. 매스컬이 말했다.

"저 사람이 어스리드 아닐까요? 호수 물이 우리 몸을 지탱해 주면 호수로 건너갑시다. 시간을 절약할 수 있을 테니까."

이번에는 매스컬이 앞장서서, 호수와 경계를 이룬 비탈을 성큼성큼 내려갔다. 글리밀은 평소보다 더 위엄 있는 태도로 뒤따르면서도, 홀린 듯 호수 건너편에 누워 있는 남자에게서 눈을 떼지 못했다. 물가에 도착한 매스컬은 호수 물이 그의 몸무게를 지탱할 수 있는지 알아보려고 조심스레 한 발을 내디뎠다. 겉보기에 예사스럽지 않은 뭔가가 그를 긴장하게 만들었다. 어두운 빛을 띤 잔잔한 호수는 하늘을 아름답게 비추는, 액체 금속으로 만든 거울 같았다. 매스컬은 호수 물이 그의 몸무게를 지탱하는 것을 확인하고 또다시 한 발을 물 위에 올려놓았다. 그 순간, 격심한 충격이 그의 온몸을 휩쓸었고, 매스컬은 강한 전기 충격을 받은 듯 기슭으로 튕겨 나갔다.

매스컬은 몸을 추스르고 일어나 먼지를 털어 낸 다음, 호수 가장자리를 따라 걷기 시작했다. 글리밀도 서둘러 그의 뒤를 따랐다. 호수 건너편에 도착한 그들은 곧장 그 남자에게 다가갔다. 매스컬이 그를 발로 쿡 찔렀다. 남자가 잠에서 깨어나더니 눈을 껌벅이며 그들을 쳐다보았다.

남자의 얼굴은 핏기가 없이 허약해 보이고 멍했지만 불만스러

운 표정을 짓고 있었다. 검고 가는 머리칼은 무척 짧았고, 턱수염
도 막 돋기 시작한 듯했다. 이마에는 세 번째 눈 대신 완벽하게 동
그란 기관이 달려 있었는데, 그 기관 안쪽은 귀처럼 정교하게 굴
곡진 모습이었다. 남자는 고약한 냄새를 풍겼고, 중년에 갓 접어든
나이로 보였다.

"일어나!" 매스컬이 매섭게 말했다. "당신이 어스리드인가?"

남자는 대답하지 않고 되물었다.

"지금 몇 시야? 달이 뜨려면 얼마나 있어야 하지?"

그러고는 대답할 생각도 않고 일어나 앉아, 그들에게는 눈길조
차 주지 않고 푸석한 흙을 손으로 퍼서 아무렇지도 않게 먹기 시
작했다. 매스컬이 얼굴을 찌푸리며 물었다.

"아니, 어떻게 더러운 흙을 먹을 수 있지?"

"매스컬, 화내지 말아요."

글리밀은 그렇게 말하며 자기도 모르게 매스컬의 팔을 잡았다
가 얼굴이 빨개졌다.

"이분이 어스리드예요. 우리를 도와주실 분이죠."

"본인이 어스리드라고 대답하지 않았잖아요."

"내가 어스리드다."

약하고 불분명한 목소리였지만, 그 목소리는 거역할 수 없는
권위로 매스컬의 고막을 때렸다.

"여기에는 뭐 하러 왔지? 어쨌든 당장 여기를 떠나는 게 좋을
거다. 티어겔드가 떠오르면 이미 늦은 뒤일 테니까."

매스컬이 소리쳤다.

"구차하게 설명할 것 없어. 당신 악명은 익히 들었으니까. 우리는 당신의 음악을 들으려고 왔다. 그런데 이마에 있는 그 기관은 뭐지?"

어스리드는 매스컬을 매섭게 쏘아보다가 미소 짓고는 다시 쏘아보았다.

"이건 리듬을 만드는 기관이다. 소음을 음악으로 바꾸는 악기라 할 수 있지. 그렇게 서서 억지 부리지 말고, 당장 떠나라. 이 섬을 시체로 뒤덮고 싶지는 않으니까. 시체는 썩어 공기를 더럽힐 뿐이야."

이제 어둠이 빠르게 깔리기 시작했다.

"입만 살았군." 매스컬이 냉담하게 말했다. "당신 연주를 듣고 나서 내 연주 솜씨를 보여주지."

"네가? 너도 음악가냐? 대체 음악이 뭔지 알기나 하나?"

글리밀의 눈동자에서 불길이 활활 타올랐다.

"매스컬은 음악이 악기에 따라 달라진다고 생각하지만, 내 생각에 음악은 악기를 다루는 명인의 영혼에 있는 거예요."

어스리드가 말했다.

"그 말이 맞다. 하지만 그게 전부는 아니지. 너희에게 음악이 뭔지 말해주겠다. 내가 태어나고 자란 스리얼에서는 자연에 '3'의 비밀이 있다고 가르친다. 이 세계는 그저 우리 앞에 광활하게 펼쳐진 것 같지만 실제로는 세 방향을 지니고 있지. '길이'는 존재하는 것과 존재하지 않는 것을 가르는 선이고, '폭'은 존재하는 것들이 서로 어떻게 어울려 살아가는가를 보여주는 표면이며, '깊이'는 존재하는 것에서부터 우리 자신의 몸까지 연결되는 길(path)이다. 음악도 다르지 않다. '음'은 실제로 존재하는 것이므로, 음이 없으면 어떤 것도 존재할 수 없다. '대칭'과 '수'는 음이 존재하는 방식이다. '감정'이란, 창조되고 있는 경이로운 세상을 향한 우리 영혼의 움직임이다. 아름다운 음은 즐거움을 주는 까닭에, 인간은 음악을 창조할 때 습관적으로 아름다운 음을 빚어내려 하기 마련이다. 따라서 인간의 음악 세계는 쾌락에 바탕을 두고, 대칭은 질서정연하고 매혹적이며, 감정은 달콤하고 사랑스럽……. 그러나 내 음악은 고통스러운 음에 기초하므로 대칭은 거칠고 찾기 힘들며, 감정은 쓰디쓰고 두려울 정도지."

"당신의 음악이 독창적일 거라고 생각하지 않았다면 아예 여기에 오지도 않았을 거야." 매스컬이 말했다. "하지만 설명해 봐. 왜 귀에 거슬리는 음들은 단순한 대칭을 이루지 못하지? 그리고 왜 듣는 이들의 마음을 뒤흔들어 놔야만 하는 건가?"

"쾌락은 화합할 수 있지만, 고통은 부딪치고 충돌해야 한다. 고통의 충돌에도 대칭이 존재한다. 음악은 폭풍처럼 거세고 열정적이어야 감동이 따르는 법이다."

"당신은 그런 걸 음악이라고 하는군." 매스컬이 진지한 표정으로 말했다. "하지만 내 생각에 그런 음악은 인간의 실제 삶에 더 가까운 것 같은데."

"셰이핑의 계획이 착실하게 진행됐다면 인간의 삶은 다른 형태의 음악과 비슷해졌을 거다. 셰이핑의 계획을 알고 싶다면 자연의 세계에서 그 흔적을 찾아낼 수 있을 거야. 하지만 이미 밝혀졌

듯이, 인간의 삶은 내 음악과 비슷하다. 따라서 내 것이야말로 진정한 음악이다."

"당신 연주로 우리에게 살아 있는 유령을 보여줄 수 있나?"

"내 기분이 어떻게 변할지는 나도 모른다." 어스리드가 대답했다. "하지만 내 연주가 끝나면 너도 마음껏 연주해 봐라. 네가 좋을 대로 말이야. 하지만 너의 커다란 몸뚱이에서 음다운 음이 나올지 모르겠군."

글리밀이 잔뜩 긴장한 목소리로 나지막이 말했다.

"우리는 당신 연주에 충격을 받아 죽을 수도 있어요. 하지만 진정으로 **아름다운 것**을 보면서 죽겠지요."

어스리드가 근엄한 얼굴로 글리밀을 보며 말했다.

"내가 음악으로 표현하는 생각은 너뿐만 아니라 누구도 견뎌낼 수 없을 거다. 하지만 너는 내 음악을 네 방식대로 이해하는구나. 내 음악을 아름답다고 말하는 여자가 필요하긴 했다. 하지만 내 음악이 아름답다면, 추한 것은 무엇이냐?"

글리밀이 어스리드에게 미소 지어 보이며 대답했다.

"감히 말씀드리자면, 추한 것은 낡고 진부한 삶입니다. 하지만 당신의 음악은 매일 밤 자연의 자궁에서부터 신선한 기운을 불어넣어 주었습니다."

어스리드는 글리밀을 뚫어지게 바라보며 아무런 대꾸도 하지 않았다. 한참 후에야 어스리드가 침묵을 깨고 말했다.

"티어겔드가 떠오르고 있군. 곧 보게 될 테지만 한참 동안 보고 있지는 못할 거다."

그의 입에서 이 말이 떨어지기 무섭게, 보름달이 어둠에 잠긴 동쪽 하늘에서 둔덕 위로 살며시 얼굴을 드러냈다. 그들은 말없이 티어겔드를 지켜보았다. 곧 티어겔드가 완전히 떠올랐다. 그것은 지구의 달보다 크고 가까워 보였다. 그늘이 드리워진 부분이 뚜렷하게 도드라져 보였지만, 그것은 매스컬의 눈에 죽음의 세계로 비치지 않았다. 브랜치스펠은 티어겔드 전체를 비췄지만 알페인은 일부만 비췄다. 브랜치스펠의 빛을 반사한 부분이 초승달 모양으로 하얗게 빛났다. 그러나 두 개의 태양 모두에서 빛을 받은 부분은 초록빛으로 찬연히 빛나면서도 차갑고 칙칙하게 느껴졌다. 그처럼 뒤섞인 빛을 보고 있자니 매스컬은 알페인의 잔광을 볼 때마다 느꼈던 것처럼 붕괴되는 듯한 기분이었다. 하지만 이번에는 몸이 붕괴되는 게 아니라 미학적 감각이 완전히 허물어지는 느낌이었다. 티어겔드는 그에게 조금도 낭만적으로 보이지 않았다. 그것은 마음을 싱숭생숭 뒤흔들어 놓는 신비로운 달이었다.

자리에서 일어난 어스리드는 잠시 묵묵히 서 있었다. 그의 얼굴이 밝은 달빛을 받아 변한 것 같았다. 유약하고 불만에 찬 듯한 표정이 사라지고, 장인다운 위엄이 엿보였다. 그는 묵상하는 사람처럼 두세 차례 손뼉을 치며 이리저리 서성댔다. 매스컬과 글리밀도 덩달아 일어나 그를 물끄러미 지켜보았다.

마침내 어스리드가 호숫가에 앉더니, 오른손을 펴고 땅바닥을 짚으며 한쪽으로 기댔다. 그런 자세에서 오른쪽 다리를 쭉 뻗자 발이 호수 물에 닿았다.

어스리드와 호수를 지켜보던 매스컬은 날카로운 칼이 심장을 찌르는 듯한 느낌에 사로잡혔다. 그는 넘어질 뻔했지만 가까스로 균형을 잡았다. 호수에서 물이 분수처럼 솟구쳐 올랐다가 다시 가라앉는 모습이 그의 눈에 들어왔다. 다음 순간, 매스컬은 보이지 않는 손에 입을 세게 얻어맞고 뒤로 나뒹굴고 말았다. 매스컬은 힘겹게 몸을 일으켰다. 또다시 호수에서 물이 솟구쳐 올랐다. 겨우 일어서자마자 매스컬은 마치 악성 종양에 시달리는 듯 뇌를 망치로 얻어맞는 기분을 느꼈다. 매스컬은 비명을 지르며 비틀거리다가 다시 쓰러지고 말았다. 이번에는 크래그가 상처를 낸 팔 쪽으로 넘어졌다. 엄청난 고통에, 지금까지 겪었던 온갖 고난은 완전히 잊혀 버렸다. 하지만 그 고통은 잠깐 동안만 지속됐을 뿐, 그 후 갑자기 안도감이 찾아왔다. 매스컬은 어스리드의 사나운 음악이 그에게 더 이상 영향을 미치지 못한다는 사실을 깨달았다.

어스리드는 여전히 똑같은 자세로 호숫가에 누워 있었다. 물기둥은 계속 용솟음치고 있었다. 그러나 글리밀은 일어서지 못했다. 그녀는 바닥에 웅크린 채 꼼짝도 하지 않았다. 그 모습이 너무 흉해서 매스컬은 글리밀이 죽은 거라 생각하고 그녀에게 다가가서 확인해 봤다. 글리밀은 **죽은 게 분명했다.** 글리밀이 죽을 때 어떤 심정이었는지는, 그녀의 얼굴이 수정인간의 비열한 미소를 띠고 있었기 때문에 알 수가 없었다. 5분도 안 되는 사이에 일어난 비극이었다.

매스컬은 어스리드에게 달려들어 그를 억지로 호숫가에서 끌어내며 연주를 중단시켰다.

"당신 말이 맞았어. 글리밀은 죽었다."

어스리드가 흐트러진 감각을 추스르려 애쓰며 말했다.

"이미 경고하지 않았나. 그 여자에게 떠나라고 사정까지 했다. 하지만 그 여자는 너무 쉽게 죽었다. 자기 입으로 말한 아름다움을 맛보지도 못했지. 격정의 소리도 듣지 못했고 내 고유한 리듬을 듣지도 못했다. 너도 마찬가지고."

매스컬은 분개한 표정으로 어스리드를 내려다볼 뿐 아무 말도 하지 않았다. 어스리드가 말을 이었다.

"내 연주를 중단시키지 말았어야 했어. 연주를 시작하면 내게는 모든 게 하찮아 보일 뿐이다. 그렇지 않으면 생각의 흐름을 잃어버릴 수 있으니까. 다행히 나는 그 사실을 절대로 잊지 않지. 그래서 언제든 다시 시작할 수 있는 거고."

"죽은 사람을 앞에 두고 음악을 계속 연주해야 한다면, 이제부터는 내가 연주하지."

어스리드가 매스컬을 재빨리 올려다봤다.

"그럴 수는 없다."

"그렇게 해야만 해." 매스컬이 단호하게 말했다. "나는 듣는 것보다 연주하는 걸 좋아하니까. 게다가 당신은 매일 밤 연주하겠지만 내게는 연주할 시간이 오늘 밤밖에 없어."

어스리드는 주먹을 쥐었다 펴기를 반복했다. 그의 얼굴이 창백하게 변했다.

"네 무모함 때문에 우리 둘 다 죽을 수도 있어. 아이언틱은 내 거다! 너는 연주하는 법을 모르잖아. 악기를 망가뜨리기밖에 더하겠느냐!"

"그렇다면 아예 부숴버릴 테다. 여하튼 내가 연주할 거야."

어스리드가 벌떡 일어나 매스컬 앞을 가로막았다.

"폭력을 써서라도 내 악기를 빼앗을 생각이냐?"

"진정해! 당신이 우리에게 선택권을 주었듯이 나도 당신에게 선택권을 주겠어. 내가 연주를 시작하기 전에 여기를 떠나라."

"네가 내 연못을 망쳐버리면 그게 내게 무슨 도움이 되지? 네가 무슨 짓을 하려는 건지 알기나 하나?"

그 말에 매스컬이 소리쳤다.

"떠나든지 여기에 있든지 알아서 해! 호수 물이 잔잔해질 때까지만 시간을 주겠다. 물이 잔잔해지면 곧바로 연주를 시작할 거니까."

어스리드는 연거푸 마른침을 삼키며, 호수와 매스컬을 번갈아 바라봤다.

"정말로 그럴 생각이냐?"

"호수 물이 잔잔해지는 데 얼마나 걸리는지 당신이 나보다 잘 알 테지. 여하튼 그때까지는 무사할 거야."

어스리드는 악의에 가득 찬 표정으로 매스컬을 쏘아보았다. 그리고 잠시 망설이더니 허겁지겁 걸음을 재촉하며 가까운 둔덕 위로 올라가기 시작했다. 그는 반쯤 올라가다가 불안한 얼굴로 뒤를 돌아보았다. 잠시 후 그는 매터플레이가 마주 보이는 해안을 향해 달음질치면서 둔덕을 완전히 넘어 시야에서 사라졌다.

마침내 호수 물이 잔잔해지자 매스컬은 호숫가에 앉아 어스리드가 했던 자세를 취했다. 어떻게 연주를 시작하고, 어떤 결과가 닥칠지 알지 못했지만, 매스컬은 마음속으로 대담한 계획을 세웠다. 그는 실체가 있는 유령, 무엇보다 수르투르의 유령을 불러내고 싶었다.

발을 호수에 올려놓기 전에, 매스컬은 연주법에 대해 잠시 생각해 보았다.

'보통 음악에 **주제**가 있듯이, 이 음악에는 **유령들**이 있어. 작곡가는 어떤 음을 미리 정해놓고, 그 음을 중심으로 주제를 정하는 게 아니야. 주제는 영감처럼 머릿속에 퍼뜩 떠오르는 거야. 유령도 다르지 않을 거야. 내가 연주를 시작하면서 무엇이든 가치 있는 생각을 하면, 생각들이 끊이지 않고 내 무의식에서 이 호수로 전달될 거야. 그래서 그 생각들이 현실에서 구체화되면 나는 처음으로 그것들을 알게 되는 거야. 틀림없어!'

발을 물에 올려놓자, 매스컬은 그의 생각들이 몸에서 흘러 나가는 듯한 느낌을 받았다. 그것이 어떤 생각인지는 몰랐지만, 생각이 흘러 나가는 자체만으로 연주법을 터득했다는 짜릿한 즐거움이 밀려왔다. 더불어, 그 생각들이 무엇인지도 알고 싶어졌다. 호수에서 점점 더 많은 용솟음이 생겼지만 매스컬은 조금도 고통스럽지 않았다. 음악으로 승화하는 듯한 생각들은 그에게서 물 흐르듯 일정하게 흘러나오지 않고 세차게 콸콸 쏟아진 뒤 잠시 멈추는 식으로 반복됐다. 생각들이 분출될 때마다 물기둥이 용솟음치며 호수 전체가 요동쳤다.

매스컬에게서 빠져나가는 생각들은 그의 머릿속에 있는 것이 아니라, 의지의 깊디깊은 내면에 잠들어 있던 것이었다. 매스컬은 그 생각들이 어떤 성격을 갖고 있는지 판단할 수 없었다. 다만, 생각이 흘러 나가는 속도를 자유의지로 빠르게 하거나 늦추기만 할 뿐이었다.

처음에는 그의 주위에서 어떤 변화도 일어나지 않았다. 그런데 달빛이 점점 어두워지면서 이상하고 새로운 빛이 주위를 비추기 시작했다. 그 빛이 인식하기 힘들 정도로 강해진 탓에, 매스컬은 상당한 시간이 지난 뒤에야 그것이 움플래시숲에서 봤던 머스펠의 빛이란 사실을 알아챘다. 그 빛의 색깔은 인간의 언어로 표현하기 힘들었지만, 매스컬은 그 빛에서 거역하기 힘든 신성한 경외감을 느꼈다. 그는 의지력을 최대한 끌어 올렸다. 그러자 솟구치는 물기둥이 숲처럼 굵어졌고, 그중 대부분이 5미터 넘게 치솟았다. 티어겔드는 흐릿하고 파리해 보였지만 머스펠의 빛은 더욱 강렬해졌다. 그러나 그림자를 드리우지는 않았다. 바람이 일었지만, 매스컬이 앉아 있는 곳은 잔잔했다. 곧 바람이 공기를 날카롭게 찢으며 돌풍처럼 변했다. 유령은 나타나지 않았다. 매스컬은 의지력을 두 배로 늘렸다.

매스컬의 생각들이 노도처럼 호수로 밀려 나가면서 그의 영혼은 흥분감과 모험심에 사로잡혔다. 하지만 아직까지 그 생각들의 성격에 대해서는 알 수 없었다. 거대한 물기둥이 솟구쳤고, 그와 동시에 언덕들이 갈라지고 무너지기 시작했다. 엄청난 흙더미가 화산처럼 폭발한 뒤에는 모든 것이 멈춰버렸다. 그사이 주위 풍경이 완전히 바뀌었다. 신비로운 빛은 더 강렬해졌고, 티어겔드는 완전히 사라졌다. 보이지 않는 폭풍 소리는 점점 가까이 들려오고 있었다. 그러나 매스컬은 의연하게 연주를 계속하면서, 생각이 형체를 띠도록 몰아붙였다. 언덕 비탈이 쩍 갈라지며 균열이 생겼다. 용솟음친 물기둥이 사방으로 흩어지면서 온 땅을 적셨지만, 매스컬이 있는 곳까지는 물 한 방울 튀지 않았다.

신비로운 빛이 점점 섬뜩하게 변해갔다. 그 빛이 비추지 않는 곳이 없었다. 그러나 매스컬의 눈에는 한 곳이 유난히 밝게 보였다. 그가 보기에 빛은 그곳에 집중되면서 구체적인 형체로 변할 준비를 하고 있었다. 매스컬은 바짝 긴장했다…….

잠시 후, 호수 바닥이 푹 꺼졌다. 악기가 망가진 셈이었다.

그와 동시에 머스펠의 빛이 사라지고 달이 다시 비치기 시작했다. 그러나 매스컬의 눈에는 달이 보이지 않았다. 그 초자연적인 머스펠의 빛이 사라지자, 매스컬은 칠흑 같은 어둠 속에 떨어진 기분이었다. 귀를 찢는 듯한 바람도 멈췄고, 죽음 같은 침묵만이 있었다. 호수로 흘러가던 생각도 끊겼다. 그의 발은 이제 물에 닿지 않고 허공에 덩그러니 떠 있었다.

매스컬은 갑작스러운 변화에 어리둥절한 나머지 무엇도 생각하거나 느낄 수 없었다. 그저 멍하니 누워 있을 뿐이었다. 그런데 갑자기 호수 바닥이 쩍 갈라지더니 거대한 폭발이 일어났다. 호수 물이 끝을 알 수 없는 바닥으로 떨어지다 불기둥과 부딪쳤다. 매스컬의 몸이 공중으로 한참 튕겨 올라갔다가 무겁게 쿵 떨어졌다. 그리고 그는 의식을 잃었다…….

의식을 되찾았을 때 매스컬의 눈에는 모든 것이 보였다. 티어겔드는 밝게 빛나고 있었다. 그는 조금 전까지 호수였던 곳 기슭에 누워 있었다. 호수는 분화구로 변했는데, 바닥이 보이지 않을 정도로 깊었다. 호수를 에워쌌던 둔덕들은 엄청난 포격을 당한 것처럼 평지로 변해버렸다. 하늘에 낮게 뜬 먹구름들이 끊임없이 번개를 내리쳤고, 그때마다 어마어마한 굉음이 지축을 흔들었다.

매스컬은 일어서서 몸 상태를 살펴보았다. 다친 곳이 없다는 것을 확인하자, 그는 곧바로 분화구 주위를 훑어보았다. 그런 다음 북쪽 해안을 향해 힘겹게 발걸음을 뗐다.

조금 전까지 호수를 굽어보던 둔덕 꼭대기부터 바다까지 3킬로미터 정도 되는 길은 완만한 비탈이었다. 그가 지나가는 모든 곳에 그의 격정적인 연주가 남긴 흔적이 남아 있었다. 땅이 깎이고 파이면서 곳곳에 새로운 물길과 분화구가 생겼다. 매스컬은 해변을 굽어보는 나지막한 벼랑에 이르러서야 벼랑 또한 산사태로 일부가 무너졌다는 사실을 알았다. 모래사장으로 내려온 그는 달빛에 비친 요동치는 바다를 물끄러미 바라보며, 이 실패의 섬에서 벗어날 방법을 궁리하기 시작했다.

그런데 얼마 떨어지지 않은 곳에 하늘을 보고 누워 있는 어스리드의 시신이 눈에 들어왔다. 그의 몸에서 두 다리가 떨어져 나가고 없었다. 다리를 찾아 주위를 살펴봤지만 어디에서도 찾을 수 없었다. 어스리드의 치아가 오른팔 살 속 깊숙이 박혀 있었다. 그가 지독한 육체적 고통에 시달리며 죽어갔다는 증거였다. 시신의 피부는 달빛에 초록색으로 빛났고, 상처 부위의 색깔은 한층 짙어 보였다. 시신 주위의 모래는 핏빛으로 물들어 있었지만, 피는 오래전에 땅속으로 스며들어 보이지 않았다.

　매스컬은 당황해서 시신에서 황급히 물러섰다. 그리고 향긋한 냄새를 풍기는 해안을 따라 무작정 걸었다. 그는 바위에 걸터앉아 해가 뜨기를 기다렸다.

16
리홀페이

　자정이 되자, 티어겔드가 남쪽으로 떠올라 자신의 그림자를 바다에 똑바로 드리우며 모든 것을 거의 대낮처럼 밝게 비췄다. 그때, 해안에서 멀지 않은 곳에 둥둥 떠다니는 커다란 나무 하나가 매스컬의 눈에 들어왔다. 수면 위로 10미터쯤 똑바로 서 있는 그 나무는 살아 있었는데, 뿌리가 굉장히 깊고 넓은 게 분명했다. 나무는 거친 바다를 헤치고 건너와 해안을 따라 표류하고 있었다. 매스컬은 그 나무를 한동안 멍하니 바라보았다. 그러다 문득 어떤 나무인지 살펴본다고 손해 볼 것은 없다는 생각이 떠올랐다. 매스컬은 위험을 따질 겨를도 없이 곧바로 나무를 향해 헤엄쳐 갔다. 그리고 가장 낮은 곳에서 뻗은 가지를 움켜잡고 재빨리 나무에 올라탔다.

　매스컬은 위쪽을 올려다보았다. 나무줄기는 우듬지까지 무척 굵었고, 꼭대기에는 인간의 얼굴과 비슷하게 생긴 옹이가 있었다. 매스컬은 큰 가지를 차근차근 밟고 옹이까지 기어올라 갔다. 나뭇가지들은 해초 같은 잎으로 뒤덮여 몹시 미끄러웠다. 우듬지에 올라선 뒤에야 매스컬은 그 옹이가 실제로 일종의 얼굴이라는 것을 확인할 수 있었다. 진화가 덜 된 눈 같은 피막들이 얼굴을 빙 둘러나 있는 것을 보니, 이 나무는 하등한 지능을 지닌 식물인 듯했다.

그때, 해안에 거의 접근한 나무가 바닥에 닿자 크게 흔들리기 시작했다. 매스컬은 균형을 잡으려고 엉겁결에 손을 뻗었고, 그 바람에 우연히 피막 몇 개를 손으로 덮고 말았다. 나무는 마치 의지를 가진 것처럼 해안에서 멀어졌다. 나무가 안정을 되찾은 뒤에야 매스컬은 손을 거뒀다. 그러자 나무가 곧바로 해안 쪽을 향했다. 매스컬은 잠시 생각한 끝에, 눈같이 생긴 피막을 실험해 보기로 결심했다. 예상대로 그 눈들이 달빛에 자극을 받으면 나무는 달빛이 비치는 방향으로 움직였다.

이 거대한 움직이는 식물을 이용해 매터플레이까지 갈 수 있다는 생각이 문득 머리를 스치자, 매스컬의 얼굴에 득의의 미소가 떠올랐다. 그는 그런 생각을 지체 없이 행동에 옮겼다. 길고 거친 잎을 뜯어내, 북쪽을 향한 피막들을 제외한 나머지 피막을 모두 덮었다. 나무는 곧바로 섬에서 멀어지며 난바다로 향했다. 그러고는 정북 방향으로 나아갔다. 그러나 나무는 시속 1.5킬로미터로밖에 이동하지 못했고, 매터플레이는 65킬로미터나 떨어진 곳에 있었다.

큼직한 파도가 나무줄기를 강하게 때렸고, 부서지는 물결이 쏴아 소리를 내며 아래쪽 가지들 사이를 지나갔다. 매스컬은 위쪽 마른 가지에 올라가 있었지만, 느린 이동 속도에 불안하기만 했다. 그때, 북서쪽으로 질주하듯 흐르는 해류가 눈에 띄자 매스컬의 머릿속에 또 다른 생각이 떠올랐다. 매스컬은 다시 피막들을 적절히 조절해 나무를 해류 쪽으로 이동시켰다. 그리고 나무가 해류에 완전히 올라타자마자 피막들이 있는 나무 윗부분을 완전히 가려버렸다. 그때부터 나무는 해류를 타고 빠른 속도로 매터플레이를 향해 질주했다.

매스컬은 나뭇가지들 사이에 안전하게 자리를 잡고 남은 밤 동안 잠을 잤다.

다시 눈을 떴을 때 스웨일론섬은 시야에서 사라지고, 티어겔드는 서쪽 바다 밑으로 가라앉고 있었다. 동쪽 하늘은 떠오르는 아침 햇살에 밝게 빛났다. 공기는 시원하고 맑았다. 바다에 비치는 빛은 아름답다 못해 신비로웠다. 1.5킬로미터 전방, 매터플레이로 짐작되는 육지가 나지막한 낭떠러지를 이루며 어스름하게 보였다. 해류는 더 이상 해안으로 향하지 않고 해안을 따라 흐르기 시작했다. 매스컬은 해류의 방향을 확인하자마자 피막을 조절해 해류에서 빠져나와 나무를 해안 쪽으로 이동시켰다. 동쪽 하늘이 갑자기 격렬한 색깔로 물들며 환해지더니 브랜치스펠이 바다 위로 윤곽을 드러냈다. 티어겔드는 이미 바다 아래로 가라앉아 보이지 않았다.

해안이 점점 가까워졌다. 겉모습은 스웨일론섬과 크게 다르지 않았다. 널찍한 모래사장, 나지막한 낭떠러지, 풀 한 포기 없는 둥글고 낮은 언덕까지 모든 것이 똑같았다. 하지만 이른 아침의 햇살 때문인지 무척 낭만적으로 보였다. 매스컬은 어떤 것에도 관심이 없는 듯 움푹 들어간 눈과 침울한 표정을 하고 멍하니 육지를 바라볼 뿐이었다. 나무가 바닥에 닿자, 그는 곧바로 나뭇가지를 타고 내려와 바다로 뛰어내렸다. 그가 헤엄쳐서 해안에 이르렀을 쯤에는 하얀 태양이 수평선 위로 완전히 올라와 있었다.

매스컬은 특별한 목적도 없이, 모래사장을 따라 동쪽으로 한참 걸었다. 샛강이나 계곡을 만날 때까지 무작정 걷겠다는 생각밖에 없었다. 브랜치스펠의 포근한 빛에 힘입어, 매스컬은 힘겨웠던 밤의 기억에서 조금씩 벗어나기 시작했다. 해안을 따라서 1.5킬로미터쯤 걸었을까? 마침내 그는 낭떠러지 끝에서부터 바다로 흘러가는 너른 시내를 만났다. 물은 맑은 초록빛으로 무척 아름다웠고, 거품으로 뒤덮여 있었다. 얼음처럼 차고 탄산기를 머금은 물에 이끌려, 매스컬은 얼굴을 거의 바닥까지 물에 담그고 오랫동안 들이켰다. 다시 일어서자 그의 눈이 장난을 치는 것처럼 시야가 흐려졌다 맑아졌다……. 순전히 꿈을 꾸는 것 같았다. 매스컬은 디그룽이 자신의 몸속에서 움직이는 거라고 생각했다.

매스컬은 기슭을 따라 걷다가 낭떠러지 사이의 협곡으로 들어갔다. 처음으로 진정한 매터플레이의 모습을 본 기분이었다. 바위로 완전히 에워싸인 보석 같은 계곡이 눈앞에 나타났다. 헐벗은 언덕 지대에는 풀 한 포기, 생명체 하나 없었지만, 둔덕 한복판에 자리 잡은 그 계곡은 무척 풍요로워 보였다. 계곡은 산에 완전히 둘러싸여 있었으며, 보이는 것은 널찍한 저지대 끄트머리뿐이었다. 계곡 바닥의 너비는 800미터쯤 되었다. 그 가운데를 흐르는 시내의 폭은 30미터에 가까웠지만 얕디얕아서, 대부분의 지역이 수심 10센티미터를 넘지 않을 듯했다. 계곡 양쪽에 늘어선 낭떠러지는 20미터쯤 됐지만 몹시 가팔랐으며, 밝게 빛나는 작은 이파리가 달린 나무들로 바닥부터 꼭대기까지 뒤덮여 있었다. 잎들은 무척 다채로운 색깔을 띠었는데 대부분이 밝고 산뜻한 색이었다. 지구의 나무들처럼 하나의 색조가 여러 가지로 변형된 게 아니었다.

계곡 바닥은 마법사의 정원 같은 느낌이었다. 빼곡히 들어찬 나무들과 딸기나무들, 덩굴식물들이 서로 자리를 차지하려고 사방에서 다투는 듯했다. 나무들의 형태는 한결같이 이상하고 기묘했으며, 같은 모양의 나무는 한 그루도 없었다. 잎과 꽃, 생식기관과 줄기 같은 것들도 특이했다. 토맨스 행성의 다섯 가지 원색이 다양하게 혼합된 듯해서 매스컬은 눈앞이 어지러울 지경이었다. 초목들이 너무 무성한 탓에 길을 만들며 나아갈 수 없어, 매스컬은 어쩔 수 없이 강바닥을 따라 걸어야 했다. 물에 닿자 약한 전기 충격을 받은 듯 이상하게 온몸이 따끔거리는 것 같았다. 새는 보이지 않았지만, 괴상하게 생긴 조그만 몸집의 날개 달린 파충류들이 둔덕에서 둔덕으로 계곡을 넘나들었다. 날아다니는 벌레들이 떼 지어 달려들어서 매스컬에게 위협을 가했지만, 그의 피가 마뜩잖았던지 단 한 번도 물리지 않았다. 시내 기슭에는 지네, 전갈, 뱀 같은 것들을 닮은 기어 다니는 징그러운 생물들도 무수히 많았지만, 맨살이 드러난 다리와 발을 공격하지 않았다. 덕분에 매스컬은 어려움 없이 물속을 나아갈 수 있었다……. 그런데 곧 강 한복판에서 무시무시하게 생긴 괴물을 맞닥뜨리고 말았다. 조랑말만 한 크기였는데, 생김새는 굳이 따지자면 바다 갑각류와 비슷했다. 그 괴물과 눈이 마주치는 순간, 매스컬은 발걸음을 멈췄다. 그들은 긴장한 눈빛으로 서로를 노려보았다. 괴물은 사악한 눈빛을 번뜩였고, 매스컬은 차갑고 경계하는 눈빛을 보냈다. 그때 매스컬에게 이상한 일이 일어났다.

눈앞이 다시 흐릿해졌다. 그러나 1, 2분 정도 지나자 흐릿한 시야가 깨끗이 걷히고 모든 것이 다시 또렷하게 보였다. 시각 능력에도 변화가 생긴 것 같았다. 괴물의 몸속이 훤히 보였고 심지어 내장 기관들까지 뚜렷하게 들여다보였다. 딱딱한 껍질과 단단한 조직은 흐릿하고 반투명했지만, 그 안에서 복잡하게 얽힌 정맥과 동맥은 선명하게 보였다. 곧 조금이라도 단단한 부분들은 완전히 사라져 버리고 혈관만이 남았다. 심지어 혈관의 '관管'도 사라졌다. 괴물의 몸속에 흐르는 피만 보일 뿐이었다. 그것은 이리저리 흐르면서 불타오르는 듯한 액체 해골처럼 보였다. 잠시 후 피마저 변하기 시작했다. 끊임없이 흐르는 액체가 아니라, 적어도 매스컬의 눈에는 무수한 점들이 이어진 것처럼 보였다. 붉은 색깔은 점들이 빠르게 이동하면서 자아내는 착각에 불과했다. 이제 그는 그 점들이 자체적으로 밝게 빛나는 미세한 태양과 닮았음을 알았다. 점들의 이동은 별들이 항로가 틀어져 각각 두 방향으로 흐르는 것과 비슷했다. 한쪽은 중앙의 고정점으로 이동하고, 다른 한쪽은 고정점에서 멀어지는 것 같았다. 매스컬은 전자의 흐름이 괴수의 정맥이고, 후자의 흐름이 동맥이며, 고정점이 심장이란 사실을 짐작할 수 있었다.

매스컬이 넋을 잃은 채 괴물에게서 눈을 떼지 못하는 사이, 이 별들의 그물망은 불이 꺼진 듯 갑자기 사라져 버렸다. 괴물이 서 있던 곳에는 아무것도 없었다. 하지만 그 '아무것도 없는 곳'을 통해서는 풍경조차 보이지 않았다. 형체도 색깔도 실체도 없는 뭔가가 그곳에 서서 빛을 차단하는 게 틀림없었다. 그 무언가는 더 이상 눈으로 인식되지 않고 감각으로 느껴지기 시작했다. 활력이 샘물처럼 샘솟고, 사랑과 모험, 미스터리, 아름다움, 여성성에 자극받아 맥박이 빨라지는 기분 좋은 느낌이 그의 온몸을 감쌌다. 희한하게도 매스컬은 그런 느낌 자체가 그 괴물이라는 생각을 떨칠 수 없었다. 하지만 그 느낌에 완전히 취한 그는 보이지 않는 괴물이 어째서 그에게 활력과 성적인 감각과 용기를 북돋워 주는지 의문을 품을 겨를이 없었다. 괴물은 살과 뼈와 피를 완전히 버렸고, 매스컬은 완전히 발가벗은 생명 자체와 마주하고 있었다. 그 생명이 그의 몸으로 서서히 스며드는 기분이었다.

그런 느낌이 사라지자, 잠시 후 별처럼 흐르던 액체 해골이 다시 그 공간에 나타났다. 액체 해골은 곧 새빨간 혈관으로 변했고, 몸의 단단한 부분들도 다시 나타나 점점 뚜렷해지면서 혈관이 희미해졌다. 마침내 내장 기관들도 딱딱한 껍질 뒤로 완전히 사라졌다. 그리고 매스컬의 눈앞에는 조금 전과 똑같이 흉측하게 생긴 괴물이 우뚝 서 있었다.

괴물은 매스컬이 마음에 들지 않았던지 옆으로 비켜서 여섯 개의 다리를 어기적거리며 뒤뚱뒤뚱 반대편 강기슭으로 걸어갔다.

괴물이 물러난 뒤에도 매스컬은 괜스레 불안하고 조마조마했다. 그는 디그룽의 눈을 통해 세상을 보기 시작했다. 조만간 커다란 골칫거리가 닥칠 것 같았다. 눈앞이 다시 흐릿해졌을 때 매스컬은 의지력으로 거기에 맞섰고, 아무런 일도 일어나지 않았다.

계곡은 구불구불한 길을 따라 둔덕들 쪽으로 이어져 있었다. 안으로 들어갈수록 길은 좁아졌고, 초목이 우거진 양쪽의 비탈도 점점 가팔라졌다. 시내의 폭은 6미터가량으로 줄어들었지만, 수심은 더 깊어졌다. 시내는 감미로운 소리를 내고 거품을 일으키며 끊임없이 흐르는 살아 있는 생명체였다. 물에 닿을 때마다 전해지는 따끔거리는 느낌은 더욱 강해졌고 기분마저 불쾌했지만 이곳 외에는 마땅히 걸어갈 만한 곳이 없었다. 무수한 생명체가 빚어내는 소리에 귀가 멍멍해지는 그 작은 계곡은 자연의 거대한 회담장 같았다. 매스컬은 생명이 이처럼 풍요롭게 약동하는 곳을 본 적이 없었다. 어느 곳이나 동물과 식물이 의지를 다투는 경연장이었다. 자연학자라면 이 계곡을 낙원이라고 생각할 것이다. 똑같이 생긴 것은 하나도 없고, 모든 것이 저마다 개성을 자랑하며 환상적인 자태를 뽐냈다.

자연이 생명체를 쉴 새 없이 창조해 내는 바람에 그 모든 것을 수용할 공간이 부족할 것 같았다. 백 개의 씨를 뿌려야 하나를 겨우 수확하는 지구와는 사뭇 달랐다. 이곳에서는 나이 든 생명체가 새로운 생명체에게 삶의 터전을 양보하기 위해 죽어 가기 때문에 어린 생명체가 생존할 수 있는 듯했다. 사방에서 나이 든 생명체가 겉보기에는 아무 이유 없이 시들고 죽어 가는 것이 매스컬의 눈에도 보였다. 정확히 말하면, 나이 든 생명체가 새로운 생명체에게 죽임을 당하고 있었다.

한편 극적으로 돌연변이를 일으켜 완전히 다른 '세계'에 속한 것처럼 보이는 생명체도 있었다. 예컨대 크기와 모양이 레몬과 비숫하지만 껍질은 레몬보다 단단한 열매 하나가 땅바닥에 나뒹굴고 있었다. 매스컬은 과육을 먹을 생각에 그 열매를 집어 들었지만 껍질 안에는 형태를 완전히 갖춘 어린 나무가 있었다. 말하자면, 어린 나무가 껍질을 뚫고 나오기 직전의 열매였던 것이다. 매스컬은 열매를 상류 쪽으로 던져 버렸다. 그 열매는 그를 향해 떠내려오다가, 그가 있는 곳 근처에 이르자 더 이상 떠내려가지 않고 물살을 거슬러 뭍 쪽으로 헤엄치기 시작했다. 매스컬이 그 열매를 물에서 건져 이리저리 살펴보니 완전히 발육되지 않은 여섯 개의 다리가 돋아 있었다.

매스컬은 생명으로 약동하는 계곡을 찬양하는 노래를 부르지 않았다. 그는 오히려 기분이 가라앉고 울적해졌다. 자연, 생명력, 의지, 신 등 뭐라고 부르든 간에, 이 상스럽고 하찮은 조그만 세계를 지배하며 미친 듯이 뛰어다니는 보이지 않는 힘은 드높은 목표를 갖고 있거나 크나큰 가치를 지닌 존재가 아니라는 생각도 들었다. 물리적 실체를 차지하기 위해 한두 시간쯤 벌이는 이런 지저분한 다툼이 중요하고 가치 있는 일로 여겨지는 이유가 도무지 이해되지 않았다. 꽉 막힌 계곡 안에서 그는 숨이 막혔다. 맑은 공기와 널찍한 공간이 그리웠다. 그는 계곡 기슭으로 달려가 나무에서 나무로 건너뛰며 벼랑을 오르기 시작했다.

정상에 오르자, 브랜치스펠의 하얀빛이 그에게 사정없이 내리쪼였다. 그곳에 마냥 있을 수는 없었다. 매스컬은 주위를 둘러보며, 그가 지나온 지역을 훑어보았다. 바다에서부터 그곳까지는 직선거리로 15킬로미터쯤 될 듯싶었다. 헐벗고 굽이진 고지대가 바다를 향해 비탈을 이루고 있었다. 저 멀리 바닷물이 반짝이고, 수평선에 외롭게 떠 있는 스웨일론섬도 보였다. 북쪽을 바라보니, 눈이 닿는 데까지 오르막길의 연속이었다. 몇 킬로미터 떨어진 정상 부근에는 기기묘묘한 형태를 띤 검은 바위들이 줄줄이 늘어서 있었다. 아마도 그곳이 스리얼일 것 같았다. 그 너머로 80~150킬로미터 떨어진 곳에는 리치스톰 봉우리들이 하늘을 배경으로 우뚝 서 있었다. 대부분의 봉우리가 햇빛을 받아 반짝거리는 초록색 눈으로 덮여 있었다.

리치스톰 봉우리들은 까마득히 높은 데다 기묘한 생김새를 띠고 있었다. 대부분의 봉우리가 원뿔 모양이었는데, 꼭대기부터는 거대한 산덩이가 거의 불가능한 각도로 절묘하게 균형을 잡은 채 아무런 지지대도 없이 공중에 매달려 있었다. 매스컬이 생각하기에 그곳은 새로운 뭔가를 약속하는 땅, 남다른 사람들이 사는 땅 같았다. 저곳에 가야겠다는 생각이 그의 머릿속에서 꿈틀거렸다. 서두르면 해가 지기 전에 도착할 수 있을 것도 같았다. 그의 마음을 사로잡은 것은 리치스톰 봉우리보다는 그 너머에 있는 지역이었다. 토맨스 행성에서 가장 불가사의한 것이라 여겼던 푸른 태양을 정면에서 볼 수 있을지도 모른다는 바람도 있었다.

언덕 능선을 따라가는 길이 지름길이었지만, 브랜치스펠의 지독한 빛 때문에 그 길을 택할 수는 없었다. 그곳에는 그늘도 없었다. 하지만 계곡 길도 지름길에서 크게 벗어나지는 않을 거라는 생각에, 매스컬은 꺼림칙하고 두렵기는 했지만 당분간 그 길로 올라가기로 결정했다. 그래서 그는 생명의 온상 속으로 다시 내려갔다.

계곡으로 내려온 매스컬은 지체 없이, 꼬불거리는 길을 따라 몇 킬로미터를 걸어갔다. 햇빛과 그늘이 교차하는 그 길은 위로 올라갈수록 점점 험해졌다. 낭떠러지 사이의 폭도 점점 좁아져서 100미터를 넘지 않았다. 게다가 협곡 전체가 크고 작은 돌로 가로막혔고, 시내는 거의 개울 수준으로 좁아져서 조그만 틈새를 찾아 제멋대로 흐르고 있었다. 생명체들의 형태는 점점 기괴해졌다. 순수한 동식물은 점차 사라지고, 동물과 식물 모두의 특성을 띤 괴상한 생명체들이 득실거렸다. 팔다리와 얼굴이 있고 의지와 지능을 지녔으면서도 대부분의 시간을 땅에 뿌리를 박고 살아가는 그 생명체들은 흙과 공기에서만 양분을 섭취했다. 생식기관이 없었기에, 매스컬은 그것들이 어떻게 번식을 하는지 궁금했다.

잠시 후, 매스컬은 놀라운 장면을 목격했다. 역시 동물과 식물 모두의 특성을 지닌 생명체가 그의 앞 허공에서 불쑥 나타난 것이다. 완전히 성장한 개체인지 몸집이 상당히 컸다. 매스컬은 자기 눈을 믿을 수 없었지만, 그 생명체를 한참 동안 멍하니 바라보았다. 그 생명체는 평생을 그 자리에 있었던 것처럼 느릿느릿 움직이면서 땅을 파헤치고 있었다. 매스컬은 궁금증을 뒤로하고 바위에서 바위를 건너뛰며 계곡을 계속 올라갔다. 그런데 잠시 후, 느닷없이 그의 눈앞에서 똑같은 일이 다시 일어났다. 매스컬은 기적을 보고 있는 거라고, 자연이 부모라는 매개체를 이용하지 않고 자신의 창조물을 세상에 쏟아내고 있는 거라고 생각할 수밖에 없었다……. 물론 그렇다고 궁금증이 해결된 건 아니었다.

개울의 특성도 달라졌다. 초록빛을 띤 물에서 밝은 빛이 너울

거리며 피어올랐다. 억눌려 있던 어떤 힘이 대기로 뿜어져 나오는 듯해서, 매스컬은 겁을 먹고 잠깐 멈춰 섰다. 하지만 곧 용기를 내서 물의 특성을 시험해 보려고 걷기 시작했다. 새로운 생명체가 발을 통해 그의 몸속으로 들어오는 느낌이 들었다. 단순한 열기가 아니라, 느릿느릿 움직이는 포근한 온기와 비슷했다. 생전 처음 겪는 느낌이었지만 매스컬은 그 생명체가 무엇인지 본능적으로 알았다. 개울이 발산하는 에너지는 친구 또는 적으로 그의 몸에 스며드는 것이 아니었다. 다른 어딘가에 있는 목표에 접근하기 위한 지름길로 그의 몸을 이용한 것일 뿐이었다. 그러나 악의적인 의도를 지니지 않았더라도 달갑지 않은 침입자임에는 분명했고, 그 생명체가 몸을 통과한다는 사실만으로도 그에게 어떤 변화가 닥칠 가능성이 있었다. 그런 위험을 방지하기 위해서라도 어떤 조치를 취해야만 했다. 매스컬은 재빨리 개울에서 빠져나와 바위에 기댄 채 온몸에 힘을 주고 눈앞에 닥친 습격에 대비했다. 그 순간 매스컬의 눈앞이 다시 흐려지더니, 그가 그러한 변화에 저항하려고 애쓰는 사이, 그의 이마에서 갑자기 새로운 눈들이 돋아났다. 그는 재빨리 손을 뻗어 눈의 개수를 셌다. 원래의 눈 외에 여섯 개가 더 생겨나 있었다.

위험이 지나갔고, 매스컬은 너무나 쉽게 위기를 벗어났다는 생각에 소리 내어 웃었다. 그리고 나자 이 새로운 기관들이 무엇에 사용되는 것인지 궁금했다. 그것이 좋은 건지 나쁜 건지도 알 수 없었다. 협곡을 따라 열두 걸음을 걸었을 즈음 그는 그 기관의 용도를 알아냈다. 그가 큰 바윗덩이에서 뛰어내리자 시야가 순식간에 바뀌었다. 그는 깜짝 놀라 그 자리에 멈춰 서고 말았다. 그의 눈에 두 세계가 동시에 보였기 때문이다. 원래의 눈으로는 예전처럼 바위와 개울, 식물과 동물, 햇볕과 그늘이 그대로 보였지만, 새로 얻은 눈들로는 완전히 다른 세계가 보였다. 계곡이 구석구석까지 보이면서도, 빛이 약해진 것처럼 모든 것이 희미하고 흑백으로 보였다. 브랜치스펠은 하늘을 가득 메운 구름 더미에 가려졌다. 격렬하게 움직이는 그 증기 덩어리는 꼭 살아 있는 것 같았다. 구름은 상당히 두꺼웠지만 밀도는 전반적으로 낮은 편이었다. 그러나 구름이 움직일 때마다 증기 입자들이 몰리거나 흩어지는 까닭에 곳곳마다 밀도가 달랐다. 개울에서 발산되는 초록색 섬광들도 자세히 관찰하면 하나하나 구분할 수 있었다. 이 초록색 섬광들은 구름을 향해 너울너울 올라갔지만, 구름에 닿는 순간 무시무시한 전투가 시작되는 듯했다. 섬광들은 구름을 뚫고 더 높은 하늘로 올라가려고 발버둥 쳤고, 구름들은 섬광이 빠져나가지 못하도록 완전히 에워싼 채 가둬 두려고 했다. 매스컬이 정확히 봤다면, 대부분의 섬광이 처절한 전투 끝에 결국 활로를 찾아 구름을 빠져나갔다. 그러나 섬광이 구름에 사로잡힌 경우도 있었다. 구름이 섬광을 반지 모양으로 동그랗게 에워싸자 섬광은 우리에 갇힌 야생동물처럼 사방으로 날뛰었지만 어느 곳 하나 탈출할 구멍을 찾아내지 못했다. 그러자 섬광은 자신을 에워싼 구름을 통째로 질질 끌고 다녔다. 수증기들이 섬광을 더욱 두껍게 에워싸더니, 천둥과 번개를 내리치기 직전의 응축된 짙은 먹구름이 되었다. 이런 지경에 이르자, 여전히 구름 안에 있는 게 보이던 초록색 섬광이 저항을 멈추고 움직이지 않았다. 반면 구름의 모양은 점점 뚜렷해졌고 구체에 가깝게 변했다. 더욱 무거워지고 더욱 평온해지자 구름은 계곡 바닥을 향해 천천히 내려오기 시작했다. 구름은 지상에서 1미터가량을 남겨두고 움직임을 멈췄다. 이 모든 일이 하필이면 매스컬의 바로 맞은편에서 일어났다. 구름은 정지한 상태에서 적어도 2분쯤 꼼짝하지 않았다. 그런데 갑자기 번개가 갈라지듯 커다란 구름이 갈기갈기 찢어지더니 작고 들쑥날쑥한 유채색의 생명체, 즉 동물과 식물의 특성을 모두 지닌 생명체로 변했다. 그것은 발로 이리저리 뛰어다니며 먹을 것을 찾으려고 땅을 파헤치기 시작했다. 매스컬이 원래의 눈으로 목격한 현상의 마지막 단계였다. 그것은 무無에서 생명체가 창조되는 경이로운 현장이었다.

매스컬은 정신을 차릴 수 없었다. 특유의 냉소적인 성격은 온데간데없이 사라지고, 신기하면서도 두려울 뿐이었다. 매스컬은 혼잣말로 중얼거렸다.

"**생각**이 탄생하는 과정이랑 똑같아. 하지만 생각하는 사람은 누구였을까? 어떤 위대한 '살아 있는 정신'이 방금 여기에서 뭔가를 한 거야. 그가 빚어낸 형상들이 하나같이 다른 걸 보니 지능을 가진 존재인 게 확실해. 또 모든 것이 전체적으로 하나의 유형에 속하는 걸 보면, 어떤 기질을 가진 존재인 것도 분명해……. 내가 잘못 생각한 게 아니라면, 또 그것이 셰이핑이나 수정인간이라고 불리는 존재의 힘이라면, 그에 대해 더 많은 것을 알아내야 할 이유는 충분해……. 이 수수께끼를 풀지 않고 다른 수수께끼들에 매달리는 건 어리석은 짓이야!"

그때, 뒤에서 그를 부르는 목소리가 들렸다. 매스컬은 황급히 고개를 돌렸다. 협곡 아래에서 그를 향해 다급히 달려오는 사람이 보였다. 여자이기보다는 남자처럼 보였다. 그 사람은 상당히 키가 컸지만 민첩하게 움직였고, 목에서부터 무릎 아래까지 내려오는 검은 성직자복 같은 옷을 입었으며, 머리에는 터번을 두르고 있었다. 매스컬은 그 남자를 기다렸다. 그리고 남자가 가까이 다가오자, 그를 맞이하려고 협곡을 조금 내려갔다.

그를 보는 순간 매스컬은 놀라지 않을 수 없었다. 인간인 건 분명했지만 남자도 아니고 여자도 아니었기 때문이다. 그렇다고 양성 사이의 중간적인 존재도 아니었다. 이해하기 어려웠지만 정말 특이하게 생긴, 제3의 성을 지닌 인간이었다. 그자의 외모를 봤을 때 매스컬이 그의 성적 정체성에 대해 느낀 인상을 언어로 표현하려면 새로운 대명사가 필요했다. 세상에서 일반적으로 사용되는 어떤 인칭대명사도 그에게는 적용할 수 없었다. 요컨대 '그(he)', '그녀(she)', '그것(it)' 대신에 '그 사람'(ae, 에이. 정확히 말하면 중세 스코틀랜드어에서 파생된 단어로 '하나' 혹은 '사람'을 뜻한다—옮긴이)을 사용해야 마땅했다.

매스컬은 그 특이한 몸을 보고 인종의 차이가 아니라 성의 차이를 먼저 떠올린 이유를 알 수 없었지만, 사실 자체에는 의심할 여지가 없었다. 몸과 얼굴과 눈은 남자의 것도, 여자의 것도 아니었다. 그 사람은 무엇으로도 규정할 수 없는, 상당히 다른 존재였다. 몸과 얼굴의 윤곽과는 별개로, 말로 표현하기는 힘들지만 표정과 분위기의 차이로도 남성과 여성을 첫눈에 구분할 수 있듯이, 그 낯선 사람은 얼핏 보기에 양성 모두와 동떨어져 있었다. 무수한 남성, 여성과 마찬가지로, 그 사람 역시 몸과 얼굴의 독특한 특징으로 잠재된 성징을 드러냈다……. 매스컬은 그 성징이 **사랑**이라고 결론 내렸다. 하지만 어떤 사랑이고, 누구를 향한 사랑이란 말인가? 그 사랑은 치욕으로 점철된 남성의 열정도 아니었고, 운명에 순종하는 여성의 뿌리 깊은 본능도 아니었다. 이 둘만큼 실질적이고 저항하기 힘들지만, 사뭇 다른 성격을 띤 것이었다.

매스컬은 예스러운 기운을 풍기는 이상한 눈동자를 뚫어지게 쳐다보고, 그 낯선 사람이 사랑하는 자가 바로 셰이핑일 거라는 직관적인 느낌을 받았다. 또 그 사랑의 목적은 종족의 보존이 아니라, 개인으로서 지상에서 영원히 살려는 욕망이란 생각도 들었다. 아이들은 그런 식으로 탄생하지 않았다. 바로 연인인 그 사람(ae) 자체가 영원한 아이였다. 그 사람은 남성처럼 원하고, 여성처럼 받아들였다. 이 모든 것이 뒤죽박죽 섞인 듯한 인상이 그 이상한 존재에게서 희미하게, 혼란스럽게 풍겼다. 그 사람은 창조 방식이 애초부터 달랐던 시대에서 뚝 떨어진 존재 같았다.

매스컬은 그때까지 토맨스 행성에서 온갖 이상한 사람을 만났지만, 이 사람만큼 낯선 존재는 없었다. 달리 말하면 그 사람은, 매스컬이 생각하는 인간의 구조에서 가장 **동떨어진 존재**였다. 이 사람과는 100년을 함께 살아도 친구가 될 수 없을 것 같았다.

매스컬은 꿈을 꾸는 듯한 상념에서 벗어나 그 새로 나타난 사람을 자세히 뜯어보면서, 직관적으로 느껴지는 특이한 점들을 어떻게든 설명해 보려고 애썼다. 그 사람은 어깨가 넓고 기골이 장대하며 여성의 유방은 달려 있지 않았는데, 여기까지는 남성과 비슷했다. 그런데 뼈가 너무 납작하고 각이 져서, 그 사람의 피부는 곡선을 그려야 할 곳이 평평한 면으로 이루어진 수정 같은 특징을 띠었다. 그 몸은 마치 오랜 시간 동안 매끄럽고 둥글둥글하게 연마한 게 아니라, 순간적으로 떠오른 **생각**에 따라 각과 면을 순식간에 깎아낸 것처럼 보였다. 얼굴도 반듯하지 않고 울퉁불퉁했다. 매스컬의 기준에 따르면 아름다운 구석이 단 한 군데도 없었다. 그러나 남성의 아름다움도, 여성의 아름다움도 아니었지만 그 얼굴에는 아름다움이 존재했다. 아름다움의 세 요소인 인품과 지성과 평온함이 그 얼굴에는 분명히 있었다. 구릿빛 피부는 안에서 불을 밝힌 듯 이상하게 반짝거렸다. 수염은 없었지만, 여성처럼 긴 머리카락을 한 가닥으로 땋아 발목까지 늘어뜨리고 있었다. 눈은 두 개뿐이었다. 터번의 이마 부분이 앞으로 돌출되어 있는 것을 보니 어떤 기관을 감추고 있는 게 분명했다.

매스컬은 그 사람의 나이를 짐작조차 할 수 없었다. 전반적인 골격은 활동적이고 민첩하며 건강해 보였다. 피부도 깨끗하고 탄탄했다. 눈빛도 힘 있게 반짝거렸다. 이러한 것들을 보면 아주 젊은 나이인 것 같았다. 그러나 보면 볼수록 무척 연로한 사람이란 느낌을 떨치기 힘들었다. 요컨대 그 사람의 젊은 시절은 역전된 망원경으로 본 풍경만큼이나 아득히 멀리 있을 것만 같았다.

마침내 매스컬은 그 낯선 이에게 말을 걸었다. 하지만 이마저도 꿈과 대화하는 기분이었다.

"당신은 대체 남잡니까, 여잡니까?"

대답하는 목소리는 남성의 것도 여성의 것도 아니었다. 그 소리는 아득히 먼 숲에서 들려오는 신비로운 뿔나팔 소리를 떠올리게 했다.

　"요즘에는 남자와 여자가 있지만, 먼 옛날 세상에는 '페인(phaen)'들이 살았어. 나는 당시 페이스니의 마음을 통과한 페인들의 유일한 생존자야."

　"페이스니라뇨?"

　"지금 셰이핑이나 수정인간이라고 잘못 일컬어지는 분 말이야. 천박한 피조물들이 만들어 낸 천박한 이름들이지."

　"당신 이름이 뭡니까?"

　"리홀페이."

　"뭐라고요?"

　"리홀페이. 자네 이름은 매스컬일 테고. 자네가 지금까지 이상한 모험을 적잖이 겪었다는 걸 자네 마음속에서 읽었어. 자네는 운이 굉장히 좋은 것 같군. 그런 운이 앞으로도 계속된다면 내가 써먹어 볼 수 있겠는걸."

　"내 운이 당신의 이익을 위해 존재한다고 생각합니까? ……하지만 지금 그런 건 아무래도 좋아요. 내가 궁금한 건 당신의 성별입니다. 당신은 욕구를 어떻게 충족하죠?"

　리홀페이가 이마에 감춘 기관을 가리켰다.

　"이걸로 매터플레이에 흐르는 백 군데의 계곡물에서 삶의 즐거움을 얻지. 시내들은 페이스니에게서부터 시작되니까. 나는 지금까지 페이스니를 찾으려고 온 생을 바쳤어. 내가 얼마나 오랫동안 그분을 찾았는지 말한다면 자네는 내가 거짓말을 하는 거라고 생각할걸?"

매스컬은 '페인' 리홀페이를 바라보며 느릿느릿 말했다.

"이프던에 있을 때, 매터플레이에서 왔다는 사람을 만난 적 있습니다. 디그룽이란 젊은이였죠. 그런데 내가 그를 흡수하고 말았습니다."

"괜한 허영심에서 그런 말을 하는 건 아니겠지?"

"그건 끔찍한 범죄였습니다. 그로 인해 어떤 일이 일어날까요?"

리홀페이가 호기심 가득한 주름진 미소를 지었다.

"매터플레이에서는 그 젊은이가 자네 안에서 요동칠 거야. 그 젊은이가 이곳 공기의 냄새를 맡을 테니까. 자네는 이미 그의 눈을 가졌어……. 그 젊은이가 누군지 알아……. 조심하지 않으면 끔찍한 일이 벌어질 수도 있어. 항상 물 밖에 있도록 하고."

"그래요, 정말 무시무시한 계곡인 것 같습니다. 금방이라도 무슨 일이 일어날 것 같아요."

"디그룽 문제로 괴로워하지 마. 이 계곡은 본래 페인들의 것이니까. 말하자면, 여기 눌러앉은 사람들은 침입자야. 그자들을 쫓아내야 하는데."

매스컬이 여전히 생각에 잠긴 채 말했다.

"내가 무슨 말을 더 하겠습니까. 하지만 조심해야 한다는 건 알고 있습니다. 그런데 내 운으로 당신을 도울 수 있다는 게 무슨 뜻이죠?"

"자네의 운은 급속히 약해지고 있지만, 아직 나를 도울 정도는 돼. 우리 같이 스리얼을 찾으러 가지 않겠나?"

"스리얼을 **찾으러** 가자고요? 왜요? 찾기가 그렇게 힘든가요?"

"좀 전에도 말했듯이 내가 평생을 바친 일이야."

"페이스니를 찾고 있다고 하지 않았습니까, 리홀페이?"

리홀페이는 묘한 눈빛으로 매스컬을 바라보다가 다시 빙긋 웃으며 말했다.

"매스컬, 매터플레이의 다른 모든 시내와 마찬가지로 이 생명의 시내도 페이스니에게서 시작됐어. 하지만 시내는 모두 스리얼에서 발원하니, 페이스니를 찾으려면 당연히 스리얼에 가야 하지 않겠나."

"그런데 지금까지 스리얼을 찾아내지 못한 이유가 뭐죠? 잘 알려진 곳인 게 확실한가요?"

"스리얼은 지하에 있어. 지상 세계와 교류하는 경우도 극히 드물고. 나는 많은 사람을 만나봤지만, 스리얼이 어디에 있는지 아는 사람은 한 명도 없었어. 계곡, 언덕, 뒤져보지 않은 곳이 없네. 리치스톰으로 들어가는 길목까지도 가봤지. 나는 이제 늙었어. 자네도 중년이지만, 나에 비하면 갓난아이에 불과해. 하지만 새파랗게 젊은 시절 페인들과 어울려 살았던 때처럼 스리얼은 지금도 내게 수수께끼와 같은 곳이야."

"내가 운이 좋은 편이라면, 당신은 정말 운이 없군요……. 그런데 페이스니를 만나서 얻는 게 뭡니까?"

리홀페이는 말없이 매스컬을 바라보았다. 리홀페이의 얼굴에서 미소가 사라지고, 애절한 슬픔과 고뇌가 드리워졌다. 매스컬은 더 이상 질문할 필요가 없었다. 리홀페이의 얼굴에서 사랑하는 이와 영원히 헤어지게 된 슬픔, 그리움, 떠난 사람이 남겨놓은 향기와 흔적이 읽혔다. 이런 열정이 남성 또는 여성의 아름다움을 훨씬 능가하는 뜨겁고 격한 영적인 아름다움과 더불어 리홀페이의 표정에 드러났다.

그러나 그 표정은 돌연 사라졌다. 매스컬은 이런 급격한 변화에서 리홀페이의 진정한 면모를 엿볼 수 있었다. 리홀페이의 관능적인 욕구는 혼자 마음속에 품은 것이지만 지극히 세속적인 것이기도 했다. 불굴의 인내로 동물적인 목표를 추구하는 외로운 존재의 영웅주의와 다를 바 없었다.

매스컬은 미심쩍은 눈으로 리홀페이를 바라보다가 손가락으로 허벅지를 두드리며 말했다.

"좋습니다, 함께 가겠습니다. 뭔가를 찾을 수 있을지도 모르죠. 어쨌든 나도 그 특별한 존재와 얘기를 나눠보고 싶군요."

"하지만 미리 경고해 둘 게 있어. 자네와 나는 애초부터 다른 생명체야. 페인의 몸은 완전한 생명체지만, 남자의 몸은 절반의 생명으로만 이루어졌네. 나머지 절반은 여자에게 있지. 페이스니가 끌어당기는 힘이 무척 강해서 자네 몸이 견딜 수 있을지 모르겠군. ……그런 느낌 없나?"

"둔한 편이라서요. 하여튼 최대한 조심하겠습니다. 나머지는 운에 맡겨야죠."

매스컬은 허리를 구부리더니 리홀페이의 얇고 너덜너덜한 옷자락 끝을 널따랗게 찢어서 이마에 둘둘 감았다.

"당신의 충고를 잊지 않겠습니다, 리홀페이. 이번 여행을 매스
컬로 시작해서 디그룽으로 끝내고 싶지는 않으니까요."

리홀페이는 쓸쓰레한 미소를 지어 보였다. 그들은 상류 쪽으로
이동하기 시작했다. 길은 무척 험했다. 바위에서 바위로 건너뛰기
를 되풀이해야 했다. 그야말로 악전고투였다. 때로는 엉금엉금 기
어서 올라가야 하는 장애물을 만나기도 했다. 한가롭게 이야기 나
눌 틈도 없었다. 매스컬은 리홀페이의 충고를 받아들여서 물을 피
하려고 애썼지만, 어쩔 수 없이 물에 발을 들여놓아야 할 때가 있
었다. 두세 번인가 물에 발을 담갔고, 그때마다 크래그가 상처 입
힌 팔 부위에 극심한 통증이 밀려왔다. 하지만 점점 눈이 즐거워지
고 두려움도 사라졌다. 그래서 매스컬은 일부러 물속을 걸어가기
시작했다.

그런 그의 모습을 본 리홀페이가 이해할 수 없다는 듯 턱을 쓰
다듬으며 곤혹스러운 얼굴로 매스컬을 바라보았다.

"어떻게 된 거지? 자네 운이 영향을 미친 건가?"

"잘 들으세요. 당신은 옛날 사람입니다. 세상이 달라진 걸 알아
야 해요. 그런데 머스펠이 대체 뭐죠?"

리홀페이가 멍한 얼굴로 대꾸했다.

"그런 이름은 처음 들어보는데."

"다른 세계인 것 같던데요."

"그런 세계는 있을 수 없어. 단 하나의 세계, 페이스니의 세계
만 있을 뿐이야."

매스컬이 다가가 리홀페이의 팔을 잡고 말하기 시작했다.

"당신을 만나서 정말 기쁩니다, 리홀페이. 이 계곡과 이곳에 관련된 모든 것이 너무 궁금했거든요. 예를 들면 이곳에는 그 어떤 유기적 생명체도 남아 있지 않습니다. 그 생명체들이 왜 모두 사라진 겁니까? 당신은 이 개울을 '생명의 시내'라고 부르던데, 우리가 이 물의 근원에 가까이 갈수록 생명체의 수가 줄어들고 있습니다. 2, 3킬로미터 밑에서는 식물인 동시에 동물인 생명체가 무無에서 자연발생 하는 걸 봤습니다. 또 바다 부근에서는 식물과 동물이 서로 뒤엉켜 살고 있더군요. 이런 모든 현상을 페이스니와 관련시켜 보면, 그는 무척 모순된 성품을 지닌 것 같습니다. 그의 본질은 약해지고 힘이 빠져야 이런저런 형체들을 창조해 내는 것 같아요. ……하지만 우리 둘 다 쓸데없는 헛소리를 하고 있는 건지도 모르죠."

리홀페이가 고개를 저었다.

"모든 것이 앞뒤가 들어맞지 않나? 이 시내 자체가 생명인 동시에, 언제나 생명의 불꽃을 발산하고 있어. 그 불꽃들이 어떤 물질에 사로잡혀서 갇히면 생명체의 형태를 띠게 되는 거야. 물의 근원에 가까워질수록 시내에서 발산된 생명의 불꽃이 더욱 기운차고 활달한 모습을 보이지. 우리가 계곡 꼭대기에 도착하면 자네도 직접 보게 될 거야. 거기에 어떤 생명체도 없다는 걸. 그게 무슨 뜻이겠나? 거기에 존재하는 생명의 불꽃을 포획해 자기 것으로 삼으려 하는 물질이 없다는 뜻이야. 반면 하류에서는 대부분의 불꽃이 여전히 상층대기로 올라갈 수 있을 만큼 활발하지만, 일부는 올라가는 도중에 붙잡혀서 돌연 생명체의 형태를 띠게 되는 거야. 내가 바로 그런 식으로 창조된 생명체지. 바다 쪽으로 더 내려가면 시내가 활력을 크게 상실해서 불꽃들의 움직임도 느려지고 둔해져. 상층의 공기로 올라갈 기력이 없어 옆으로 퍼지고 말지. 물론 힘들긴 하겠지만, 그렇게 힘없는 불꽃을 포획하지 못할 물질은 거의 없지 않겠나. 불꽃들은 무수한 물질에게 포획될 테고, 바로 그런 이유로 자네가 바다 부근에서 다양한 형태의 생명체를 만나게 된 거야. 하지만 그뿐만이 아니라, 생명의 불꽃은 이 몸에서 저 몸으로 이동하며 여러 세대를 살아갈 수도 있어. 쇠약해져서 힘을 완전히 상실할 때까지. 가라앉는 바다가 끝이야. 그러니까 매터플레이에 흐르는 시내들의 퇴화하고 약화한 생명의 몸뚱어리는 그런 가라앉는 바다 전체라 할 수 있지. 너무나 약해진 탓에 어떤 형태의 생명체도 창조해 낼 수 없어. 그래도 뭔가를 창조하려고 계속 시도하지만 별다른 결실을 거두지 못하고 물기둥으로 끝나고 마는 거지."

"그럼 남자나 여자나 인간의 성장이 느린 이유는 생명의 불꽃이 약해졌기 때문일까요?"

"그래. 인간은 온갖 욕망을 단숨에 성취할 수가 없지. 이런 점에서 페인들이 인간에 비해 얼마나 우월한지 짐작할 수 있을 거야. 페인은 훨씬 활기차고 강렬한 불꽃에서 자연발생 한 존재들이니까."

"그런데 그런 불꽃을 포획하는 물질은 어디에서 오는 거죠?"

"생명이 죽으면 물질이 돼. 물론 물질도 죽지만, 죽은 물질이 차지하던 공간은 언제나 새로운 물질이 차지하기 마련이지."

"하지만 생명이 페이스니에게서 시작되는 거라면 어떻게 죽을 수 있나요?"

"생명은 페이스니의 생각이야. 따라서 어떤 생각이든 페이스니의 뇌를 떠나면 아무것도 아니게 되지. 죽어가는 깜부기불에 불과해."

"참 힘 빠지는 철학이로군요. 그나저나 페이스니는 대체 어떤 존재입니까? 도대체 생각은 왜 하는 거죠?"

매스컬이 묻자 리홀페이는 또다시 주름진 미소를 지었다.

"그것도 설명해 주지. 페이스니는 이 자연이야. 사방에서 무無를 향하는 존재라고 할 수 있지. 그에게는 등도 없고 옆구리도 없어. 모든 것이 얼굴이야. 그와 무 사이에는 어떤 것도 존재하지 않으니 그럴 수밖에 없지. 그의 얼굴은 그 자체로 눈이기도 해. 언제나 무를 응시하고 있으니까. 페이스니는 무에서 영감을 얻어. 다른 방법으로는 느낄 수 없지. 그래서 페인은 물론이고 인간도 빈 공간에, 널찍하고 한적한 곳에 있기를 좋아하는 거야. 우리 모두가 작은 페이스니니까."

"정말 그럴듯하게 들리는군요." 매스컬이 말했다.

"생각들은 페이스니의 얼굴에서 끊임없이 뒤쪽으로 흘러가지. 하지만 사방이 그의 얼굴이니까 생각들은 그의 안으로 흘러들어 갈 수밖에 없어. 생각은 무에서 페이스니의 내면으로, 즉 세계로 끊임없이 흘러들어 간다고 할 수 있겠지. 이쯤 되면 생각들이 생명이 되고 사람들이 세상에 존재하는 이유가 이해될 거야. 결국 우리를 사방에서 에워싼 바깥세상은 밖에 있는 게 아니라 안에 있는 셈이지. 우리 눈에 보이는 우주는 거대한 배 속과 같아서, 우리는 세상의 바깥쪽을 결코 보지 못한다네."

매스컬은 리홀페이의 말을 한참 동안 곱씹었다.

"리홀페이, 그 말대로라면 당신은 이제 버림받고 죽어가는 생각에 불과하지 않습니까? 그런데 당신이 개인적으로 뭘 바라는지 솔직히 모르겠군요."

"자네는 한 여자를 죽도록 사랑해 본 적 없지?"

리홀페이가 매스컬을 뚫어져라 쳐다보며 물었다.

"아마 있었겠죠."

"설령 사랑했더라도 황홀한 순간을 맛본 적은 없지?"

"똑같은 질문을 다른 말로 한 것 같은데요."

"그런 순간들에 자네는 페이스니에게 다가간 거야. 만약 자네가 더 가까이 갈 수 있었다면 그렇게 하지 않았겠나?"

"예, 어떤 결과가 나오든 그랬을 겁니다."

"자네가 개인적으로 바라는 게 전혀 없었더라도 그랬겠나?"

"아니요, **그러는** 것 자체가 제가 바라는 일입니다."

리홀페이는 더 이상 묻지 않고 주변을 서성대다가 잠시 후 침묵을 깨고 말했다.

"남자는 절반의 생명체에 불과해. 여자가 그 나머지 절반이고. 하지만 페인은 완전한 생명체지. 그런데 생명이 둘로 나누어질 때 뭔가가 떨어져 나갔어. 완전한 생명체에만 있는 무언가가. 자네가 생각하는 사랑과 내가 생각하는 사랑은 비교도 할 수 없어. 자네의 굼뜬 피가 결과 따위 생각하지 않고 페이스니에게 끌린다 하더라도 어떻게 내 경우와 같다고 말할 수 있지?"

매스컬이 황급히 대꾸했다.

"당신의 진정성을 의심하는 건 아닙니다. 하지만 그런 열망을 다음 세계에 전달할 방법이 당신에게 없는 것 같아 안타까워서 그렇게 물었던 겁니다."

리홀페이는 쓸쓸레한 미소를 지어 보였다. 만감이 교차하는 듯한 기색이었다.

"인간은 정말 자기 좋을 대로 생각하는군. 하지만 페인들은 세상을 있는 그대로만 본다네."

그렇게 대화는 끝이 났다.

브랜치스펠은 중천에 떠 있었고, 그들은 계곡 끝에 거의 도착한 듯했다. 계곡의 폭은 더더욱 좁아졌다. 그들은 브랜치스펠이 바로 뒤에서 뜨거운 햇살을 비출 때를 제외하고는 짙은 그늘을 따라 쉬지 않고 올라갔다. 하지만 지독하게 더운 탓에 온몸이 나른해졌다. 생명체는 전혀 눈에 띄지 않았다. 깎아지른 듯한 낭떠러지, 바위투성이인 땅, 협곡을 완전히 막아버린 커다란 바윗덩이가 아름답고 환상적인 풍경을 빚어냈다. 바위들은 눈처럼 하얗고 수정처럼 맑은 석회암으로, 푸른빛이 도는 혈맥이 박혀 있었다. 실개천도 초록색이 아니었으며 수정처럼 투명하고 맑았다. 실개천이 흐르는 소리는 음악처럼 아름다웠다. 모든 것이 지극히 낭만적이고 매혹적이었다. 그러나 리홀페이는 다른 생각을 하는 듯했다. 리홀페이의 표정이 점점 굳어지고 일그러졌다.

어떤 생명체도 보지 못한 채 30분쯤 걸었을까? 식물인 동시에 동물인 생명체가 갑자기 그들의 눈앞에 나타났다. 매스컬만큼 큰 그것은 자연의 생명 공장에서 갓 나온 생명체답게 활기에 넘쳐 보였다. 그 생명체가 주변을 어슬렁대기 시작했다. 그러나 몇 걸음 떼지 못하고 온몸이 소리 없이 갈기갈기 찢겨버렸다. 아무런 흔적도 남기지 못한 채, 보이지 않는 안개 속에서 불쑥 나타났을 때처럼 몸 전체가 보이지 않는 공간으로 순식간에 사라져 버렸다.

"당신 말이 맞았군요."

매스컬이 파랗게 질려서 소리쳤다.

"그래." 리홀페이가 대꾸했다. "우린 드디어 무시무시한 생명의 땅에 들어온 거야."

"당신 말이 맞았으니, 좀 전에 말한 것 전부를 믿어야겠군요."

그때쯤 그들은 협곡의 굽은 길로 들어섰다. 100미터 가까운 높이의 깎아지른 듯한 절벽이 그들 앞을 가로막았다. 하얀 대리석으로만 이루어진 절벽이었다. 그곳이 계곡의 시작점이었는데 그 이상 앞으로 나아갈 수가 없었다.

리홀페이가 말했다.

"내 지혜로 여기까지 왔으니, 이제부터는 자네 운을 빌려야겠군."

그들은 절벽 밑까지 걸어갔다. 매스컬은 생각에 잠겨서 절벽을 물끄러미 바라보았다. 절벽을 오르는 건 불가능한 일이 아니었지만 무척 어려울 것 같았다. 바닥에서 약 1미터 높이에 위치한 바위 구멍에서 흘러나오는 물이 실개천으로 이어지고 있었다. 물이 떨어지는 소리 외에는 어떤 소리도 들리지 않았다. 협곡 바닥은 완벽하게 그늘이 져 있었지만, 절벽 중간쯤에는 햇살이 비치고 있었다.

매스컬이 물었다.

"내가 어떻게 하기를 원하시죠? 모든 게 당신 손에 달렸습니다. 나는 아무리 머리를 짜내도 모르겠어요. 오히려 당신의 운에 도움을 받아야 할 것 같은데요."

매스컬은 계속 절벽을 올려다보았다.

"일단 오후가 될 때까지 기다리는 게 낫겠습니다. 물론 절벽 꼭대기까지 올라갈 수는 있겠지만 지금은 너무 뜨거워요. 지치기도 했고요. 잠을 좀 자야겠습니다. 그 후에 상황을 보고 결정하겠습니다."

리홀페이는 눈썹을 찌푸렸지만 반대하지는 않았다.

17
코팽

매스컬은 블러드솜버가 끝나고 한참이 지난 뒤에야 깨어났다. 리홀페이는 그를 내려다보며 옆에 서 있었다. 과연 잠을 자기는 했는지 의심스러웠다.

"몇 시죠?"

매스컬이 눈을 비비며 일어나 앉으면서 물었다.

"날이 저물고 있어."

리홀페이가 막연하게 대답했다.

매스컬은 자리에서 일어나더니 벼랑을 지그시 올려다보았다.

"이제 저 절벽을 올라가겠습니다. 당신까지 위험을 무릅쓸 필요는 없어요. 여기서 기다리십시오. 내가 먼저 올라가서 뭔가를 발견하면 부르겠습니다."

리홀페이가 이상하다는 듯 매스컬을 힐끗 보았다.

"저 위에는 헐벗은 언덕뿐이야. 나는 몇 번이나 올라가 봤어. 뭔가 짚이는 거라도 있나?"

"높은 곳에 올라가면 종종 영감을 받곤 하거든요. 여하튼 여기 앉아서 기다리십시오."

낮잠으로 원기를 회복한 매스컬은 곧바로 벼랑을 기어오르기 시작했고 단숨에 5미터 넘게 올라갔다. 경사가 점점 가팔라져서, 한층 신중하게 움직이고 머리를 써야 했다. 손으로 붙잡거나 발을 디딜 곳도 거의 눈에 띄지 않았다. 매스컬은 한 걸음 옮길 때마다 신중에 신중을 기했다. 다행히 바위는 단단했고, 매스컬이 절벽을 타는 것도 처음 있는 일은 아니었다. 브랜치스펠이 절벽을 환하게 비춰서, 하얗게 반사된 빛에 매스컬은 눈을 뜨지 못할 지경이었다.

쉬엄쉬엄 조심스럽게 올라간 끝에, 매스컬은 거의 정상에 다다랐다. 땀은 비 오듯 흘렀고 눈앞이 어질어질했다. 그가 바위 턱에 올라서고자 튀어나온 바위 두 개를 각각 한 손으로 움켜잡고 두 손에 힘을 주며 몸을 위로 끌어 올리자 두 다리가 공중에 뜬 채 매달린 꼴이 됐다. 상대적으로 큰 왼쪽 바위가 그의 몸무게를 이기지 못하고 밀려나가더니, 커다란 검은 그림자처럼 그의 머리 옆을 스치며 으스스한 소리와 함께 절벽 아래로 떨어졌다. 뒤이어 작은 돌부스러기들이 우수수 흘러내렸다. 매스컬은 안간힘을 다해 균형을 잡고 한숨을 돌린 뒤에야 용기를 내서 아래를 바라보았다.

처음에는 리홀페이가 보이지 않았다. 이리저리 눈을 돌린 뒤에야, 바닥에서 1미터 높이에 다리와 엉덩이가 떠 있는 모습이 얼핏 보였다. 리홀페이는 구멍에 얼굴을 박고 뭔가를 찾는 것 같았다. 매스컬은 리홀페이가 다시 얼굴을 내밀기를 기다렸다.

잠시 후, 리홀페이가 구멍에서 얼굴을 내밀고 매스컬을 올려다보며 걸걸한 목소리로 외쳤다.

"입구를 찾았어! 여기야."

매스컬이 곧바로 소리쳤다.

"금방 내려가겠습니다! 기다리세요!"

매스컬은 다급히 벼랑을 내려가기 시작했다. 그의 '운' 덕분에 입구를 발견한 거라고 확신했기 때문에 별다른 주의를 기울이지도 않았다. 20분도 안 걸려 절벽을 내려온 그가 리홀페이 옆에 서서 물었다.

"어떻게 된 거죠?"

"자네가 떨어뜨린 돌덩이가, 물이 나오는 구멍 위에 있던 바위에 부딪치면서 저렇게 큰 구멍이 드러난 거야. 봐, 우리가 충분히 들어갈 수 있을 정도야!"

"흥분하지 마세요." 매스컬이 말했다. "기막힌 우연이긴 하지만 신중하게 행동해야 합니다. 시간은 얼마든지 있으니까요. 내가 먼저 살펴보겠습니다."

매스컬은 구멍을 들여다보았다. 그 안은 덩치 큰 사람도 허리를 구부리지 않고 설 수 있을 정도로 컸다. 환한 바깥과 달리 안은 어두웠지만, 이상한 빛이 골고루 퍼져서 사물을 충분히 구분할 수 있었다. 동굴은 언덕 안쪽 보이지 않는 곳까지 쭉 이어졌다. 계곡 물은 예상대로 동굴 바닥을 따라 흐르지 않고 입구 바로 안쪽에서 자그마한 샘처럼 솟고 있었다.

"리홀페이, 뭐 오래 생각할 것도 없지 않나요? 당신이 말한 시내는 여기에서 끊기는 것 같은데요."

매스컬은 이렇게 말하며 고개를 돌렸다. 그런데 리홀페이가 머리부터 발끝까지 부들부들 떨고 있는 게 아닌가!

"왜 그래요? 무슨 일입니까?"

리홀페이가 한 손으로 가슴을 누르며 말했다.

"시내는 여기서 끝났어. 하지만 이 시내를 흐르게 만든 것은 여전히 우리 곁에 있어. 페이스니는 바로 여기에 있어!"

"하지만 당신은 페이스니를 직접 만나기를 학수고대하지 않았나요? 왜 그렇게 떠는 겁니까?"

"나는 도저히 감당할 수 없을 것 같아."

"왜요? 무슨 일이 일어날 것 같나요?"

리홀페이가 팔을 뻗어 매스컬의 어깨에 손을 얹고 불안한 눈길로 그를 뜯어보며 말했다.

"페이스니의 생각을 우리가 어떻게 알겠나? 나는 그분을 지극히 사랑하고, 자네는 여자를 사랑하는 사람이네. 하지만 그분은 내게 허락하지 않은 것을 자네에게는 허락할 거야."

"나한테 뭘 허락한다는 겁니까?"

"그분을 보고도 계속 살 수 있는 것. 나는 죽을 거야. 하지만 상관없어. 내일이면 우리 둘 다 죽을 테니까."

매스컬은 조바심을 내며 몸을 흔들었다.

"당신이 죽을 거라는 느낌은 그렇다손 치더라도 내가 죽을 거라는 건 어떻게 압니까?"

리홀페이가 고개를 설레설레 저으며 대답했다.

"지금은 자네 안에서 생명의 불꽃이 훨훨 타오르고 있겠지. 하지만 불꽃이 절정에 이르면…… 아마도 오늘 밤이겠지만…… 급속히 사그라질 테고 자네는 내일이면 죽을 거야. 나는 스리얼에 들어가면 다시 나오지 못할 테고. 이 동굴에서 죽음의 냄새가 풍기는군."

"꼭 공포에 질린 사람처럼 말하고 있군요. 아무 냄새도 안 나는데요?"

리홀페이는 이제 안정을 되찾은 기색이었다.

"두렵지는 않아. 하지만 나처럼 나이 든 사람에게 죽음은 중대한 문제야. 한 해 한 해가 새로우니까."

매스컬이 지겹다는 표정을 살짝 지으며 말했다.

"어쨌든 어떻게 할 건지 결정하세요. 나는 당장 들어갈 겁니다."

리홀페이는 생각에 잠긴 표정으로 협곡 아래를 바라보았다. 잠시 후, 리홀페이는 아무 말 없이 동굴 안으로 들어갔다. 매스컬은 머리를 긁적이며 리홀페이의 뒤를 바짝 쫓았다.

그들이 샘을 지난 순간, 공기가 확 바뀌었다. 후텁지근하고 불쾌하던 공기가 사라지고, 서늘하고 상쾌하며 정돈된 듯한 분위기가 느껴졌다. 무덤에 들어선 듯 엄숙한 분위기마저 감돌았다. 모퉁이를 돌자 햇빛이 사라졌지만 깜깜하지는 않았다. 빛이 어디에서 새어 들어오는지는 알 수 없었지만 동굴 안은 지구에서 보름달이 떴을 때처럼 환했다. 매스컬과 리홀페이의 그림자가 바닥에 어른거리지 않는 것으로 미루어 보면 공기 자체가 빛을 발하는 것 같기도 했다. 빛의 독특한 특성 때문인지 동굴 벽도, 그들의 몸도 무채색으로 보였다. 모든 것이 달빛에 젖은 풍경인 양 흑백이었다. 동굴 안은 장엄한 장례식장 같은 분위기를 풍겼다.

그들은 10분 정도를 말없이 걸었다. 굴이 점점 넓어지기 시작했다. 천장은 그들의 머리보다 높았고, 길은 여섯 사람이 나란히 서서 지나갈 수 있을 만큼 넓었다. 리홀페이는 눈에 띄게 기운을 잃어갔다. 고개를 푹 숙인 채 발을 질질 끌면서 힘겹게 걷고 있었다. 매스컬이 리홀페이를 부축하며 말했다.

"이런 몸으로 계속 갈 수는 없습니다. 일단 밖으로 데려다드릴게요."

리홀페이가 희미하게 웃으면서 휘청거렸다.

"나는 죽어가고 있어."

"그런 말 마세요. 몸이 잠깐 불편한 것뿐입니다. 일단 밖으로 나가서 햇빛을 쫴세요."

"안 돼. 나를 부축해서라도 데려가 줘. 페이스니를 꼭 만나고 싶어."

"아프면 아픈 사람답게 행동해야죠."

매스컬은 이렇게 말하고는 리홀페이를 번쩍 들어 안고, 발걸음을 재촉해 100여 미터를 더 나아갔다. 잠시 후 동굴을 빠져나가자 그들의 눈앞에 난생처음 보는 세상이 펼쳐졌다.

"내려 줘, 당장!" 리홀페이가 힘없이 말을 이었다. "죽어도 여기에서 죽겠어."

매스컬은 바위투성이 바닥에다 리홀페이를 내려놓았다. 리홀페이는 한 팔로 힘겹게 일어서서 신비로운 풍경을 재빨리 훑어보았다.

매스컬도 주위를 둘러봤다. 눈앞에는 물결처럼 굽이치는 광활한 평원이 펼쳐져 있었다. 달빛이 내리비치는 것 같았지만 달은 없었고, 그림자도 보이지 않았다. 저 멀리 시내들이 흘렀고, 시냇가에는 특이한 나무들이 서 있었다. 나무들은 땅에 뿌리를 내리고 있으면서도 가지에서도 공중으로 뿌리가 뻗어 있었다. 잎은 전혀 달리지 않았다. 다른 종류의 식물은 보이지 않았다. 흙은 부드럽고, 돌은 구멍이 많아서 부석浮石(용암이 갑자기 식어서 만들어진, 구멍이 많은 가벼운 돌—옮긴이)과 비슷했다. 어느 방향으로든 2, 3킬로미터 밖은 어두컴컴했다. 그들의 등 뒤로는 거대한 바위벽이 양쪽으로 쭉 뻗어 있었는데, 벽처럼 평평하지 않고 해안 절벽처럼 삐죽 튀어나오거나 움푹 들어가는 등 들쑥날쑥했다. 이 어마어마한 지하 세계의 지붕은 끝이 보이지 않을 정도였다. 여기저기서 비바람에 오랫동안 시달린 탓에 환상적인 모양을 띠게 된 돌기둥이 어둠 속으로 높이 치솟아 그 지붕을 떠받치고 있는 것 같았다. 역시나 색깔은 없었다. 모든 것이 검은색이거나 흰색, 또는 회색이었다. 너무나 장중하고 고요하고 종교적인 분위기마저 감도는 장면이어서 매스컬의 기분도 차분해지고 평온해졌다.

리홀페이가 갑자기 뒤로 쓰러졌다. 매스컬은 그 곁에 무릎을 꿇고 앉아, 거친 바람 앞에 갖다 놓은 촛불처럼 리홀페이가 마지막 숨을 헐떡이는 모습을 속수무책으로 지켜봤다. 죽음이 한 발짝씩 다가왔다……. 리홀페이가 눈을 감았다. 그와 동시에, 리홀페이의 죽은 얼굴에 수정인간의 섬뜩한 미소가 어렸다.

리홀페이 곁에 앉아 일어설 생각을 못 하고 있을 때, 매스컬은 누군가가 뒤에 서 있는 느낌을 받았다. 재빨리 고개를 돌려보니 한 남자가 서 있었다. 하지만 매스컬은 곧바로 일어서지 않았다.

"페인이 또 한 명 죽었군" 하고, 그자가 묵직하고 지적인 목소리로 무덤덤하게 말했다.

매스컬은 몸을 일으켰다.

남자는 땅딸막한 체구에 건장해 보였지만, 얼굴은 무척 작았다. 이마에는 어떤 기관도 달려 있지 않았다. 나이는 중년쯤으로 보였다. 이목구비는 정력적이고 다소 거칠었지만, 매스컬의 눈에는 순수하고 근면한 삶에 정화된 것처럼도 보였다. 충혈된 눈을 찌푸리고 곤혹스러워하는 표정으로 보아, 머릿속으로 까다로운 문제의 답을 생각하는 게 틀림없었다. 수염은 없었으며, 머리카락은 짧고 남자다웠다. 눈썹은 짙은 편이었다. 소매가 없는 검은 옷을 입고 긴 지팡이를 짚고 있었는데, 전반적으로 호감을 주는 순수하면서도 위엄 있는 모습이었다.

그는 뭔가를 깊이 생각하는 듯 얼굴과 턱을 만지작거리면서 여전히 무덤덤한 목소리로 매스컬에게 말했다.

"페인들은 한결같이 여기에 와서 죽음을 맞는군요. 그들은 매터플레이에서 옵니다. 그곳에서 믿을 수 없을 만큼 나이를 먹을 때까지 살지요. 그 때문이기도 하지만, 그들의 자연발생적인 탄생 탓에 자기들이 페이스니에게 사랑받는 자손이라 생각합니다. 하지만 페이스니를 만나려고 여기까지 오면 곧바로 죽어버려요."

"내 생각엔 이분이 페인족의 마지막 후손인 것 같은데요. 그런데 누구시죠?"

"나는 코팽입니다. 당신은 누구십니까? 어디 출신이고, 여기까지 뭐 하러 오신 거죠?"

"난 매스컬이라고 합니다. 우주 반대편에서 왔고요. 여기까지 뭐 하러 왔냐고요? 매터플레이에서부터 페인족인 리홀페이를 따라왔습니다."

"하지만 인간이 순전히 우정만으로 페인을 따라왔을 리는 없죠. 스리얼에서 무언가 원하는 게 있을 텐데요?"

"여기가 스리얼입니까?"

"그렇습니다."

그 말에 매스컬은 대꾸하지 않고 생각에 잠겼다. 코팽은 날카로운 눈빛으로 매스컬의 표정을 살폈다.

"아무것도 모르는 겁니까, 아니면 워낙에 과묵한 겁니까, 매스컬?"

"나는 궁금한 걸 묻고 싶어서 여기에 온 거지, 질문에 대답하려고 온 게 아닙니다."

주변은 숨 막힐 정도로 고요했다. 산들바람도 불지 않았고, 공기를 타고 들려오는 소리도 없었다. 그들은 성당에 있는 것처럼 목소리를 낮췄다.

"나랑은 말을 섞고 싶지 않은 건가요?"

코팽이 다시 물었다.

"그렇지는 않습니다. 다만 내 기분을 이해해 주면 고맙겠습니다. 그러니까 나에 대해 이러쿵저러쿵하지 않았으면 좋겠군요."

"하지만 적어도 당신이 어디를 가고 싶은지는 말해줘야 하지 않겠습니까?"

"이곳에서 볼 수 있는 것을 보고, 그 뒤엔 리치스톰에 갈 생각입니다."

"내가 안내를 해줄 수 있겠군요. 물론 당신이 원한다면 말이지만. 내가 안내할 테니 출발하시죠."

"먼저 우리가 할 일이 있지 않습니까? 고인을 묻어줘야지요."

"돌아보세요" 하고, 코팽이 말했다.

매스컬이 뒤를 돌아보았다. 리홀페이의 시신은 사라지고 없었다.

"아니, 어떻게 된 거죠?"

"몸이 왔던 곳으로 되돌아간 겁니다. 여기는 시신이 있을 만한 곳이 아닙니다. 그래서 사라진 거예요. 그러니까 매장할 필요도 없지요."

"그럼, 그 페인은 환영이었던 겁니까?"

"그렇지는 않습니다."

"대체 어떻게 된 건지 설명 좀 해줘요. 머리가 돌아버릴 지경입니다."

"이해하지 못할 일은 아무것도 없습니다. 잘 들어보세요. 페인족의 몸과 영혼은 바깥의 보이는 세계, 즉 페이스니의 세계에 속해 있습니다. 하지만 이 지하 세계는 페이스니의 세계가 아니라 사이어의 세계입니다. 따라서 페이스니의 창조물들은 이곳의 공기를 호흡할 수 없죠. 이런 원칙은 몸 전체뿐만 아니라 몸의 입자에도 그대로 적용되기 때문에 페인들이 무無로 분해되어 버리는 겁니다."

"하지만 당신과 나도 바깥 세계의 존재 아닌가요?"

"우리는 세 개의 세계 모두에 속한 존재들입니다."

"세 개의 세계라뇨? 그건 또 뭡니까?"

코팽이 차분하게 대답했다.

"세 가지 세계가 있습니다. 첫째는 페이스니(Faceny)의 세계, 둘째는 앰퓨즈(Amfuse)의 세계, 마지막이 사이어(Thire)의 세계입니다. 그분의 이름을 따서 이곳을 스리얼(Threal)이라고 하는 겁니다."

"하지만 그건 이름을 나열한 것에 불과하잖습니까. 도대체 어떤 이유에서 세 군데의 세계가 존재하느냐는 겁니다."

코팽이 손으로 이마를 쓸면서 대답했다.

"일단 걸으면서 얘기하죠. 나는 이렇게 가만히 서 있는 게 무척 힘드니까요."

매스컬은 리홀페이의 시신이 있었던 곳을 다시 바라보았다. 시신이 순식간에 사라진 일이 여전히 당혹스럽고 불가사의해서 좀처럼 발이 떨어지지 않았다. 매스컬은 코팽이 다시 그를 부르며 재촉한 뒤에야 마음을 다잡고 겨우 걸음을 뗄 수 있었다.

바위 벽을 떠난 그들은 공기 입자가 빛을 내는 듯한 평원을 가로질러 나무들 쪽으로 곧장 향했다. 은은한 빛과 어디에도 보이지 않는 그림자, 칠흑 같은 땅에서 치솟은 잿빛의 거대한 돌기둥들, 환상적인 나무들, 보이지 않는 하늘, 죽음과도 같은 침묵, 게다가 지금 지하 세계에 있다는 사실 등이 한꺼번에 덮치면서 매스컬은 자기도 모르게 신비주의에 빠져들었다. 그는 지하 세계와 이곳의 불가사의한 현상에 대한 코팽의 설명을 기다리며 가슴을 두근거렸다. 매스컬은 이미 바깥 세계와 지하 세계가 완전히 다른 세계라는 것을 조금씩 깨달아 가고 있었다. 그는 초조한 마음에 코팽에게 다시 물었다.

"어떤 이유로 세 개의 세계가 존재하는 거죠?"

코팽이 지팡이 끝으로 땅을 세게 내리쳤다.

"우선 당신이 그 질문을 하는 이유가 뭡니까, 매스컬? 지적인 호기심이라면 그렇다고 얘기하세요. 결코 가볍게 다룰 문제가 아니니까요."

매스컬이 느릿느릿 대답했다.

"그런 건 절대 아닙니다. 난 학생이 아니에요. 여기에 놀러 온 것도 아니고요."

코팽이 매스컬을 뚫어지게 바라보며 물었다.

"당신 영혼은 피로 얼룩지지 않았나요?"

매스컬의 얼굴에 피가 몰렸지만, 이곳의 빛 때문에 그의 얼굴은 검게 보였다.

"안타깝게도 그렇습니다. 적잖이."

코팽은 얼굴을 찡그렸지만 아무 말도 하지 않았다. 매스컬은 짧게 웃고 나서 말을 이었다.

"하지만 보시다시피 나는 당신의 가르침을 들을 만반의 준비가 돼 있습니다."

코팽은 여전히 대꾸하지 않았다. 그는 한참의 시간이 흐른 후에야 입을 열었다.

"당신은 많은 죄를 범했지만 그래도 인간입니다. 그러니, 또 우리는 서로 돕고 살라는 가르침을 받았으니 당신 곁을 당장 떠나지는 않을 겁니다. 솔직히 살인자와 함께 길을 갈 생각은 없지만…… 이제 당신 질문에 대답해 보지요……. 매스컬, 인간은 자신의 눈으로 무엇을 보든 세 차원, 즉 길이와 폭과 깊이에서 보기 마련입니다. 길이는 존재 자체이고, 폭은 관계이며, 깊이는 느낌입니다."

"스리얼 출신 음악가인 어스리드에게 그런 얘기를 들은 적이 있긴 합니다."

"나는 어스리드가 누군지 모릅니다. 그자가 또 뭐라고 하던가요?"

"어스리드는 그걸 음악에 적용하더군요. 말을 끊어서 미안합니다. 계속하세요."

"이 세 가지 인식 상태가 바로 세 개의 세계예요. 존재는 페이스니의 세계, 관계는 앰퓨즈의 세계, 느낌은 사이어의 세계입니다."

"좀 더 구체적으로 얘기해 주시겠습니까?" 매스컬이 얼굴을 찌푸리며 말했다. "설명을 들었는데도 세 가지 세계가 무엇인지 도무지 이해가 안 가는군요."

"방금 설명한 것보다 더 구체적으로 설명하기는 힘든데요. 첫 번째 세계는 눈에 보이고 실체를 가진 자연 세계입니다. 페이스니가 무無에서 창조했고, '존재'라고 부르는 것이죠."

"이제야 감이 잡히는군요."

"두 번째 세계는 사랑입니다. 물론 성욕과는 무관한 사랑이죠. 사랑이 없다면 모두가 자기중심적으로 행동하면서 남을 배려하지 않을 겁니다. 사랑이 없다면 동정심도 없겠죠. 심지어 증오와 분노와 원한조차 존재하지 않을 겁니다. 이런 감정들은 왜곡되고 불완전한 형태의 순수한 사랑입니다. 따라서 페이스니가 창조한 자연 세계에 완전히 융합되려면 앰퓨즈의 세계, 사랑, 즉 관계가 필요합니다."

"두 번째 세계가 첫 번째 세계에 포함되지 않는다고 가정하는 근거는 뭐죠?"

"두 세계가 서로 모순되니까요. 사랑에 눈을 뜨지 못한 자연인은 자기 자신을 위해 살지만, 사랑하는 사람은 남을 위해 삽니다."

"그런 것 같기도 하고. 하지만 약간 아리송하군요. 하여튼 계속하시죠. 사이어는 누굽니까?"

"길이와 폭을 합해도 깊이가 없으면 납작할 뿐입니다. 이와 마찬가지로, 감정이 없는 생명과 사랑은 얄팍하고 피상적이기 마련입니다. 인간이 자신을 만든 창조주에게 다가가려면 감정, 즉 느낌이 필요합니다."

"기도와 예배를 뜻하는 건가요?"

"사이어와의 친교를 말하는 겁니다. 이런 감정은 첫 번째나 두 번째 세계에서는 찾을 수 없고, 따라서 세 번째 세계에 속하죠. 깊이가 대상과 주체를 이어주는 선이듯이, 느낌은 사이어와 인간을 이어주는 선입니다."

"그런데 사이어 본인은 어떤 존재죠?"

"사이어는 사후 세계입니다."

"아직도 이해가 안 되는데요. 그럼 각각 다른 세 명의 신을 믿는 겁니까, 아니면 하나의 신을 세 가지 관점에서 바라보는 겁니까?"

"서로 반목 관계에 있는 세 명의 신이 존재합니다. 하지만 그들은 어떻게든 하나로 결합되죠."

매스컬은 잠시 생각에 잠겼다.

"어떻게 그런 결론에 이르게 된 거죠?"

"스리얼에서 다른 결론은 생각할 수가 없어요, 매스컬."

"왜 스리얼에서는 그렇다는 거죠? 이곳에 뭔가 특별한 점이라도 있습니까?"

"곧 보여드리지요."

그들은 말없이 1.5킬로미터 정도를 더 걸었다. 그동안에도 매스컬은 코팽의 말을 곰곰이 생각해 보았다. 투명한 물이 흐르는 조그만 시내 기슭을 따라 늘어선 나무들이 보이자 코팽은 걸음을 멈췄다.

"당신 이마에 두른 천은 쓸모없어진 지 꽤 됐습니다."

매스컬은 이마에 둘렀던 천을 풀었다. 그제야 그는 토맨스 행성에 도착한 이후 어떤 기관도 달리지 않았던 것처럼 이마가 매끈하다는 사실을 깨달았다.

"이게 어떻게…… 당신은 대체 어떻게 안 겁니까?"

"이마에 있었던 기관들은 페이스니의 기관들입니다. 그 기관들이 사라진 겁니다. 페인의 몸이 사라진 것처럼."

매스컬이 여전히 이마를 문지르며 말했다.

"그것들이 없으니까 다시 인간이 된 기분이네요. 그런데 왜 내 몸의 다른 부분들은 영향을 받지 않는 거죠?"

"몸의 살아 있는 의지가 사이어의 원소를 억제하기 때문입니다."

"그런 그렇고, 왜 여기서 멈춘 겁니까?"

코팽이 공중 뿌리 하나를 꺾어 매스컬에게 건넸다.

"이걸 먹어봐요, 매스컬."

"먹을 겁니까? 아니면 이걸 먹어야 하는 다른 이유가 있나요?"

"몸과 영혼의 양식입니다."

매스컬은 뿌리를 먹기 시작했다. 흰색을 띤 그것은 제법 질겼다. 그것을 씹자 하얀 수액이 흘러나왔다. 아무런 맛도 없었지만, 먹고 나자 그는 인식의 변화를 경험했다. 빛과 윤곽은 그대로인데 풍경이 몇 배나 더 엄숙하고 신성하게 보였다. 코팽에게 시선을 돌린 매스컬은 그의 무서워 보이는 인상에 충격을 받았지만, 코팽의 눈빛에서는 여전히 당혹감이 읽혔다.

"항상 이곳에서 지냅니까, 코팽?"

"가끔 위에 올라가기도 합니다. 자주는 아니지만요."

"왜 이처럼 어두컴컴한 세계에서 지내는 거죠?"

"사이어를 찾으려고요."

"그럼, 아직 찾고 있는 건가요?"

"걸으면서 얘기 나누죠."

그들은 오르막이 계속되는 어둑한 평원을 다시 걷기 시작했고, 그들의 대화는 점점 진지해졌다. 코팽이 말했다.

"나는 여기에서 태어나지 않았습니다. 25년 전부터 여기 살기 시작했고, 그동안 바라던 대로 사이어에게 차츰차츰 가까워졌죠. 하지만 이곳에는 특이한 점이 있어요. 초반에는 보람도 있고 금방이라도 뭔가를 이뤄낼 것 같습니다만 나중에는 그렇지 않습니다. 사이어를 찾는 시간이 길어질수록 확신이 줄어들어요. 처음에는 사이어를 때로는 형상으로, 때로는 목소리로, 때로는 주체할 수 없는 감동으로 느끼고 알게 됩니다. 그러나 시간이 지나면 모든 것이 암담하고 비관적이 되고 영혼마저 메말라 버립니다. 급기야 사이어가 100만 킬로미터 밖에 있다는 생각까지 들죠."

"그런 걸 어떻게 알죠?"

"가장 암담할 때 사이어와 가장 가까워질 수 있습니다, 매스컬."

"그렇게 생각하면 괴롭지 않습니까?"

"나는 하루하루를 고통 속에서 지냅니다."

"그런데도 이런 삶을 계속하는 겁니까? 그런 암흑 같은 삶이 궁극적인 목표가 될 수는 없잖습니까?"

"내 의문은 언젠가 응답받을 겁니다."

침묵이 뒤따랐다.

"나한테 뭘 보여주려는 겁니까?"

매스컬이 침묵을 깨고 물었다.

"이 세계는 점점 험난해질 겁니다. 나는 당신을 삼신상에 데려가려고 합니다. 초기의 인류가 조각해서 세워놓은 거지요. 거기 가서 기도합시다."

"그러면 어떻게 되는데요?"

"당신이 정말 간절하다면 결코 잊지 못할 것들을 보게 될 겁니다."

그들은 완만한 오르막을 이루고 있는 골짜기 비슷한 길을 걸어 올라갔다. 정확히 말하면, 나란히 오르막으로 형성된 두 구릉지대 사이에 난 길이었다. 양쪽의 구릉이 점점 가팔라지면서 골짜기도 깊어졌다. 오르막이 계속됐다. 길이 이리저리 구부러지면서 주변의 풍경이 시야에서 완전히 차단됐다. 마침내 그들은 조그만 샘에 도착했다. 땅에서 샘솟는 물이 흐르면서 실개천을 이루었는데, 그것은 계곡 **아래쪽**이 아니라 **위쪽**으로 흐른다는 점에서 보통 개울들과 사뭇 달랐다. 그 실개천은 곧 다른 조그만 실개천들과 합쳐져서 결국 적당한 크기의 시내가 되었다. 매스컬은 그 모습을 물끄러미 지켜보다가 이마를 찌푸리며 말했다.

"여기는 자연법칙도 다른가 봅니다."

"여기에 존재하는 모든 것은 세 가지 세계의 결합체예요."

"하지만 물이 어딘가로 흐르는 건 똑같지 않나요?"

"그것까지는 내 능력으로 설명할 수 없지만, 그 안에도 세 의지가 들어 있을 겁니다."

"그럼, 순전히 사이어의 것은 없습니까?"

"앰퓨즈가 없으면 사이어는 존재할 수 없습니다. 앰퓨즈는 페이스니가 없으면 존재할 수 없고요."

매스컬은 잠시 그 관계를 생각해 보았다.

"생각해 보니 그럴 수밖에 없겠네요. 생명이 없으면 사랑이 있을 수 없고, 사랑이 없으면 종교적 감정 같은 것도 있을 수 없을 테니까요."

빛은 여전히 어슴푸레한 데다, 길 양옆의 언덕들은 꼭대기가 보이지 않을 정도로 높았다. 비탈면도 가파르고 험했지만, 길도 한 걸음을 내디딜 때마다 좁아졌다. 살아 있는 생명체는 전혀 눈에 띄지 않았다. 묘지처럼 음산한 분위기만 감돌았다. 매스컬이 말했다.

"꼭 사후 세계를 걷는 기분이네요."

"나는 당신이 왜 여기 왔는지 아직도 모르겠군요."

"내가 그 이유를 감춰서 뭐 하겠습니까? 수르투르를 찾으러 왔습니다."

"언젠가 들었던 이름이군요. 어디서 들었는지는 기억나지 않습니다만."

"잊어버렸다고요?"

코팽은 고민에 휩싸인 얼굴로 고개를 숙인 채 바닥만 내려다보며 걸었다. "수르투르가 누구죠?"

매스컬은 고개를 저을 뿐 아무 말도 하지 않았다.

얼마 지나지 않아 길 한가운데서도 손가락이 서로 닿을 정도로 길이 좁아진 탓에 두 사람은 한 손으로 바위 벽을 짚으면서 걸어가야 했다. 금방이라도 막다른 길이 나타날 것 같았다. 그러나 마침내 나아갈 길이 막막해져서 그들이 절벽에 완전히 갇혀버렸을 때, 조금 전까지 눈에 띄지 않던 모퉁이를 돌자 갑자기 눈앞이 탁

트였다. 낭떠러지의 좁은 틈새를 빠져나온 것이다.

그들이 지나온 길과 직각으로 일종의 거대한 천연 통로가 형성돼 있었다. 통로 양끝은 어둠에 휩싸여 보이지 않았지만 수백 미터까지 이어진 듯했다. 통로 가운데에 수직으로 갈라진 균열이 이어져 있었다. 그 폭은 10미터에서 30미터로 들쑥날쑥했지만 바닥은 보이지 않았다. 그 균열을 사이에 두고 양쪽에는 폭이 5미터가 넘는 바위 선반들이 끝이 보이지 않을 정도로 양 방향으로 쭉 뻗어 있었다. 매스컬과 코팽은 그 바위들 중 하나에 올라섰다. 맞은편의 바위 턱은 1미터 이상 높아 보였다. 바위들 뒤로는 아득히 높아 기어오를 수 없을 것 같은 절벽이 늘어서 있었는데, 꼭대기는 아예 보이지도 않았다.

그들이 빠져나온 틈새를 따라 흘러나온 시냇물은 균열된 틈의 벽 아래로 폭포처럼 흘러내리지 않고 액체로 된 다리처럼 반대편으로 뻗어 있었다. 그런 다음 반대편 절벽 면의 갈라진 틈으로 빠져나갔다.

하지만 매스컬은 이런 초자연적인 현상보다 그림자가 전혀 없다는 것에 더욱 놀랐다. 광활한 평원에도 그림자가 없기는 했지만, 그림자의 부재가 이곳에서 더욱 두드러지게 와닿았고 그 덕분에 이곳은 유령들의 광장처럼 느껴졌다.

코팽은 지체 없이 왼쪽 바위 위를 걸어가기 시작했다. 1.5킬로미터쯤 가자 틈새가 60미터 정도로 넓어졌다. 커다란 바윗덩이 세 개가 맞은편 바위 위에 어렴풋이 나타났다. 마치 거인 셋이 균열된 틈새 바로 위에 나란히 서서 꼼짝 않고 있는 것처럼 보였다. 코팽과 매스컬은 그곳으로 가까이 다가갔다. 그제야 매스컬은 그것들이 석상이라는 사실을 알았다. 석상은 각각 10미터쯤으로 조각 솜씨는 형편없었다. 발가벗은 사람을 묘사하긴 했는데, 팔다리와 몸통은 형태만 겨우 깎아낸 정도였다. 얼굴을 조각하는 데는 그런대로 정성을 기울인 듯했지만, 각각의 얼굴들을 뚜렷이 구분하기는 힘들었다. 원시시대 예술가가 조각한 것이 틀림없었다. 석상들은 무릎을 모으고 양팔을 옆구리에 축 늘어뜨린 자세였다. 셋 모두 똑같아 보였다.

코팽은 석상 맞은편에서 걸음을 멈췄다. 대담한 성격을 타고난 매스컬도 석상들의 장엄한 모습에 압도되는 기분이었다.

"당신이 말한 세 존재를 묘사한 건가요?"

"질문은 나중에 하고 무릎을 꿇으십시오."

코팽은 이렇게 말하고 무릎을 꿇었다. 그러나 매스컬은 멍하니 서 있을 뿐이었다.

코팽이 한 손으로 두 눈을 가리고 나지막이 기도하기 시작했다. 잠시 후, 빛이 눈에 띄게 약해졌다. 그제야 매스컬도 무릎을 꿇고 앉았지만 눈을 가리지는 않았다.

점점 어두워진 끝에 모든 것이 칠흑 같은 어둠에 잠겼다. 아무것도 보이지 않았고, 어떤 소리도 들리지 않았다. 매스컬은 혼자만 덩그러니 남겨진 기분이었다.

잠시 후, 석상 하나가 서서히 눈에 보이기 시작했다. 그러나 그것은 더 이상 석상이 아니었다. 살아 있는 사람이었다! 거대한 얼굴과 가슴이 신비로운 장밋빛으로 빛나면서 떠오르는 햇살을 머금은 산봉우리처럼 어둠 속에서 모습을 드러냈다. 빛이 점점 강렬해졌다. 매스컬은 석상의 반투명한 몸 안에서 빛이 흘러나오는 것을 보았다. 그 유령의 팔다리는 안개에 휩싸여 있었다.

곧 얼굴의 이목구비가 뚜렷하게 드러났다. 수염을 기르지 않은 스무 살 청년의 얼굴이었다. 여성적인 아름다움과 남성의 기백이 엿보이고, 세상을 조롱하는 듯한 신비로운 미소를 머금은 얼굴이었다. 매스컬은 한겨울 어스름한 새벽에 깊은 잠에서 깨어나 희미하고 어슴푸레한 빛을 본 사람처럼, 고통과 환희가 뒤섞인 야릇한 전율을 생생하게 느꼈다. 그 환영은 미소를 머금고 조용히 매스컬의 뒤쪽을 바라보고 있었다. 매스컬은 황홀감에, 아니 물밀듯이 밀려오는 온갖 감정에 부들부들 떨기 시작했다. 그러고는 뭐라고 정의할 수 없는 막연한 절박함과 시적인 감흥을 주체하지 못하고 울음을 터뜨렸다.

매스컬이 다시 고개를 들었을 때 그 환영은 거의 사라진 뒤였다. 곧이어 그는 다시 칠흑 같은 어둠에 갇혀버리고 말았다.

그러나 곧 두 번째 석상이 나타났다. 이 석상도 살아 있는 형상으로 변모했지만, 얼굴과 몸에서 발산되는 빛 때문에 자세히 보기 힘들었다. 그 빛은 옅은 황금빛으로 시작해 활활 타오르는 황금색 불길로 변하면서 지하의 풍경 전체를 환하게 밝혔다. 바위 턱과 절벽만이 아니라, 무릎을 꿇고 앉은 매스컬과 코팽, 양옆의 두 석상 등 모든 것이 햇빛을 흠뻑 받고 있는 것 같았고, 검은 그림자들의 윤곽도 무척 뚜렷했다. 빛은 열기를 머금고 있었지만, 그것은 보통 열기와 달랐다. 매스컬은 체온이 상승하는 것을 느끼진 못했지만 심장이 여성의 그것처럼 부드럽게 녹아버린 기분이었다. 그의 남성적인 거만함과 자만심이 어느덧 모습을 감추고, 개성마저 사라져 버린 것 같았다. 남은 것은 자유로운 영혼도, 편안한 마음도 아니었다. 격정적이고 야만상태에 가까운 연민과 비탄만이 남았다. 섬기며 살겠다는 처절한 열망이 매스컬을 휘감았다. 이 모든 것이 석상의 열기에서 비롯됐지만, 연민하고 섬겨야 할 그 어떤 대상도 없었다. 매스컬은 불안한 표정을 짓고 주위를 둘러보았다. 그리고 코팽을 뚫어지게 바라보면서 그의 어깨에 손을 얹고, 기도에 열중하고 있는 그를 흔들었다.

"내가 지금 어떤 기분인지 당신은 알죠, 코팽?"

코팽은 빙긋이 웃을 뿐 아무 말도 하지 않았다.

"이제 나 자신의 일 따위는 걱정하지 않을 겁니다. 내가 어떻게 하면 당신을 도울 수 있겠습니까?"

"매스컬, 보이지 않는 세 세계에 그처럼 빨리 반응하다니 정말 다행이군요."

코팽이 말을 끝내기 무섭게 두 번째 석상이 사라지기 시작했고, 주위의 빛도 사그라져 갔다. 매스컬의 감정도 서서히 진정됐지만, 그는 다시 한번 어둠에 완전히 파묻힌 뒤에야 본래의 모습을 되찾았다. 그러자 감정을 억제하지 못하고 유치하게 행동했다는 생각에 부끄러움을 느꼈고, 자신의 성품에 어딘가 부족한 면이 있다는 사실이 슬프기도 했다. 매스컬은 무릎을 펴고 일어섰다.

그가 몸을 일으키는 순간, 한 남자의 목소리가 들렸다. 그의 귀에서 1미터도 떨어지지 않은 곳에서 들려오는 소리였다. 속삭임에 불과했지만 코팽의 목소리가 아닌 것만은 분명했다. 매스컬은 귀를 기울이면서도 떨리는 몸을 주체할 수 없었다. 보이지 않는 존재가 말했다.

"매스컬, 너는 죽을 것이다."

"누구시죠?"

"이제 너에게는 몇 시간밖에 남지 않았다. 그 시간을 헛되이 낭비하지 말라."

매스컬은 아무 말도 할 수 없었다. 그 목소리가 여전히 나지막하게 말했다.

"너는 생명을 경시했다. 정말로 이 원대한 세상에 아무런 의미도 없다고 생각하느냐? 생명을 장난거리로 여기는 것이냐?"

"제가 뭘 하면 됩니까?"

"네가 저지른 살인을 뉘우치고, 다시는 살인하지 말라. 공경해야 한다……"

목소리가 점점 사그라졌다. 매스컬은 아무 말 없이 목소리가 다시 들리기를 기다렸다. 하지만 침묵만 이어질 뿐이었다. 그 목소리는 완전히 사라진 것 같았다. 초자연적인 두려움이 매스컬을 사로잡았다. 그는 몸이 갑자기 뻣뻣해지면서 무감각해지는 상태에 빠져들었다.

그 순간, 석상 하나가 어슴푸레한 흰빛에서 어둠으로 **사라지는** 것이 보였다. 조금 전까지만 해도 그 석상이 빛나는 걸 전혀 보지 못했는데!

또다시 몇 분이 지난 후, 주위는 원래의 빛을 되찾았다. 코팽이 일어나더니, 혼절한 매스컬을 흔들어 깨웠다. 매스컬은 주위를 둘러봤다. 다른 사람은 보이지 않았다.

"마지막 석상은 누구 거였죠? 내가 말하는 걸 들었나요?"

"당신 목소리는 들었지만 다른 목소리는 듣지 못했습니다."

"방금 내 죽음을 예언하는 목소리를 들었어요. 내 목숨이 얼마 남지 않은 것 같습니다. 리홀페이도 똑같은 예언을 했어요."

코팽이 고개를 젓고는 물었다.

"당신은 삶을 얼마나 중요하게 생각합니까?"

"별로 중요하게 생각하진 않지만 그래도 두렵군요."

"당신의 죽음이?"

"아뇨, 그 예언이 두렵습니다."

그들의 대화가 끊어졌다. 깊은 침묵이 그들을 짓눌렀다. 그들은 다음에 무엇을 하고, 어디로 가야 할지 모르는 듯했다. 그때, 두 사람 모두의 귀에 북소리가 들렸다. 느릿하면서도 장엄하고 힘 있는, 멀리서 들려오는 북소리였다. 소리가 크지는 않았지만, 사방이 조용해서 뚜렷하게 들렸다. 그들이 서 있는 바위 턱 왼쪽, 보이지 않는 어떤 곳에서 들려오는 것 같았다. 매스컬의 심장이 빠르게 뛰기 시작했다.

"저 소리가 뭐죠?"

코팽이 어둠 속을 뚫어지게 바라보며 물었다.

"수르투르가 내는 소리입니다."

"또 그 사람입니까? 대체 수르투르가 누굽니까?"

매스컬이 코팽의 팔을 움켜잡으며 그를 조용히 시켰다. 북소리가 들려오는 방향으로 이상한 빛이 공중에 떠 있었다. 그 빛은 점점 강해지면서 주변 전체를 환하게 밝혔다. 사이어의 빛은 그 새로운 빛에 완전히 압도당했다. 그러나 그 빛도 그림자를 드리우지 않기는 마찬가지였다.

코팽이 콧구멍을 벌름거리고 가슴을 쭉 펴면서 물었다.

"저 불덩이는 또 뭐죠?"

"머스펠의 빛이에요."

두 사람은 본능적으로 세 개의 석상 쪽을 힐끗 보았다. 그 이상한 빛에 석상들도 변했다. 세 석상 모두 섬뜩하고 끔찍한 수정인간의 얼굴로 변해 있었다.

코팽은 비명을 내지르며 손으로 눈을 가렸다. 그러고는 한참 뒤에야 정신을 차리고 매스컬에게 물었다.

"어떻게 된 거죠?"

"생명이 거짓된 것이란 뜻입니다. 생명의 창조자도 마찬가지고요. 창조자가 한 사람이든 세 사람이든 간에."

코팽은 충격적인 장면을 받아들이려는 사람처럼 세 석상을 다시 쳐다보았다.

"정말 그렇게 믿어야 할까요?"

매스컬이 대답했다.

"그래야 할 겁니다. 더구나 당신은 지금까지 최고의 신을 섬겨왔잖아요. 앞으로도 그럴 테고요. 사이어가 최고의 신이 아니라는 것이 밝혀진 셈이죠."

코팽의 얼굴이 격한 분노로 시뻘게졌다.

"생명이 거짓이었다니! 평생 사이어를 섬겨왔는데, 이제야 그걸 깨닫다니!"

"스스로를 탓할 필요 없습니다. 수정인간은 태곳적부터 인간을 속여 왔어요. 인간이 좋은 의도를 품고서도 진실을 보지 못하는 건 당연합니다. 이제 어떻게 할 겁니까?"

"북소리가 멀어지고 있군요. 북소리를 쫓아갈 겁니까, 매스컬?"

"그래요."

"저것이 우리를 어디로 데려갈까요?"

"아마 스리얼 바깥이 아닐까요."

"내 귀에는 저 북소리가 진짜보다 더 진짜처럼 들리는군요." 코팽이 말했다. "그런데 대체 수르투르가 누굽니까?"

"수르투르의 세계, 즉 머스펠이 원형이고, 이 세계는 머스펠을 제멋대로 왜곡시킨 세계에 불과하다고 들었습니다. 수정인간은 생명체지만, 수르투르는 생명이 아닌 다른 존재입니다."

"그걸 어떻게 알죠?"

"영감과 경험, 또 이 행성의 현인들과 나눈 대화에서 그런 결론을 얻었습니다. 시간이 갈수록 그 결론이 구체화되면서 진실이라는 확신이 더해가는군요."

코팽이 벌떡 일어서더니 굳은 표정으로 세 개의 석상을 마주 보며 결연한 목소리로 말했다.

"당신을 믿겠습니다, 매스컬. **그것**보다 더 확실한 증거는 없을 테니까. 사이어는 최고의 신이 아니었어요. 어떤 의미에서는 **가장**

야비한 신이었습니다. 철저하게 위선적이고 비열하지 않으면 그런 속임수를 쓸 수 없었을 테니까…… 당신과 함께 가겠습니다. 하지만 나를 배신하진 말아요. 당신에게서는 그런 징조가 엿보이지만 나는 절대 배신하지 않을 겁니다. 만약 당신이 나를 버리면…….”

“나는 아무런 약속도 해줄 수 없습니다. 그래서 당신에게 함께 가자고 부탁하지는 않을 거예요. 당신이 당신만의 작은 세계에 계속 머물든, 그 세계에 의심을 품든 간에 나를 따라오지 않는 편이 나을 겁니다.”

“그런 말 하지 말아요. 당신이 내게 베푼 은혜는 결코 잊지 않을 겁니다……. 서두릅시다. 그렇지 않으면 북소리를 놓치겠어요.”

코팽이 매스컬보다 앞장서서 출발했다. 그들은 북소리를 쫓아 발걸음을 재촉했다. 길은 바위 턱을 따라 3킬로미터 넘게 이어졌고 쭉 평탄했다. 신비로운 빛이 점차 사그라들면서 스리얼의 원래 빛이 되돌아오기 시작했다. 북소리는 끊이지 않았지만, 저 앞 아득히 먼 곳에서 들려왔다. 아무리 쫓아도 거리는 좀처럼 좁혀지지 않았다.

“그런데 당신은 도대체 어떤 사람입니까?”

코팽이 느닷없이 물었다.

“어떤 면에서 말이죠?”

“당신은 보이지 않는 존재와 어떻게 그런 관계에 이르게 된 겁니까? 나는 지금까지 쉬지 않고 기도하고 고행을 했지만, 당신을 만나기 전에는 이런 경험을 결코 하지 못했어요. 당신이 어떤 면에서 나보다 뛰어난 겁니까?”

"목소리를 듣는다고 해서 더 뛰어나다고 할 수는 없겠죠. 나는 단순하고, 어떤 것에도 얽매이지 않는 사람일 뿐입니다. 아마 그래서 내가 당신이 지금까지 듣지 못한 걸 듣지 않았을까요."

코팽은 시무룩한 표정으로 아무 대꾸도 하지 않았다. 매스컬은 그의 표정에서 상처받은 자존심을 꿰뚫어 보았다.

오르막이 시작됐다. 그들은 협곡 맞은편 바위보다 더 높은 곳에 올라가 있었다. 얼마 후에는 길이 급격하게 오른쪽으로 꺾였다. 그들은 협곡을 건너고 또 다른 바위를 다리로 삼아 맞은편 절벽 꼭대기까지 올라갔다. 또다시 새로운 절벽이 그들의 눈앞을 가로막았다. 그들은 절벽 옆을 따라서 북소리를 쫓아갔다. 그런데 커다란 동굴 입구를 지날 때쯤 동굴 안에서 북소리가 들려왔다. 그들은 동굴 안으로 발걸음을 돌렸다. 코팽이 말했다.

"이 길은 바깥세상으로 이어지는 통로예요. 가끔 이 통로를 이용해서 바깥세상을 오갔습니다."

"그렇다면 북소리가 우리를 바깥세상으로 인도하는 게 확실하군요. 나는 솔직히 햇빛을 다시 보면 여한이 없겠습니다."

코팽이 떨떠름한 미소를 지으며 물었다.

"이런 와중에 어떻게 햇빛을 생각할 수 있죠?"

"난 해를 좋아해요. 아마 내게 열정이 부족한 모양입니다."

"하지만 결국엔 당신이 나보다 먼저 **목적**을 달성할지도 모르지요."

"비꼬지 말아요." 매스컬이 말했다. "내 생각은 다릅니다. 머스펠은 의지의 문제가 아니에요. 애초부터 머스펠은 의지와는 아무런 상관이 없으니까요. 의지는 이 세상의 속성입니다."

"그렇다면 당신이 여행하는 목적은 뭐죠?"

"목적지를 향해 가면서 느릿느릿 걸어가느냐, 아니면 전속력으로 달리느냐는 완전히 다른 문제입니다."

코팽이 다시 미소를 지으며 말했다.

"나는 당신이 생각하는 것만큼 순진하지 않습니다."

동굴 안에서도 빛은 계속 유지됐다. 길이 점점 좁아지며 가파른 오르막으로 변했다. 45도에 가까운 경사에 그들은 손발까지 동원해서 기어올라야 했다. 동굴이 점점 좁아져서 매스컬은 어린 시절 어딘가에 갇혔던 꿈까지 떠오를 지경이었다.

오래 지나지 않아 햇빛이 새어 들기 시작했다. 그들은 마지막 박차를 가했다. 매스컬이 먼저 유채색의 세계로 뛰쳐나왔다. 그는 먼지를 뒤집어쓴 채 긁히고 할퀸 상처에서 피를 흘리며 언덕 비탈에 서서 눈을 깜박거렸다. 코팽도 매스컬의 뒤를 바짝 따라 나왔지만, 브랜치스펠의 작열하는 빛에 적응하지 못해 한참 동안 손으로 눈을 가리고 있어야만 했다.

"북소리가 그쳤어요!"

코팽이 소리쳤다. 매스컬이 무뚝뚝하게 대꾸했다.

"북소리가 항상 들릴 거라고 기대하진 마십시오. 그런 사치를 부릴 수야 없지요."

"하지만 안내자가 없잖습니까? 상황이 전보다 나아진 것도 아니고요."

"토맨스 행성은 넓은 곳입니다. 하지만 내게는 철칙 하나가 있어요, 코팽. 남쪽에서 시작했으니 북쪽으로 간다는 겁니다."

"북쪽으로 가면 리치스톰이 나옵니다."

매스컬은 환상적인 모양으로 쌓여 있는 바위들을 둘러보았다.

"나는 매터플레이에서부터 저 바위들을 봤어요. 저 바위산은 지금도 그때만큼이나 멀어 보이는군요. 낮이 얼마 남지도 않았을 텐데. 여기에서 리치스톰까지는 얼마나 됩니까?"

코팽이 멀리 떨어진 산을 바라보며 대답했다.

"모르겠습니다. 하지만 기적이 일어나지 않는 한 오늘 밤 안에는 도착하지 못할 겁니다."

"내 느낌은 그렇지 않은데요. 우리가 오늘 밤 저기에 도착할 뿐 아니라, 바로 오늘 밤이 내 일생에서 가장 중요한 순간이 될 것 같은 기분입니다."

이렇게 말한 뒤 매스컬은 휴식을 취하려고 천천히 앉았다.

18
혼트

매스컬이 앉아서 쉬는 동안에도 코팽은 안절부절못한 채 팔을 빙빙 돌리며 이리저리 서성댔다. 짚고 다니던 지팡이는 잃어버렸는지 보이지 않았다. 초조한 마음을 억누르는 듯 벌겋게 달아오른 얼굴이 그의 타고난 거친 성격을 고스란히 드러냈다. 마침내 코팽은 매스컬의 바로 앞에 멈춰 서서 그를 내려다보았다.

"대체 어떻게 할 생각입니까?"

매스컬은 코팽을 올려다보고 멀리 떨어진 산을 향해 손을 휘휘 흔들며 대답했다.

"지금은 걸을 수 없으니까 기다려야 해요."

"뭘요?"

"나도 모르겠어요……. 어, 어떻게 된 거죠? 산봉우리들의 색이 바뀌었습니다. 붉은색에서 초록색으로."

"그렇군요. 리치 바람도 이쪽으로 불고 있고."

"리치 바람이라뇨?"

"리치스톰의 대기를 말합니다. 언제나 산들을 감싸고 있지만, 바람이 북쪽에서 불면 리치 바람이 이곳 스리얼까지 밀려오곤 하죠."

"일종의 안개인가요?"

"아주 특별한 안개라 할 수 있지요. 리치 바람은 성욕을 자극한다고들 하니까요."

매스컬이 소리 내어 웃었다.

"그럼, 우리가 사랑의 밀어를 속삭이게 되겠군요."

코팽이 퉁명스레 대꾸했다.

"전혀 달갑지 않은 일이라는 걸 알게 될 겁니다."

"한데 저 봉우리들은 어떻게 균형을 잡고 있는 거죠?"

코팽은 저 멀리 공중에 떠 있는 듯한 봉우리들을 물끄러미 바라봤다. 봉우리들은 어둠 속으로 빠르게 사라지고 있었다.

"열정이지요. 열정이 저 봉우리들을 떨어지지 않게 지탱해 줍니다."

매스컬은 다시 웃음을 터뜨렸지만 이상하게 혼란스러운 기분이었다.

"뭐요? 바위들이 서로 사랑하기라도 합니까?"

"우습게 들리겠지만 사실입니다."

"가까이 가서 살펴보면 알게 되겠지요. 그런데 저 산 너머는 베어리 아닌가요?"

"그렇습니다."

"그 너머는 바다라고 하던데 그 바다의 이름은 뭐죠?"

"그 부근에서 죽은 사람들만 알 겁니다."

"대단한 비밀이 있는 모양이지요, 코팽?"

브랜치스펠이 서쪽 지평선에 접근하고 있었다. 아직 두 시간은 더 지나야 햇살이 사그라질 것 같았다. 주위 공기가 탁해졌다. 엷은 안개가 피어오르기 시작했다. 축축하지도 차갑지도 않은 안개였다. 리치스톰 산맥의 윤곽 또한 하늘 아래 흐릿하게만 보였다. 공기는 전기를 띠어서 따끔거렸고, 신경을 자극해 흥분시키는 효과도 있었다. 매스컬은 조그만 외부 자극에도 자제력을 잃어버린 것처럼 감정이 뜨겁게 불타오르는 것을 느꼈다. 반면 코팽은 입을 꾹 다문 채 꼼짝 않고 서 있었다.

한편 매스컬은 근처의 높이 솟은 바위산을 계속 바라보고 있었다.

"저 바위산은 감시탑으로 쓸 만한 것 같군요. 저 위에 올라가면 뭔가 보일 겁니다."

그는 코팽의 대꾸를 기다리지 않고 바위산을 오르기 시작했다. 잠시 후, 매스컬은 정상에 올라섰고 코팽도 뒤이어 도착했다.

바위산 정상에서는 바다까지 완만한 내리막으로 이어지는 지역 일대가 한눈에 내려다보였다. 바다는 아득히 먼 곳에서 반짝이는 물로만 보일 뿐이었다. 그러나 매스컬은 그 모든 것을 제쳐두고, 3킬로미터쯤 떨어진 곳에서부터 그들을 향해 빠르게 다가오는 조그만 배 모양의 물체를 뚫어지게 바라보았다. 더구나 그 물체는 땅에서 1, 2미터쯤 떠서 날아오고 있었다.

매스컬이 살짝 놀란 목소리로 물었다.

"저게 뭘로 보입니까?"

코팽은 고개를 저을 뿐 대답하지 않았다.

2분쯤 지나자, 그 물체와 그들 사이의 거리가 반으로 좁혀졌다. 분명 배처럼 생겼지만 그것은 일정하게 날지 못하고, 앞부분이 끊임없이 위아래로, 또 좌우로 발작하듯 까닥거렸다. 뒤쪽에 한 남자가 앉아 있고, 가운데에는 커다란 죽은 동물이 누워 있는 모습이 매스컬의 눈에 들어왔다. 비행선이 더 가까이 다가오자 그 아래로 짙푸른 연기가 보였다. 뒤쪽에서도 비슷한 연기가 보였지만, 그들과 마주 보는 앞부분은 맑고 또렷했다.

"우리가 기다리던 것 아닌가요, 코팽? 그런데 대체 무엇이 저걸 움직이는 걸까요?"

매스컬은 수염을 쓰다듬으며 생각에 잠겼다. 하지만 잠시 후 그들이 눈에 띄지 않을 수도 있다는 생각에, 가장 높은 바위에 올라가 큰 소리로 외치며 두 팔을 마구 휘둘렀다. 비행선이 수백 미터 앞에서 경로를 살짝 바꿔 그들 쪽으로 향했다. 비행선의 조종사가 그들을 본 것이 틀림없었다.

비행선은 사람이 걷는 속도만큼 느려졌지만 변덕스러운 움직임은 여전했다. 그것은 정말 기묘하게 생긴 비행선이었다. 길이는 약 6미터로, 납작한 앞부분은 폭이 1미터가 조금 넘었지만 점점 좁아져서 끝부분에 이르자 거의 뾰족했다. 평평한 바닥은 지상에서 3미터 정도 떠 있었다. 갑판은 없었고, 단 한 사람만 타고 있었다. 두 사람이 보았던 동물의 시신은 커다란 양만 한 동물의 뼈대였다. 비행선 뒤쪽에서 맴도는 푸른 연기는 선미에 똑바로 세워진 짧은 막대의 반짝거리는 지점에서 뿜어져 나오는 듯했다. 비행선이 몇 미터 앞까지 접근해 오자 그들은 놀란 표정으로 그것을 내려다보았다. 조종사가 짧은 막대를 뽑더니 반짝거리는 부분을 모자로 덮었다. 그러자 비행선은 전진하던 것을 갑자기 멈추고 이리저리 표류하기 시작했다. 그러면서도 아래쪽의 푸른 연기가 사라지지 않았기 때문인지 여전히 공중에 떠 있었다. 마침내 비행선의 옆면이 두 사람이 서 있는 바위산에 살그머니 부딪쳤다. 조종사는 비행선에서 뛰어내린 다음 곧바로 바위산 꼭대기에 올라와 그들에게 다가왔다.

매스컬이 손을 내밀었지만 그는 경멸하듯 악수를 거부했다. 조종사는 젊은 남자였고, 중간 정도 키에 몸에 꼭 맞는 털옷을 입고 있었다. 팔다리는 평범해 보였지만 몸이 유난히 길었다. 매스컬은 그처럼 넓고 큰 가슴을 본 적이 없었다. 수염 없는 얼굴은 날카롭고 뾰족했으며, 이까지 돌출돼 추악해 보였다. 경멸 어린 미소에 눈초리와 눈썹이 치켜 올라가서 심술궂어 보이기도 했다. 이마에는 마치 살점을 뜯어낸 것처럼 보이는 훼손된 기관 하나가 달려 있었다. 머리칼은 짧고 가늘었다. 피부 색깔의 이름은 알 수 없었지만, 초록색이 붉은색의 보색이듯이 제일색의 보색일 듯싶었다.

바위산을 올라온 그자가 눈을 지그시 뜨고 매스컬과 코팽을 찬찬히 뜯어보았다. 그동안에도 무례한 미소는 입에서 사라지지 않았다. 매스컬은 그자와 이야기 나누고 싶은 생각이 굴뚝같았지만 먼저 말을 걸고 싶지는 않다. 코팽도 매스컬의 약간 뒤에서 침울한 표정으로 서 있을 뿐이었다. 마침내 조종사가 물었다.

"당신들은 누구야?"

목소리가 무척 컸고, 상당히 불쾌한 음색이었다. 매스컬의 귀에는 커다란 공기 덩어리가 좁은 구멍을 억지로 통과할 때 나는 소리처럼 들렸다.

"나는 매스컬이고, 여기는 스리얼에서 온 내 친구 코팽입니다. 내가 어디에서 왔는지는 묻지 말아요."

"나는 사클래시에서 온 혼트다."

"거기가 어디요?"

"30분 전이었다면 여기에서도 보였겠지만, 지금은 너무 어두워서 안 보이는군. 여하튼 리치스톰에 있는 산이야."

"지금 거기로 돌아가는 길이오?"

"그래."

"저 배로 거기까지 가는 데 얼마나 걸리지?"

"두세 시간."

"우리를 태워줄 수 있을까?"

"뭐? 리치스톰에 간다고? 거기에서 뭘 하려는 거지?"

"경치나 구경하려고." 매스컬이 눈을 빛내며 대답했다. "하지만 무엇보다 식사부터 해야겠군. 하루 종일 뭘 먹은 기억이 없으니. 상당히 성공적으로 사냥을 마친 것 같으니 우리가 먹을 게 부족하진 않겠군요."

혼트가 묘한 눈빛으로 매스컬을 뚫어지게 바라보았다.

"당신 정말 뻔뻔스럽군. 하지만 나 자신이 뻔뻔스러운 인간이라 그런 인간들을 좋아하긴 하지. 그런데 당신 친구는 낯선 사람에게 먹을 걸 구걸하느니 차라리 굶어 죽을 사람처럼 보이는걸. 어두운 구멍에서 끌려 나와 어쩔 줄 모르는 두꺼비처럼 보이기도 하고."

매스컬은 코팽의 팔을 잡아당기며 반응하지 말라고 신호를 보냈다.

"그런데 어디에서 사냥을 한 거요, 혼트?"

"매터플레이. 하지만 운이 지독하게 없었어. 말 한 마리밖에 못 잡았으니까. 저기 엎어져 있는 놈이지."

"리치스톰은 어떤 곳이지?"

"남자면 남자, 여자면 여자가 있는 곳이야. 당신 같은 반남반녀는 없어."

"반남반녀라니?"

"당신처럼 남자, 여자가 섞인 사람. 리치스톰에는 순수한 남자 아니면 순수한 여자뿐이야."

"나는 항상 나 자신이 남자라고 생각했는데."

"물론 그렇게 생각했겠지. 하지만 시험해 볼까? 여자를 싫어하고 무서워하나?"

"그런 건 왜 묻지? 당신은 어떻소?"

혼트가 이를 드러내며 씩 웃었다.

"리치스톰에서는 모든 게 달라. ……그래, 경치를 구경하고 싶다고?"

"솔직히, 당신 말을 들으니 그곳 여자들이 궁금하군."

"그렇다면 설른보드를 소개시켜 주지."

혼트는 이렇게 말하고 잠시 멈췄다가, 느닷없이 가슴이 들썩일 정도로 혼자서 킥킥댔다.

"무슨 재밌는 생각을 한 거요?"

매스컬이 물었다.

"두고 보면 알 거야."

"나를 놀리는 거면 나도 당신에게 예의를 차리지 않을 거요."

혼트가 다시 웃음을 터뜨렸다.

"내가 장난이나 칠 사람처럼 보여? 설른보드는 나한테 무척 고마워할 거야. 그녀가 원하는 만큼 내가 그녀를 자주 찾지 못하면 당연히 다른 식으로라도 즐겁게 해줘야겠지……. 좋아, 당신들을 태워줄게."

매스컬이 의심을 떨치지 못하고 코를 문지르며 말했다.

"당신네 땅에서 남자와 여자가 서로를 미워하는 건 정열이 부족해서요, 아니면 정열이 너무 강해서요?"

"다른 곳에는 부드러운 정열이 있지만, 리치스톰에는 딱딱한 정열이 있지."

"딱딱한 정열이란 건 또 뭐지?"

"남자가 여자를 찾는 건 쾌락 때문이 아니라 고통 때문이라는 거다."

"죽기 전에 꼭 경험해 보고 싶군."

혼트가 비웃는 표정을 지으며 대꾸했다.

"당연히 그래야지. 기왕에 리치스톰까지 갔는데 그런 기회를 놓치면 아쉬울 거야."

이번에는 코팽이 매스컬의 팔을 잡아끌며 말했다.

"이번 여행은 끝이 안 좋을 것 같습니다."

"왜요?"

"당신 목표는 조금 전까지만 해도 머스펠이었는데 지금은 여자로 바뀌었으니까요."

"신경 쓰지 말아요." 하고, 매스컬이 말했다. "운에 맡겨봅시다. 무엇이 저 배를 우리에게 보냈겠어요?"

혼트가 끼어들었다.

"머스펠에 대해 말하는 건가?"

코팽이 혼트의 어깨를 거칠게 잡고 그의 눈을 뚫어지게 바라보며 물었다.

"머스펠에 대해 아는 게 있습니까?"

"많이는 아니지만 조금은 알지. 이따 저녁 먹을 때 다시 물어봐. 지금은 출발해야 하니까. 밤에 산맥을 넘는 건 애들 장난이 아니거든."

코팽이 대답했다.

"기억해 두죠."

매스컬이 비행선을 내려다보며 물었다.

"우리가 타도 될까?"

"살살 타라고, 친구들. 등나무하고 가죽으로만 만들어진 거니까."

"일단 어떤 방법으로 중력의 법칙을 극복했는지 궁금한걸."

혼트가 비웃듯 피식 웃었다.

"내가 비밀 하나를 말해주지, 매스컬. 모든 법칙은 여성적이야. 진정한 남성성은 법을 무시하는 것이고, 법의 테두리 밖에 있다는 얘기지."

"무슨 말인지 모르겠는데."

"대지는 끊임없이 여성적인 입자를 발산해. 반면에 바위와 살아 있는 생명체의 남성적인 부분은 끊임없이 그 여성적인 입자에 다다르려고 발버둥 치지. 그것이 바로 중력이야."

"그러면 이 배를 어떻게 조종한다는 거요?"

"남성성을 띤 돌 두 개가 조종해. 밑에 있는 돌은 배가 땅에 떨어지는 걸 막아주고, 뒤쪽에 있는 돌은 뒤에서 영향을 미치는 단단한 물체들로부터 배를 지켜주지. 대지의 중력에 영향받는 곳은 앞부분뿐이야. 남성성을 띤 돌의 빛이 그곳만 비추지 않으니까. 그래서 배가 그 방향으로 날아가는 거지."

"남성성을 띠는 돌이라니, 그건 또 뭐요?"

"그건 정말 수컷다운 돌이야. 그 돌들에는 여성적인 면이라곤 전혀 없어. 남성적인 불꽃을 쉬지 않고 뿜어내거든. 그 불꽃들이 대지에서 올라오는 여성적인 입자들을 삼켜버리지. 이 배의 남성적인 부분들을 끌어당길 여성적인 입자가 하나도 남지 않게 되는 거야. 그래서 배가 땅에 떨어지지 않는 거고."

매스컬은 잠시 생각에 잠겼다.

"사냥 실력에 배 만드는 솜씨, 게다가 과학적 지식까지 지닌 걸 보니 당신 정말 재주가 많은 사람이군, 혼트……. 하지만 해가 지고 있으니, 빨리 출발하는 게 낫겠소."

"먼저 타. 사체는 앞쪽으로 쭉 밀고. 그래야 당신과 당신 친구
가 가운데에 앉을 수 있을 테니."

혼트의 말이 떨어지기 무섭게, 매스컬은 바위산 꼭대기에서 내
려와 비행선에 올라탔다. 그러나 아직 바위에 매달린 채 금방이라
도 부서질 것 같은 바닥에 발을 디딘 순간 그는 깜짝 놀라고 말았
다. 소금물처럼 비중이 높은 물질 속에 떠 있는 것처럼 몸무게가
완전히 사라졌을 뿐 아니라, 그가 매달려 있던 바위는 미세한 전류
가 흐르는 것처럼 그를 끌어당기는 탓에 바위에서 손을 떼기도 힘
들었다.

처음의 충격이 가시자 매스컬은 새로운 질서를 순순히 받아들
이고 사체를 앞쪽으로 이동시키기 시작했다. 비행선에서는 무게
가 거의 영향을 미치지 않았기 때문에 사체를 옮기는 데는 그다지
힘이 들지 않았다. 다음에는 코팽이 내려왔다. 물리현상의 극적인
변화에도, 도덕적 이념에 기반한 코팽의 침착한 태도는 전혀 흔들
리지 않았다. 혼트가 마지막으로 비행선에 올라탔다. 그는 수컷 돌
을 받치고 있는 막대기를 잡고 모자를 걷어 낸 후 똑바로 세웠다.
매스컬은 돌에서 흘러나오는 신비로운 빛을 처음으로 가까이에서
보았다. 자연의 힘에 대항함으로써 양력과 추진력으로 이용되는
빛이었다. 브랜치스펠이 저물면서 쏟아 내는 불그스레한 빛에 눌
려 유난히 반짝거리는 보석 정도로밖에 보이지 않았지만, 수백 미
터 밖까지 대기를 은은한 빛으로 물들이는 것으로 보아 빛의 강도
를 충분히 짐작할 수 있었다.

비행선은 막대기 끝에 밧줄로 연결된 덮개를 이용해 조종하는

식이었다. 덮개를 조절해서 수컷 돌이 빛을 일부 또는 전부 발산하게 하거나 아니면 아예 차단할 수 있었다. 혼트가 막대기를 세우자마자 비행선은 바위에서 조용히 물러나 리치스톰 산맥 쪽으로 향했다. 브랜치스펠은 지평선 아래로 가라앉아 보이지 않았다. 비행선이 내뿜는 은은한 빛이 사방으로 수 킬로미터까지 모든 것을 물들였다. 공기는 시원하고 맑았다.

곧 바위산을 넘어 널찍한 평원에 들어섰다. 혼트가 덮개를 완전히 벗기자 비행선은 전속력으로 나아갔다. 매스컬이 큰 소리로 말했다.

"당신 말대로 밤에 산악 지대를 비행하는 건 정말 어렵겠군. 불가능할 것 같기도 하고."

혼트가 퉁명스레 대꾸했다.

"목숨을 걸어야 할걸. 머리가 깨지는 것으로만 끝나도 다행이라 생각해. 어쨌든 하나만 말해두겠는데, 당신이 쓸데없는 말로 나를 계속 방해하면 우리는 산맥 근처에도 못 가서 추락할 거야!"

그 이후로 매스컬은 입을 다물고 침묵을 지켰다.

황혼이 깊어지면서, 어둠도 점점 짙어졌다. 눈에 보이는 건 없었지만 느낄 수는 있었다. 수컷 돌과 중력의 끝없는 다툼으로 움직이는 비행선은 과장해서 말하면, 높은 파도가 일렁이는 바다에서 격렬하게 들썩이는 작은 배와 비슷했다. 매스컬과 코팽은 속이 울렁거렸지만, 혼트는 뒤쪽에 느긋하게 앉아 곁눈으로 그들을 바라보며 비웃었다. 어둠이 내리는 속도가 한층 빨라졌다.

비행을 시작하고 90분쯤 지난 뒤에야 그들은 리치스톰의 구릉지에 도착했다. 비행선이 상승하기 시작했다. 브랜치스펠의 빛이 완전히 사라졌지만, 똑같이 생긴 두 개의 수컷 돌이 내뿜는 푸른빛 덕분에 좌우와 뒤쪽은 상당한 거리까지 밝았다. 이 빛이 앞쪽까지는 전달되지 않았기 때문에, 혼트는 자체 발광하는 바위와 풀과 나무의 특성을 이용해 방향을 가늠했다. 인광 물질을 지닌 바위와 풀과 나무가 흙보다 더 환하게 빛났다.

달빛은 없었고, 별들도 보이지 않았다. 따라서 매스컬은 상층의 대기가 안개로 인해 빛을 통과시키지 못하는 거라고 추측했다. 한두 번쯤 숨이 막히는 듯한 느낌에 짙은 안개 속에 들어선 것 같았지만, 그들 앞쪽에서 빛이란 빛은 죄다 두 배로 환해져서 이상한 종류의 안개가 아닌가 하는 불길한 느낌을 떨칠 수 없었다. 숨이 막힐 때마다 끔찍한 기분이 들었고, 특별한 이유도 없이 두려움과 전율에 휩싸였다.

그들은 구릉지와 산맥 자체를 가르는 계곡 위를 막 지났다. 비행선이 1,000미터 가까이 상승하기 시작했다. 절벽에 가까워지자, 혼트는 뒤쪽의 빛을 신중하게 조절해서 절벽과 일정한 거리를 유지했다. 매스컬은 혼트의 기막힌 조종 솜씨를 지켜보며 감탄하지 않을 수 없었다. 꽤 긴 시간이 흘렀다. 날은 무척 싸늘하게 변했고, 공기는 축축하니 바람까지 불었다. 안개가 눈 비슷한 것을 그들 위로 떨어뜨리기 시작했다. 매스컬은 두려움에 질린 채 식은땀을 삘삘 흘렀다. 그들이 처한 위험 때문이 아니라, 그들을 끊임없이 감싸는 구름 띠 탓에 두려웠다.

마침내 그들은 첫 번째 절벽을 벗어났다. 그 후로도 꾸준히 상승했지만 이번에는 앞으로도 나아갔다. 수컷 돌에서 발산되는 은은한 빛 덕분에 그들이 지나가는 행로를 어렴풋하게나마 볼 수 있었다. 곧 단단한 땅이 그들의 시야에서 사라졌다. 별안간 아무런 전조도 없이 달빛이 불쑥 내리비쳤다. 상층의 대기 여기저기서 짙은 안개 더미가 스멀스멀 피어오르고 곳곳의 틈새로 하늘이 희끗희끗 엿보였는데, 그런 틈새 한 곳에서 티어겔드가 빛나고 있었다. 그들의 왼쪽 아래로 초록색 얼음에 덮여 반짝이는 거대한 봉우리가 모습을 잠깐 드러냈다가 곧 짙은 안개에 삼켜졌다. 온 세상이 안개에 덮여 있었다. 달빛이 다시 내리비치기 시작했다. 매스컬은 이 공중 여행이 빨리 끝나기를 간절히 바랐다.

수컷 돌에서 발산되는 빛이 이제 새로운 절벽을 비추고 있었다. 웅장하면서 험준한, 수직으로 깎아지른 듯한 절벽이었다. 절벽의 위와 아래, 좌우는 어둠에 휩싸여 보이지 않았다. 절벽 면을 따라 잠시 비행하자, 삐죽 튀어나온 바위 하나가 눈에 들어왔다. 각변이 4미터가 못 되는 그 정방형의 바위에는 초록색 눈이 10센티미터 이상 쌓여 있었다. 그 바로 뒤로 보이는 검은 구멍은 동굴 입구일 가능성이 컸다.

혼트는 능숙한 솜씨로 비행선을 바위 위에 착륙시켰다. 자리에서 일어난 그는 비행선에서 빛을 비추던 막대기를 올리고 다른 막대기는 내렸다. 그런 다음 두 개의 수컷 돌을 꺼내 손에 쥐었다. 돌들의 반짝이는 푸른빛에 비쳐 그가 안도하는 얼굴이 선명하게 보였다. 그러면서도 그는 약간 뚱한 표정이었다. 매스컬이 물었다.

"내려도 되나?"

"그래, 내가 사는 곳이야."

"위험한 여행을 무사히 끝내줘서 고맙소."

"그래, 아슬아슬했지."

코팽이 바위 위로 뛰어내렸다. 그가 거칠게 웃음 지으며 말했다.

"위험할 것은 없었어요. 우리는 여기에서 죽을 운명이 아니었으니까. 당신은 뱃사공에 불과해요, 혼트."

혼트가 기분 나쁘게 웃으며 대꾸했다.

"그래? 난 내가 신이 아니라 인간을 실어 나른 줄 알았는데."

"여기가 어디요?"

매스컬이 비행선에 내리며 물었다. 혼트는 비행선 안에 그대로 서서 대답했다.

"사클래시. 이곳에서 두 번째로 높은 산이야."

"그럼, 가장 높은 산은 뭐요?"

"애디지. 사클래시와 애디지 사이에는 긴 산등성이 있어. 위험한 곳이 한두 군데가 아니야. 산등성 중간쯤이 가장 낮은데 거기에 몬스탭 고갯길이 있어. 그 고갯길을 지나면 베어리로 갈 수 있고. 이쯤이면 이곳의 지형을 대강 안 거지."

"설른보드라는 여자는 이 부근에 삽니까?"

혼트가 씩 웃으면서 대답했다.

"별로 멀지는 않아."

혼트는 비행선에서 뛰어내린 다음 두 사람을 가볍게 밀치고 동굴 안으로 들어갔다.

매스컬이 뒤따라 들어가자 코팽도 그의 뒤를 바짝 따랐다. 돌 계단을 조금 내려가자, 커다란 짐승 가죽을 커튼처럼 친 입구가 나타났다. 혼트는 가죽을 밀고 안으로 들어가면서 손님들을 위해 가죽을 옆으로 밀어놔 주지도 않았다. 매스컬은 아무 말 없이 가죽을 손으로 움켜잡고 힘껏 잡아당겨서 떼어낸 다음 바닥에 던져버렸다. 혼트는 바닥에 떨어진 가죽을 힐끗 보고 못마땅한 웃음을 지으며 매스컬을 노려봤지만 아무 말도 하지 않았다.

그들이 들어선 공간은 널찍한 타원형의 동굴이었다. 벽과 바닥 및 천장까지 모두 천연 바위였다. 출입구는 두 곳이었는데, 하나는 그들이 들어왔던 곳이고 상대적으로 작은 하나는 정반대편에 있었다. 동굴 안은 써늘하고 음산했으며, 축축한 바람이 한쪽 출입구에서 다른 쪽 출입구로 불고 있었다. 바닥 곳곳에는 야생동물 가죽이 널려 있었다. 햇볕에 말린 살코기 덩어리들이 벽에서 벽으로 연결한 줄에 매달려 있고, 술을 담은 듯한 불룩한 가죽 부대들이 한 구석을 차지했다. 야생동물의 기다란 엄니, 뿔, 뼈 등도 사방에 흐트러져 있었다. 벽에는 아름다운 수정 촉이 박힌 사냥용 짧은 창 두 개가 기대 있었다.

혼트는 먼 쪽 문 근처에 두 개의 수컷 돌을 내려놓았다. 돌들의 빛이 동굴 전체를 환하게 밝혔다. 그는 줄에 매달린 고깃덩이들에 다가가 큰 덩어리 하나를 낚아채서는 게걸스레 물어뜯기 시작했다. 매스컬이 물었다.

"우리도 좀 먹어도 될까?"

혼트는 씹는 걸 멈추지 않고, 줄에 매달린 고깃덩이와 가죽 술 부대를 가리켰다. 매스컬이 가죽 부대 하나를 집어 들며 물었다.

"컵은 어딨소?"

혼트는 바닥에 널브러진 진흙 잔을 가리켰다. 매스컬은 그 잔을 집어 들고 가죽 부대의 매듭을 푼 다음 가죽 부대를 겨드랑이에 끼고 잔을 가득 채웠다. 맛을 보니, 아무것도 가미하지 않은 독한 술이었다. 매스컬은 잔을 단숨에 비웠다. 그러자 기분이 한결 나아지는 것 같았다.

매스컬이 다시 잔을 채워서 코팽에게 건넸다. 코팽은 살짝 맛을 보고는 역시 단숨에 비워버렸고, 말없이 잔을 다시 건넸다. 그러고는 동굴에 있는 동안 더는 한 잔도 마시지 않았다.

반면 또다시 잔을 비운 매스컬은 체면 따위는 모두 내팽개치고 고깃덩이 쪽으로 성큼성큼 걸어가, 두 손 가득 큼직한 덩어리를 쥐고 가죽 부대가 쌓여 있는 곳에 앉아 느긋하게 먹기 시작했다. 살코기는 질기고 거칠었지만 매스컬은 그렇게 맛있는 고기는 처음 맛보았다. 향이 묘하긴 했지만, 이상한 동물들로 가득한 세계에서는 그럴 놀랄 일도 아니었다. 식사는 침묵 속에서 이루어졌다. 코팽은 처음에는 선 채로 조금씩 뜯어 먹다가 나중에는 아예 짐승의 털가죽 위에 드러누웠다. 그 와중에도 코팽의 눈은 두 사람에게서 떨어질 줄을 몰랐다. 혼트는 술을 마시지 않았다.

마침내 매스컬이 식사를 끝내고 술을 또 한 잔 비운 뒤에 기분 좋게 숨을 토해냈다.

"이제 여자들에 대해 말해보시오, 혼트."

혼트가 또 다른 가죽 부대와 잔을 집어 들었다. 그는 가죽 부대의 끈을 이로 끊고, 몇 잔을 연거푸 들이켰다. 그런 뒤에야 책상다리를 하고 앉아 매스컬을 돌아보았다.

"뭐?"

"여자들이 마음에 들지 않소?"

"오히려 치명적이지."

"치명적? 어떤 점에서 치명적이라는 거요?"

"두고 보면 알게 될 거야. 배를 타고 오면서 당신을 쭉 지켜봤어, 매스컬. 예감이 안 좋았겠지? 응?"

"부인하지는 않겠소. 악몽과 싸우고 있는 느낌을 떨칠 수 없었소. 왜지?"

"리치스톰의 여성적인 분위기, 성욕 때문이야."

"성욕을 느끼지는 않았는데."

"그게 성욕의 첫 단계야. 자연은 당신네 사람들을 자극해서 결혼하게 만들지만, 우리에게 그런 자극은 심한 고통을 안길 뿐이야. 바깥에 나갈 때까지 기다려 봐. 성욕이 되살아날 테니. 열 배쯤. 당신이 마신 술 때문에라도……. 이 모든 게 결국엔 어떻게 끝날 것 같아?"

"내가 그걸 알면 애초에 묻지도 않았겠지."

혼트가 큰 소리로 웃음을 터뜨렸다.

"설른보드."

"내가 설른보드를 원하게 되는 걸로 끝날 거라는 뜻인가?"

"그런데 그 결과가 어떨 것 같아, 매스컬? 설른보드가 당신에게 무엇을 줄까? 달콤하고 황홀한 만족감? 하얀 팔로 감싸 안아주는 관능적인 욕망?"

매스컬은 태연하게 또 한 잔을 들이켰다.

"왜 그 여자가 지나가던 낯선 자에게 그런 것들을 주겠소?"

"사실 설른보드에겐 그런 것들이 있지도 않아. 아니, 설른보드가 당신에게 주는 건, 결국 당신이 그 여자에게 받게 될 건 고통과 광기가 전부일걸. 어쩌면 죽음까지도."

"당신은 사리에 맞는 말이라고 하는 거겠지만 내 귀에는 잠꼬대로만 들리는군. 내가 미쳐버리거나 죽어야 하는 이유가 뭐요?"

"성욕을 이길 수 없을 테니까."

"그럼 당신은 어떻소?" 매스컬이 손톱을 물어뜯으며 물었다.

"아, 나한테는 수컷 돌이 있으니까. 그래서 영향을 받지 않아."

"당신이 다른 사람들처럼 미치고 죽어가는 걸 막아준다는 건가?"

"그래. 하지만 그런 약점을 노리고 수작 부릴 생각은 마, 매스컬."

매스컬은 술잔만 들이켤 뿐, 한동안 아무 말도 하지 않았다. 그러다 마침내 침묵을 깨고 물었다.

"결국 이곳의 남자와 여자는 서로에게 적이고, 사랑 따윈 모르는 건가?"

"그런 마법의 단어는…… 사랑이 뭔지 말해 줄까, 매스컬? 남녀 간의 사랑은 불가능해. 가령 매스컬 당신이 어떤 여자를 사랑한다면, 그 여자를 사랑하는 건 당신이 아니야. 당신의 여자 조상들이 그 여자를 사랑하는 거지. 하지만 여기 리치스톰에서 남자는 순수한 수컷이야. 여성적인 면이 전혀 섞이지 않은 남자."

"그 수컷 돌은 어디에서 났소?"

"그건 별난 게 아니야. 어딘가에 그 물질이 만들어지는 토대가 있을걸? 이 세상이 순전히 여성적인 세상으로 변하는 걸 막아주는 것이면 무엇이든 수컷 돌이라 할 수 있어. 순전히 여성적인 세상은 달콤하기만 한 하나의 단조로운 덩어리에 불과할 테지. 다양한 형태를 갖지 못하니까."

"한데 달콤한 것이 어떻게 남자에게 고통을 준다는 거요?"

"절대적인 남성의 삶은 격렬한 거야. 과잉된 생명은 육체에 위험하기 마련이지. 그런 삶이 어떻게 고통스럽지 않겠어?"

코팽이 갑자기 벌떡 일어서더니 혼트에게 말했다.

"당신이 머스펠에 대해 말해주겠다고 약속했던 게 기억나는군요."

혼트가 음흉한 미소를 지으며 코팽을 쳐다보았다.

"저런! 지하 세계의 사람이 살아났군!"

매스컬이 무덤덤하게 말했다.

"그렇지, 머스펠에 대해 말해보시오."

혼트는 술을 들이켠 후 짧게 웃었다.

"길게 얘기할 것도 없고, 딱히 얘기할 가치도 없어. 하지만 당신들이 관심을 보이니까…… 5년 전에 한 낯선 사람이 여기에 와서 머스펠의 빛에 대해 물었어. 이름은 로드였고, 동쪽에서 왔다더군. 어느 여름날 아침 이 동굴 바깥에 있었는데 느닷없이 그자가 내 앞에 나타난 거야. 그 사람이 어떻게 생겼냐고? 그런 사람은 다시없을 거야. 정말 기품 있고 고결한 데다 모든 면에서 나보다 월등해 보여서 내 피가 더럽게 느껴질 정도였으니까. 내가 누구에게나 이런 감정을 느끼지 않는다는 건 당신들도 눈치챘을 거야. 그런데 지금 생각해 보니 그자는 나보다 월등한 게 아니라 그냥 **달랐던** 거였어. 여하튼 나는 큰 충격을 받아 벌떡 일어나서 말을 걸었지. 그자는 애디지산이 어딨냐고 묻더군. 그리고 '머스펠의 빛이 그 산에서 가끔 보인다고 하던데 혹시 그 빛에 대해 아는 게 있소?'라고도 물었어. 나는 사실대로 대답했어. 머스펠의 빛에 대해 전혀 모른다고 말이야. 그러자 그는 '그렇군요. 나는 애디지산에 갈 생각이오. 혹시 내 뒤에 똑같은 목적으로 오는 사람이 있다면, 기왕에 나섰으니 애디지산을 찾아가는 편이 나을 거라고 말해주시오'라고 하더군. 우리가 나눈 대화는 그게 전부였어. 그자는 애디지산으로 떠났고, 그 후로 나는 그자를 다시 보지도, 그에 관한 소문을 듣지도 못했지."

"호기심에라도 그를 뒤쫓아 갈 생각을 안 했나?"

"그런 생각은 조금도 안 했어. 그자가 등을 돌려 떠나는 순간, 어찌 된 일인지 그자에 대한 관심이 사라져 버렸거든."

"그가 당신한테 아무런 도움도 되지 않았기 때문이었겠지."

코팽은 그렇게 말한 뒤 매스컬을 바라보았다.

"우리가 갈 길이 미리 계획돼 있었군요."

매스컬이 무심하게 대꾸했다.

"그런 것 같군요."

대화가 한동안 끊겼다. 매스컬은 이 침묵이 답답하게 느껴지고 괜스레 불안했다.

"혼트, 당신의 피부색을 뭐라고 부르죠? 햇빛 속에서 봤을 때 무척 이상하던데."

혼트가 말했다. "돌름(Dolm)."

코팽이 설명을 덧붙였다.

"얼파이어와 푸른색이 혼합된 색입니다."

"이제야 궁금증이 풀리는군. 그런 색깔들은 정말 처음 봅니다."

"당신네 세계에는 어떤 색들이 있습니까?"

코팽이 물었다.

"삼원색뿐이에요. 그런데 여기에는 다섯 가지 원색이 있는 것 같더군요. 어떻게 그럴 수 있는지 내 머리로는 상상이 안 되지만."

"이곳에는 두 가지의 삼원색이 있습니다." 코팽이 말했다. "하지만 파란색이 두 가지 모두에 속하기 때문에 총 다섯 가지 원색이 됩니다."

"왜 두 가지나 되죠?"

"태양이 둘이니까요. 브랜치스펠은 파란색, 노란색, 붉은색을 만들어 내고, 알페인은 얼파이어색, 파란색, 제일색을 만들어 냅니다."

"그런 설명을 한 번도 떠올리지 못했다는 게 놀랍군요"

"따라서 여기에서는 자연의 삼위일체를 다른 식으로 설명할 수 있습니다. 파란색은 존재입니다. 그것은 빛을 통해서 본 어둠이지요. 존재와 허무의 대비입니다. 노란색은 관계입니다. 우리는 노란빛으로 사물들의 관계를 가장 확실하게 볼 수 있습니다. 붉은색은 감정입니다. 붉은색을 볼 때 우리는 자기만의 감정으로 되돌아갑니다……. 알페인의 삼원색에서 파란색은 중앙에 있습니다. 따라서 존재가 아니라 관계를 뜻합니다. 얼파이어가 존재이긴 한데, 앞에서 말한 것과는 다른 종류의 관계입니다."

혼트가 쩍 하품을 했다.

"하여튼 지하 세계에는 대단한 철학자들이 많다니까!"

매스컬이 일어나 주위를 둘러보며 혼트에게 물었다.

"저 문은 어디로 연결되지?"

혼트가 대답했다.

"직접 살펴보지 그래."

매스컬은 혼트의 말을 곧이듣고 반대편 문으로 걸어가 커튼을 걷고 어둠 속으로 사라졌다. 그러자 혼트가 득달같이 일어나 황급히 그의 뒤를 쫓았다.

코팽도 자리에서 일어났다. 그는 술 부대가 놓인 구석으로 성큼성큼 걸어가 모든 부대의 매듭을 풀어 내용물을 바닥에 쏟았다. 그런 다음에는 사냥용 창들을 집어 들고 촉을 부러뜨렸다. 그가 자리로 돌아가 앉기도 전에 매스컬과 혼트가 동굴로 돌아왔다. 혼트는 동굴에서 벌어진 사태를 수상쩍은 눈길로 훑어보더니 얼굴이 창백해졌다. 하지만 싱긋이 웃으면서 빈정대듯 말했다.

"바쁘셨군, 친구."

코팽이 혼트를 지그시 노려보며 말했다.

"저걸로 이나 쑤시면 되겠군요."

매스컬이 웃음을 터뜨렸다.

"두꺼비가 아주 때맞춰 세상에 나왔구먼, 혼트. 누가 이런 일을 예상이나 했겠소?"

혼트는 2, 3분 동안 코팽을 노려보더니 느닷없이 악령에 씌인 것처럼 괴성을 지르면서 코팽에게 몸을 날렸다. 그들은 살쾡이처럼 맞붙어 싸우기 시작했다. 바닥을 뒹굴다가 다시 일어서고 다시 뒤엉켜 바닥을 뒹굴었다. 매스컬이 보기에 누가 이길 거라고 감히 예상하기 힘들었다. 그는 그들의 싸움을 말릴 시도조차 하지 않았다. 그의 머릿속에 퍼뜩 어떤 생각이 떠올랐다. 매스컬은 두 개의 수컷 돌을 집어 들고 껄껄 웃으면서 더 안쪽에 있는 문으로 달려 나갔다. 시원한 밤공기가 그를 맞아주었다.

산 반대편 협곡이 굽어보였고, 초록색 눈이 흩뿌려진 좁은 바위 턱이 절벽 오른쪽을 따라 구불구불 이어졌다. 그 바위 턱이 유일한 통행로였다. 매스컬은 협곡 너머로 두 개의 수컷 돌을 힘껏 던졌다. 손에서는 묵직하고 단단하게 느껴지던 수컷 돌들이 수증기의 궤적을 길게 남기며 깃털처럼 심연 아래로 떨어졌다. 매스컬은 돌들이 사라지는 모습을 우두커니 지켜보고 서 있었다. 동굴에서 허겁지겁 뛰어나온 혼트가 매스컬의 팔을 움켜잡고 흥분해서 소리쳤다. 코팽도 뒤따라 나왔다.

"크래그의 이름을 걸고, 대체 무슨 짓을 한 거야?"

매스컬이 다시 껄껄 웃으며 대답했다.

"수컷 돌이 저 멀리 사라졌네."

"정말 미쳤군!"

혼트의 피부 색깔이 번쩍거렸다. 마치 그의 몸속에 있는 등불이 호흡하는 것 같았다. 그런 다음 혼트는 극단적인 의지력을 발휘해 곧 안정을 되찾았다.

"당신이 나를 죽인 걸 알아?"

"맥은 조금 전까지도 나를 설른보드에게 갖다 바치려고 애쓰지 않았나? 자, 기운 내! 즐겁게 술이나 마시자고!"

"당신은 농담처럼 말하지만, 이건 서글픈 진실이야."

혼트의 얼굴에서 비아냥대던 기색이 완전히 사라졌다. 그는 아픈 사람처럼 보였지만, 어찌 된 일인지 무척 기품 있어 보였다.

"정말 미안하게 됐군, 혼트. 그렇다고 이번 일로 나 자신을 책망하지는 않을 거요. 이제 우리 셋은 같은 배를 탄 셈이야. 당신은 아직 그렇게 생각하지 않겠지만."

코팽이 나지막이 물었다.

"대체 어쩌다 이 지경이 된 겁니까? 당신들 인간은 위험에서 완전히 벗어날 때까지 자제력을 발휘할 수 없는 겁니까?"

혼트가 코팽을 무섭게 노려보며 소리쳤다.

"그래! 이미 유령들이 내게 몰려들고 있다고!"

혼트는 침울한 얼굴로 털썩 주저앉았지만, 곧 다시 일어서며 말했다.

"앉아서 기다릴 순 없어…… 게임은 이미 시작됐어."

그리고 그들은 암묵적인 합의하에 바윗길을 걷기 시작했다. 혼트가 앞장섰다. 길은 좁은 데다 오르막이었고 미끄럽기도 했다. 조심하고 또 조심해야 했다. 그러나 자체 발광하는 눈꽃과 바위 덕분에 어둡지는 않았다.

800미터쯤 걸었을까? 중간에서 걸어가던 매스컬이 비틀거리면서 절벽 면에 기댔다가 결국 주저앉고 말았다.

"술기운이 도는군. 해묵은 감정까지 되살아나고. 근데 더 심해졌어."

혼트가 뒤돌아보며 말했다.

"그래서 당신이 불운한 사람이란 거야."

매스컬은 두 동료뿐만 아니라 상황까지 뚜렷이 의식했지만, 형체가 없는 초자연적인 검은 존재에게 억눌리고 있다는 느낌에 사로잡혔다. 그는 밀려드는 두려움에 격렬하게 떨었지만, 팔다리를 움직일 수는 없었다. 그의 얼굴에서 식은땀이 뚝뚝 떨어졌다. 뜬눈으로 겪는 악몽은 오랫동안 계속됐지만, 그동안에 악몽은 오락가락했다. 환영이 사라질 듯해서 안도의 한숨을 내쉬면, 다음 순간에는 환영이 구체적인 형태를 띠었다. 그는 그것이 그의 죽음을 의미한다는 것을 알았다. 갑자기 환영이 깨끗이 사라졌다. 매스컬은 모든 짐을 내려놓은 것처럼 홀가분했다. 시원한 산들바람이 얼굴을 간지럽혔고, 느릿하면서도 감미로운 새소리가 들렸다. 그의 영혼에 한 편의 시가 속삭여지는 기분이었다. 그처럼 달콤하고 가슴 설레는 환희는 그때까지 경험해 본 적이 없었다. 하지만 그 환희도 순식간에 사라졌다.

매스컬은 우두커니 앉아, 천사의 방문을 받은 사람처럼 눈을 비비며 몸을 좌우로 천천히 흔들었다. 코팽이 말했다.

"당신 몸 색깔이 하얀색으로 변했습니다. 어떻게 된 거죠?"

매스컬이 짤막하게 대답했다.

"고통 끝에 사랑에 이른 겁니다."

매스컬이 일어섰다. 혼트는 침울한 표정으로 매스컬을 바라보았다.

"어떤 변화가 있었는지 말해주지 않겠어?"

매스컬은 진지한 얼굴로 느릿느릿 대답했다.

"매터플레이에 있었을 때 무거운 구름들이 전기를 뿜어내면서 살아 있는 동물로 변하는 것을 봤소. 그와 마찬가지로, 나를 괴롭히던 검고 혼란스러운 고통이 정리되고 환희로 변한 거요. 악몽을 먼저 겪지 않고는 경험할 수 없는 환희일 테지. 이런 변화는 우연이 아니오. 자연법칙이라 할 수 있지. 그런 진리가 내 머릿속에 문득 떠오르더군. ……그래, 당신을 비롯한 리치스톰 사람들은 거기까지 이르지 못했소. 마음의 고통에서 한 걸음을 더 나아가지 못하고 거기에 머물러 버린 거요. 그 고통이 환희를 위한 산고라는 걸 깨닫지 못한 거지."

혼트가 혼잣말하듯 말했다.

"그 말이 맞다면 당신은 위대한 선구자로군."

코팽이 물었다.

"그 느낌이 일반적인 사랑과 어떻게 다르던가요?"

"사랑의 모든 것이었습니다. 야성까지 더해진."

코팽이 손가락으로 턱을 긁적이며 말했다.

"하지만 리치스톰 사람들은 지나치게 남성적이어서 그 단계에 이르지 못할 거예요."

혼트의 얼굴이 새파랗게 질렸다.

"왜 우리만 고통받아야 하지?"

"자연은 변덕스럽고 잔인하기도 하오. 결코 공정하지 않아……. 혼트, 우리를 따라오시오. 이런 고통에서 벗어나야 하지 않겠소."

혼트가 중얼대는 투로 대답했다.

"그래야지. 어떻게든 그 모든 고통에서 벗어날 거야."

매스컬이 물었다.

"여기에서 먼가, 설른보드의 집까지는?"

"아니, 그 여자의 집은 사클래시 그늘 바위 밑에 있어."

"오늘 밤에 무슨 일이 벌어지려나?"

매스컬은 혼잣말로 중얼거렸지만 혼트가 대답하고 나섰다.

"방금 환희를 경험했다고 해도 즐거운 일을 기대하지는 마. 그 여자는 여자가 아니야. 그저 욕정 덩어리에 불과해. 당신의 정욕이 그 여자에게서 인간의 모습을 끌어내겠지만 일순간에 불과할 거야. 그 변화가 오랫동안 지속되면 당신이 그 여자에게 영혼을 불어넣을 수 있겠지."

"어쩌면 그 변화가 영원히 지속될 수도 있을 거요."

"그러려면 당신이 그녀를 원하는 것만으로는 충분하지 않아. 그 여자도 당신을 원해야 해. 하지만 그 여자가 왜 당신을 원하겠어?"

매스컬이 고개를 저으며 말했다.

"모든 일이 예상대로만 되는 건 아니지. 일단 출발하는 게 좋겠소."

그들은 다시 걷기 시작했다. 바윗길은 여전히 오르막이었다. 그런데 모퉁이를 돌자 혼트가 길에서 벗어나 절벽 꼭대기로 이어지는 가파른 비탈을 오르기 시작했다. 그들은 두 손, 두 발을 동원해 엉금엉금 기어서 올라가야 했다. 꼭대기까지 올라가는 동안, 매스컬은 조금 전에 경험했던 달콤한 환희만을 생각했다.

평평한 정상의 흙은 바싹 말라 푸석푸석했다. 눈이 쌓인 곳도 없었고, 밝은 색의 초목들도 눈에 띄었다. 혼트가 왼쪽을 돌아보았다. 매스컬이 말했다.

"여기가 그늘 바위 밑이겠군."

"그래. 조금 있으면 설른보드를 만나게 될 거야."

말을 할 때 입술이 민감하게 반응하자 매스컬은 깜짝 놀랐다. 위아래 입술이 맞부딪치자 짜릿한 흥분감이 그의 온몸으로 퍼져 나갔다.

풀밭은 희미하게 빛났다. 우람한 나무 한 그루가 그들의 시야에 들어왔다. 붉은 열매가 초롱처럼 주렁주렁 매달려 가지들이 빨갛게 빛났지만, 잎은 하나도 달려 있지 않았다. 그 나무 아래 설른보드가 앉아 있었다. 그녀의 아름다움이 어둠 속에서 제일색과 흰색으로 빛났다. 그녀는 책상다리를 한 채 허리를 곧게 펴고 앉아 잠든 모습이었다. 그녀는 한쪽 어깨에 걸친 망토처럼 시작해서 무릎 위에서 헐렁한 반바지로 끝나는, 이음매가 없는 가죽옷을 입고 있었다. 양팔은 가볍게 포개져 있고, 한 손에는 반쯤 먹은 열매가 쥐여 있었다.

매스컬은 설른보드에게 다가가, 호기심 어린 얼굴로 그녀를 내려다보았다. 여성적인 면에서 그녀의 절반만큼이라도 닮은 여자는 본 적이 없었다. 살결은 부드럽기 이를 데 없이 거의 녹아내릴 듯했다. 이목구비가 완전히 발육하지 않았는지 인간의 것으로 보이진 않았고, 도톰한 입술만이 풍부한 감정을 담고 있었다. 육감적인 그 입술은 선잠에 빠진 원형질에 뚜렷이 새겨진 의지처럼 보였다. 머리칼은 빗질조차 않았고 무슨 색깔인지도 알 수 없었다. 헝클어진 긴 머리칼은 거치적거리지 않도록 뒤로 넘겨서 옷 안에 쑤셔 넣어져 있었다.

코팽은 여전히 차분하다 못해 음울한 표정이었지만, 다른 두 사람은 눈에 띄게 흥분한 기색이었다. 매스컬의 가슴속에서 심장이 터질 듯 두근거렸다. 혼트가 매스컬을 잡아당기며 말했다.

"나는 머리가 어깨에서 떨어져 나가는 것 같아."

"무슨 말이오?"

혼트가 희미한 미소를 지으며 말을 덧붙였다.

"하지만 주체할 수 없이 즐겁기도 하지."

혼트가 설른보드의 어깨를 손으로 짚었다. 그녀가 천천히 눈을 뜨고 그들을 쳐다보며 미소 짓더니 다시 열매를 먹기 시작했다. 매스컬은 그녀에게 과연 말을 할 만한 지능이 있을지 의심스러웠다. 그때, 혼트가 털썩 무릎을 꿇고 앉아 그녀의 입술에 입을 맞췄다.

설른보드는 혼트를 거부하지 않았다. 입맞춤이 계속되는 동안 그녀의 얼굴이 변해갔다. 매스컬은 불명확하던 이목구비가 점점 또렷해지면서 인간의 모습을 띠는 것을 알아차렸다. 얼굴에서 미소가 사라지고 찡그린 표정이 그 자리를 대신했다. 그녀는 갑자기 혼트를 밀어내고 벌떡 일어서서, 찡그린 얼굴로 세 남자를 차례로 바라보았다. 매스컬이 가장 마지막이었다. 그녀는 유난히 오랫동안 매스컬의 얼굴을 뜯어봤지만 그녀의 속마음을 짐작할 만한 기색은 전혀 드러내지 않았다.

그사이 혼트가 징그러운 미소를 짓고 비틀거리며 다시 그녀에게 다가갔다. 그녀는 혼트의 손길을 말없이 견뎠다. 그러나 입술과 입술이 다시 마주치는 순간, 혼트는 마치 감전이라도 된 것처럼 외마디 비명을 지르며 뒤로 넘어졌다. 그의 뒤통수가 땅바닥에 부딪쳤다. 혼트는 그 자리에 누운 채 꼼짝하지 않았다.

코팽이 그를 일으키려고 뛰어갔다. 그러나 혼트에게 무슨 일이 닥쳤는지 확인하고는 그를 다시 누이며 소리쳤다.

"매스컬, 빨리 와보세요!"

매스컬이 들여다보니, 혼트의 피부에서 빛이 눈에 띄게 줄어들고 있었다. 혼트는 죽어 있었다. 얼굴은 알아볼 수도 없을 정도였다. 도끼로 내리찍은 듯 머리가 세로로 둘로 쪼개져서 이상한 색깔의 피가 흘러넘치고 있었다. 매스컬이 말했다.

"이건 넘어져서 생긴 상처가 아닌데요."

"맞습니다. 설른보드가 한 짓입니다."

매스컬은 재빨리 돌아서서 설른보드를 바라보았다. 그녀는 어느새 조금 전과 똑같은 자세로 돌아가 있었다. 순간적으로 나타났던 지적인 모습이 얼굴에서 완전 사라지고, 그녀는 다시 미소 짓고 있었다.

19
설른보드

설른보드의 맨살이 어둠 속에서 부드럽게 빛났지만, 옷에 덮인 부분은 보이지 않았다. 멍하니 웃고만 있는 그녀의 얼굴을 바라보던 매스컬은 몸을 부르르 떨었다. 묘한 감정이 그의 온몸을 파고들었다.

어둠 속에서 코팽이 말했다.

"저 여자는 치명적인 매력을 지닌 악령 같군요."

"일부러 번개에 입맞춤한 꼴이 됐어요."

"혼트는 정욕에 정신이 나갔던 겁니다."

"나도 마찬가지였어요." 매스컬이 나지막이 말했다. "지금도 내 몸에 가득 찬 바위들이 서로 부딪치는 기분입니다."

"그래서 내가 염려했던 거예요."

"나도 저 여자에게 키스해야 할 것 같아요."

코팽이 매스컬의 팔을 잡아당겼다.

"남자의 기백을 잃어버린 겁니까?"

그러나 매스컬은 코팽의 손을 뿌리치고, 초조한 듯 턱수염을 움켜쥔 채 설른보드를 뚫어지게 바라보았다. 그의 입술이 경련을 일으키며 파르르 떨었다. 그렇게 몇 분이 흘렀다. 마침내 매스컬은 그녀에게 뚜벅뚜벅 걸어가더니 허리를 굽히고는 그녀를 두 팔로 번쩍 안아 들었다. 그는 설른보드를 허리를 꼿꼿이 펴고 앉은 자세 그대로 거친 나무줄기에 기대놓고는 그녀에게 입을 맞췄다.

칼로 에는 듯한 싸늘한 충격이 매스컬의 몸을 파고들었다. 매스컬은 죽음이 찾아왔다고 생각했고, 그와 동시에 정신을 잃었다.

매스컬이 다시 정신을 차렸을 때, 설른보드는 한 손을 쭉 뻗어 그의 어깨를 잡고 침울한 눈빛으로 그의 얼굴을 유심히 살펴보고 있었다. 처음에 매스컬은 그녀를 알아보지 못했다. 그가 입맞춤한 여자가 아니라 다른 여자였던 것이다. 잠시 후 그는 그 여자의 얼굴이 혼트의 입맞춤을 불러일으켰던 그 얼굴과 똑같다는 사실을 조금씩 깨달았다. 매스컬은 차분하고 침착해졌다. 음욕은 이미 사라지고 없었다.

설른보드는 살아 있는 영혼으로 변했다. 피부가 탄탄해지고 이목구비도 뚜렷했으며 눈빛에서는 강렬한 의식이 읽혔다. 그녀는 훤칠하고 호리호리했지만, 손짓이나 움직임은 느렸다. 길쭉한 얼굴은 그다지 아름답지 않았다. 얼굴빛은 창백할 정도로 옅었고, 불에 덴 상처를 떠올리게 하는 입이 얼굴의 아랫부분을 가로지르고 있었다. 입술은 여전히 도톰해서 육감적이었다. 눈썹은 굵고 짙었다. 천박한 느낌은 전혀 찾아볼 수 없었다. 그녀에게는 어떤 여자에게서도 찾아볼 수 없는 **위엄**이 서려 있었다. 그녀는 기껏해야 스물다섯 살 정도로 보였다.

매스컬을 들여다보다가 지쳤는지 설른보드는 그를 살짝 밀어내며 팔을 거뒀다. 그와 동시에 입술을 활처럼 길게 구부리며 환한 미소를 지었다.

"감사하게도 내게 생명의 선물을 주셨는데 당신의 이름조차 모르네요."

느리지만 울림이 커서 이상하게 들리는 목소리였다. 매스컬은 꿈을 꾸는 기분이었다.

"매스컬이라고 합니다."

설른보드가 그에게 한 걸음 다가섰다.

"매스컬, 잘 들으세요. 많은 남자가 나를 세상으로 끌어내려 했지만 계속 붙잡아 두진 못했어요. 내가 원하지 않았으니까요. 하지만 당신은 나를 세상으로 끌어냈어요. 이제부터 나는 좋든 싫든 세상에 영원히 머물러야 해요."

매스컬이 이제는 어둠에 감춰져 보이지 않는 시신을 향해 손을 뻗으며 말했다.

"저 사람에 대해서는 뭐라고 말할 겁니까?"

"저 사람이 누군가요?"

"혼트."

"저 사람이 혼트였군요. 혼트가 죽었다는 소식이 곧 사방에 퍼질 거예요. 유명한 사람이었으니까요."

"끔찍한 사건이었습니다. 하지만 당신이 그를 고의로 죽였다고는 생각할 수 없군요."

"우리 여자들은 무서운 힘을 타고났지만, 우리 자신을 지키는 데만 사용할 뿐이에요. 우리는 그런 무례한 방문을 원하지 않아요. 그런 방문을 몹시 싫어한다고요."

"나도 죽을 수 있었겠군요."

"당신도 함께 온 건가요?"

"셋이서 함께 왔습니다. 저기 서 있는 사람은 코팽이고."

"누군가가 희미하게 보이는군요. 당신은 내게 무엇을 원하시나요, 코팽?"

"아무것도 원하지 않습니다."

"그럼 가세요. 나와 매스컬은 여기에 남겨두고요."

"그럴 필요 없습니다, 코팽. 나는 당신과 함께 갈 거예요."

코팽이 어둠 속에서 나지막하고 진지한 목소리로 물었다.

"그럼, 이건 아까 맛봤던 환희가 아닙니까?"

"그래요. 그 환희는 되살아나지 않았습니다."

설른보드가 매스컬의 팔을 움켜쥐며 물었다.

"무슨 환희에 대해 얘기하는 거죠?"

"내가 조금 전에 경험한 사랑의 예감을 말하는 겁니다."

"그럼 지금은 어떤 느낌인가요?"

"평온하고 자유로운 기분입니다."

설른보드의 얼굴이 해쓱하게 변했다. 그 뒤에는 느릿느릿 일렁이는 열정이 감춰져 있었다.

"이번 일이 어떻게 끝날지 나도 모르겠어요, 매스컬. 하지만 우리는 좀 더 함께 있어야 해요. 어디로 가는 길이죠?"

코팽이 어둠에서 걸어 나오며 말했다.

"애디지."

"거기는 왜요?"

"우리는 오래전에 그곳으로 간 로드의 발자취를 따르는 중입니다. 머스펠의 빛을 찾아서."

"다른 세계의 빛이에요."

"뭔가를 찾기 위한 모험은 위대하죠. 혹시 여자는 머스펠의 빛을 볼 수 없나요?"

"한 가지 조건이 있습니다." 코팽이 말했다. "자신이 여자라는 걸 완전히 잊어야 합니다. 여성성과 사랑은 생명에 속하지만, 머스펠은 생명을 초월하니까요."

설른보드가 말했다.

"다른 남자는 모두 당신에게 주겠어요. 하지만 매스컬은 내 남자예요."

"안 될 말입니다. 나는 매스컬이 애인 구하는 걸 도우려고 여기까지 온 게 아니에요. 매스컬에게 더 고귀한 일들이 있다는 사실을 상기시켜 주려고 온 거죠."

"당신은 참 좋은 사람이군요. 하지만 두 분만 가서는 애디지로 가는 길을 찾지 못할 거예요."

"그 길을 알고 있습니까?"

설른보드가 다시 매스컬의 팔을 붙잡았다.

"코팽은 사랑을 경멸하는데, 사랑이 뭔가요?"

매스컬은 설른보드를 뚫어지게 바라볼 뿐 대답하지 않았다. 그녀가 다시 말했다.

"사랑은 사랑하는 사람을 위해서 기꺼이 사라지고 아무것도 되지 않는 거예요."

코팽이 미간을 찌푸렸다.

"당신처럼 사랑을 고결하게 해석하는 여자는 처음 봅니다."

매스컬이 코팽을 옆으로 살짝 밀더니 설른보드에게 물었다.

"사랑하는 사람을 위한 희생을 말하는 겁니까?"

설른보드는 발끝을 내려다보다가 빙그레 미소 지으며 대답했다.

"내 생각이 뭐가 중요하겠어요? 어떻게 할래요? 곧장 출발할 건가요, 아니면 잠시 쉬었다 출발할래요? 애디지로 가는 길은 무척 험하답니다."

매스컬이 되물었다.

"당신은 어떻게 할 겁니까?"

"두 분을 사클래시와 애디지 사이의 산등성이까지만 안내하고 다시 돌아올 생각이에요."

"그 후엔?"

"달빛이 비치면 동이 트기 전에 도착할 겁니다. 하지만 달이 없으면 무척 힘들 거예요."

"그걸 물은 게 아니에요. 우리가 헤어진 후에 당신은 어떻게 할 거냐는 겁니다."

"어딘가로…… 아마 여기로 돌아오겠죠."

매스컬이 설른보드에게 바짝 다가서서 그녀의 얼굴을 뚫어지게 들여다보았다.

"예전 상태로 돌아가는 겁니까?"

"그렇진 않아요, 매스컬. 고마워요."

"그럼 어떻게 살 거죠?"

설른보드는 자신의 팔을 잡은 매스컬의 손을 살며시 밀어냈다. 그녀의 눈에서 불꽃이 소용돌이치는 것 같았다.

"내가 계속 살아갈 거라고 했던가요?"

매스컬은 어리둥절해서 그녀를 바라보았다. 잠시 후 그가 조심스레 입을 열었다.

"여성들은 지금도 많은 희생을 치르고 있습니다. 나는 당신을 그렇게 떠나보낼 수 없어요."

둘의 눈이 마주쳤다. 누구도 눈길을 거두지 않았고, 누구도 거북한 표정을 짓지 않았다.

"당신은 아마 세상에게 가장 너그러운 남자일 거예요, 매스컬. 이제 출발해요……. 코팽은 한 가지 목표에만 몰두하는 외골수예요. 그렇지 않은 우리 같은 사람들이 할 수 있는 일이 무엇이겠어요? 코팽이 목표에 도달하도록 도와야지요. 외골수들의 목표가 정말 가치 있는지는 따질 필요가 없어요."

"매스컬에게 좋은 거라면 내게도 좋은 겁니다."

"글쎄요, 어떤 그릇에도 지정된 양이 넘게 담을 수는 없어요."

코팽이 빙긋이 웃었다.

"긴 잠을 자는 동안 상당한 지혜를 얻은 모양이군요."

"그래요, 코팽. 많은 남자를 만났고 많은 정신을 탐구했지요."

그들은 출발할 채비를 갖췄다. 그때, 매스컬이 혼트를 떠올렸다.

"저 불쌍한 친구를 묻어줘야 되지 않겠습니까?"

"내일 이맘때면 우리 무덤을 생각해야 할 거예요. 코팽은 그렇지 않겠지만."

"땅을 팔 도구도 없으니 당신 뜻대로 합시다. 당신이 혼트를 죽였지만, 실질적인 살인자는 나였어요. 내가 혼트를 보호해 주는 빛을 훔쳤으니까."

"그의 죽음과 당신이 내게 준 생명으로 균형이 맞춰진 셈이에요."

그들은 그곳을 떠나, 세 남자가 왔던 곳과 정반대 방향으로 출발했다. 몇 걸음 걷지 않아 초록색 눈이 다시 나타났다. 그와 동시에, 평평한 땅도 끝났다. 그들은 길도 없는 가파른 비탈을 가로질렀다. 눈과 바위가 희미하게 빛났고, 그들의 몸도 빛났다. 그 밖에는 모든 것이 검은색이었다. 그들 주위에서 안개가 피어올랐지만, 매스컬은 더 이상 악몽 같은 상상에 시달리지 않았다. 서늘하고 티없이 깨끗한 산들바람이 끊이지 않고 불었다. 그들은 줄지어 걸었다. 앞장선 설른보드의 느릿느릿한 움직임은 매스컬의 눈에 황홀하게만 보였다. 뒤에서 따라오는 코팽은 매혹적인 여자와 그녀에게 반쯤 넋이 빠진 남자에게서 눈을 떼지 않았다.

한참 동안 그들은 험한 바위투성이 비탈을 가로지르며 조금씩 위로 올라갔다. 경사가 워낙 가팔라서, 발을 헛디뎠다간 치명적인 결과가 초래될 게 뻔했다. 그들의 오른쪽이 산이었다. 얼마 후 왼쪽의 비탈이 평지로 변했고, 그들은 산의 또 다른 돌출부에 다다른 듯했다. 그 뒤로도 수백 미터를 더 걸었지만, 오른쪽의 오르막 비탈은 계속됐다. 잠시 후 설른보드가 갑자기 왼쪽으로 방향을 꺾자 그들의 눈앞에 평지가 펼쳐졌다.

"내가 말한 산등성이에 도착했어요." 설른보드가 걸음을 멈추며 말했다.

두 남자가 그녀에게 다가갔다. 그 순간 구름 사이로 달이 모습을 드러내며 주변을 환히 비췄다.

매스컬은 절로 감탄사를 내뱉었다. 인간의 손길이 닿지 않은 고결하고도 호젓한 풍경이 전혀 예상치 못했던 아름다움을 자아냈다. 티어겔드는 그들 뒤의 왼쪽 하늘에 떠서 환한 빛을 비췄다. 그들의 앞에는 애디지로 이어지는 웅장한 산등성이가 널찍한 내리막길처럼 펼쳐져 있었다. 애디지산은 아직 보이지 않았지만 산등성이의 폭은 200미터는 돼 보였다. 초록색 눈으로 덮인 곳이 군데군데 눈에 띄었지만, 헐벗은 바위를 검은 이빨처럼 드러낸 곳도 적지 않았다. 그들이 서 있는 곳에서는 산등성의 양 끝이 보이지 않았고, 그 아래 무엇이 펼쳐져 있는지도 볼 수 없었다. 그들의 오른쪽, 북쪽의 풍경은 흐릿해서 또렷하게 보이진 않았지만 높은 봉우리는 없었다. 멀리 보이는 저지대는 베어리였다. 반면 왼쪽은 코앞부터 멀리까지, 달빛 아래 눈이 닿는 데까지 웅장한 나무들이 빼곡히 들어찬 숲이었다. 모든 것이 초록색으로 빛났고, 어디에나 리치스톰의 특징인 그늘 바위가 있었다. 그늘 바위는 제각각 다른 모양으로 환상적인 풍경을 빚어냈다. 맞은편 절벽은 뭉실뭉실 피어오르는 안개로 가득했다.

사클래시는 말굽 모양의 웅장한 산이었다. 양 끝자락은 모두 서쪽을 향했고, 그 사이에는 1.5킬로미터 남짓한 너른 벌판이 있었다. 그들은 북쪽 끝 산등성이에 서 있었다. 남쪽 끝은 혼트의 동굴이 있는 산과 이어지는 긴 절벽이었다. 두 끝자락을 잇는 굽은 산등성이는 가파른 비탈로, 그들이 방금 지나온 곳이었다. 정작 사클래시 봉우리는 보이지 않았다.

남서쪽으로는 수많은 산봉우리가 하늘로 솟은 채 위용을 자랑했다. 특히 말굽의 남쪽으로 유난히 높은 봉우리 몇 개가 눈에 띄었다.

매스컬은 설른보드에게 뭔가를 물으려고 뒤를 돌아보았다. 그러나 달빛 아래에서 처음 본 그녀의 모습에 그는 말문이 막히고 말았다. 깊게 베인 상처 같던 입은 더 이상 도드라져 보이지 않았고, 상아처럼 하얗고 지극히 여성스럽게 변한 얼굴은 더할 나위 없이 아름다웠다. 우아하게 살짝 곡선을 그리는 입술은 장미꽃처럼 빨갰고, 머리카락은 짙은 밤색이었다. 매스컬은 당혹스러웠다. 설른보드가 그냥 여자가 아니라 요정을 닮았다는 생각마저 들었다.

"무슨 궁금한 거라도 있나요?"

그녀가 빙그레 웃으며 물었다.

"아무것도 아닙니다. 하지만 햇살에 비친 당신 모습도 보고 싶군요."

"아마 그럴 일은 없을 거예요."

"당신은 정말 외롭게 살았던 모양입니다."

설른보드는 느릿느릿 반짝이는 검은 눈동자로 매스컬의 표정을 살폈다.

"매스컬, 왜 당신의 감정을 솔직히 말하지 않나요?"

"아침에 해가 뜨는 것처럼 모든 것이 내 앞에 펼쳐지는 것 같지만 그게 무슨 뜻인지 모르겠어요."

설른보드가 웃음을 터뜨렸다.

"밤이 오는 게 아니라는 건 확실하네요."

산등성이를 따라 주위를 둘러보던 코팽이 느닷없이 끼어들었다.

"여기서부터 길은 평탄합니다, 매스컬. 당신만 괜찮다면 나 먼저 출발하고 싶군요."

"안 됩니다, 우리는 함께 가야 해요. 설른보드도 우리와 함께 갈 겁니다."

설른보드가 말했다.

"조금만 더 가죠. 하지만 애디지까지 함께 갈 수는 없어요. 내 힘으로는 보이지 않는 힘들을 당해낼 수 없거든요. 저 빛은 나를 위한 게 아니에요. 나는 사랑을 단념하는 법을 알지만 무슨 일이 있어도 사랑을 배신하지는 않아요."

"우리가 애디지에서 뭘 만나게 될지, 또 어떤 일이 닥칠지는 누구도 모릅니다. 코팽도 나만큼이나 모른단 말입니다."

코팽이 매스컬의 얼굴을 빤히 쳐다보았다.

"매스컬, 당신도 아름다운 여성을 위험에 끌어들여서는 안 된다는 걸 잘 알 텐데요."

매스컬이 어색하게 웃었다.

"설른보드, 코팽이 당신에게 말하지 않은 게 있습니다. 내가 코팽보다 머스펠의 빛에 대해 훨씬 많이 알고, 나와 운 좋게 만나지 않았다면 코팽은 지금쯤 스리얼에서 기도나 하고 있을 거라는 겁니다."

설른보드가 두 남자를 차례로 쳐다보며 말했다.

"하지만 코팽 말이 맞아요."

"그래서 내가 당신을 두고 갈 수 없다는……."

"내가 당신 곁에 있는 한 뒤돌아보지 말고 앞으로만 가라고 당신을 다그칠 거예요."

"이런 일로 말다툼할 필요 없어요." 매스컬이 억지로 미소 지으며 말했다. "모든 일이 잘 풀릴 테니까."

설른보드가 눈을 발로 툭툭 차며 어렵게 입을 열었다.

"잠을 자는 동안 또 한 조각의 지혜를 얻었어요, 코팽."

"말해보십시오."

"법과 원칙에 따라 사는 사람은 기생충과 같아요. 반면에 그런 법칙을 바탕으로 무無에서 새로운 것을 만들어 내는 능력을 발휘하는 사람들도 있죠. 법에서 벗어나지 못하는 사람은 혼자 힘으로는 아무것도 정복하지 못해요."

"새로운 것을 발견하는 능력이 주어진 사람이 있는 반면, 그것을 보존하고 완벽하게 다듬어 가는 능력이 주어진 사람도 있는 법입니다. 매스컬이 잘되기를 바란다면 나를 그런 식으로 비난할 수는 없을 겁니다."

"그런 건 아니에요. 하지만 어린애는 폭풍을 인도할 수 없는 법이죠."

그들은 산등성이 중앙을 따라 다시 걷기 시작했다. 설른보드를 가운데 두고 그들은 나란히 걸었다. 길은 완만한 내리막이었고, 한 동안 비교적 평탄했다. 빙점이 지구보다 높았던지, 몇 센티미터나 쌓인 눈 위를 걷는 맨발이 따뜻하게 느껴졌다. 그때쯤 매스컬의 발바닥은 질긴 가죽처럼 변해 있었다. 달빛에 비친 초록색 눈은 눈이 부실 지경이었다. 약간 기울어지고 짧아진 그들의 검붉은 그림자는 윤곽이 뚜렷했다. 설른보드의 오른쪽에서 걷고 있었던 매스컬은 왼쪽 저 멀리 줄줄이 늘어선 장엄한 봉우리들에서 눈을 떼지 못했다. 설른보드가 말했다.

"당신이 이 세상 사람일 리 없어요. 여기서 당신 같은 남자는 찾을 수가 없거든요."

"그럴 겁니다. 나는 지구에서 왔어요."

"지구는 이곳보다 넓은가요?"

"내 생각에는 더 작은 것 같아요. 작은 데다, 남자와 여자로 넘치지요. 워낙에 많은 사람이 살기 때문에 법이 없다면 혼란스럽기 그지없을 겁니다. 그래서 법이 인정사정없는 편이죠. 그런 법을 무시하지 않으면 모험 같은 건 꿈도 꿀 수 없어요. 지구인들에게 모험심 같은 건 옛날에 사라지고 없어요. 모두가 안전하고 완전하며 평범한 삶을 바랄 뿐이죠."

"지구에서도 남자가 여자를 증오하고, 여자가 남자를 증오하나요?"

"그렇지는 않아요. 남녀가 남의 눈을 의식하면서 만나긴 하지만 만남 자체는 즐거워요. 너무 즐겁고 황홀해서 수치심까지도 무시할 정도죠. 남녀 사이에 증오는 없어요. 몇몇 괴팍한 사람들을 제외하면."

"우리 리치스톰 사람들의 정욕의 밑바탕에도 그런 수치심이 있을 게 틀림없어요. 그런데 말해봐요. 여기엔 왜 온 거죠?"

"아마 새로운 경험을 하고 싶은 욕심 때문이겠죠. 똑같은 일을 반복하는 건 이제 재미없거든요."

"이 땅에 오신 지 얼마나 됐나요?"

"이제 나흘째가 끝나가고 있군요."

"나흘 동안 무엇을 보고, 무엇을 했는지 말해보세요. 당신 성격에 그냥 가만있지는 않았을 것 같은데요."

"불행하고 안타까운 일이 많았죠."

매스컬은 진홍빛 사막에서 처음 눈을 떴을 때부터 이제까지 겪었던 모든 일을 간략하게 이야기하기 시작했다. 설른보드는 눈을 지그시 감은 채 간혹 고개를 끄덕이면서 귀를 기울였다. 그녀는 딱 두 번 매스컬의 말을 끊었다. 타이도민의 죽음에 관한 이야기를 듣고 나서는 나지막한 목소리로 "우리 여자들은 누가 됐든 자기 몸을 희생한다는 점에서 타이도민에게 미치지 못해서는 안 돼요. 그게 자연법칙이기도 하고요. 그런 행동 하나만으로도 나는 그 여자를 사랑할 수 있을 것 같아요. 당신을 악의 문턱까지 밀어내긴 했지만 말이에요"라고 말했다. 또 글리밀에 대해서는 "정말 본받고 싶은 위대한 영혼을 지닌 여자군요. 그녀는 내면의 목소리를 듣고 다른 소리에는 귀를 열지 않았어요. 우리 중 누가 그 여자처럼 강할 수 있을까요?"라고 말했다.

매스컬이 얘기를 마치자 설른보드가 물었다.

"매스컬, 당신이 만난 그 여자들이 남자보다 훨씬 숭고하고 훌륭하다고 생각하지 않나요?"

"맞는 말입니다. 우리 남자들은 종종 자신을 희생하지만 거기에는 뭔가 현실적인 이유가 있죠. 반면에 여자들은 어떤 이유든 자신을 희생할 가치가 있다고 생각합니다. 당신은 희생을 위한 희생을 높이 평가하고요. 그것만으로도 당신은 고결한 사람입니다."

설른보드는 고개를 약간 돌려 매스컬에게 뿌듯해하는 미소를 지어 보였다. 너무나 감미로운 미소였기에 매스컬은 아무 말도 못하고 침묵에 빠져들었다.

그들은 한동안 말없이 걷기만 했다. 한참 뒤에야 매스컬이 침묵을 깨고 말했다.

"이제 내가 어떤 사람인지 알았겠죠. 나는 무자비하고 그만큼 유약한 남자입니다. 인정머리도 없고요. 아, 정말 피로 얼룩진 여행이었군!"

설른보드가 매스컬의 팔을 살며시 잡았다.

"다른 여자들은 몰라도 나 역시 그보다 덜하지는 않을 거예요."

"어떤 변명으로도 내가 지은 죄는 용서받을 수 없을 겁니다."

"내게 당신은 미지의 것을 찾아 나선 외로운 거인으로 보여요……. 우리 삶에서 가장 가치 있는 것을 찾아 나선……. 적어도 당신은 여자들을 우러러봐야 할 아무런 이유가 없어요."

매스컬이 쓴웃음을 지으며 말했다.

"그렇게 말해주니 고맙군요, 설른보드."

"매스컬, 당신이 지나가면 많은 사람이 당신을 지켜볼 거예요. 모두가 옆으로 비켜서겠죠. 앞만 보고 가세요. 오른쪽, 왼쪽, 어디에도 한눈팔지 말고."

"당신도 옆으로 비켜나지 않도록 조심하십시오, 매스컬."

코팽이 진지하게 말했다.

"매스컬은 원하는 것은 무엇이든 나와 함께할 거예요! 매스컬이 뭘 하든 감사하는 마음으로 따를 거라고요. ……당신은 심장이 있어야 할 자리에 푸석푸석한 먼지 자루를 갖고 있군요. 당신에게도 누군가가 사랑이 뭔지 말해주었을 테고, 당신은 그런 사랑이 전부라고 생각하겠죠. 당신은 사랑이 하찮고 두려우며 이기적인 즐거움이라고 들었을 거예요. 하지만 사랑은 그런 게 아니에요. 사랑은 거칠고 경멸스러운 데다 장난스러우면서 피비린내 나는 것일 수도 있어요……. 하긴 당신이 사랑을 어떻게 알겠어요."

"이기심은 온갖 가면을 쓰고 속임수를 부리는 법이죠."

"어떤 여자가 모든 걸 기꺼이 포기하는데 이기적인 속내가 있을 수 있을까요?"

"자신을 속이지 말고 결단력 있게 행동하십시오. 그렇지 않으면 운명이 쥐도 새도 모르게 당신 둘을 덮칠 겁니다."

설른보드가 긴 속눈썹 너머로 코팽을 바라보며 물었다.

"죽음을 말하는 건가요? 나뿐만 아니라 매스컬까지도요?"

"코팽, 너무 멀리 간 것 같은데요. 당신이 우리 운명의 결정권자는 아니잖습니까?"

매스컬의 말에, 그렇잖아도 어두웠던 분위기가 더욱 어두워졌다.

"진심 어린 충고가 거슬린다면 먼저 출발하겠습니다."

설른보드가 가느다란 손가락을 천천히 내밀어 코팽을 만류했다.

"나는 당신이 우리와 함께하면 좋겠어요."

"왜죠?"

"내 생각이지만, 당신이 그렇게 말한 데도 분명히 이유가 있을 거예요. 나 때문에 매스컬이 다치는 건 바라지 않아요. 내가 두 분 곁을 떠나겠습니다."

코팽이 말했다.

"그 방법이 최선이긴 하죠."

매스컬이 화를 버럭 냈다.

"결정은 내가 합니다! 설른보드, 당신이 계속 같이 가든 돌아가든 나는 당신과 함께할 거요. 내 마음은 이미 정해졌습니다."

기쁜 마음을 감추려고 애쓰는데도 불구하고 그녀의 얼굴이 환하게 밝아졌다.

"왜 나한테 화를 내는 건가요, 매스컬?"

매스컬은 대꾸하지 않고 잔뜩 찌푸린 얼굴로 앞만 보고 걸어갔다. 그러나 열 걸음 남짓 걷고는 갑자기 멈춰 서서 소리쳤다.

"잠깐만요, 설른보드!"

설른보드와 코팽도 걸음을 멈췄다. 코팽은 어리둥절한 표정을 지었지만, 설른보드는 빙그레 웃었다. 매스컬은 아무 말도 않고 고개를 숙여 그녀의 입술에 입을 맞췄다. 그러고는 그녀를 놓아준 뒤

코팽을 돌아보며 물었다.

"당신의 그 뛰어난 지혜로 이 입맞춤을 어떻게 해석할 겁니까?"

"입맞춤을 해석하는 데는 대단한 지혜가 필요하지 않습니다, 매스컬."

"이제부터 우리 사이에 끼어들지 마시오. 설른보드는 내 사람이란 말입니다."

"그렇다면 나도 더 이상 말을 않겠습니다. 하지만 당신은 운명이 정해진 사람입니다."

그때부터 코팽은 두 사람에게 아무 말도 하지 않았다.

설른보드의 눈에서 강렬한 섬광이 번뜩였다.

"이제 상황이 달라졌네요. 매스컬, 나를 어디로 데려갈 거죠?"

"당신이 선택해요."

"내가 사랑하는 남자는 본래의 여정을 끝내야 해요. 그렇지 않으면 받아들일 수 없어요. 당신이 코팽보다 낮은 데 서 있을 순 없어요."

"당신이 가는 곳이면 어디든 가겠습니다."

"나는…… 당신의 사랑이 지속되는 한 애디지까지라도 당신을 따라가겠어요."

"내 사랑이 지속되지 않을 거라고 생각하는 겁니까?"

"그렇지 않기를 바랄 뿐이에요……. 전에는 당신에게 말하고 싶지 않았던 걸 이제는 말할 수 있어요. 당신에게 사랑은 나에게는 생명이에요. 당신이 나를 사랑하지 않는 순간 나는 죽을 거예요."

매스컬이 천천히 물었다.

"그건 왜죠?"

"당신이 내게 처음 입 맞췄을 때 당신이 자초한 책임 때문이에 요. 그래서 당신에게 말하지 않았던 거고요."

"결국 내가 혼자 떠났다면 당신이 죽었을 거라는 뜻입니까?"

"내게는 당신이 나에게 준 생명이 전부예요. 다른 생명 따위는 없어요."

매스컬은 애처롭게 설른보드를 바라볼 뿐 아무런 말도 하지 않았다. 그러다 천천히 두 팔을 내밀어 그녀를 껴안았다. 그렇게 껴안고 있는 동안 매스컬의 얼굴은 지독하게 창백해졌고 설른보드의 얼굴은 새하얗게 변해갔다.

잠시 후, 애디지를 향한 여정이 다시 시작됐다. 그들이 걷기 시작한 지 어느덧 두 시간째였다. 티어겔드는 남쪽 하늘 높이 떠 있었다. 비탈을 수백 미터쯤 내려가자, 산등성이의 지형이 험해지기 시작했다. 얕게 깔린 눈은 사라졌지만 땅이 축축하고 질퍽거렸다. 산허리에 풀은 거의 없었고, 곳곳이 습지였다. 그들은 이리저리 미끄러지기 시작했고 온몸이 진흙투성이가 됐다. 대화도 끊겼다. 설른보드가 앞장서고 남자들은 그 뒤를 따랐다. 남쪽 풍경이 점점 크게 다가왔다. 초록색을 띤 밝은 달빛에 눈 덮인 봉우리들이 초록색으로 물들어 유령의 세계처럼 보였다. 가장 가까운 산봉우리도 계곡 건너편, 정확히 말하면 정남쪽으로 8킬로미터쯤 떨어진 곳에 우뚝 솟아 있었다. 봉우리를 이룬 검은 바위는 아찔하니 접근할 수 없을 정도로 뾰족했고, 얼마나 가파른지 눈조차 쌓이지 않았다. 게 다가 뿔처럼 위로 구부러진 바위가 꼭대기에 돌출돼 있었다. 그들은 그 산을 랜드마크 삼아 한동안 걸었다.

산등성이 전체가 습기로 흠뻑 젖어갔다. 표토는 스펀지처럼 폭신폭신했고, 바위에도 물기가 맺혔다. 밤에 축축한 안개를 들이마신 표토가 낮이면 브랜치스펠의 빛을 받아 습한 안개를 도로 토해내기 때문이었다. 처음에는 걷기 불편한 정도였지만 점점 힘들어졌고, 나중에는 위험해지기도 했다. 단단한 땅과 늪을 구분하는 것도 불가능했다. 설른보드는 허리까지 늪에 잠기기도 했다. 매스컬이 그녀를 구해주었고, 그 일 이후로는 매스컬이 앞장서서 걸었다. 코팽도 큰 곤경에 빠졌다. 혼자 새로운 길을 찾아 나섰던 코팽은 진흙탕에 굴러떨어져 어깨까지 몸이 잠기고 말았지만, 매스컬이 목숨을 무릅쓰고 코팽을 죽음의 늪에서 간신히 끌어냈다. 그들은 다시 한 번 앞으로 나아갔지만 상황은 점점 악화됐다. 걸음을 옮길 때마다 땅인지 늪인지 철저하게 확인해야 했고, 그렇게 확인하고서도 늪에 빠지기 일쑤였다. 셋 모두가 경쟁하듯 늪에 빠지는 통에, 나중에는 인간의 형상이 아니라 머리부터 발끝까지 검은 오물을 뒤집어쓴 걸어 다니는 기둥처럼 보일 지경이었다. 가장 힘든 일은 언제나 매스컬의 몫이었다. 그는 길을 뚫고 가는 힘겨운 역할을 맡았을 뿐 아니라, 두 동반자를 위험에서 구하는 역할까지 도맡아야 했다. 그가 없었다면 그들은 습지를 빠져나가지 못했을 것이다.

유난히 질퍽질퍽한 곳을 힘겹게 지난 뒤에 그들은 체력을 회복하려고 휴식을 취했다. 코팽은 숨을 헐떡였고, 설른보드는 힘이 빠져 만사가 귀찮은 듯한 모습이었다. 매스컬이 그들을 걱정스레 바라보며 물었다.

"이런 길이 계속되나요?"

설른보드가 대답했다.

"그렇진 않을 거예요. 조금만 가면 몬스탭 고갯길이고, 그곳에서부터는 또 오르막이 시작돼요. 그러고 나면 길이 조금 나아질 거예요."

"전에도 여기에 온 적이 있습니까?"

"고갯길까지는 간 적이 있어요. 하지만 그때는 길이 이렇게 고약하지 않았어요."

"설른보드, 당신 너무 지쳤어요."

"어쩌겠어요?" 그녀가 희미하게 웃으며 말했다. "사랑하는 사람을 얻었으면 이 정도 대가는 치러야죠."

"오늘 밤에 애디지까지 가는 건 불가능하니까, 쉴 만한 곳이 나오면 거기서 밤을 보내도록 합시다."

"당신 뜻에 따를게요."

코팽과 설른보드는 앉아서 쉬었지만 매스컬은 여전히 주변을 서성댔다.

"후회하지 않습니까?"

매스컬이 갑자기 설른보드를 돌아보며 물었다.

"예, 전혀요. 조금도 후회하지 않아요."

"감정도 그대로예요?"

"사랑은 되돌릴 수 없어요. 앞으로 나아갈 뿐이죠."

"그래요, 영원히 계속될 겁니다. 당연히 그래야죠."

"그런 뜻으로 말한 건 아니에요. 클라이맥스가 있을 거예요. 클라이맥스에 이르고 나서도 사랑이 계속 상승하기를 바라면 사랑은 희생으로 변할 수밖에 없어요."

진흙으로 뒤덮인 매스컬의 얼굴이 창백해졌다. 그가 나지막한 목소리로 말했다.

"무서운 원칙이로군요."

"내 성격엔 안 맞는 것 같아요……. 피곤하군요. 감각조차 없어진 것 같아요."

잠시 후 그들은 다시 일어나 걷기 시작했다. 30분 뒤에는 몬스탭 고갯길에 도착했다.

그 길의 흙은 덜 축축했다. 북쪽으로 끊긴 땅에서 흙의 습기가 배출됐기 때문이었다. 설른보드는 남자들을 산등성이의 북쪽 끝으로 데려가 주변 지형을 보여주었다. 고갯길은 산사태로 산등성이 양쪽이 무너져 내려 생긴 길에 불과했으며 저지대를 제외하면 가장 낮았다. 땅과 바위가 뚝뚝 끊겨서 형성된 거대한 단구段丘들이 키 작은 초목들로 온통 뒤덮인 채 베어리를 향해 뻗어 내려갔다. 그 길을 따라 저지대로 내려갈 수는 있었지만 까다로웠다. 한편 산등성이는 동쪽과 서쪽, 양쪽이 무너져 내려서 깎아지른 듯한 절벽으로 변해버렸다. 짙은 안개가 낮게 깔린 탓에 베어리는 보이지 않았다. 지독한 적막이 흘렀다. 멀리 떨어져 보이지 않는 폭포에서 물이 떨어지는 소리만이 정적을 깨뜨릴 뿐이었다.

매스컬과 설른보드는 커다란 바위 위에 앉아 탁 트인 땅을 내려다보았다. 달은 그들의 바로 뒤에 높이 떠 있었다. 그것은 지구의 낮처럼 밝았다.

"오늘 밤은 우리 삶과 비슷하네요."

설른보드가 말했다.

"왜 그렇게 생각하죠?"

"우리 주위와 머리 위는 한없이 아름답지만, 발밑은 더럽잖아
요."

매스컬이 한숨을 내쉬었다.

"가엾은 여자 같으니. 당신은 정말 불행한 사람이오."

"당신은요? 당신은 행복한가요?"

매스컬은 잠시 생각한 뒤에 대답했다.

"아뇨, 나는 행복하지 않아요. 사랑은 행복이 아니에요."

"그럼 뭔가요, 매스컬?"

"끝없는 불안, 흘리지 못하는 눈물, 우리 영혼이 감당하기에는
벅찬 생각……."

"그렇군요."

잠시 후 그녀가 다시 물었다.

"우리가 창조된 이유가 있을까요? 그저 몇 년을 살고 사라지려
고 창조된 걸까요?"

"우리가 다시 태어난다는 얘기를 들은 적 있어요."

"정말요, 매스컬?"

매스컬이 생각에 잠긴 표정으로 덧붙였다.

"어쩌면 머스펠에서."

"그곳에서는 어떤 삶을 살게 될까요?"

"우리는 꼭 다시 만날 겁니다. 사랑은 미완성으로 내버려 두기엔 너무 아름답고 신비로운 것이니까."

설른보드는 가볍게 몸을 떨었다. 그러고는 매스컬에게서 얼굴을 돌리며 말했다.

"그런 바람은 헛될 뿐이에요. 사랑은 이 땅에서 이루어지는 거예요."

"운명의 신이 시시때때로 방해하는데 어떻게 그게 가능하겠습니까?"

"사랑은 고뇌로 완성돼요……. 아, 사랑이 어떻게 늘 즐겁기만 하겠어요? 우리는 고통을 견딜 수 없을까요? 계속해서 영원히 견딜 수는 없는 걸까요? 매스컬, 우리는 사랑이 우리 마음을 치유할 수 없을 정도로 산산조각 낸 뒤에야 우리 자신을 온전히 느낄 수 있을 거예요."

매스컬이 곤혹스러운 표정으로 설른보드를 바라보며 물었다.

"사랑의 기억이 실제 사랑보다 더 가치 있단 말입니까?"

"당신은 이해하지 못할 거예요. 사랑의 고통은 무엇보다 소중한 거예요."

설른보드가 매스컬의 팔을 잡으며 말을 이었다.

"아, 당신이 내 속마음을 들여다볼 수만 있다면! 그럼, 이상한 걸 보게 될 거예요……. 말로는 설명할 수가 없군요. 모든 게 뒤죽박죽이에요. 나 자신에게도……. 지금 내가 생각하는 사랑은 예전에 생각했던 것과 너무 달라요."

매스컬은 다시 한숨을 내쉬었다.

"사랑은 강한 독주예요. 너무 강해서 인간이 견디기 힘들 정도지요. 사랑이 우리 이성을 혼란스럽게 하는 것 같습니다."

그들은 나란히 앉아 정면을 바라봤지만 아무것도 눈에 들어오지 않았다.

"지금은 그런 걸 따질 때가 아니에요."

설른보드가 침묵을 깨고는 빙그레 웃으며 일어났다.

"곧 어떤 식으로든 끝날 거예요. 이제 출발하죠!"

매스컬도 따라 일어났다. 그리고 무심하게 물었다.

"코팽은 어딨죠?"

그들은 애디지 방향으로 산등성이를 둘러보았다. 그들이 서 있는 산등성이의 폭은 1.5킬로미터에 이르렀다. 하지만 남쪽 끝이 눈에 띄게 경사를 이루면서 온 땅이 심하게 기울어져 보였다. 서쪽으로 1킬로미터쯤 되는 땅은 평평했지만, 그 뒤로는 경사가 가팔라지고 풀로 뒤덮인 높은 구릉지가 산등성이를 좌우로 가로질러, 금방이라도 그들을 덮칠 듯한 큰 파도처럼 보였다. 그 너머로는 아무것도 보이지 않았지만, 구릉지 꼭대기에는 한쪽 끝에서 다른 쪽 끝까지 거대한 돌기둥들이 일렬로 늘어서서 달빛에 환하게 빛났다. 돌기둥은 모두 서른 개쯤 됐고, 일정한 간격으로 서 있는 것을 보니 인간의 손으로 세운 게 분명했다. 일부는 수직으로 똑바로 서 있었지만, 심하게 기울어지고 전반적으로 예스러운 냄새를 물씬 풍기는 것들도 적지 않았다. 구릉지로 올라가는 코팽의 모습이 어렴풋이 보였다. 꼭대기까지 얼마 남아 있지 않았다.

"코팽은 조금이라도 빨리 가고 싶었던 모양이군요."

코팽이 힘차게 구릉지로 올라가는 모습을 바라보던 매스컬이 냉소를 지으며 말했다.

"하늘은 코팽에게 문을 열어주지 않을 거예요." 설른보드가 말했다. "저렇게 서두를 필요가 없을 텐데…… 저 기둥들이 뭘로 보이나요?"

"신전에 들어가는 입구 같은데요. 누가 저기에 기둥들을 세워놨을까요?"

설른보드는 대답하지 않았다. 코팽은 마침내 구릉지 꼭대기에 다다라 기둥들 뒤로 사라졌다. 매스컬이 설른보드에게 눈길을 돌리며 말했다.

"이 황량한 세상에 이제 우리 둘뿐이군요."

그녀가 매스컬을 지그시 바라보며 대꾸했다.

"이 땅에서 맞는 마지막 밤은 틀림없이 굉장할 거예요. 다시 출발할까요?"

"내가 보기에 당신은 너무 지쳤어요. 조금 가다가 쉴 곳을 찾는 게 낫겠어요."

설른보드가 쓴웃음을 지었다.

"오늘 밤에는 우리 몸을 생각하지 말기로 해요. 이 말은 당신이 꼭 애디지로 가야 한다는 뜻이에요, 매스컬."

"어쨌든 우선 쉽시다. 길고 험난한 산길을 올라가야 하니까. 또 어떤 곤경을 만날지 누가 알겠어요?"

설른보드는 한두 걸음 앞서 걷다가 반쯤 뒤돌아서며 매스컬에게 손을 내밀었다.

"빨리 와요, 매스컬!"

그들이 그곳에서부터 구릉지 기슭까지 반쯤 걸어갔을 때, 매스컬의 귀에 북소리가 들렸다. 그들의 뒤에서 들려오는 북소리는 요란하고 날카로운 데다 가히 폭발적이었다. 매스컬은 설른보드를 힐끗 쳐다봤지만 그녀는 아무런 소리도 듣지 못한 것 같았다. 잠시후, 구릉지 돌기둥들 뒤쪽과 그 위의 하늘이 이상한 빛으로 환해지기 시작했다. 그 부근의 달빛이 사그라졌다. 환하게 밝혀진 배경탓에 돌기둥들이 검게 보였다. 그것은 머스펠의 빛이었다! 머스펠의 빛은 더욱 강렬하고 장엄하게 변해갔다. 아무런 색이 없었고, 무엇과도 비교할 수 없었다. 말로는 표현할 수 없는 불가사의한 빛이었다. 매스컬은 감정이 북받쳐 올라 코를 벌름거리면서 눈을 크게 뜨고 걸음을 빨리했다.

설른보드가 그를 살짝 건드리며 물었다.

"뭘 보는 거죠, 매스컬?"

"머스펠의 빛."

"내 눈에는 아무것도 안 보이는데요."

그러나 매스컬의 눈에는 머스펠의 빛이 분명히 보였다. 빛이 강렬해지자 그는 자신이 어딨는지도 잊을 정도였다. 머스펠의 빛은 더욱 강렬하고 기묘하게 빛났다. 그는 설른보드의 존재조차 까맣게 잊어버렸다. 북소리는 귀청을 찢을 듯이 커졌다. 북소리가 천둥처럼 하늘을 찢어발겼고, 대기는 부들부들 떨렸다. 북소리가 거듭 울리자, 결국 천둥이 길게 포효하며 지축을 뒤흔들었다. 적막이 사라지고 천둥소리가 대기를 메우는 와중에도, 세 번째 박자에 강세를 둔 네 박자 리듬은 끊이지 않았다.

매스컬의 심장이 터질 듯이 두근거렸다. 그의 몸이 감옥처럼 느껴졌다. 몸이란 껍데기를 벗어 던지고 뛰어들어, 진정한 모습을 드러내기 시작한 숭고한 우주와 하나가 되고 싶었다.

돌연 설른보드가 매스컬을 껴안고 열정적인 입맞춤을 퍼부었다. 그러나 매스컬은 아무런 반응을 보이지 않았다. 그녀가 무엇을 하고 있는지조차 알지 못했다. 설른보드는 매스컬을 놓아주고 고개를 푹 숙인 채 눈물을 주르륵 흘렸다. 그리고 조용히 돌아서서 몬스탭 고갯길로 돌아가기 시작했다.

잠시 후, 머스펠의 빛이 희미해지기 시작했다. 천둥도 그쳤다. 달빛이 다시 내리비치면서 돌기둥들과 구릉지도 환해졌다. 그 초자연적인 빛은 짧은 시간에 완전히 사라졌지만, 북소리는 여전히 희미하게 울리고 있었다. 이번에는 구릉지 뒤에서 들려왔다. 매스컬은 격렬하게 몸을 떨더니 갑자기 잠에서 깬 사람처럼 주위를 둘러보았다.

그에게서 천천히 멀어지는 설른보드의 모습이 보였다. 그녀는 어느새 수백 미터나 떨어져 있었다. 그 모습을 보는 순간 죽음의 기운이 그의 심장을 파고들었다. 매스컬은 그녀의 이름을 부르며 황급히 뒤쫓았다……. 그녀는 뒤돌아보지 않았다. 둘 사이의 거리를 반쯤 좁혔을 때 그녀가 갑자기 휘청거리다 쓰러졌다. 그녀는 다시 일어나지 않았다. 쓰러진 그 자리에서 꼼짝도 하지 않았다.

매스컬은 날듯이 설른보드에게 달려가 무릎을 꿇은 채 그녀를 살펴보았다. 그가 가장 두려워했던 일이 일어나고야 말았다. 생명이 그녀를 떠난 것이다.

그녀의 진흙투성이 얼굴은 섬뜩하고 끔찍한 수정인간의 비열한 미소를 띠고 있었지만, 매스컬의 눈에 그런 모습 따위는 보이지 않았다. 지금 이 순간만큼 그녀가 그토록 아름다워 보인 적이 없을 정도였다.

매스컬은 그녀의 곁에서 한동안 떠나지 못한 채 무릎을 꿇고 앉아 하염없이 울었다. 그러나 그러는 사이에도 그는 때때로 고개를 들어, 멀리서 들리는 북소리에 귀를 기울였다.

한 시간, 아니 두 시간이 지났을까? 티어겔드가 남서쪽 하늘에 모습을 드러냈다. 매스컬은 설른보드의 시신을 어깨에 짊어지고 몬스탭 고갯길로 돌아가기 시작했다. 이제 머스펠은 아무래도 좋았다. 연인의 시신을 씻을 물을 찾고, 그녀를 고이 묻어줄 땅을 찾는 일이 급선무였다.

설른보드와 나란히 앉아 무너져 내린 토사를 바라보던 커다란 바위에 도착해서야 매스컬은 시신을 어깨에서 바위 위에 내려놓았다. 그리고 그녀 곁에 앉아 한동안 베어리 쪽을 우두커니 바라보았다.

그런 다음 몬스탭 고갯길을 내려가기 시작했다.

20
베어리

매스컬이 참담한 기분으로 잠에서 깼을 때 날은 이미 밝았지만 해가 완전히 떠오르지는 않았다. 그는 일어나 앉아 힘없이 하품했다. 서늘한 공기가 상쾌했다. 저 멀리서 새 한 마리가 노래하고 있었다. 두 음조로만 이루어진 노래였지만 너무 구슬프고 애처로운 탓에 매스컬은 마음이 저며서 견딜 수가 없었다.

동쪽 하늘이 은은한 초록색으로 물들고, 초콜릿색을 띤 가는 구름 띠가 지평선 근처에 길게 늘어졌다. 안개가 낀 듯한 푸른색 대기는 신비롭게 보였다. 샤클래시는 물론이고 애디지도 보이지 않았다.

몬스탭 고갯길의 등마루는 그가 있는 곳에서 150미터쯤 위에 있었다. 밤새 그만큼 내려왔다는 뜻이었다. 산사태로 생긴 길은 거대한 공중 계단처럼 점점 아래로 내려간 끝에 웬 비탈길 꼭대기로 이어져 있었다. 그곳에서 500미터쯤 아래 베어리가 있었다. 몬스탭 고갯길은 험난했고, 경사도 수직까지는 아니지만 매우 가팔랐으며, 폭은 1.5킬로미터쯤 됐다. 양쪽으로 동쪽과 서쪽에는 산등성이가 깎아지른 듯한 거무스름한 절벽을 형성했다. 절벽은 고갯길이 끝나는 곳에서 바닥부터 꼭대기까지 600미터에 이르렀지만, 산등성이는 각각 양쪽의 애디지와 사클래시를 향해 까마득한 높이까지 계속 올라갔다. 고갯길은 꽤 넓은 데다 질퍽하지도 않았지만, 매스컬은 공중에 떠 있는 기분이었다.

조금 떨어진 곳에 갈색 흙이 파헤쳐져 있었다. 설른보드의 무덤이었다. 매스컬은 납작하고 긴 돌을 삽으로 삼아 달빛 아래서 그녀를 땅에 묻었다. 그 아래로 어둠 속에서 온천수의 하얀 증기가 휘몰아치고 있었다. 그가 지금 앉아 있는 곳에서는 온천수가 흐르는 샘이 보이지 않았지만, 지난밤 그곳에서 설른보드의 시신을 깨끗이 씻고 그 자신도 씻었던 터였다.

매스컬은 일어나서 다시 하품하며 기지개를 켰다. 주위를 천천히 둘러보던 그는 설른보드의 무덤에서 한동안 눈을 떼지 못했다. 어느새 어둠이 걷히고 날이 밝았다. 태양이 곧 떠오를 기세였고, 하늘에는 구름이 거의 없었다. 그의 뒤로 산등성이가 아침 안개를 뚫고 웅장한 모습을 드러내기 시작했다……. 사클래시의 일부가 보였고, 뒤로 완전히 돌아서자 초록색 얼음으로 뒤덮인 애디지의 거대한 산봉우리가 한눈에 들어왔다.

매스컬은 지옥에 떨어진 영혼처럼 멍하니 주변을 바라보았다. 모든 욕구가 싹 사라져 버렸다. 그는 어디에도 가고 싶지 않았고 아무것도 하고 싶지 않았다. 그저, 베어리에 가야겠다는 생각뿐이었다.

그는 눈가에서 졸음을 쫓아내려고 온천 샘으로 천천히 걸어갔다. 샘 옆에 앉아 물거품을 지켜보고 있는 사람은, 바로 크래그였다!

매스컬은 꿈을 꾸는 게 아닌가 싶었다. 크래그는 가죽 셔츠에 반바지 차림이었고, 누렇고 못생긴 얼굴에는 심각한 표정이 떠올라 있었다. 그는 매스컬을 보고서도 웃어 보이기는커녕 일어서지도 않았다.

"도대체 어디에 있었어, 크래그?"

"중요한 건 내가 지금 여기 있다는 거야."

"나이트스포어는 어딨지?"

"그리 먼 곳에 있진 않아."

"나는 지난 며칠이 정말 100년 같았어. 왜 나만 두고 떠난 거야?"

"자네 혼자 충분히 헤쳐 나올 수 있을 거라고 믿었으니까."

"결과야 그렇지만, 그걸 어떻게 알았겠어? ……여하튼 때마침 잘 만났어. 나는 오늘 죽을지도 모르니까."

크래그가 얼굴을 찡그렸다.

"그래, 자네는 오늘 아침에 죽을 거야."

"내가 죽어야만 한다면 죽어야겠지. 그런데 그 얘기를 어디에서 들었나?"

"죽을 때가 됐거든. 자네가 할 일은 끝났어. 더 살아야 할 이유라도 있나?"

매스컬은 허탈하게 웃었다.

"전혀. 나는 준비됐어. 하려던 일을 죄다 실패했어. 다만 자네가 어떻게 알았는지 궁금할 뿐이야. ……그래서 자네가 날 만나러 온 걸 테니까. 어디로 갈 거지?"

"베어리를 지나갈 거야."

"나이트스포어는?"

크래그가 엉거주춤 일어서며 말했다.

"나이트스포어를 기다릴 필요는 없어. 우리와 비슷하게 도착할 테니까."

"어디에?"

"우리 목적지에……. 자, 가자고! 해가 뜨고 있으니까."

그들은 나란히 고갯길을 내려가기 시작했다. 브랜치스펠도 어느새 하늘에 떠올라 하얀빛을 작열했다. 새벽의 신비로움이 완전히 사라지면서, 여느 때와 같은 하루가 또 시작됐다. 그들은 나무들 사이를 지나갔다. 나뭇잎들은 잠든 것처럼 동그랗게 말려 있었다.

매스컬이 그런 나뭇잎들을 가리키며 크래그에게 물었다.

"해가 떴는데도 나뭇잎이 펴지지 않는 게 이상하군."

"이 나뭇잎들에게 브랜치스펠은 또 하나의 밤이야. 이 나뭇잎들에게 낮은 알페인이지."

"알페인이 뜨려면 얼마나 있어야 하지?"

"아직 멀었어."

"그래도 알페인은 보고 죽겠지?"

"알페인을 보고 싶나?"

"전에는 그랬지만, 지금은 상관없어."

"그래야지. 그렇게 무관심한 게 자네에게도 좋을 거야. 여하튼 토맨스에는 볼 만한 게 하나도 없어."

잠시 후, 매스컬이 물었다.

"그런데 우리가 여기에 온 이유가 뭐였어?"

"수르투르를 쫓으려고."

"그랬지. 그런데 그자는 지금 어딨지?"

"자네 생각보다 가까이에 있을걸."

"수르투르가 여기에서 신으로 여겨지는 걸 알아, 크래그? ……게다가 초자연적인 불기둥도 봤어. 나는 그 불기둥이 수르투르와 관련되어 있다고 믿게 됐어. ……왜 진실을 말해주지 않는 거지? 대체 수르투르는 누구고 어떤 존재야?"

"그런 문제로 골치 썩을 것 없어. 자네는 영원히 알 수 없을 거야."

"자네는 아나?"

"당연히 알지."

크래그가 괜스레 고함치듯 대답했다.

"여기에서는 악마를 크래그라고 부르더군."

매스컬은 이렇게 말하며 크래그의 얼굴을 유심히 살폈다.

"쾌락을 숭배하는 한 크래그는 영원히 악마일 테지."

"여기에는 우리 둘만 있어……. 내가 자네 말을 곧이곧대로 믿어야 하나?"

"자네 감각을 믿어. 진짜 악마는 수정인간이야."

그들은 비탈을 계속 내려갔다. 브랜치스펠의 햇살이 견디기 힘들 정도로 뜨거워졌다. 저 멀리 물과 땅이 뒤엉킨 곳이 보였다. 그들은 호수 지역을 향해 걸어가고 있는 기분이었다.

"지난 나흘 동안 자네와 나이트스포어는 뭐 하고 지냈나? 우리 비행선은 어떻게 됐지?"

"완전히 새로운 궁전을 보면서 비계는 어떻게 처리했느냐고 묻는 사람의 정신 상태랑 다를 바가 없군."

"그럼 자네들이 궁전을 짓고 있었단 건가?"

"한가한 소리 그만해! 우리는 자네가 살인을 저지르고 사랑놀이하는 동안 우리 일을 했으니까."

"내가 어떻게 지냈는지 훤히 알고 있군. 어떻게 알았지?"

"자네에 대해서는 다 알아. 지금은 겨우 여섯 시간 전에 알게 된 여자 때문에 가슴앓이를 하고 있지."

매스컬의 얼굴이 창백해졌다.

"빈정대지 마, 크래그! 자네는 600년을 함께 산 여자가 죽는 걸 봐도 아무렇지도 않겠나? 하기야 가죽 같은 심장으로 뭘 느낄 수 있겠어. 벌레만큼의 감정도 없을 텐데."

크래그가 씩 웃었다.

"장난감을 빼앗기지 않으려고 앙탈 부리는 어린애 같군그래!"

매스컬이 걸음을 멈췄다.

"나한테 원하는 게 뭐야? 왜 나를 여기로 데려온 거지?"

"걸음을 멈추면서까지 극적인 효과를 내려고 할 필요 없어. 아무리 자주 멈춰도 갈 길은 가야 하니까."

그러더니 크래그는 매스컬의 팔을 잡아끌며 걸음을 재촉했다.

크래그의 손이 닿는 순간, 매스컬은 칼로 심장을 에는 듯한 극심한 통증을 느꼈다.

"크래그, 내가 보기에 자네는 인간이 아니야. 인간을 넘어선 존재야. 좋은 쪽인지 나쁜 쪽인지는 모르겠지만."

크래그의 누런 얼굴이 험상궂어 보였다. 그는 매스컬의 지적에 아무런 대꾸도 하지 않았다. 그러나 잠시 후에 빈정대는 투로 물었다.

"그래서 자네는 살인을 하고 사랑놀이하는 틈틈이 혼자서 수르투르를 찾으려 했던 건가?"

"그 북소리는 뭐였지?"

매스컬이 되물었다.

"그렇게 심각한 얼굴 할 필요 없어. 우리도 자네에게 열쇠 구멍으로나마 엿들을 귀가 있다는 건 아니까. 그 소리가 자네에게도 들렸겠지만 자네를 위해 연주된 건 아니야, 친구."

매스컬이 씁쓰름하게 웃었다.

"이제는 무슨 일이 있어도 열쇠 구멍으로 엿듣지 않을 거야. 내 삶을 끝냈으니까. 나는 더 이상 누구에게도, 그 무엇에도 속하지 않아."

"대담하군, 대담한 말이야! 두고 보지. 어쩌면 수정인간이 자네에게 또 한 번 시도할지도 몰라. 아직 그럴 만한 시간은 있으니까."

"무슨 말인지 모르겠군."

"환상에서 완전히 깨어난 줄 알았는데, 아닌가 보지? 하기야 환상에서 깨어났다는 생각 자체가 가장 강력한 최후의 환상일 수도 있지."

그 후로 그들은 묵묵히 걷기만 했고, 한 시간 뒤에는 구릉지 기슭에 도착했다. 브랜치스펠은 구름 한 점 없는 하늘을 향해 꾸준히 솟아오르고 있었다. 어느덧 사클래시에 접근해 가고 있었지만 브랜치스펠이 봉우리를 무사히 넘어갈 수 있을지 알 수 없었다. 지독한 열기 탓에 찌는 듯이 더웠다. 그들의 뒤로 거대한 접시 모양의 긴 산등성이가 아침 햇살을 받아 눈부시게 빛났고, 애디지는 그 끝자락에 외로운 콜로서스(거대 조각상—옮긴이)처럼 까마득히 높이 솟아 있었다. 그들이 서 있는 곳 앞쪽으로는 아담한 호수와 숲으로 이루어진 아름다운 황무지가 시원하게 펼쳐져 있었다. 호수 물은 짙은 초록색이었고, 숲은 여전히 깊은 잠에 빠져 알페인이 떠오르기를 기다리고 있었다.

"여기가 베어리인가?"

매스컬이 물었다.

"그래. 그리고 원주민 하나가 있군."

이렇게 말하는 크래그의 눈빛이 흉악하게 번뜩였지만 매스컬은 그 눈빛을 보지 못했다.

한 남자가 첫 번째 숲 그늘 속 나무에 기대서서, 그들이 다가오기를 기다리고 있는 듯했다. 남자는 왜소한 체구에 피부는 검었고, 수염이 전혀 없어 상당히 어려 보였다. 길고 헐거운 검푸른색 옷을 입고, 널찍한 챙이 앞으로 늘어진 모자를 쓰고 있었다. 특별한 기관이 없는 파리한 얼굴은 착실하고 진지하면서도 어딘지 모르게 호감을 자아냈다.

남자는 아무 말 없이 매스컬의 손을 다정하게 잡으면서 크래그에게는 얼굴을 찌푸렸다. 크래그도 그에게 불쾌한 미소를 지어 보였다.

남자의 입에서 흘러나온 목소리는 굵직한 바리톤이었지만, 억양과 음색은 이상하게도 여성적인 분위기를 풍겼다.

"동이 텄을 때부터 당신을 기다렸습니다. 베어리에 오신 걸 환영합니다, 매스컬! 이곳에서 모든 시름을 잊고 편히 지내시길 바랍니다, 그동안 수고하셨습니다."

매스컬은 다정한 눈길로 그를 물끄러미 바라보았다.

"나한테 기대할 게 뭐가 있다고? 그런데 내 이름을 어떻게 알았죠?"

낯선 청년이 무척 잘생긴 얼굴로 빙그레 웃었다.

"저는 갱네트라고 합니다. 모르는 게 거의 없죠."

크래그가 험악한 얼굴을 갱네트의 얼굴에 닿을 듯이 들이밀며 물었다.

"나한테는 인사도 안 하나, 갱네트?"

"당신이 누군지 알아, 크래그. 당신을 환영하는 곳은 별로 없다는 것도 알고."

"나도 네놈이 누군지 잘 알아. 남자면서 여자인 놈……. 뭐, 이렇게 모인 김에 네놈이 할 수 있는 일을 해줘야겠군. 우리는 바다로 갈 거거든."

갱네트의 얼굴에서 미소가 지워졌다.

"내가 당신을 무슨 수로 쫓아내겠어, 크래그. 하지만 그냥 무시해 버릴 수는 있지."

크래그는 고개까지 뒤로 젖히며 기분 나쁜 웃음을 터뜨렸다.

"그렇게 해주면 나야 고맙지. 내가 실체를 갖고 있는 한 네놈은 그림자라도 차지할 수 있고, 그래야 네놈한테도 좋은 일일 테니까."

"이제 모든 게 그런대로 정리됐으니 나도 한마디 하지." 매스컬이 딱딱한 미소를 지으며 말했다. "나는 지금 누구와도 함께하고 싶은 기분이 아니야……. 멋대로 결정하지 마, 크래그. 자네는 이미 한 번 믿음을 잃었으니까 말이야……. 나는 이제 어디에도 매이지 않은 자유인인 것 같은데?"

크래그가 비아냥대는 표정을 지으며 대꾸했다.

"진정한 자유인이 되려면 자기만의 우주를 가져야지. 네놈은 어떻게 생각하지, 갱네트? 여기가 자유로운 세상인가?"

"고통과 추악한 삶에서 벗어날 자유는 누구에게나 허락된 권리야." 갱네트가 차갑게 대답했다. "매스컬이라면 그런 권리를 요구할 만하지. 당신이 매스컬을 놓아준다고 약속하면 나도 그렇게 하겠어."

"매스컬은 얼굴을 마음대로 바꿀 수는 있어도 나를 떼어놓지는 못할걸. 내 말에 너무 신경 쓰지는 말게, 매스컬."

매스컬이 중얼거리듯 말했다.

"상관없어. 같이 갈 사람은 같이 가자고. 어차피 나는 몇 시간 있으면 자유의 몸이 될 테니까. 나에 대한 말들이 맞다면 말이야."

갱네트가 말했다.

"제가 앞장서겠습니다. 당신은 이곳에 대해 잘 모르시니까요. 몇 킬로미터는 더 가야 평탄한 땅이 나옵니다. 거기부터는 호수로 여행할 수 있어요. 하지만 지금은 걸어야 합니다. 두렵긴 하지만."

크래그가 귀청을 찢을 듯 날카로운 목소리로 소리쳤다.

"뭐? 두려워? 네가? 평생을 빈둥거린 네가?"

매스컬은 어리둥절해서 두 사람의 얼굴을 번갈아 보았다. 둘 사이의 결연한 적대감을 보니 예전부터 알고 지낸 사이가 분명했다.

그들은 숲 가장자리에 바짝 붙어서 걸었다. 2킬로미터 남짓 걷는 동안, 숲 옆으로 좁고 긴 호수가 계속 흘렀다. 나무들은 키가 작고 가늘었으며, 돌름색 이파리는 하나같이 접혀 있었다. 덤불도 보이지 않았다. 그들은 깨끗한 갈색 흙을 밟으며 걸었다. 멀리서 폭포수 떨어지는 소리가 들렸다. 그늘을 따라 걸었지만, 공기는 기분 나쁘지 않을 만큼 뜨뜻했다. 성가시게 하는 벌레도 없었다. 숲 옆을 흐르는 호수는 시원하면서 시적으로 보였다.

갱네트가 매스컬의 팔을 다정하게 잡으며 말했다.

"제가 당신을 당신 세계에서 데려왔다면 곧장 여기로 왔지, 진홍빛 사막에 떨어뜨리지 않았을 겁니다. 그랬다면 당신은 사악한 곳들을 경험하지 않았을 테고, 토맨스를 아름다운 곳으로 생각하게 됐겠죠."

"그랬다면 뭐가 달라졌을까요, 갱네트? 그 사악한 곳은 어차피 존재했을 텐데요."

"나중에 볼 수도 있었습니다. 빛을 통해 어둠을 보느냐, 그림자를 통해 빛을 보느냐는 완전히 다른 문제니까요."

"편견 없이 보는 게 가장 나아요. 토맨스는 추악한 세계입니다. 그래서 그 진정한 실상을 알고 싶은 거고요."

"악마가 토맨스를 추악한 곳으로 전락시켰지, 수정인간이 전락시킨 게 아닙니다. 지금 당신 주위에 보이는 것들은 바로 수정인간의 생각들입니다. 수정인간은 아름답고 즐거운 세상을 만드는 창조자일 뿐이에요. 크래그도 그걸 부인할 정도로 뻔뻔하지는 못할 겁니다."

크래그가 악의 가득한 눈빛으로 주위를 둘러보며 말했다.

"여긴 정말 멋진 곳이지. 쿠션 하나에 여섯 명의 선녀까지 있으면 완벽할 거야."

매스컬은 갱네트의 손을 밀어냈다.

"어젯밤 을씨년스러운 달빛 아래서 진흙탕과 싸우면서도 나는 이 세상을 아름답다고 생각했습니다."

"불쌍한 설른보드!"

갱네트가 한숨을 내쉬며 말했다.

"방금 뭐라고 했죠? 그 여성을 압니까?"

"당신을 통해서 알게 됐습니다. 당신은 그 고결한 여성을 위해 한탄함으로써 스스로 고귀한 존재임을 증명해 보인 겁니다. 저는 세상 모든 여성이 고결하다고 생각합니다."

"물론 고결한 여성은 헤아릴 수 없이 많겠죠. 하지만 설른보드는 한 명뿐이오."

"설른보드 같은 사람이 존재할 수 있다면 이 세계가 그렇게 사악한 곳일 수는 없을 겁니다." 갱네트가 말했다.

"화제를 바꿉시다……. 이 세계는 정말 무정하고 잔혹한 곳입니다. 난 이 세계를 떠나게 돼서 고마울 뿐이에요."

"적어도 한 가지 점에서는 둘의 의견이 일치하는군." 크래그가 기분 나쁘게 웃으며 말했다. "쾌락은 좋은 거고, 그걸 중단시키는 건 나쁜 거라고 말이야."

갱네트가 크래그를 차갑게 쏘아보았다.

"크래그, 당신의 그 괴상망측한 궤변은 잘 알고 있어. 당신은 그런 걸 좋아하겠지만, 그 궤변은 어디에서도 통하지 않아. 어떤 세상도 쾌락 없이는 계속 존재할 수 없다는 걸 알아야 해."

"갱네트 님께서는 그렇게 생각하신다!"

크래그가 비아냥거렸다.

그들은 마침내 숲의 끝자락에 이르러 작은 절벽을 내려다보고 있었다. 15미터쯤 되는 절벽 아래로 쭉 늘어선 숲과 호수가 다시 시작됐다. 베어리는 자연스럽게 계단식으로 형성된 거대한 산비탈처럼 보였다. 그들이 걸어온 숲 옆을 흐르던 호수 끝에는 기슭이 없어서, 호수 물이 대여섯 개의 가느다란 폭포수처럼 떨어지면서 하얀 물보라를 자아내 아름답기 그지없었다. 절벽은 그다지 가파르지 않아서, 그들은 어렵지 않게 내려갈 수 있었다.

절벽을 내려서자마자 그들은 다시 숲으로 들어섰다. 이번 숲은 훨씬 울창해서 주변에는 나무밖에 보이지 않는 듯했다. 다행히 맑은 시냇물이 숲 가운데를 흐르고 있었고, 그들은 시냇가를 따라 걸었다. 매스컬이 갱네트에게 물었다.

"알페인이 내게는 죽음일지도 모른다고 줄곧 생각해 왔는데,

정말 그럴까요?"

"이 나무들도 알페인을 두려워하지 않는데 당신이 왜 그런 생각을 하십니까? 알페인은 생명을 주는 경이로운 태양입니다."

"내가 그렇게 묻는 이유는, 언젠가 알페인의 잔광을 봤는데 그 빛이 조금만 더 강했더라면 도무지 감당하지 못했을 거라는 강한 느낌을 받았기 때문이에요."

"힘들이 대등하게 균형을 이루었기 때문입니다. 당신이 알페인 자체를 보면 알페인이 힘을 완전히 발휘할 테고, 그러면 당신은 더 이상 의지의 갈증을 겪지 않을 것입니다."

크래그가 씩 웃으며 말했다.

"매스컬, 내가 미리 경고해 두겠는데, 방금 갱네트가 한 말은 수정인간의 전형적인 수법이야. 비장의 수법이라고 할 수 있지."

"무슨 말이야?"

"두고 보면 알 거야. 이 세계를 그토록 포기하고 싶어 하니, 자넨 앞으로 감각을 즐겁게 해주는 것만 찾게 될 테지."

갱네트가 미소 지었다.

"크래그, 당신 비위 맞추기 정말 힘들군. 세상을 즐기지도 못하고, 포기하지도 못하니 말이야. 대체 어떻게 할 생각이지?"

매스컬이 크래그를 돌아보며 말했다.

"그것도 정말 이상하지만 난 아직 자네의 말을 이해하지 못하겠어. 자살을 권하는 건가?"

크래그의 얼굴이 점점 흙빛으로 역겹게 변해가는 것 같았다. 그는 누런 이빨을 드러내며 큰 소리로 웃음을 터뜨렸다.

"뭐? 저들이 자네 달래기를 포기해서 죽고 싶다는 건가?"

"자네 정체가 무엇이고 뭘 원하는지는 모르겠지만, 정말 자신 만만하군."

"자네는 내가 얼간이처럼 얼굴이 빨개지고 말을 더듬거리길 바라겠지. 그렇지 않나? 하기야 그게 거짓말을 판별하는 좋은 방법이긴 하지."

그때 갱네트가 한 나무 밑동을 유심히 바라보더니, 허리를 구부려 달걀 비슷한 것을 두세 개 집어 들고 매스컬에게 건넸다.

"먹는 겁니까?"

매스컬이 그것을 받아 들며 물었다.

"예, 드십시오. 배가 고프실 테니까요. 저는 괜찮습니다. 크래그는 이걸 권하면 모욕으로 생각할 겁니다. 이까짓 작은 쾌락을 권했다고 말입니다."

매스컬은 알 두 개의 끄트머리를 살짝 깨뜨려서 흐물거리는 내용물을 삼켰다. 약간 술맛이 났다. 그런데 크래그가 매스컬에게서 남은 알 하나를 빼앗아 가더니 나무에다 던져 버렸다. 알이 깨지면서 끈적끈적한 점액이 나무줄기에 달라붙었다.

"내가 먼저 묻지, 갱네트······. 이렇게 박살 난 쾌락보다 모욕적인 것이 또 있을까? 대답해 봐."

갱네트는 대꾸하지 않고 매스컬의 팔을 잡아끌었다.

그들이 숲과 절벽과 내리막 비탈을 번갈아 가며 두 시간 이상 걸은 뒤에야 풍경이 갑자기 변하며 가파른 산비탈이 시작됐다. 그 길은 균일한 기울기로 3킬로미터 넘게 이어졌는데, 그동안 고도가

1,200미터쯤 낮아진 듯했다. 매스컬은 이 정도로 광대한 비탈길은 한 번도 본 적이 없었다. 비탈이 끝나는 곳에 거대한 숲이 형성돼 있었지만, 그들이 그때까지 지나온 숲들과는 달랐다. 나뭇잎들은 여전히 잠든 것처럼 돌돌 말려 있었지만, 나뭇가지들은 무성하게 서로 뒤엉켜 있어서 반투명하지 않았다면 햇빛을 완전히 차단했을 것 같았다. 사실상 숲은 빛으로 가득했고, 그 빛은 나뭇가지 색깔에 옅게 물들어 연한 장밋빛을 띠었다. 그래서인지 포근하고 여성스러운 데다 새벽 같은 숲의 분위기에 매스컬은 자기도 모르게 흥분하기 시작했다.

매스컬은 그런 기분을 가라앉히고 한숨을 내쉰 다음 깊은 사색에 빠져들었다. 크래그가 귀에 거슬리는 목소리로 빈정댔다.

"하얀 목살을 늘어뜨리고 수심에 찬 눈빛을 하기엔 안성맞춤인 곳이군, 매스컬! 설른보드는 어디로 갔을까?"

매스컬은 크래그를 과격하게 움켜잡고는 나무에다 던져버렸다. 크래그는 툭툭 털고 일어나더니 호탕하게 웃어젖혔다. 조금도 당황한 기색이 아니었다.

"내가 틀린 말 했나? 틀린 건 없잖아?"

매스컬이 그를 매섭게 노려보았다.

"자네는 자기 자신을 필요악으로 생각하는 것 같군. 더 이상 자네와 함께하고 싶지 않아. 이쯤에서 헤어지는 게 나을 것 같은데."

크래그가 비아냥거리는 기색으로 갱네트를 돌아보며 말했다.

"뭐라고 말 좀 **해봐**. 매스컬이 원할 때 헤어질까, 아니면 내가 원할 때 헤어질까?"

갱네트가 크래그에게 등을 돌리며 말했다.

"매스컬, 화가 나도 참으세요. 당신보다는 제가 저 인간을 더 잘 알 겁니다. 저 인간이 달라붙을 때 떼어놓는 방법은 하나뿐입니다. 무시하는 거예요. 없는 사람 취급 하는 겁니다. 아무 말도 하지 말고, 질문을 해도 대답하지 마십시오. 당신이 저자의 존재 자체를 인정하지 않으면 먼저 제풀에 지쳐 나가떨어질 겁니다."

매스컬이 말했다.

"이제 넌더리가 나는군요. 죽기 전에 또 한 번 살인을 저질러야 할 것 같소."

크래그가 코를 킁킁거리며 소리쳤다.

"살인의 냄새가 나는데. 근데 누가 죽는 걸까?"

"매스컬, 제 말대로 하세요. 저 인간하고 말을 섞으면 일이 커질 뿐입니다."

"알겠어요, 이제부터 누구에게도 말하지 않겠습니다……. 이 지긋지긋한 숲은 언제 벗어날 수 있습니까?"

"아직 좀 더 가야 합니다. 하지만 숲을 벗어나면 물을 만나게 될 테니 휴식을 취하면서 생각을 정리할 수 있을 겁니다."

크래그가 끼어들었다.

"편안하게 앉아서 자네의 고통에 대해 생각할 수 있을 거야."

그 이후로 숲을 벗어날 때까지 세 사람은 한 마디도 나누지 않았다. 경사가 무척 가팔라서 그들은 뛰어 내려갈 수밖에 없었다. 설령 말을 하고 싶었어도 하지 못했을 것이다. 30분이 채 되지 않아 그들은 숲을 벗어났다. 탁 트인 평평한 풍경이 그들 앞에 끝없이 펼쳐졌다.

　그 지역은 거의 잔잔한 물로 이루어져 있으면서 세 부분으로 나뉘었다. 호반이 낮은 커다란 호수들이 나무들로 뒤덮인 땅으로 각각 좁고 길게 분리된 채 연속된 형국이었다. 그들 바로 앞에 있는 호수의 한쪽 끝에는 숲이 있었다. 호수의 폭은 500~600미터에 이르렀다. 호수 양쪽 기슭과 끝 부분의 물은 얕았고, 돌름색 골 풀로 가로막혀 있었다. 그러나 호반 몇 미터 떨어진 곳에서 시작된 물결이 중간쯤에서 거세지자 호수인지 강인지 구분하기가 힘들었다. 얕은 여울들에는 작은 섬들이 떠 있었다.

　"여기에서부터 물로 여행하는 겁니까?"

　매스컬이 물었다.

　"예, 여깁니다."

　갱네트가 대답했다.

　"그런데 어떻게?"

　"저 섬들 중 하나를 뗏목으로 이용할 겁니다. 섬을 흐르는 물 쪽으로 이동시키기만 하면 됩니다."

　매스컬이 얼굴을 찡그렸다.

　"섬을 타고 어디로 가는 겁니까?"

　크래그가 킬킬 웃으며 퉁명스레 말했다.

　"빨리 타라고, 빨리 타! 아침이 끝나가고 있잖아. 자네는 정오 가 되기 전에 죽어야 하고. 우리는 바다로 갈 거야."

　"크래그, 자네가 모든 걸 안다면 말인데, 나는 어떻게 죽나?"

　"갱네트가 자네를 죽일 거야."

"말도 안 돼!" 갱네트가 말했다. "나는 매스컬이 잘되기를 바랄 뿐이야!"

"여하튼 갱네트가 자네 죽음의 원인이 될 거야. 하지만 그거야 아무럼 어때? 정말 중요한 건, 자네가 이 빌어먹을 세계를 떠난다는 거지……. 갱네트, 네놈은 여느 때처럼 꾸물대는구나. 내가 나서야 할 것 같군."

그러더니 크래그는 호수에 뛰어들어 사방에 물을 튀기면서 얕은 여울을 달리기 시작했다. 가장 가까운 섬에 이르자, 물이 그의 허벅지까지 찼다. 섬은 마름모꼴로 길이는 5미터가 채 되지 않았고, 옅은 갈색의 이탄 덩어리로 이루어져 있었다. 살아 있는 초목은 전혀 눈에 띄지 않았다. 크래그는 섬 뒤로 돌아가 흐르는 물 쪽으로 섬을 밀기 시작했다. 그다지 힘들어 보이지는 않았다. 섬이 흐르는 물의 영향권에 들어서자 갱네트와 매스컬도 여울을 건너왔고, 그들은 섬에 올라탔다.

마침내 여행이 시작됐다. 유속은 시속 3킬로미터를 넘지 않았다. 브랜치스펠이 그들의 머리 위에서 인정사정없이 작열했고, 그늘은커녕 그늘의 조짐조차 보이지 않았다. 매스컬은 뗏목 섬 가장자리에 앉아 있었던 까닭에, 가끔씩 물이 그의 얼굴에 튀기도 했다. 갱네트는 그의 옆에 엉덩이를 붙이고 앉아 있었지만, 크래그는 우리에 갇힌 동물처럼 잰걸음으로 서성거렸다. 호수가 점점 넓어지면서 조류의 폭도 그에 비례해서 늘어났다. 그들은 마치 널찍한 하구 한복판에 떠 있는 느낌이었다.

크래그가 느닷없이 갱네트의 모자를 낚아채더니 꾸깃꾸깃 찌부러뜨린 다음 흐르는 물 저 멀리 던져버렸다. 그가 상스럽게 낄낄 대고 웃으며 물었다.

"왜 본모습을 감추고 여자처럼 변장한 거지? 매스컬한테 네놈의 얼굴을 보여주라고! 틀림없이 어딘가에서 봤다고 할 테니까."

매스컬은 갱네트의 얼굴을 바라보았다. 누군가가 연상되기는 했지만 누구인지는 정확히 떠오르지 않았다. 갱네트의 곱슬곱슬한 검은 머리카락은 목덜미까지 내려왔고, 넓은 이마는 높게 솟아 기품 있어 보였다. 진지하면서도 우아한 분위기를 풍겼지만 이상하게도 감정에 호소하는 듯한 인상이었다. 갱네트가 자긍심이 깃든 침착한 태도로 말했다.

"매스컬, 저에게 부끄러워할 만한 점이 있는지 당신이 직접 판단해 보십시오."

매스컬은 그를 뚫어지게 바라보며 혼잣말처럼 중얼거렸다.

"그 머릿속에 고상한 생각밖에 더 들어 있겠소."

"꽤 후한 평가로군. 갱네트가 시인들의 왕이긴 하지. 하지만 시인들이 현실적인 일을 하려 들면 어떤 결과가 초래될까?"

매스컬이 어리둥절한 얼굴로 물었다.

"현실적인 일이라니?"

"갱네트, 네가 지금 무슨 일을 꾸미는지 매스컬에게 말해보지 그래?"

갱네트가 담담하게 말했다.

"현실적인 행동에는 두 가지 종류가 있습니다. 하나는 창조하는 것이고 다른 하나는 파괴하는 것이죠."

"그럴까? 세 번째도 있지. 훔치는 것 말이야. 그러면서 자기가 훔치고 있다는 것도 모르고. 예컨대 지갑을 훔쳐놓고 돈은 건드리지 않는 것처럼."

매스컬이 눈썹을 치켜올리며 소리쳤다.

"둘이 전에 만난 적 있지?"

"오늘은 내가 갱네트를 찾아왔지만, 전에는 갱네트가 나를 찾아왔었지."

"어디에?"

"우리 집. 집이라 하긴 뭐하지만. 갱네트는 악명 높은 도둑이거든."

"수수께끼 같은 말만 하니 도무지 알아들을 수가 있어야지. 자네들의 정체는 정확히 모르겠지만, 갱네트가 시인이면 자네는 무뢰한이란 건 분명히 알겠군. 계속 떠벌릴 텐가? 조용히 해줬으면 좋겠는데."

크래그는 큰 소리로 웃을 뿐 대꾸하지 않았다. 그는 곧 팔다리를 쭉 뻗고 누웠다. 햇살이 얼굴에 고스란히 내리쪼이는데도 그는 금세 깊은 잠에 빠져 코를 요란하게 골았다. 매스컬은 못마땅한 기색으로 크래그의 누렇고 역겨운 얼굴을 흘겨보았다.

두 시간이 흘렀다. 육지는 양편 모두 1.5킬로미터 이상 떨어져 있었고, 그들의 앞쪽으로 땅이라곤 보이지 않았다. 그들 뒤로는 리치스톰 산맥이 뭉실뭉실 피어오른 안개 때문에 시야에서 사라지고 있었다. 저 멀리 수평선 바로 위에 걸린 하늘이 이상한 색깔로 변하기 시작했다. 파란색과 제일색이 뒤섞인 색이었다. 북쪽 하늘은 온통 얼파이어색으로 물들었다.

매스컬은 마음이 점점 뒤숭숭해지는 것을 느꼈다.

"알페인이 떠오르고 있군요, 갱네트."

갱네트는 안타깝다는 듯 미소 지었다.

"그래서 마음이 흔들리기 시작합니까?"

"무척 장엄하네요. 비장하기도 하고요. 하지만 알페인을 보니 지구가 생각나는군요. 삶은 이제 중요하지 않아요. 하지만 이 순간은 중요합니다."

"이 또 다른 낮에게 브랜치스펠의 낮은 밤일 뿐입니다. 앞으로 30분만 있으면 당신은 어둔 숲에서 환한 바깥으로 걸어 나간 기분일 겁니다. 그럼 왜 지금껏 눈이 멀었었는지 자문하게 될 거예요."

매스컬과 갱네트는 푸른 해돋이를 말없이 지켜보았다. 제일색과 돌름색이 주조를 이룬 특이한 색깔의 줄무늬가 북쪽 하늘의 중간에서부터 정점까지 수놓았다. 여느 새벽의 주된 특징이 **신비로움**이라면, 이 새벽의 눈에 띄는 특징은 **황량함**이었다. 그것은 머리가 아니라 마음을 뒤흔들었다. 매스컬은 떠오르는 해를 붙잡아 그 자리에 멈춰 놓고 자기만의 것으로 삼고 싶은 막연한 갈망 같은 것은 느끼지 않았다. 오히려 초자연적인 교향악의 도입부를 듣는 것처럼 심란하고 괴로웠다.

매스컬은 몸을 돌려 남쪽을 바라보았다. 브랜치스펠의 강렬한 빛은 이미 사라지고 없어서, 눈살을 찌푸리지 않고도 거대한 하얀 태양을 똑바로 쳐다볼 수 있었다. 그는 어둠에서 빛을 찾는 사람처럼 거의 본능적으로 다시 북쪽으로 돌아섰다.

"갱네트, 당신이 내게 말해준 대로 브랜치스펠의 빛이 수정인간의 생각이라면, 알페인의 빛은 그의 감정일 겁니다. 지금 내가 느끼는 감정을 수정인간도 과거에 똑같이 느꼈을 거예요."

"수정인간은 **감정** 자체예요, 매스컬. 무슨 말인지 이해하시겠습니까?"

매스컬은 눈앞의 광경을 받아들이는 데 여념이 없어 대답하지 않았다. 얼굴은 바위처럼 굳어 있었지만 눈에는 눈물이 글썽거리기 시작했다. 하늘은 점점 짙게 불타올랐다. 알페인이 금방이라도 바다 위로 모습을 드러낼 것 같았다. 그때쯤 뗏목 섬이 하구의 어귀를 지났고, 그들은 삼면에서 물로 에워싸였다. 그들의 뒤에서 꾸물꾸물 피어오른 안개가 육지를 완전히 가려버렸다. 크래그는 여전히 잠든 채였다. 그 모습을 보니 주름투성이 추악한 괴물이 따로 없었다.

매스컬은 흐르는 물을 물끄러미 바라보았다. 어느덧 짙은 초록색을 잃은 물빛은 수정처럼 맑았다.

"벌써 바다로 나온 겁니까, 갱네트?"

"그렇습니다."

"그럼 이제 내가 죽을 일밖에 남지 않았군요."

"죽음을 생각하지 마십시오. 삶을 생각하세요."

"점점 밝아지는군요. 동시에 점점 어두워지기도 하고요. 크래그는 사라지고 있는 것처럼 보이고……."

갱네트가 매스컬의 팔을 잡으며 말했다.

"알페인이 떴어요!"

푸른 태양이 바다 위로 얼굴을 내밀었다. 강렬한 빛을 이글거리는 둥근 태양이었다. 매스컬은 순간 말문이 막혔다. 그는 감히 그것을 쳐다보지 못하고 느낄 뿐이었다. 어떤 느낌인지 말로 표현하기는 힘들었다. 그의 몸이 영혼을 묶어두지 못해 영혼이 뛰쳐나갈 것만 같았다. 거대한 푸른 태양이 그를 무섭게 쏘아보는 눈동자처럼 수면에서 빠르게 떠올랐다……. 그러고는 단숨에 바다 위로 치솟았다. 그렇게 알페인의 하루가 시작됐다.

"기분이 어떠세요?"

갱네트가 여전히 매스컬의 팔을 잡은 채 물었다.

"나는 지금껏 무한의 세계를 모르고 살았던 것 같군요."

갑자기 온갖 열정이 용솟음치며 혼란스레 뒤섞였다. 하지만 기막힌 깨달음이 온몸을 파고들면서 강렬한 희열이 느껴지기도 했다.

"갱네트, 나는 **아무것도** 아니에요."

"그렇습니다, 당신은 아무것도 아닙니다."

안개가 그들에게 밀려들었다. 바다 몇 미터 위에 떠 있는 두 개의 태양을 제외하고는 아무것도 보이지 않았다. 알페인이 드리우는 세 사람의 그림자는 검은색이 아니라 대낮의 하얀빛이었다.

매스컬이 묘한 미소를 지으며 말했다.

"따라서 어떤 것도 나를 해칠 수 없을 거요."

갱네트도 싱긋 웃으며 맞장구쳤다.

"당연하죠, 어떻게 그런 일이 있을 수 있겠습니까?"

"나는 내 의지를 잃은 채 지냈습니다. 하지만 지금은 고약한 종기가 떨어져 나가 깨끗해지고 자유로워진 기분이오."

"이제 삶이 뭔지도 이해하겠습니까, 매스컬?"

갱네트의 얼굴이 아름답고 신령스럽게 변했다. 마치 하늘에서 내려온 천사처럼 보였다.

"아무것도 모르겠습니다. 그래도 이제 내게 자아가 없다는 건 알겠소. 하지만 이런 게 삶이겠지요."

그들의 머리 위에서 빈정대는 목소리가 들렸다.

"갱네트가 자기의 유명한 푸른 태양에 대해 설명하고 있는 모양이지?"

고개를 드니, 크래그가 어느새 일어나 그들을 내려다보고 있었다.

그들도 일어섰다. 거의 같은 순간에 안개가 밀려와 알페인을 가리기 시작하자, 알페인이 푸른색에서 선명한 제일색으로 변했다. 매스컬이 평온한 말투로 물었다.

"우리에게 원하는 게 뭔가, 크래그?"

크래그는 잠시 이상한 눈으로 매스컬을 바라보았다. 물이 그들 주위에서 철썩거렸다.

"자네 죽음이 이미 닥쳤다는 걸 아직 모르겠나, 매스컬?"

매스컬은 대답하지 않았다. 크래그가 매스컬의 어깨에 가볍게 팔을 얹자, 매스컬은 갑자기 속이 메스껍고 머리가 어질어질해지는 것을 느꼈다. 결국 그는 뗏목 섬 가장자리 근처에 풀썩 주저앉았다. 심장이 묵직하면서도 이상하게 뛰었다. 그 심장 고동은 북소리를 떠올리게 했다. 그는 찰싹거리는 잔물결을 맥없이 바라보았다. 잔물결 너머로…… 멀리, 저 멀리…… 이상한 불덩이가 보이는 것 같았다.

물이 사라졌다. 두 개의 태양도 빛을 완전히 잃었다. 섬은 구름으로 바뀌었다. 매스컬은 홀로 공중에 떠 있었다……. 밑은 온통 불바다였다. 머스펠의 불이었다. 그 불빛이 점점 위로 올라오더니 온 세상을 뒤덮어 버렸다…….

매스컬은 공중에 뜬 채 거대한 낭떠러지를 향해 다가갔다. 검은 바위를 수직으로 깎아지른, 바닥도 꼭대기도 없는 낭떠러지였다. 그 중간쯤에서 크래그가 마찬가지로 둥둥 뜬 채 커다란 망치로 피처럼 붉은 한 지점을 무섭게 내리치고 있었다. 망치와 바위가 부딪치는 소리가 소름이 돋을 정도였다.

곧 매스컬은 그 소리가 귀에 익은 북소리라는 것을 깨달았다. 그가 물었다.

"뭐 하는 거야, 크래그?"

크래그가 잠깐 망치를 거두고 돌아보았다.

"자네 심장을 때리고 있어, 매스컬."

낭떠러지와 크래그가 흔적도 없이 사라졌다. 이번에 매스컬은 갱네트가 공중에서 몸부림치는 모습을 보았다. 아니, 갱네트가 아니었다. 수정인간이었다. 수정인간은 머스펠의 불에서 도망치려고 발버둥치고 있는 듯했다. 그러나 그가 어느 쪽으로 달아나든 머스펠의 불은 그를 에워싸고 삼켜버리려 했다. 그는 끊임없이 비명을 질러댔다……. 머스펠의 불이 마침내 수정인간을 붙잡았다. 그는 고통에 찬 비명을 내질렀다. 울부짖는 야비한 얼굴이 매스컬의 눈에 들어왔다. 하지만 그 얼굴도 사라졌다.

매스컬은 눈을 떴다. 알페인이 여전히 섬을 희미하게 비춰주고 있었다. 크래그는 그의 옆에 서 있었지만, 갱네트의 모습은 보이지 않았다.

"이 바다 이름이 뭐지?"

매스컬이 힘겹게 입을 떼며 물었다.

"수르투르의 바다."

매스컬은 고개를 끄덕이고는 입을 다물었다. 크래그의 팔에 얼굴을 기댄 채 한동안 말이 없던 매스컬이 갑자기 물었다.

"나이트스포어는 어딨어?"

크래그가 진지한 얼굴로 매스컬을 내려다보며 대답했다.

"자네가 나이트스포어야."

매스컬은 눈을 감고 미소 지었다. 그는 죽어가고 있었다.

잠시 후, 매스컬이 다시 눈을 뜨고 나지막이 물었다.

"자네 정체가 뭐지?"

크래그는 침울한 표정을 지을 뿐 대답하지 않았다.

그 직후 엄청난 통증이 매스컬의 심장을 관통했고, 그는 곧바로 숨을 거뒀다.

크래그가 고개를 돌리며 나지막이 말했다.

"마침내 밤이 정말로 지나갔군, 나이트스포어…… 이제 날이 밝았어."

나이트스포어는 심각한 얼굴로 매스컬의 시신을 한참 동안 바라보았다.

"어째서 이렇게까지 해야 하지?"

크래그가 대답했다.

"수정인간에게 물어봐. 그자의 세계는 웃고 넘길 세계가 아니니까. 수정인간은 강하지만 내 힘이 더 강하지……. 매스컬은 그자의 힘이지만 나이트스포어는 내 힘이었으니까."

21
머스펠

안개가 더욱 짙어지면서 두 개의 태양이 완전히 사라졌다. 사방이 칠흑같이 어두워졌다. 나이트스포어의 눈에도 더 이상 친구의 모습이 보이지 않았다. 바닷물이 뗏목 섬의 옆구리에 살그머니 부딪치며 찰싹거렸다. 나이트스포어가 말했다.

"자네 말대로 밤은 지났는데 여기는 여전히 밤이군. 나는 죽은 건가, 아니면 살아 있는 건가?"

"자네는 아직 수정인간의 세계에 있지만, 곧 벗어날 거야. 머스펠에 다가가고 있으니까."

나이트스포어는 공기가 소리 없이, 하지만 힘차게 고동치는 느낌을 받았다. 공기가 4분의 4박자로 진동하는 듯했다. 나이트스포어가 말했다.

"누가 북을 치고 있는데."

"이제 북소리가 뭔지 이해하겠어? 아니면 잊어버렸나?"

"절반쯤 이해한 것 같지만 아직도 뭐가 뭔지 혼란스러워."

"수정인간이 못된 발톱을 자네에게 상당히 깊숙이 박은 게 분명하군." 크래그가 말했다. "북소리는 머스펠에서 울리는 거지만, 수정인간의 대기를 통해 전달되기 때문에 리듬이 있는 것처럼 들려. 수정인간의 본성은 리듬이니까. 수정인간은 자기 본성을 리듬이라 부르고 싶어 하지만 나한테 이름을 붙이라고 했다면 지겹도록 따분한 반복이라고 했을 거야."

나이트스포어가 어둠 속에서 손톱을 물어뜯으며 대꾸했다.

"이제야 기억나는군."

둥둥거리는 북소리가 귀에 들려왔지만 꼭 멀리서 들리는 것 같았다. 그들의 정면으로 저 멀리서 나타난 이상한 작은 빛 조각이 뗏목 섬과 주변의 잔잔한 바다를 희미하게 비추기 시작했다. 나이트스포어가 물었다.

"모두가 저 유령 같은 세계에서 탈출한 건가? 아니면 나만 탈출한 거야? 혹시 나 같은 몇몇 사람만 탈출한 건가?"

"모두가 탈출했다면 내가 고생할 필요가 없겠지, 친구……. 힘들고 가슴 아픈 일, 그리고 죽음의 위험을 무릅써야 할 일이 저 앞에서 우리를 기다리고 있을 거야."

나이트스포어의 가슴이 철렁 내려앉았다.

"그럼 아직 끝난 게 아니란 말이야?"

"자네가 원하면 그만둬도 돼. 일단 자네 역할은 끝났으니까. 하지만 정말 그러길 원해?"

북소리가 점점 커지면서 가슴을 저몄다. 한편 빛은 작디작은 타원형으로 변해서 밤의 어둠을 신비롭게 밝혔다. 크래그의 바위

같이 험상궂은 얼굴이 희미하게 보이기 시작했다. 나이트스포어가 말했다.

"내가 부활을 견딜 수 있을지 모르겠군. 죽음의 공포는 그것에 비하면 아무것도 아니지."

"자네가 선택하게 될 거야."

"나는 아무것도 할 수 없어. 수정인간은 너무 강해. 영혼을 빼앗기지 않고 도망치는 게 고작이었는데."

"아직 지구의 기운에 취해서 세상을 똑바로 보지 못하는군."

크래그가 말했다. 나이트스포어는 대꾸하지 않았지만 뭔가를 기억해 내려고 애쓰는 표정이었다. 그들을 에워싼 바닷물은 잔잔한 데다 색깔도 없이 투명해서 물에 둘러싸였다는 기분마저 들지 않았다. 매스컬의 시신은 어디론가 사라지고 없었다.

이제는 북소리가 강철이 부딪치는 소리처럼 들렸다. 타원형의 빛은 점점 늘어나서 격렬하게 활활 타올랐다. 빛을 위아래로, 또 좌우로 둘러싼 어둠이 형체를 띠며 끝이 없는 거대한 검은 벽처럼 보이기 시작했다.

"저 검은 벽이 정말 우리가 지금 가는 곳인가?"

"곧 알게 될 거야. 지금 자네 눈에 보이는 건 머스펠이고, 저 빛은 자네가 들어가야 할 입구야."

나이트스포어의 심장이 터질 것처럼 두근거렸다.

"내가 그걸 기억할 수 있을까?"

"그래, 기억하고말고."

"크래그, 같이 있어줘. 길을 잃어버릴 것 같으니까."

"저 안에서 내가 할 일은 없어. 나는 밖에서 자네를 기다릴 거야."

"싸우러 돌아가는 건가?"

나이트스포어가 손톱 끝을 깨물며 물었다.

"물론."

"정말 엄두가 안 나는걸."

주기적으로 들려오는 우레와 같은 북소리가 실제로 때리는 것처럼 나이트스포어의 머리를 강타했다. 이글거리는 빛이 너무도 생생해서 그 빛을 정면으로 바라볼 수도 없었다. 끊임없이 쏟아지는 빛줄기의 강도는 들쑥날쑥했지만, 그보다 훨씬 특이한 점은 실제 빛이 아니라 빛처럼 보이는 감정을 방출하는 듯하다는 사실이었다. 그들은 어둠의 벽을 향해, 정확히 말하면 입구를 향해 곧바로 다가갔다. 거울처럼 잔잔한 바다가 벽을 때렸고, 수면의 높이는 입구에 거의 닿을 정도였다.

그들은 더 이상 이야기를 나눌 수 없었다. 북소리에 귀청이 터질 것 같았기 때문이다.

잠시 후, 그들은 입구를 눈앞에 두었다. 나이트스포어는 등을 돌리고 두 손으로 눈을 가렸는데도 강렬한 빛에 눈을 제대로 뜰 수 없을 지경이었다. 감정이 너무나 격렬하게 끓어올라서 몸이 부풀어 오르는 느낌이었다. 섬뜩한 북소리가 울릴 때마다 그는 온몸을 부르르 떨었다.

입구에는 문이 따로 없었다. 크래그는 넓적한 바위에 뛰어올라 나이트스포어를 끌어당겼다.

입구에 들어서자 빛이 사라졌다. 끊임없이 울리던 북소리도 완전히 그쳤다. 나이트스포어는 눈을 가렸던 손을 내렸다……. 사방이 파헤쳐진 무덤처럼 어둡고 조용했다. 그러나 공기는 가차 없이 타오르는 열정으로 가득했다. 그 열정이 빛과 소리라면, 빛 자체는 불투명한 색이었다.

나이트스포어가 두 손으로 가슴을 눌렀다.

"어떻게 견뎌야 할지 모르겠는데."

그가 크래그를 보면서 말했다. 나이트스포어는 크래그를 눈으로 보는 것보다 더 생생하고 확실하게 **느꼈다.**

"들어가. 시간 낭비 하지 말고, 나이트스포어……. 이곳에서 시간은 지구에서보다 소중하니까. 단 1분도 허투루 보낼 수는 없어. 두렵고 비극적인 일들을 처리해야 하는데, 그것들이 우리를 기다려 주지는 않아……. 당장 들어가. 무슨 일이 있어도 멈추지 말고."

나이트스포어가 중얼거리듯 말했다.

"어디로 가야 하지? 아무것도 생각나지 않아!"

"들어가, 들어가면 돼! 길은 하나뿐이야. 길을 잘못 들 일은 절대 없어."

"어차피 다시 나올 건데 왜 자꾸 들어가라고 다그치는 거야?"

"자네 상처를 치유하라고."

크래그는 그 말을 마치기도 전에 뗏목 섬으로 돌아갔다. 나이트스포어도 엉겁결에 그의 뒤를 따라가려다가 곧 정신을 차리고 그 자리에 머물렀다. 크래그의 모습은 이미 보이지 않았다. 바깥은 온통 칠흑 같은 어둠에 잠겨 있었다.

크래그가 떠나자마자, 천 개의 나팔이 한꺼번에 울리는 듯한 느낌이 나이트스포어의 가슴에 밀려들었다.

그의 바로 앞, 한 걸음도 되지 않는 곳에서부터 원을 그리며 올라가는 좁고 가파른 돌계단이 시작되고 있었다. 아무리 둘러봐도 다른 길은 없었다.

나이트스포어는 첫 계단에 발을 올려놓으며 위쪽을 쳐다보았다. 보이는 건 아무것도 없었지만, 위로 올라갈수록 길의 구석구석을 감각적으로 느낄 수 있었다. 계단은 차갑고 음산하며 썰렁했지만 그에게는 영혼까지 맑아지는, 천국으로 올라가는 사다리처럼 느껴졌다.

열두 계단쯤 올라간 후에 그는 잠시 멈춰서 숨을 골랐다. 계단을 오르기가 점점 힘들어졌다. 체중이 나가는 사람을 어깨에 짊어지고 올라가는 느낌이었다. 전에도 똑같은 현상을 겪었던 것 같았다. 그는 계속 올라갔다. 다시 열 계단을 오르자, 높이 뚫어놓은 총안에 설치된 창문이 나왔다.

나이트스포어는 그 창문으로 기어올라 주위를 둘러보았다. 창문은 유리 같은 것으로 되어 있었지만 그것을 통해서는 아무것도 볼 수 없었다. 하지만 바깥세상에서 밀려들어 온 혼란스러운 대기가 그의 감각을 뒤흔들어 놓는 바람에 그는 피가 얼어붙는 것 같았다. 그 대기는 어떤 때는 땅끝에서부터 나지막이 들려오는 야비하고 비웃는 듯한 웃음소리와 비슷했지만, 어떤 때는 어딘가에서 커다란 발동기가 끊임없이 낮게 쿵쾅대는 것 같은 공기의 규칙적인 진동으로 느껴지기도 했다. 두 감각은 똑같으면서도 달랐다. 어떤 의미에서 두 감각은 영혼과 몸의 관계인 듯했다. 나이트스포어는 두 가지 감각을 한동안 온몸으로 느낀 뒤 총안에서 내려와 다시 계단을 오르기 시작했고, 그러는 동안 긴장감은 더해갔다.

올라갈수록 훨씬 더 힘들어졌다. 나이트스포어는 서너 계단마다 멈춰서 근육을 풀고 숨을 가다듬어야 했다. 이런 식으로 스무 계단을 더 올라가자 두 번째 창문이 나타났다. 역시 창문으로는 아무것도 보이지 않았다. 그를 비웃는 듯한 대기의 방해는 그쳤지만, 쿵쾅거리는 공기의 진동은 두 배나 더 또렷해졌고 거기에는 **두 가지** 리듬이 섞인 듯했다. 따라서 두 가지 진동을 각각 구분할 수 있었다. 하나는 행진곡 리듬이었고, 다른 하나는 왈츠 리듬이었다. 행진곡 리듬 쪽이 비통하고 온몸을 경직시키는 진동이었다면, 왈츠 리듬은 경쾌하면서도 기운을 빼앗는 섬뜩한 진동이었다.

나이트스포어는 대단한 발견을 앞두고 있음을 직감하고 두 번째 창문에서 서둘러 내려왔다. 위로 더 올라가면 더욱 중요한 것이 그를 기다리고 있을 것 같았던 것이다. 그는 다시 계단을 오르기 시작했다. 올라갈수록 더욱 힘들어져서, 그는 꽤 자주 앉아서 쉬어야 했다. 때로는 파김치가 되어 털썩 주저앉기도 했다. 하지만 그는 세 번째 창문 앞에 기어코 도착했다.

그는 창문이 있는 총안으로 기어올라 갔다. 그러자 그의 감정들이 환영으로 바뀌었고, 그 환영을 보는 순간 그는 파랗게 질리고 말았다. 자체 발광하는 거대한 구체가 하늘에 떠 있었다. 하늘의 대부분을 차지할 정도였다. 그 구체는 역동적으로 움직이는 두 종류의 물질, 녹색 혈구들과 소용돌이 같은 하얀빛으로만 이루어져 있었다. 무수한 녹혈구들은 아주 작은 것부터 거의 눈에 보이지 않는 것까지 크기가 다양했다. 엄밀히 말하면 그 혈구들은 녹색이 아니었지만, 여하튼 그에게는 초록색으로 보였다. 녹혈구들은 모두 나이트스포어가 서 있는 한 방향, 즉 머스펠 쪽으로 움직였지만 그 힘이 너무 약해 조금도 앞으로 나아가지 못했다. 나이트스포어가 조금 전에 감각했던 행진곡 리듬은 녹혈구의 움직임이 만들어 내는 것이었다. 그러나 그 리듬은 녹혈구 본연의 속성이 아니라, 녹혈구들에게 닥친 장애에서 비롯된 것이었다. 생명과 빛을 이루는 이 원자들, 즉 녹혈구들은 여기저기에서 소용돌이처럼 맴도는, 훨씬 큰 하얀빛에 완전히 에워싸여 있었다. 하얀빛들은 녹혈구들을 제멋대로 끌고 다니면서 소용돌이 모양으로 회전하고 왈츠 리듬을 만들어 냈다. 나이트스포어의 눈에는 초록색 원자들이 스스로의 의지에 반해 억지로 춤을 추며, 그로 인한 수치심과 타락에 괴로워하는 것처럼 보였다. 비교적 큰 녹혈구가 극단적으로 작은 녹혈구보다 안정된 모습이었고, 거의 움직이지 않는 녹혈구도 적지 않았다. 심지어 어떤 녹혈구는 자신이 원하는 방향으로 고집스레 움직였다.

나이트스포어는 창문을 등지고 돌아서서 두 손에 얼굴을 묻고, 방금 본 것을 해석해 보려고 기억을 더듬었다. 뚜렷한 생각은 아무것도 떠오르지 않고, 분노와 공포만 걷잡을 수 없이 밀려왔다.

네 번째 창문을 향해 올라갈 때는 보이지 않는 손가락들이 그의 심장을 움켜잡고 비틀어 대는 기분이었다. 그러나 나이트스포어는 되돌아설 생각은 꿈에도 하지 않았다. 기분까지 으스스해서 잠시도 머뭇거리지 않았다. 그래서인지 네 번째 창문으로 기어올라 구석진 곳에 들어섰을 때는 육체적 고통을 견디기 힘들 정도였다. 한동안 아무것도 볼 수 없었고, 세상이 그를 중심으로 빙글빙글 도는 것만 같았다.

마침내 기운을 되찾고 눈을 뜨자, 앞서와 똑같은 구체가 눈에 들어왔다. 그러나 구체를 이루고 있는 것들은 완전히 달랐다. 그것은 바위를 비롯한 광물, 물, 식물과 동물 및 인간 등으로 이루어진 세계였다. 나이트스포어는 온 세상을 한눈에 담으면서도, 모든 것이 그의 눈앞에서 크게 확대되어 가장 작은 생명체까지 분간할 수 있었다. 또한 모든 개체와 개체들의 집합체, 화학적 원자 등의 내부에 녹혈구가 존재하는 것도 분명히 볼 수 있었다. 그런데 녹혈구들의 크기는 생명체의 존엄 정도에 따라 단편적이거나 상대적으로 컸다. 예컨대 수정에 갇힌 초록색 생명체는 지극히 작아 눈에 보이지 않았고, 일부 인간의 경우도 녹혈구가 그에 비해 크지 않았다. 그러나 남녀를 불문하고 녹혈구의 크기가 20~100배나 큰 사람도 있었다. 하지만 크기와 상관없이 녹혈구는 모든 개체에서 중요한 역할을 했다. 소용돌이처럼 회전하는 하얀빛은 그 자체로 하나의 개체이기 때문에, 외피 아래 존재하고 그 존재 자체를 기쁘게 받아들이며 그런 상황을 즐기고 싶어 하는 듯했다. 반면 녹혈구는 끝없는 불만에 사로잡혀 있으면서, 해방되려면 어느 방향으로 가야 할지 모르기 때문에 새로운 길을 탐색하며 실험적으로 형태를 계속 바꾸는 것 같았다. 괴상한 형태가 다시 괴상한 형태로 바뀌었다. 녹혈구가 머스펠 쪽으로 탈출하려고 발버둥 치지만 그때마다 즉각적인 반발에 부딪치기 때문이었다. 요컨대 생명의 불꽃인 녹혈구들은 적당한 만족이라는 끔찍한 덫에 속수무책으로 사로잡힌 채 힘을 상실하고 썩어 갔다. 다시 말하면, 더럽고 구역질 나는 껍데기에 **흡수돼** 버렸다.

그런 광경을 지켜보던 나이트스포어는 영혼까지 부끄러워져서 견딜 수가 없었다. 천국의 사다리를 올라가는 듯한 기분은 사라진 지 오래였다. 그는 손톱을 물어뜯었다. 크래그가 왜 밖에서 그를 기다리겠다고 했는지 알 것 같았다.

나이트스포어는 다섯 번째 창문을 향해 천천히 올라갔다. 그를 짓누르는 공기압이 변덕스럽거나 포학하지는 않아도 돌풍처럼 강하게 휘몰아쳤기 때문에 나이트스포어는 한순간도 긴장을 늦추지 못했다. 그럼에도 그는 숨 한 번 몰아쉬지 않고 꿋꿋하게 걸어 올라갔다.

다섯 번째 창문을 내다봤을 때 나이트스포어는 새롭게 펼쳐진 광경에 깜짝 놀랐다. 구체는 여전히 그 자리에 있었다. 그러나 구체와, 그가 서 있는 머스펠의 세계 사이에 흐릿한 그림자가 있었다. 그림자는 너무 커서 분명한 형태를 가늠할 수 없을 정도였지만, 어쩐지 역겨울 정도로 달콤한 냄새를 풍기고 있었다. 나이트스포어는 그 그림자가 수정인간임을 직감적으로 알았다. 강렬한 빛(하지만 그것은 빛이 아니라 열정이었다)이 물줄기처럼 머스펠에서 그림자 쪽으로 흘러가, 그림자를 **관통했다**. 하지만 그 빛이 반대편, 즉 구체에 이르면 성격이 달라졌다. 빛은 마치 프리즘을 통과한 것처럼 두 가지 형태의 생명체, 그가 조금 전에 보았던 녹혈구와 소용돌이 모양의 빛으로 나뉘었다. 강렬한 열정이 역겹게 꿈틀대면서 몸부림치는 개체들의 덩어리로 순식간에 바뀐 셈이었다. 즐거움을 좇는 의지의 소용돌이인 그 개체 하나하나는 초록색을 띤 살아 있는 작은 불꽃을 핵으로 지니고 있었다. 나이트스포어는 스타크니스에서 들었던 백 레이를 떠올렸다. 그는 초록색 불꽃, 즉 녹혈구가 머스펠의 백 레이이고, 소용돌이는 머스펠의 '포워드 레이(forward ray)'라고 확신했다. 녹혈구는 기원으로 돌아가려고 필사적으로 발버둥 치면서도, 지금의 자리를 고수하려는 소용돌이의 야만적인 힘을 이겨내지 못했다. 각각의 소용돌이들은 서로 밀치며 자리다툼을 벌였고, 심지어 다른 소용돌이를 삼켜버리기도 했다. 여기에서 고통이 탄생했지만, 소용돌이들은 어떤 고통을 느끼더라도 집요하게 쾌락을 추구했다. 때때로 녹색 불꽃이 순간적으로 강한 힘을 발휘해 머스펠 쪽으로 조금 나아가면, 소용돌이들은 그런 움직임을 흔쾌히 받아들일 뿐만 아니라, 그들 자신이 이루어낸 성과인 양 뿌듯해하고 즐거워하기도 했다. 그러나 소용돌이들은 그림자 너머를 보지 못했고, 그들 딴에는 그림자를 향해 다가가고 있다고 생각했다. 직선 운동은 소용돌이의 본성에 어긋나기에, 소용돌이들은 직선적인 움직임에 지치면 다시 서로 죽이고 춤을 추며 사랑하는 관계로 돌아갔다.

나이트스포어는 여섯 번째 창문이 마지막이라는 것을 충분히 예측할 수 있었다. 그곳에서 수정인간의 진면목이 드러날 것이라 짐작했기 때문에, 어떤 것도 그가 여섯 번째 창문으로 올라가는 것을 막을 수 없었다. 한 계단 올라설 때마다 삶과 죽음이 처절한 투쟁을 벌였다. 계단 발판이 그의 발을 놓아주지 않았고, 공기압 때문에 코와 귀에서 피가 분수처럼 솟구쳤다. 머릿속은 쇠종처럼 땡그랑거렸다. 마침내 나이트스포어는 열두 계단과의 싸움 끝에 정상에 다다랐다. 계단 끝에는 차가운 돌로 만들어진 작은 방이 있었다. 방은 텅 비어 있었고, 창문도 하나밖에 없었다. 방 저쪽에는 천장의 뚜껑문으로 이어진 또 다른 짧은 계단이 있었는데, 분명 건물의 지붕으로 연결된 것인 듯했다. 나이트스포어는 계단을 올라가기 전에 창문에 바짝 붙어서 바깥을 내다보았다.

수정인간의 그림자가 그에게 훨씬 가까이 다가와 하늘을 가득 채우다시피 했다. 그러나 그것은 어두운 그림자가 아니라 밝은 그림자였다. 그 그림자는 형체도 색도 없었지만, 이른 아침의 신비한 분위기를 띠었다. 또한 무척 흐릿해서, 그림자 너머로 구체가 뚜렷이 보일 정도였다. 하지만 그림자 가장자리는 짙었다. 그림자에서 발산되는 달콤한 냄새는 너무 강했고 소름이 돋는 데다 구역질이 났다. 말로 표현할 수 없을 정도로 야비하고 무지하며 무책임하게 세상을 조롱하는 인간쓰레기들이 풍기는 냄새와도 같았다.

머스펠에서 흘러나오는 신령한 기운이 변화무쌍하게 번뜩였다. 그 기운은 독립된 개체가 아니었지만 분명히 독립된 개체를 넘어서는 것이었다. 머스펠의 기운은 하나도 아니고 다수도 아니었다. 둘 모두를 초월하는 또 다른 무엇이었다. 그 기운이 수정인간에게 다가가더니 그것의 몸속(그 밝은 안개를 몸이라 할 수 있다면)으로 파고들었다. 머스펠의 기운이 통과하자 수정인간은 강렬한 쾌락에 빠져들었다. **머스펠의 기운은 수정인간의 먹이였다.** 수정인간의 몸을 통과한 머스펠의 기운은 두 줄기로 나뉘어서 구체 쪽으로 다가갔다. 한 줄기는 본질적인 형태가 변하지는 않았지만, 수많은 조각들로 분해되어 부르르 떨었다. 그 조각들은 녹혈구였다. 너무 미세한 까닭에 수정인간을 통과할 때 흡수되지 않았던 것이다. 또 한 줄기는 완벽한 상태로 탈출하진 못한 모습이었다. 밝은 불꽃을 상실하고 결합력도 크게 떨어진 상태였으며, 수정인간의 몸을 통과하면서 더럽혀지고 약화된 까닭에 개체들로, 즉 살아 있는 의지들의 소용돌이로 분열되고 말았다.

나이트스포어는 몸을 부르르 떨었다. 의지의 세계는 단 한 명의 절대자를 즐겁게 하기 위해 영원히 고통에 시달릴 수밖에 없는 운명임을 깨달았기 때문이었다.

그는 지붕으로 이어지는 계단에 발을 올려놓았다. 이제는 그 길밖에 남아 있지 않다는 생각이 막연하게 떠올랐던 것이다.

그는 반도 올라가지 못하고 혼절하고 말았다. 그러나 곧 의식을 되찾고는 아무 일도 없었던 것처럼 계속 올라갔다. 지붕 위로 얼굴을 내밀자마자 그는 자유의 공기를 들이마셨다. 물속에서 걸어 나오는 것 같은 느낌이었다. 그는 지붕을 손으로 짚고 몸을 끌어 올렸다. 그리고 돌이 깔린 지붕에 올라서서, 마침내 머스펠을 보게 됐다는 기대에 부풀어 주변을 둘러보았다.

아무것도 없었다.

그는 탑 꼭대기에 서 있었다. 지붕은 사방으로 5미터도 되지 않았다. 주위는 온통 어둠뿐이었다. 그는 낙담한 채 돌난간에 털썩 주저앉았다. 불길한 예감이 밀려왔다.

아무것도 보이지 않고 아무런 소리도 들리지 않았는데도, 그는 갑자기 그를 사방에서 에워싼 어둠이 **히죽 웃고** 있는 듯한 기분에 사로잡혔다……. 그리고 다음 순간 그는 수정인간의 세계에 완전히 포위당했고, 머스펠은 그 자신과 그가 앉아 있는 돌탑이 전부라는 사실을 깨달았다.

그의 심장에서 불꽃이 번뜩였다……. 한때 **신령한 기운**이었지만 기괴하고 천박하며 어리석고 유약한 개체로 변해버린 무수한 생명체가 그를 향해 타락과 고통에서 구원해 달라고 울부짖었다. 그 절규에 응답할 사람은 오직 나이트스포어 자신…… 저 아래서 기다리고 있는 크래그…… 그리고 수르투르뿐이었다. 그런데 수르투르는 대체 어디 있는 걸까?

진실은 나이트스포어를 냉혹하고 잔혹한 현실로 몰아갔다. 머스펠은 존재해서는 안 될 거짓된 세계를 자기 존재와 완전히 똑같이 인정하는 전능한 우주가 아니었다. 머스펠은 자신의 생존을 위해 수치스럽고 추한 것에 맞서 싸우고 있었다. 또한 영원한 아름다움으로 위장한 죄, 자연의 섭리로 위장한 부도덕한 행위, 선한 신으로 위장한 악마에 맞서 싸우고 있었다.

그제야 나이트스포어는 모든 것을 이해했다. 그 윤리를 위한 싸움은 허울만 번듯한 다툼이 아니었다. 전사들이 낮에는 죽고 밤에는 향연을 즐기는 발할라(북유럽신화에서 오딘을 위해 싸우다가 죽은 전사들의 영혼이 영원한 기쁨과 대접을 누리는 궁전—옮긴이)도 아니었다. 그 싸움은 죽음보다 더 처절하고 암울한 투쟁이었다. 이 전쟁에서 패한 머스펠의 패배자들에게는 죽음보다 비참한 것, 즉 영적인 죽음이 기다리고 있었다……. 대체 이 끔찍한 전쟁에서 그가 무슨 수로 벗어날 수 있었겠는가!

이렇게 고뇌하는 동안, 자아에 대한 온갖 생각, 지구에서의 삶에서 타락했던 것들이 나이트스포어의 영혼에서 깨끗이 불타 없어졌다. 어쩌면 이번이 처음은 아니었을 것이다.

오랫동안 앉아 있던 끝에 나이트스포어는 내려갈 채비를 했다. 느닷없이, 통곡하는 듯한 이상한 울음소리가 온 세상을 뒤덮었다. 소름 끼치는 그 의문의 울음소리는, 그것이 어디에서 들려온 것인지 추호도 의심할 수 없는 저급함과 야비한 조롱조로 끝이 났다. 그것은 바로 수정인간의 목소리였다.

크래그는 뗏목 섬에서 그를 기다리고 있었다. 크래그가 나이트스포어를 뚫어지게 바라보며 물었다.

"이제 모든 걸 이해했나?"

"가망 없는 싸움이야."

나이트스포어가 나지막이 대답했다.

"내가 더 강하다고 말하지 않았나?"

"자네가 더 강할지도 모르지. 하지만 영향력은 그자가 더 막강해."

"힘에서나 영향력에서나 내가 더 강해. 수정인간의 제국은 머스펠의 얼굴이 드리운 그림자에 불과하니까. 하지만 잔혹한 타격을 가하지 않고는 어떤 일도 이룰 수 없어. ……이제 어떻게 할 생각이지?"

464

나이트스포어는 크래그를 물끄러미 바라보았다.

"자네가 수르투르 아닌가, 크래그?"

"맞아."

크래그의 대답에 나이트스포어는 조금도 놀라지 않고 나지막이 말했다.

"그렇군. 그런데 지구에서는 뭐라고 불리지?"

"고통."

"그렇겠지. 진작에 알고 있었어."

나이트스포어는 잠시 아무 말 없이 서 있었다. 그리고 뗏목 섬에 천천히 올라탔다. 크래그가 뗏목 섬을 벽에서 밀어냈다. 그들은 어둠 속으로 나아갔다.

부록

《아르크투루스로의 여행(A Voyage to Arcturus)》에 등장하는 인물과 장소의 이름은 무척 상징적이다. 평론가이며 철학자인 콜린 윌슨은 이 이름들이 스코틀랜드식 발음에서 유래한 듯하다고 말했지만, 그 의미에 대해서는 논란이 분분하다. 단어의 철자로 그런대로 추론할 수 있고 어느 정도 인정받는 해석들을 정리해 보면 다음과 같다(www.violetapple.org.uk 참고).

등장인물

매스컬(Maskull): 마스크(mask)-두개골(skull)-나의 두개골(my skull)-남성(masculine). 매스컬은 모든 인간을 상징한다. 또한 죽음을 피할 수 없는 존재를 상징하기도 한다.

나이트스포어(Nightspore): 밤(night)-홀씨(spore). 지금은 잠들어 있지만 곧 깨어날 영혼, 즉 새로운 존재로 태어날 씨앗.

크래그(Krag): 목구멍(crag), 울퉁불퉁한 바위(crag). 가혹한 현실.

수정인간(Crystalman): 수정(crystal)-인간(man).

수르투르(Surtur): 수르트(Surt). 북유럽신화에서 세계를 불로 파괴하는 운명을 짊어졌다는 '주르트르(Surtr)'에서 유래.

조이윈드(Joiwind): 기쁨(joy)-바람(wind).

파나위(Panawe): 판(pan-. '모두'를 뜻하는 그리스어)-경외감(awe). 모든 사람에게 경외감을 주는 존재. 자연에 대한 경외심을 상징.

셰이핑(Shaping): 모양, 형상(sahpe). 세상에 형체를 준 신.

브루드비올(Broodviol): 심사숙고(brood). 사색하고 생각하는 사람.

뮤어메이커(Muremaker): 수렁, 늪(mire)-만드는 사람(maker). 악행을 저지르는 존재.

오시액스(Oceaxe): 바다(ocean)-도끼(axe). 바다는 자연에서 가장 위력적인 힘을 지닌 곳이며, 도끼는 투쟁적인 면을 상징한다.

설른보드(Sullenbode): 음울하다(sullen)-몸(body)-거처(abode). 남자를 성적으로 유혹하는 존재.

크림타이폰(Crimtyphon): 범죄(crime)-진홍색(crimson)-티폰(Typhon). 티폰은 그리스신화 속 어깨 위에 머리 대신 100마리의 용이 솟아나 있는 괴물의 이름이다. 붉은 피에 굶주린 살인마.

타이도민(Tydomin): 지배하다(dominate). 의지로 오시액스와 매스컬을 지배한다.

스페이디블(Spadevil): 삽(spade)-생식 불능자(spado)-악(evil)-악마(devil). 옛 가르침에서 잘못된 부분을 파헤친다(spade). 스페이디블은 여자를 싫어한다(spado). 스코틀랜드어로 'spaeman'은 '예언자'라는 뜻이다.

헤이토르(Hator): 싫어하는 사람(hater). 즐거움을 혐오하는 존재를 상징.

캣아이스(Catice): 살얼음(catice).

갱네트(Gangnet): 그물(net)-자석(magnet). 자석처럼 끌어당기고 올가미로 사로잡으려는 사기꾼을 상징. 북유럽신화에서 지식과 문화를 관장하는 신인 오딘의 별명이 'Gangleri(방랑자)'이기도 하다.

어스리드(Earthrid): 지구(Earth)-제거하다(rid)/귀(ear)-세 번째(third). 음악을 이용해 세속적인 쾌락에서 벗어나려 한다. 세 번째 귀 같은 특별한 감각기관을 지닌 존재를 상징할 수도 있다.

리홀페이(Leehallfae): 찌꺼기(lee)-얼굴(face). 리홀페이는 페인족(Phaen)의 마지막 인물이다.

페이스니(Faceny): 얼굴(face)-누구나(any)-환상(fancy). 온갖 얼굴로 사방을 쳐다보는 존재지만 결국 거짓 신으로 밝혀진다.

사이어(Thire): 셋(three)-더 높은(higher)-뾰족한 꼭대기(spire). 스리얼에서 최고의 영적 존재이기를 열망하는 세 번째 신.

장소

프롤랜즈(Prolands): 서막(prologue). 이야기의 시작을 상징.

스타크니스(Starkness): 황량한(stark)-출발(start)-어둠(darkness). 주인공 매
스컬은 여행을 시작할 때 어둠 속에 있었다.

토맨스(Tormance): 고통(torment)-낭만(romance). 고통과 낭만이 뒤범벅된
곳.

이프던 마레스트(Ifdawn Marest): 만약(if)-새벽(dawn)-숲(forest). 악몽, 허
황된 것을 뜻하는 'mare's-nest'일 수도 있다.

루전 평원(Lusion Plain): 평원(plain)-착각(illusion). 창조주가 신이라고 생각
하는 것 자체가 착각일 수 있다.

산트(Sant): 건강(sante). 프랑스어로 'sante'는 '건강'을 뜻한다.

움플래시숲(Wombflash Forest): 자궁(womb)-섬광(flash)-육신(flesh). 순간
적인 깨달음을 얻는 땅.

머스펠(Muspel): 주문(spell)-불꽃(flame). 무스펠하임(Muspelheim)은 북유
럽신화에 등장하는 불의 나라. 머스펠은 신성한 불을 상징한다.

매터플레이(Matterplay): 물질(matter)-놀다(play). 물질로 이루어진 생명체가
역동적으로 움직이면서 돌연변이를 일으킨다.

스리얼(Threal): 셋(three)-실제(real). 인간이 자연에서 '3'의 비밀을 배우는
곳을 상징.

리치스톰(Lichstorm): 시체(lich)-폭풍우(storm). 인간이 욕정의 폭풍에 휩싸
여 죽는 땅을 상징.

몬스텝 고갯길(Mornstab Pass): 아침(morning)-단도(stab). 주인공 매스컬은
이곳에서 새벽에 상실의 아픔을 겪는다.

브랜치스펠(Branchspell): 가지(branch)-주문(spell). 브랜치스펠의 빛은 마법
처럼 돌연변이와 새로운 생명체를 창조해 낸다.

알페인(Alppain): 모두(all)-고통(pain). 최고의 고통.

우리는 이 땅에서
무엇을 하고 있는 것일까?

아르크투루스는 천문학계에서 실제로 확인된 별이다. 실제로 북반구 별자리인 목동자리에서 가장 밝게 빛나는 별이지만 이 소설에서 아르크투루스는 아무런 의미도 없다. 심지어 주인공이 떨어진 행성 토맨스도 소설의 전개에서 큰 역할을 하지 않는다. 그저 소설의 배경이고 '고통(torment)'을 상징하는 별일 뿐이다. 주인공 매스컬이 지구에서 토맨스까지 여행하지만, 그에 관련된 얘기는 한 줄로 끝난다. 따라서 요즘의 SF소설을 상상하며 이 소설을 집어 들면 실망하기 십상이다. 흥미진진한 전투 장면도 없고, 주인공도 혼자다. 권태로운 삶에서 벗어나기 위해 금시초문인 별로 여행을 함께하자는 친구의 초대에 응한 주인공은 토맨스 행성에 떨어지고, 그때부터 외톨이가 되어 길을 잃고 헤맨다. 자신이 왜 이 별에 오게 됐는지도 제대로 모른다. 미스터리한 머스펠의 빛을 찾아가는 과정에서 매번 한두 사람을 만나고, 그런 만남은 거의 언제나 상대편의 죽음으로 끝난다. 누구에게도 도움을 청할 수 없는 절박한 상황에 빠지기도 하지만, SF소설적 관점에서 보면 이 소설은 조금도 매력적이지 않다. 그런데 우리에게 《아웃사이더(The Outsider)》의 저자로 널리 알려진 콜린 윌슨은 왜 이 소설을 '20세기의 가장 위대한 소설'이라고 했을까?

바로, 인간 삶에 대한 깊은 성찰이 담겨 있기 때문이다. 상징이라는 껍데기를 벗겨내면, 우리 자신의 삶에 대한 이야기가 고스란히 소설 속에 녹아 있기 때문이다. 따라서 이 소설을 진지한 자세로 읽고 나면 누구나 삶에 대해 다시 생각하게 될지도 모른다. 더불어 선이 무엇이고 악이 무엇인지에 대해서 깊이 생각할 기회를 갖게 될 수도 있다. 이런 점에서 《아르크투루스로의 여행》은 20세기의 위대한 소설로 손꼽히기에 부족함이 없다.

이 책은 상징으로 가득한 소설이다. 등장인물의 이름, 장소의 이름, 사물의 이름 등에도 의미가 담겨 있다(독자에게 도움을 주고자 중요한 인명과 지명에 대해서는 뜻을 풀이한 부록을 덧붙였다). 주인공이 만나는 인물들에게 던지는 질문은, 우리가 이 땅에서 살아가며 스스로에게 제기하는 의문과 무척 유사하다. 예컨대 주인공은 "내가 토맨스 행성에서 뭘 하고 있는 거죠?"라고 묻는다. 이 질문은 "우리는 이 땅에서 무엇을 하며 살아가고 있는가?"라는 질문과 같다.

토맨스에는 해가 둘이다. 하나는 남쪽에서 보이는 브랜치스펠이고, 다른 하나는 북쪽에서 보이는 알페인이다. 주인공은 알페인의 빛, 즉 머스펠의 빛을 막연히 동경하며 남쪽에서부터 북쪽으로 무작정 걸어간다. 이 여행에 담긴 의미는 무엇일까? 주인공은 지독하게 뜨거워서 견디기 힘든 브랜치스펠에서 멀어져 유토피아라고 생각되는 알페인을 찾아간다. 이는 재미가 사라진 권태로운 세상, 힘겹고 불확실한 세상으로부터 벗어나려는 인간의 몸부림이 아닐까?

주인공인 매스컬은 우리 자신이다. 북쪽을 향해 가는 여정에서 주인공은 조금씩 자아를 깨달아 간다. 북쪽은 죽음을 뜻하며, 실제로 주인공은 알페인 앞에 도착해서 죽음을 맞는다. 이런 점에서 이 소설은 비극적인 성장소설이다. 결국 우리 삶은 깨달음을 얻어가는 과정일 뿐이다. 따라서 삶은 고통이다.

충주에서

강주헌

아르크투루스로의 여행

초판 1쇄 인쇄 2020년 12월 1일
초판 1쇄 발행 2020년 12월 14일

지은이 | 데이비드 린지
옮긴이 | 강주헌
발행인 | 강봉자, 김은경

펴낸곳 | (주)문학수첩
주소 | 경기도 파주시 회동길 문발로 214-12(문발동 511-2) 출판문화단지
전화 | 031-955-4445(마케팅부), 4503(편집부)
팩스 | 031-955-4455
등록 | 1991년 11월 27일 제16-482호

홈페이지 | www.moonhak.co.kr
블로그 | blog.naver.com/moonhak91
이메일 | moonhak@moonhak.co.kr

ISBN 978-89-8392-842-9 03840

「이 도서의 국립중앙도서관 출판예정도서목록(CIP)은 서지정보유통지원시스템
홈페이지(http://seoji.nl.go.kr)와 국가자료종합목록 구축시스템(http://kolis-net.
nl.go.kr)에서 이용하실 수 있습니다. (CIP제어번호 : CIP2020050020)」

＊파본은 구매처에서 바꾸어 드립니다.